Das Buch

In der peruanischen Wüste wird ein Felsen mit griechischen Schriftzeichen entdeckt. Die eigentliche Sensation findet der Archäologe Dr. George Pierce jedoch darunter: den Kopf der sagenhaften Hydra. Der Sumpfschlange aus der griechischen Mythologie wird die Eigenschaft zugeschrieben, sich selbst zu heilen: Jedes abgeschlagene Glied wächst nach, jede Verletzung heilt in Sekundenschnelle. Mit dem Fund der Hydra scheint die Erfüllung eines alten Menschheitstraums zum Greifen nah, denn die DNS ihres Kopfes birgt den Schlüssel zur Unsterblichkeit. Doch dann wird Pierce entführt, denn sein Fund weckt auch Begehrlichkeiten anderer Art: Der Multimillionär Richard Ridley arbeitet bereits seit längerem mit modernster Gentechnik an der Erschaffung des unzerstörbaren Kriegers, der perfekten Kampfmaschine. Jetzt glaubt er, endlich am Ziel zu sein. Er will den Kopf in seine Gewalt bringen und so seine teuflische Vision Wirklichkeit werden lassen. Jack Sigler und sein Delta Force Team werden beauftragt, den Wahnsinnigen zu stoppen.

Der Autor

Jeremy Robinson hat in den USA bereits mehrere Bücher im Selbstverlag veröffentlicht. Seine neue Serie mit dem Delta Force Team um Jack Sigler erscheint bei St. Martin's Press. Der Autor lebt mit seiner Familie in New Hampshire.

Jeremy Robinson

Mission Hydra

Thriller

Aus dem Amerikanischen von
Peter Friedrich

Ullstein

Besuchen Sie uns im Internet:
www.ullstein-taschenbuch.de

Deutsche Erstausgabe im Ullstein Taschenbuch
1. Auflage Mai 2010
2. Auflage 2010

Titel der amerikanischen Originalausgabe: *Pulse*
(Thomas Dunne Books, New York)
Umschlaggestaltung: HildenDesign, München
Titelabbildung: © Artwork HildenDesign
unter Verwendung eines Motivs von © CNG Coins
Satz: LVD GmbH, Berlin
Gesetzt aus der Sabon
Papier: Holmen Book Cream von Holmen Paper Central Europe
Druck und Bindearbeiten: CPI – Ebner & Spiegel, Ulm
Printed in Germany
ISBN 978-3-548-28177-3

Für Hilaree, abermals,
immer noch meine Beste

Wer könnte wohl in einem Regenbogen genau die Linie angeben, wo das Violett aufhört und das Orange beginnt? Wir sehen zwar deutlich die verschiedenen Farben, aber nicht den genauen Ort, wo die eine in die andere übergeht. So ist es auch mit Vernunft und Wahnsinn.

– Herman Melville

Wird ihm [dem Menschen] eine Tatsache vorgesetzt, die ihm gegen den Strich geht, so wird er sie genau prüfen, und wenn der Beweis nicht überwältigend ist, wird er sich weigern, sie zu glauben. Wenn ihm andererseits etwas vorgesetzt wird, das aus irgendeinem Grund mit seinen Wünschen und Hoffnungen übereinstimmt, so wird er es sogar aufgrund des schwächsten Beweises akzeptieren. Auf diese Weise erklärt sich der Ursprung von Mythen.

– Bertrand Russell

Wenn alles andere scheitert, kann man sich immer noch durch einen grandiosen Fehler unsterblich machen.

– John Kenneth Galbraith

PROLOG

Nazca, Peru, 454 v. Chr.

Hunderte von Füßen stampften über den staubigen Boden und erfüllten die Luft mit dem bedrohlichen Klang marschierender Soldaten. Aber es waren keine Soldaten. Es war die Schar der Anbeter eines Mannes, dessen seltsames Schiff erst eine Woche zuvor an den Ufern Perus gelandet war und der nun ihren Zug anführte, weg von ihrer fruchtbaren Heimat, quer durch die ausgedörrte, lebensfeindliche Ebene von Nazca.

Er marschierte ohne Unterlass, ohne Pausen zum Essen, Trinken oder Ruhen. Mit jedem gnadenlosen Tag schrumpfte ihre Zahl. Frauen mit Kindern kehrten als Erste um. Der Hunger und die Verantwortung für die Familie waren stärker als ihr Wunsch, der Gottheit zu dienen, die sie mit ihrem Besuch beehrt hatte. Die Männer, die dem schweigenden Fremden noch folgten, kämpften mit ausgetrockneten Kehlen und versengten Füßen, waren aber entschlossen zu sehen, wohin der Riese sie führen würde. Einer nach dem anderen sanken die Schwächsten in den festgebackenen, brennend heißen Sand und starben im glühenden Angesicht der Sonne eines langsamen Todes.

Endlich hielt der Mann im Schatten eines hohen Hügels an, wandte sich um und warf einen kühlen Blick auf die verbliebenen dreiundzwanzig Männer – das kleine Häuflein, das von den hundertsiebenunddreißig, die diese Reise zusammen mit ihm angetreten hatten, noch übrig war. Es waren die Stärksten und Tapfersten des Stammes, zweifellos jeder Auszeichnung würdig, die der Gottgleiche ihnen zuteilwerden ließe. Wortlos griff der riesige Mann nach dem Löwenfell, das sein Haupt und seinen Rücken bedeckte, und hob den intakten Raubtierschädel von seinem Kopf. Das schweißnasse, lockige schwarze Haar klebte ihm an der Stirn, aber er achtete nicht darauf. Er machte sich auch nicht die Mühe, die Schweißtropfen wegzuwischen, die ihm in die dunkelbraunen Augen und die dick verschorften Wunden rollten, die Brust, Rücken und Beine bedeckten.

Als der Riese am sandigen Strand ihres Dorfes gelandet war, hatten seine Widerstandskraft gegen die tiefen Wunden und seine Körpergröße von fast zwei Metern – womit er den größten Mann des Stammes um mehr als dreißig Zentimeter überragte – die Eingeborenen von Nazca von seiner Göttlichkeit überzeugt. Das geheimnisvolle Löwenfell verriet ihnen, dass er aus dem Land der Götter kam. Seine Streitkeule trug dunkle Flecken von altem Blut und wies ihn als ehrfurchtgebietenden Krieger aus. Der blutdurchtränkte, gewebte Sack, den er bei sich trug und der sich in seinen Händen wand und krümmte, erfüllte die Luft mit einem strengen Kupfergeruch und zeugte davon, dass er die Überreste eines uralten Bösen hütete. Angesichts der Größe des Objekts dachten viele zuerst, er hätte ein Wildschwein erlegt, aber die Menge an Blut, die weiterhin reichlich aus dem immer noch zuckenden Körper floss, sprach eine andere Sprache. Nichts Sterbliches konnte einen derartigen Blutverlust überleben.

Der riesige Mann kniete nieder, stieß den Finger in die Erde und ritzte eine Skizze in den festgebackenen Sand der Wüste. Als er fertig war, erhob er sich wieder, sah den Männern, die noch stehen konnten, in die Augen und wies mit einer weit ausholenden Geste auf die flache Wüste am Fuß des Hügels. Dann deutete er erst auf den zentralen Punkt seiner Zeichnung und anschließend auf einen großen Felsblock in etwa fünfzehn Meter Entfernung. Dessen eine Seite war abgeflacht und hatte einen Durchmesser von mehr als drei Metern, aber die Rückseite war gewölbt wie ein Findling. Der Felsen balancierte gefährlich wacklig auf der Kante, an der sich die gekrümmte und die flache Hälfte trafen. Für die Männer sah er aus wie eine unförmige, gigantische Melone, die vor Äonen von irgendeiner uralten Gottheit halbiert und weggeworfen worden war.

Die Männer begriffen. Der seltsame Stein sollte den mittleren Kopf der unheimlichen Kreatur bilden, die der Gottgleiche gezeichnet hatte. Während die Sonne sank, arbeiteten die Männer in der kühler werdenden Luft. Bei Einbruch der Nacht machten sie im Mondschein und bei Fackellicht weiter und widerstanden der frostigen Wüstenluft, elend vor Hunger und Durst, aber entschlossen, dem Gottgleichen zu Diensten zu sein. Am Morgen war die überdimensionale Reproduktion der Zeichnung des Riesen vollendet. In der Höhe maß sie hundertfünfzig, in der Breite hundert Meter. Die hellbraunen Linien standen in starkem Kontrast zu der dunklen, steinigen Kruste der Ebene und bildeten einen wahrhaft erhabenen Anblick.

Die Männer taumelten unter den sengenden Strahlen der aufsteigenden Sonne, die ihnen die letzten Kräfte raubte und ihre Körper ausdörrte. Mit jedem Tropfen Blut aus den aufgerissenen Händen verrann ihre Lebenskraft. Sie alle wussten, dass diese Wüste ihren Tod bedeutete, aber sie widerstanden dem Wunsch zu fliehen und glaubten daran, dass der Gottgleiche sie für ihre treuen Dienste belohnen würde. Benommen und verwirrt torkelte die

Gruppe endlich auf den Mittelpunkt der Zeichnung zu, wo der Riese sie erwartete.

Er stand neben einer tiefen Grube, die er vor dem großen Felsen ausgehoben hatte, an dem die Linien von beiden Seiten der Zeichnung zusammentrafen. Die Männer blieben erwartungsvoll am gegenüberliegenden Rand stehen. Der Riese hielt den Sack über die Grube und ließ das Blut in den Sand an ihrem Grund tropfen, wo es augenblicklich vertrocknete und zu Asche wurde. Ein Raunen erhob sich unter den Männern über jene seltsame Magie, die Blut in Asche verwandelte. Doch sie blieben wie angewurzelt stehen, vor Erschöpfung, aber auch aus Neugier. Dann ließ der Mann den Sack in die Grube fallen, wo er auf den zu Asche geronnenen Blutstropfen landete.

Beim Aufprall auf die heiße, trockene Erde begann sich der Sack zu winden, heftig zunächst, doch dann immer schwächer. Als das Blut an seiner Außenseite sich weiß verfärbte und trocknete, hörten die Bewegungen ganz auf.

Die Männer harrten atemlos der weiteren Ereignisse. Als der Gottgleiche die Hand hob und deutete, packten Furcht und Entsetzen ihre ausgelaugten Körper. Hätten sie ihr Schicksal gekannt, kein Einziger von ihnen wäre dem Riesen gefolgt oder hätte ihm geholfen, das Bild in den Sand zu kratzen. Schrecken und Verzweiflung erfüllten ihre Augen, aber als die Hand des Riesen sich fester um seine Streitkeule schloss, wussten sie, dass jeder Gedanke an Flucht sinnlos war. Nicht einem von ihnen würde es gelingen, auch nur die Umrisslinien der Zeichnung zu erreichen, bevor ihn diese Keule träfe.

Der Mann deutete abermals und stieß mit dem Finger in Richtung der Grube. Diesmal gehorchten die Männer und krochen hinab. Mit schlotternden Knien und zitternden Händen erwarteten sie ihr Schicksal. Der Mann trank aus einem Weinschlauch, der an seiner Hüfte baumelte. Die letzten paar Tropfen der schwarzen Flüssigkeit, die noch darin verblieben waren, tropften auf seine Zunge. Er schluckte sie hinunter und wandte sich wieder den Männern zu. Sein Körper wirkte kraftvoller denn je, und sein Gesicht verriet – Mitgefühl. Doch der Ausdruck des Bedauerns hielt nur einen Moment lang an, bevor sich die entschlossene Miene des Giganten wieder verhärtete. Zum ersten Mal seit seiner Ankunft sprach er. Seine Stimme brachte den Sand und die Ränder der Grube zum Erzittern. Die Männer verstanden kein Wort, aber der Klang seiner Stimme, die Autorität seiner Gestalt und die Energie seiner Gesten feuerten sie an. Ihre Zuversicht kehrte zurück, und einige von ihnen lächelten sogar, als der Mann seine Keule zum Himmel erhob und einen lauten Ruf ausstieß. Sie jubelten ihm zu, reckten ihre blutigen Fäuste und schrien der Sonne entgegen.

Aber ihre Siegesschreie verwandelten sich in Schreckensgeheul, als plötzlich etwas Großes die Sonne über ihnen verdunkelte. Bevor sie begriffen, was das massive Objekt war, krachte es bereits donnernd auf sie herab. Danach vernahm man nur noch das Knirschen eines einzelnen Paares sandalenbekleideter Füße, deren Schritte sich ostwärts in Richtung Küste über die Ebene entfernten.

GAMMA

EINS

Peru, 2006

Todd Maddox stieg aus dem Eurocopter EC 155 und duckte sich instinktiv, während die Rotorblätter über ihm noch die Luft durchschnitten. Der Flug vom LAX in Los Angeles zum Capitán-Rolden-Flughafen in Peru war glatt verlaufen, ebenso der Hubschraubertransfer vom Flughafen zu seinem unbekannten Ziel. Aber als er jetzt aus der klimatisierten Atmosphäre des Hubschraubers trat und ihm die feuchte Dschungelluft des Amazonas-Regenwalds im östlichen Peru entgegenschlug, prallte er förmlich zurück.

Sein sonnenblumengelbes Hemd klebte ihm binnen Sekunden wie ein nasser Lappen am Körper. Die gestylten und mit einer dicken Schicht teuren Elnett-Haarsprays in Form gebrachten Haare verklumpten zu einer formlosen Masse, die ihm in die Stirn rutschte. Maddox fühlte sich nur im trockenen Los Angeles zu Hause, darum brummelte und schimpfte er jetzt halblaut vor sich hin. Die Aktentasche unter den Arm geklemmt, trabte er auf eine gläserne Doppeltür zu, die mitten im grünen Urwald irgendwie fehl am Platz wirkte.

Zweifel plagten ihn. War es das wert? Konnte er die Hitze und Feuchtigkeit überhaupt ertragen? Die Bezahlung würde zweifellos sensationell sein, und die Firma Manifold war weltbekannt auf dem Gebiet der Genetik. Die Jobbeschreibung war allerdings etwas dürftig ausgefallen ... sie existierte schlicht und einfach nicht. Man hatte ihm lediglich einen Vertrag mit fünf Jahren Laufzeit angeboten, außerdem zehntausend Dollar dafür, dass er an einem Einstellungsgespräch teilnahm. Friss oder stirb. Er erwartete, bei diesem Gespräch Näheres zu erfahren, doch sie mussten ihm schon eine bahnbrechende Forschungsarbeit anbieten, andernfalls saß er im nächsten Flugzeug zurück ins sonnige, trockene Los Angeles. Schließlich hatte er dort bereits einen gutbezahlten Job bei CreGen, der ihm sogar die eine oder andere Schlagzeile brachte. Doch für Manifold zu arbeiten, war eine einzigartige Gelegenheit, daher musste er sich die Sache zumindest einmal ansehen. Auch wenn er im Traum nicht darauf gekommen wäre, dass das Einstellungsgespräch im peruanischen Regenwald stattfinden würde.

Die Doppeltür schwang auf, und Maddox rannte hinein, als suchte er Schutz vor einem sintflutartigen Regenguss. Angesichts der Nässe, die nach dem kurzen Sprint in seiner Kleidung und in den triefenden Haaren hing, war das nicht einmal besonders übertrieben.

Drinnen blies ihm aus zahlreichen Öffnungen entlang der Decke kühle, klimatisierte Luft entgegen. Maddox spürte, wie die Haare auf seiner Stirn zu einer betonartigen Masse erstarrten, während das Elnett-Spray wieder antrocknete. Seine gestylte Frisur war jetzt ein paar Zentimeter flacher als zu dem Zeitpunkt, als er sie in Form gebracht hatte.

»Dass der Boss immer solche Metrosexuellen anschleppen muss, die die schwüle Luft nicht abkönnen«, begrüßte ihn eine tiefe Stimme.

Maddox sah den Mann verblüfft an, der die Tür geöffnet hatte. So respektlos hatte ihn seit der Highschool keiner mehr angeredet. Er funkelte den Kerl wütend durch seine elegante Oakley-Sonnenbrille mit dem schwarzen Gestell an. Der Bursche war großgewachsen, und nach den Ausbuchtungen unter seinem enganliegenden schwarzen Hemd zu urteilen, kein Wissenschaftler. Maddox sagte mit so viel Herablassung, wie er aufbringen konnte: »Wie meinen?«

»Ich verarsche Sie doch bloß, Mann.« Der Fremde schlug ihm auf die Schulter – schmerzhaft – und lachte. Dann streckte er die Hand aus. »Oliver Reinhart. Chef der Gen-Y-Sicherheit bei Manifold Gamma.«

»*Sie* leiten diese Anlage?«, fragte Maddox und überlegte, ob er wohl längere Zeit mit diesem Schlägertypen klarkommen musste, wenn er den Job annahm.

Reinhart rieb sich über den kurzgeschorenen Hinterkopf und ließ sich von den Stoppelhaaren an der Handfläche kitzeln. »Ich bin für die Sicherheit in allen Anlagen zuständig, von Manifold Alpha bis Epsilon. Ich bin da, wo der Boss ist.«

»Ridley?«

»Genau der.«

Maddox blinzelte. Richard Ridley war zur Legende geworden, seit er vor zehn Jahren mit einer Erbschaft von drei Milliarden Dollar Manifold gegründet hatte.

Anfangs wollte niemand die Firma so recht ernst nehmen, aber er warb die fähigsten Köpfe der Branche an, holte sie direkt vom MIT, aus Harvard oder Berkeley. Bald florierte das Unternehmen und machte rasante Fortschritte auf dem Gebiet der Genetik und der Biopharmazeutika. »Richard Ridley ist hier?«

»Sind Sie aber schnell von Begriff!«, spöttelte der andere. »Jetzt wird mir klar, warum der Chef Sie angeheuert hat.«

»Er hat mich noch nicht angeheuert.«

Reinhart trat an ihm vorbei in den blendend weißen

Korridor. »Doch, hat er. Sie wissen es nur noch nicht. Kommen Sie, mir nach.«

Maddox betrachtete den stämmigen Mann von der Seite. Auf einer Wange hatte er eine lange Narbe, ansonsten wirkte das glattrasierte Gesicht vor allem jung. Keinesfalls älter als dreißig. Er schloss daraus, dass Reinhart sich nur gern vor Neuankömmlingen aufspielte und mit seiner Bekanntschaft zu Ridley prahlte. Also sagte er: »Sie wirken ein bisschen jung für einen Sicherheitschef. Wie alt sind Sie, dreißig?«

Reinhart antwortete ohne das geringste Zögern. »Fünfundzwanzig. Wir heißen nicht umsonst Gen-Y, nach der ›Generation-Y‹. Sie finden niemanden über achtundzwanzig unter meinen Leuten.«

»Ist der Mangel an Erfahrung nicht …«

Reinhart beugte sich zu Maddox, sah ihn eindringlich an und legte eine Kunstpause ein, bevor er sagte: »Killer werden geboren, nicht gemacht.«

Wie auf ein Stichwort bogen zwei weitere Sicherheitsleute um die Ecke, beäugten Maddox im Vorübergehen misstrauisch und nickten Reinhart zu wie Freunde in einem Klub. Beide wirkten kaum alt genug, um sich rasieren zu müssen, doch ihr Körperbau und die kalten Augen bestätigten Reinharts Worte. Maddox war in eine Schlangengrube geraten.

War es nicht verantwortungslos, derart junge Leute mit Sicherheitsaufgaben zu betrauen? Andererseits fand man Achtzehnjährige auf allen Schlachtfeldern dieser Welt. Nach Reinharts Stoppelhaarschnitt und seinem militärischen Habitus zu schließen, hatte er wahrscheinlich im Irak oder in Afghanistan gedient, bevor er diesen Job an Land zog. Maddox beschloss, das Thema fallenzulassen, und folgte ihm durch das Labyrinth von Gängen.

Schließlich blieb Reinhart stehen und öffnete eine Tür. Er machte eine einladende Geste, begleitet von einem Grinsen. »Nach Ihnen.«

Maddox seufzte und trat ein. Bei dem Anblick, der sich ihm bot, blieb ihm die Luft weg. Ein weißer Marmorfußboden reflektierte in zahllosen Schattierungen das Blau des Himmels und das Grün des Dschungeldachs, die leuchtend durch die mindestens fünfzehn Meter lange kuppelförmige Glasdecke schimmerten. Inka-Statuen säumten die rubinroten Wände, und ein langer Orientteppich durchmaß die Mitte des Raums. Er führte zu einem enormen Empfangstresen, der eher zu einem Hollywood-Agenten als zu einer Genetikfirma passte. Die kühle Rothaarige dahinter musterte ihn über den Rand ihrer Brille hinweg und lächelte knapp.

»Sagen Sie ihr, wer Sie sind, dann übernimmt sie von jetzt an die Führung«, meinte Reinhart.

Maddox stand immer noch staunend da, als die Tür hinter ihm leise ins Schloss glitt. Reinhart war gegangen. Der Mann hatte Maddox trotz seiner Jugend eine Heidenangst eingejagt. Was würde passieren, wenn er Ridleys Angebot ausschlug? Er verdrängte die Frage und dachte weiter über Reinhart nach. Als Ridleys persönlicher Leibwächter würde er ja wohl nicht die ganze Zeit hier sein … oder doch? Niemand wusste so genau, wo Ridley sich jeweils aufhielt. Reinhart hatte von »Manifold Alpha bis Epsilon« gesprochen, also gab es mindestens fünf solcher Komplexe.

Vielleicht mehr.

Die blutroten Augen von zwölf Inka-Statuen auf jeder Seite des Raums schienen Maddox zu folgen, während er zum Empfangstresen ging. Die grotesken, bedrohlichen Fratzen waren seinem Nervenkostüm nicht gerade zuträglich. Die Rothaarige gebot ihm mit erhobener Hand stehen zu bleiben und lauschte in einen Telefonhörer. »Sie können jetzt hineingehen«, sagte sie schließlich, legte auf und drückte einen Knopf unter der Tischplatte. Rechts hinter dem Empfangstisch glitt lautlos eine Tür auf. Maddox packte seine Aktentasche fester und trat ein, ohne zu wissen, was ihn erwartete.

Das Büro war sparsam mit weiteren Kunstwerken des Inkareichs dekoriert. An den Wänden hingen Masken, in den Ecken standen Statuen. Große Grünpflanzen verliehen dem Raum die Atmosphäre einer Zeremonialhöhle. Maddox bemerkte einen starken Duft nach frischer Pfefferminze, die Sorte, die seine Mutter selbst im Treibhaus gezogen hatte.

Im Zentrum des Büros standen sich zwei schwarze Sofas gegenüber. Dazwischen ein niedriger, handbeschnitzter Teetisch mit zwei gläsernen Bechern, einer dampfenden Tonkanne und einer Dokumentenmappe. Richard Ridley persönlich saß auf einem der Sofas und blickte Maddox entgegen. Sein kahler Schädel glänzte im Schein eines eleganten Lichtschienensystems.

Maddox kannte Ridley von Fotos aus Artikeln und Werbebroschüren, die er bei Konferenzen gesehen hatte, aber in Fleisch und Blut wirkte er noch größer und imposanter. Ohne aufzustehen oder ihm die Hand zu reichen, bedeutete er ihm, auf der anderen Couch Platz zu nehmen. Maddox gehorchte und stellte die Aktentasche neben sich auf den Boden. Ridley schenkte Tee ein, tröpfelte Honig dazu und reichte Maddox eine Tasse. Ein kräftiger Schwall Pfefferminzduft stieg ihm in Nase und Augen. Er nippte an der heißen Flüssigkeit und fühlte sich sofort erfrischt und belebt, als die Minze ihre Wirkung entfaltete.

»Frisch gepflückter Pfefferminztee«, meinte Ridley,

trank einen Schluck und stellte seine Tasse ab. Seine raue, dröhnende Stimme war unverkennbar und gebieterisch. Maddox hatte sie schon einmal gehört und war darauf gefasst gewesen, doch trotzdem wunderte er sich, wie ein Mann mit einer derart unheimlichen Stimme so erfolgreich sein konnte. »Erstaunlich, was ein so schlichtes Gebräu Gutes für den Körper tun kann. In der Wirkung natürlich nicht im Entferntesten vergleichbar mit dem, womit Sie sich befassen, dafür schmeckt es aber vermutlich besser.«

Maddox lächelte unverbindlich und versuchte, seine Nervosität zu verbergen.

»Ich habe Ihre Arbeit recht genau verfolgt. Sie haben große Durchbrüche beim Wnt-Signalweg und der Gliedmaßenregenerierung bei Hühnerembryonen erzielt.«

Maddox' Augen weiteten sich.

Ridley grinste. »Möchten Sie mir erklären, wie Sie das geschafft haben?«

Maddox wurde lebhaft. Er hätte nie damit gerechnet, *dem* großen Richard Ridley einmal etwas erklären zu können. »Wie Sie wissen ... vielleicht wissen ... ist der Wnt-Signalweg ein Netzwerk von Proteinen, das, vereinfacht gesprochen, einem heranwachsenden Fötus mitteilt, wie und wann er Gliedmaßen entwickeln muss. Aber nach der Geburt ruht er. Mutter Naturs Sicherheitsschaltung sozusagen, um unkontrollierte Ergänzungen zu verhindern. Zum Beispiel, dass einem ein sechster Finger an der Hand wächst, wenn man sich lediglich geschnitten hat. Wir haben nun versucht, diesen Signalweg bei Erwachsenen zu reaktivieren, damit die Wnt-Proteine den Zellen befehlen, bei einer Amputation neue Bänder, Knochen und Muskeln aufzubauen und nicht nur eine frische Lage Haut über der Wunde zu bilden.«

Ridley räusperte sich. »Nur – korrigieren Sie mich, falls ich mich irre –, der Wnt-Signalweg war zwar eine brillante Idee, aber gleichzeitig auch ein ziemlich peinlicher Fehlschlag.«

Maddox' Schultern sackten nach vorne, während sein Selbstbewusstsein sich verflüchtigte. Ridley wusste offenbar mehr, als er wissen durfte.

»Aber« – Ridley drohte ihm scherzhaft mit dem Finger – »Sie verfolgen bereits eine andere Spur, nicht wahr?«

Viel mehr.

Maddox blieb stumm. Ihm war klar, dass jeder Kommentar zu seinen gegenwärtigen Forschungen einen Vertragsbruch gegenüber CreGen bedeutete und zu seiner Entlassung und wahrscheinlich einer Klage führen konnte. Allein seine Anwesenheit hier im peruanischen Regenwald statt in der Karibik, wo er angeblich Urlaub machte, war ein Kündigungsgrund.

»Sie müssen nichts sagen. Ich weiß, dass Sie das in eine ... peinliche Lage bringt. Darum spreche ich es für Sie aus. Es ist Ihnen gelungen, Gliedmaßen bei Ratten zu regenerieren – Schwänze, Beine, sogar Ohren.«

Maddox' Augen wurden groß. »Woher wissen Sie das? Wir haben nichts publiziert ...«

Ridley hob gebietend die Hand. »Bitte. Lassen Sie mich ausreden. Sie haben außerdem zumindest teilweise die Glieder von Schweinen und Schafen regenerieren können, wenn auch mit geringerem Erfolg. Aber das *Pièce de Résistance* ist das, was Ihnen, und zwar nur *Ihnen* allein, beim Menschen gelungen ist.«

»Jetzt warten Sie mal«, sagte Maddox und setzte sich steif auf. »Die Arbeit an Schafen und Schweinen ist streng geheim. Sie können unmöglich ...«

Ridley hob abwehrend die Hände. »Und doch weiß ich

davon. Industriespionage ist eine wundervolle Sache. Glauben Sie, Ihre Bosse bei CreGen hätten nicht auch ihre Spione bei uns eingeschleust? Ohne unseren Mister Reinhart und Gen-Y hätten Sie wahrscheinlich ebenso Zugang zu Manifolds Geheimnissen wie umgekehrt.« Er beugte sich vor. »Mir fällt auf, dass Sie die Experimente am Menschen nicht erwähnen.«

»Das liegt daran, dass es keine gibt«, erwiderte Maddox mit trockenem Mund und blickte zu Boden. Ridley lächelte und griff zu der Dokumentenmappe auf dem Tisch. Er schlug sie auf und begann zu lesen. »Junge. Alter fünfzehn Jahre. Eingeliefert ins Massachusetts General Hospital mit abgeschnittener Zeigefingerspitze ... ein Unfall, als er versuchte, im Keller einen Frosch zu sezieren. Das war im Jahr 1986.« Er sah auf. »Klingt das bekannt?«

»Wie sind Sie an meine Krankenakte gekommen?«

»Wenn ich die Sicherheitsmaßnahmen bei CreGen ausschalten kann, glauben Sie im Ernst, Ihre Krankenversicherung hätte eine Chance?« Er schloss die Mappe und warf sie zurück auf den Tisch; dann packte er mit der Schnelligkeit einer zubeißenden Schlange Maddox' linke Hand. Er hielt sie in die Höhe und inspizierte den makellosen Zeigefinger. »Sie haben vor kurzem ihre eigene Fingerspitze nachwachsen lassen. Nicht im Rahmen Ihrer Arbeit. Auf eigene Faust.«

Maddox entriss ihm die Hand, lehnte sich zurück und verschränkte die Arme vor der Brust.

»Kein Grund zur Aufregung. Ich bewundere Ihre Hartnäckigkeit, selbst wenn sie hier von Eitelkeit inspiriert war.« Ridley zog ein zusammengefaltetes Blatt Papier aus der Hosentasche und hielt es in die Höhe. »Sagen Sie mir, wie Sie es angestellt haben, und ich zeige Ihnen, was auf diesem Blatt Papier steht.«

»Was könnte darauf schon stehen, dass ich Ihnen etwas Derartiges anvertraue?«

»Ihre Zukunft«, gab Ridley zurück. »Na, interessiert?«

Maddox hielt es ganze fünf Sekunden lang aus, dann sagte er: »Schweineblasenextrakt. Es ... hilft dabei, das mikroskopische Gerüst für neue Humanzellen zu konstruieren, und sendet chemische Signale, die den Prozess des Nachwachsens stimulieren.«

»Ein ... ungewöhnlicher Ansatz«, sagte Ridley. Aber er lächelte.

»Schweineextrakte werden bei der Diabetesbehandlung eingesetzt, um Inselzellen zu produzieren, die nach der Transplantation einen Gesundungsprozess beim Menschen einleiten«, erläuterte Maddox.

»Und da haben Sie gedacht, das könnte auch beim Nachwachsen von Gliedmaßen klappen.«

Maddox zuckte die Achseln. »Damals, ja. Aber es hat sich als weitere Sackgasse erwiesen. Der Prozess funktioniert nicht.«

Ridley nickte. »Ihre Forschung stagniert also?«

Maddox gab keine Antwort. Es wäre zu schmerzhaft gewesen, den Fehlschlag eines Projekts einzugestehen, dem er sein ganzes Leben gewidmet hatte. Außerdem, Ridley kannte die Antwort ja offenbar schon.

»Als junger Mann, lange vor alldem hier«, meinte Ridley und wedelte mit den Armen in der Luft, »war ich besessen von Landkarten. Ich zeichnete den Landweg von einem Ort zum anderen auf, sagen wir von Peking nach Paris, immer und immer wieder, bis scheinbar alle Möglichkeiten ausgeschöpft waren. Dann versuchte ich etwas anderes, so wie Sie mit der Schweineblase. Ich stellte die Landkarte auf den Kopf, und siehe da, neue Wege tauchten auf. Doch auch mit dieser Technik war ich irgendwann am Ende, weil es keine weiteren Alternativen mehr gab. Die Mittel meines Vaters ermöglichten es mir, eine letzte Ressource zu erschließen, die schwer zu erhalten und oft auch ziemlich teuer ist – die antike Vergangenheit. Ich kaufte alte Karten bei Händlern auf der ganzen Welt, legal oder auf dem Schwarzmarkt. Uralte Handelsrouten erschlossen sich mir. Geheime Wege. Vergessene Tunnel. Jede Karte enthüllte mir mehr. So begriff ich, dass die Vergangenheit einem die Mittel in die Hand geben kann, der modernen Welt ihre Geheimnisse zu entlocken. Daran glaube ich auch heute noch – und Sie werden diese Lektion ebenfalls lernen, wenn Sie interessiert sind.«

»Ich … ich weiß nicht, ob es mir möglich ist.«

Ridley lachte auf, als hätte er noch nie etwas Dümmeres gehört. »Sie haben Ihre Fingerspitze regeneriert. Ihr Ehrgeiz reicht weit über CreGen hinaus, wo man, wenn ich Sie daran erinnern darf, den Lohn für Ihre Entdeckungen einheimst. Sie stecken in einer Sackgasse, genau wie wir. Sie können eine abgeschnittene Fingerspitze nachwachsen lassen. Na und? Bei Kindern unter elf Jahren wachsen sie manchmal von selbst nach. Sie haben lediglich die Altersgrenze für die Regeneration von Fingerspitzen in die Höhe geschraubt.«

»Um zweiundzwanzig Jahre!«

Ridley lächelte. »Beeindruckend, ich weiß. Aber es ist nicht das Goldene Vlies, oder? Komplette Regeneration von Gliedmaßen. Von Organen. Rückgrat, Gehirn, vielleicht sogar Erinnerungen. Darum geht es.«

Eine plötzlich aufwallende Erregung drängte Maddox' Bedenken in den Hintergrund. Er erkannte, dass Ridley ihm vielleicht, nur vielleicht, den goldenen Schlüssel zum Königreich anbot. Aber er hatte seine Bedingungen.

»Ich will den Ruhm.«

»Abgemacht«, erwiderte Ridley ruhig und händigte Maddox das Blatt Papier aus, das er inzwischen ganz auseinandergefaltet hatte. »Mein Angebot. Nehmen Sie es an, und ich enthülle Ihnen die Vergangenheit, die uns in die Zukunft führen wird.«

Während Maddox die wenigen Zeilen Text las, wuchs sein Staunen mit jedem Wort. Das war mehr als der Schlüssel zum Königreich; es war der Schlüssel zum Universum! Unbegrenzte Forschungsmittel, ein Gehalt, das ihn zum Multimillionär machen würde, und einige der besten Köpfe der Branche zu seiner freien Verfügung.

»Nehmen Sie an?«

Maddox nickte langsam. Ein solches Angebot schlug man nicht aus.

»Ausgezeichnet.« Ridley trank einen Schluck Tee und machte es sich bequem, wobei das Sofa unter seiner Leibesfülle ächzte. »Das Problem mit dem Wnt-Signalweg besteht darin, dass es noch niemandem gelungen ist, die ›natürliche Barriere‹, wie ich sie nenne, zu durchbrechen. Menschen können sich manchmal Fingerspitzen nachwachsen lassen, wie Sie demonstriert haben, aber niemand konnte bisher herausfinden, welcher molekulare Signalweg diese Art von natürlicher Regeneration auslöst. Signalwege, die ein Nachwachsen in anderen Regionen des menschlichen Körpers bewirken, sind schlicht und einfach unbekannt.«

»Und Sie glauben, ich kann diese Hürde überwinden?«

»Aber keineswegs«, gluckste Ridley. »Ich schlage einen völlig anderen Weg vor. Eine etwas unkonventionelle Methode.«

»Wie wäre es mit nAG-Proteinen?«, fragte Maddox aufgeregt. Vom Wunsch beflügelt, sein Gegenüber zu beeindrucken, fuhr er fort, bevor Ridley etwas erwidern konnte:

»Wenn ein Salamander ein Glied verliert, verklumpen sich Blast-Zellen um die Wunde. Diese Blast-Zellen können Knochen, Organe oder Gehirne bilden – alles. Als Embryo besitzt sie auch der Mensch, doch nach der Geburt stoppt die Produktion. Diese Zellen wachsen und teilen sich und verwandeln sich mit der Zeit in das amputierte Gewebe. Das nAG-Protein steuert die Blast-Zellen und teilt ihnen mit, was sie werden sollen: Muskeln, Adern, Haut. Wenn wir die menschliche Version adulter Blast-Zellen finden und die nAG-Proteine dazu bringen könnten, bestimmte Signale weiterzuleiten, dann wäre das ein phantastischer Durchbruch für die Humanregenerierung. Doch bei Salamandern dauert es mehr als einen Monat, bis ein Glied nachgewachsen ist, das weniger als zweieinhalb Zentimeter lang ist. Beim Menschen würde es viel länger dauern. Vielleicht ein Leben lang. Aber ich bin sicher, diese Hürde können wir nehmen, wenn wir erst einmal so weit sind. Mit Ihren Ressourcen, denke ich, könnte ich so ziemlich jedes Geheimnis entschlüsseln.«

Ridley zog eine Augenbraue hoch. »Gar nicht übel. Eine sehr brauchbare Idee. Man könnte sie nebenbei weiterverfolgen, während wir mein Lieblingsprojekt anpacken.«

Maddox hatte Mühe, ein Aufstöhnen zu unterdrücken. Am liebsten hätte er Ridley angeschrien, endlich zur Sache zu kommen, aber heraus kam nur ein schwaches: »Und das wäre?«

Der große Mann lächelte zum ersten Mal ohne jeden Anflug von Spott oder Bosheit. »Die Quelle ewiger Jugend ist nicht irgendein Wasserfall hier draußen im Dschungel, Maddox«, sagte er und stieß sich dann mit dem Zeigefinger gegen die Brust. »Ich, ich will ewig leben, und der Schlüssel dazu liegt irgendwo in unserer DNA verborgen. In unseren Genen. Und in unserer Vergangenheit.«

»Sie wollen ewig leben?«, echote Maddox.

»Wer möchte das nicht?«, gab Ridley zurück. »Ich will einfach lange genug leben, um dieses Unternehmen so weit zu bringen, wie es überhaupt möglich ist. Ich bin mit ganzem Herzen Unternehmer, und die Vision, die ich für meine Firma habe, lag immer außerhalb ihrer Möglichkeiten, selbst jetzt noch. Wenn Sie jedoch das Geheimnis der Regenerierung lösen, dann lebe ich vielleicht lange genug, um meine Träume zu verwirklichen. Und ganz nebenbei werden wir eine Riesenmenge Geld verdienen.«

Maddox hätte fast laut aufgelacht, erkannte aber gerade noch rechtzeitig, dass es dem Mann völlig ernst war. Er selbst hatte nie in Betracht gezogen, dass die Regenerationsfähigkeit im Extremfall das Leben stark verlängern könnte, von der Unsterblichkeit einmal ganz abgesehen.

»Wie gut kennen Sie sich in griechischer Mythologie aus?«, fragte Ridley plötzlich.

Maddox faltete die Hände und lehnte sich zurück. »Relativ gut, denke ich. Ich interessiere mich dafür, seit ich als Kind *Kampf der Titanen* gesehen habe. Aber meine Kenntnisse sind angelesen und haben keine fundierte wissenschaftliche Basis.«

Ridley nickte. »Es gab da eine … Kreatur. Vielleicht einzigartig. Vielleicht die letzte ihrer Art. Wer weiß. Das Entscheidende ist, dass diese Kreatur in der Lage war, außergewöhnlich schnell all ihre Gliedmaßen nachwachsen zu lassen, einschließlich Hals und Kopf.«

»Und Sie glauben, dass diese Kreatur oder ihre Nachkommen heute noch existieren?«

»Nein. Wenn dem so wäre, wüssten wir davon. Der Mythos besagt, dass sie getötet wurde … von Herkules.«

»Ich verstehe«, sagte Maddox lahm. Er fragte sich langsam, ob Ridley noch ganz bei Verstand war.

Ridley sah den Zweifel in seinen Augen, und sein Blick verhärtete sich. »Halten Sie mich bitte nicht für einen Spinner, Maddox. Ich habe Manuskripte entdeckt, die weit über den Mythos des Herkules hinausreichen. Von der Legende völlig unabhängige Dokumente. Berichte von ausgelöschten Herden. Zerstörten Dörfern. Vermissten Jagdgruppen. Jahrhundertelang wusste niemand, was all den Tod und die Zerstörung verursachte. Jedenfalls nicht, bis Herkules kam.«

Ridley ging zu einem Wandsafe und tippte den Code ein. Als die schwere Metalltür aufschwang, entnahm er ihm ein einzelnes, altes Dokument, das von einem massiven Glascontainer geschützt wurde. »Dieses Dokument habe ich auf dem schwarzen Markt für hunderttausend Dollar erworben, noch bevor ich wusste, dass es authentisch ist. Mit dem, was ich heute weiß, hätte ich buchstäblich alles gegeben, um es in die Hände zu bekommen ... und bei zwei Gelegenheiten versuchte eine rivalisierende Gruppe, deren Identität ich noch nicht herausfinden konnte, es mir abzujagen. Es ist absolut unbezahlbar. Schon so mancher hat gezeigt, dass er dafür zu sterben bereit ist.« Er setzte sich wieder und reichte Maddox den Container zur Inspektion.

»Was ist das für eine Sprache?«

»Griechisch. Es wurde auf 460 v. Chr. datiert, nur ein paar Jahre nach Herkules' sagenumwobenem Aufeinandertreffen mit der Kreatur. Viel zu kurz danach, als dass sich schon eine Legende gebildet haben könnte.«

Maddox starrte das Dokument an. Sein Alter und seine Schmucklosigkeit verliehen Ridleys Worten eine gewisse Glaubwürdigkeit.

»Herkules wird mit keinem Wort darin erwähnt, obwohl das Dokument darauf anspielt, dass jemand die

Bestie getötet hat. Es enthält lediglich eine Beschreibung der Kreatur, damit man sie identifizieren und ihr entsprechend begegnen kann, falls noch einmal eine ihrer Art auftauchen sollte.«

»Eine Art antiker Feldführer«, meinte Maddox, der das erste Prickeln der Erregung spürte.

»Exakt. Und wissen Sie, was ich festgestellt habe?«

Maddox wartete stumm. Er hatte natürlich keine Ahnung.

»Die Beschreibung der Kreatur in diesem rein historischen Text ist beinahe identisch mit der aus dem Herkules-Mythos. Seine Taten mögen im Lauf der Zeit glorifiziert worden sein, doch alle Einzelheiten, die die Bestie betreffen, waren von Anfang an so phantastisch, dass sich niemand in den letzten zweieinhalb Jahrtausenden die Mühe gemacht hat, ihre Eigenschaften oder Fähigkeiten zu übertreiben. Daher nehme ich an, dass andere Aspekte der Geschichte ebenfalls wahr sind. Ausgehend von den Beschreibungen im Mythos, könnte es möglich sein, den Ort zu lokalisieren, an dem die Kreatur vergraben liegt. Sollte sie gut erhalten sein, würde ihre DNA alles, was wir über physische Regenerierung wissen, revolutionieren. Mr Maddox, wir müssen die letzte Ruhestätte des Untiers von Lerna finden und ihm seine DNA entnehmen. Der Lohn dafür ist das ewige Leben.«

»Lerna …« Maddox beugte sich vor, und seine Augen weiteten sich, als er plötzlich verstand. »Mein Gott. Sie sprechen von der Hydra.«

Ridley lächelte breit und zeigte die Zähne.

»Das ist … verrückt.«

Ridley gluckste. »Es war zu erwarten, dass Sie als Wissenschaftler so reagieren.«

Er hielt Maddox' Blick fest. »Die großen Wissenschaftler in der Geschichte der Menschheit hatten alle etwas gemeinsam. Einstein, Galileo, da Vinci, Hawking – Phantasie! Sie alle waren brillante Wissenschaftler, aber sie hatten auch den Mut, in Regionen der Vorstellungskraft vorzustoßen, die zuvor als Wahn, Science-Fiction, Häresie galten. Wenn die menschliche Rasse nicht nach dem Unmöglichen strebte, würden wir immer noch zum Mond emporstarren, statt ihn bereits betreten zu haben.«

Maddox wusste, dass das stimmte. Er hatte diesen Weg selbst eingeschlagen, indem er seinen eigenen Finger regenerierte. Doch auch wenn die Hydra Realität sein sollte, blieb noch das Problem, ihr Grab aufzuspüren und zudem verwertbare DNA vorzufinden. Es schien einfach nicht machbar.

»Lassen Sie es mich anders formulieren: Wollen Sie ein Risiko eingehen, das Ihren Namen an die Spitze der Liste der großen Wissenschaftler katapultieren könnte, oder spielen Sie lieber auf Sicherheit und kehren zu einer Firma zurück, die alle Anerkennung für Ihre Arbeit einstreicht? Ruhm oder Vergessenheit?«

»Sie glauben wirklich daran?«

»Ich würde mein ewiges Leben darauf verwetten!«

Maddox lächelte. Vermutlich hätte er allein wegen der Bezahlung zugesagt, doch falls Ridley recht hatte, würde er nicht nur seinen Namen in die Geschichtsbücher eintragen können. Er würde sogar lange genug leben, um ihn persönlich darin zu lesen. »Ich bin dabei.«

ZWEI

Nazca, Peru, 2009

Am Montag hatte George Pierce' Arbeitswoche begonnen wie immer. Um acht Uhr morgens hielt er eine Anfängervorlesung über antike Geschichte an der Universität von Athen. Gegenstand war der Aufstieg und wachsende Einfluss Athens. Für die Lehrtätigkeit hatte er sich noch nie besonders begeistern können, vor allem nicht bei einem so langweiligen Thema; interessant wurde es normalerweise erst nach dem Mittagessen, wenn er wieder die archäologischen Ausgrabungen an einem kürzlich entdeckten Schiffswrack vor der Insel Antikythera leitete. Es gab Hinweise für wiederholte Angriffe verschiedener Volksgruppen auf die dortige Zitadelle: Spartaner, Einwohner von Rhodos, Mazedonier und Römer. Der Zeitraum ließ sich bis in die Periode zurückverfolgen, die Pierce am meisten am Herzen lag, 2000 vor Christus und früher – die Zeit der Mythen und Legenden. Darum hatte der Fund dieses Schiffswracks ihn auch so fasziniert und begeistert.

Er hatte seine eigene Theorie, um welches Schiff es sich dabei handelte, doch hielt er sie noch zurück, da sie extrem kontrovers aufgenommen werden würde. Es gab zwar Indizien, die seine These erhärteten, doch keinen konkreten Beweis. Dafür hätte er schon den Schiffsnamen finden müssen oder, was noch viel unwahrscheinlicher war, ein Logbuch. Die Artefakte, die sie seit drei Monaten bargen und an der Universität katalogisierten, waren allein nicht aussagekräftig genug. Sein einziges wirkliches Beweisstück, ein eisernes Medaillon, hatte er heimlich bei seiner Kollegin Agustina Gallo deponiert. Sie gehörte zu den wenigen Menschen, denen er in Griechenland voll vertraute.

An diesem Montag gab es keine wichtigen Entdeckungen. Pierce ging nach Hause in sein Apartment auf dem Campus, setzte sich an den Computer und startete das E-Mail-Programm. Eine einzige Nachricht lag im Eingangsordner, doch nachdem er diese gelesen hatte, sagte er drei Wochen vor Semesterende alle Vorlesungen ab und betraute Agustina mit der Leitung der Ausgrabungen bei Antikythera.

Weniger als eine Woche später und mehr als achttausend Kilometer entfernt stand er nun auf der Hochebene von Nazca in Peru. Stumm und wie betäubt starrte er eine grobe, griechische, in Stein gemeißelte Inschrift an. Ungläubig streckte er die Hand aus und betastete das eingeritzte Symbol darüber. Er kannte es, doch seine Bedeutung würde er noch für sich behalten. Mit den Fingerspitzen zog er die Buchstaben nach, um sich selbst davon zu überzeugen, dass er nicht träumte. Schon lange suchte er nach Beweisen dafür, dass die großen Zivilisationen der Antike lange vor Kolumbus die Reise nach Amerika bewältigt hatten. Dass Wikinger und Römer den Nordosten der Vereinigten Staaten erreicht hatten, galt inzwischen ja fast schon als Allgemeingut. Aber die Griechen in Südamerika – in *Peru* … die Geschichte müsste umgeschrieben werden.

Die E-Mail, die ihn hierhergeführt hatte, stammte von einem Freund, der für die Weltkulturerbestiftung der UN arbeitete. Er berichtete darin von einem neunköpfigen Geoglyphen, einer neu entdeckten, riesigen Erdzeichnung, die vor Tausenden von Jahren entstanden war. Sie gehörte zu den berühmten Nazca-Linien in einem fünfhundert

Quadratkilometer großen Wüstengebiet, das seit 1994 als Weltkulturerbe galt. Die ersten Nazca-Zeichnungen waren bereits 1929 entdeckt worden, doch zu Weltruhm gelangten sie erst, als Flugzeuge regelmäßig die Wüstenregion zu überfliegen begannen und einen Geoglyphen nach dem anderen entdeckten – viele davon. Die gewaltigen Umrisszeichnungen waren nur aus der Luft zu erkennen. Manche, bis zu dreihundert Meter lang, konnte man erst aus fünfhundert Metern Höhe zur Gänze überblicken. Es gab sie in allen Formen und Größen: Spinnen und Affen, Menschen und Götter. Die Entdeckung jedes neuen Geoglyphen musste umgehend der UN gemeldet werden, nicht weil man sich daraus wichtige Erkenntnisse erhoffte, sondern um den Grabräubern zuvorzukommen. Die meisten Funde wurden geplündert, bevor Wissenschaftler sie dokumentieren konnten, obwohl die Region offiziell unter »Schutz« stand.

Alles musste katalogisiert und an einem sicheren Ort verwahrt sein, bevor die Nachricht von der Entdeckung die Plünderer erreichte und sie sich wie Geier daraufstürzten. Zwar fanden sich bei den Geoglyphen selten interessantere Dinge als ein paar Keramikscherben oder primitive Grabwerkzeuge, doch die antike Zeichnung musste vermessen und fotografiert werden, bevor die Reifenspuren der Grabräuber sie zerstörten.

Bei den Luftaufnahmen dieses speziellen Geoglyphen war dem Fotografen ein großer Felsen aufgefallen, geformt wie ein halbiertes Ei, der am Ende eines Halses der eigenartigen Kreatur aus der Wüste aufragte. Noch nie zuvor war von einem Geoglyphen mit dreidimensionalen Elementen berichtet worden. Schon tags darauf war ein Team von Wissenschaftlern am Fundort. Zu ihrer Verblüffung entdeckten sie eine Inschrift auf dem Felsen. Doch niemand konnte sie entziffern, bis ein junger Praktikant die Sprache identifizierte – es war Altgriechisch.

Die Entdeckung lag erst einen Tag zurück, als Pierce davon erfuhr. Da er bereits für das Welterbekomitee der UN gearbeitet hatte und als Experte für antike Zivilisationen galt, zog man ihn ganz offiziell zu Rate. Er brauchte drei Flugetappen und eine lange, holprige Fahrt mit dem Jeep, um die Fundstätte zu erreichen. Die UN hatte auf dem Hügel oberhalb des Glyphen ein kleines Basislager aufgeschlagen. Nach einem einzigen Blick auf die neunköpfige Zeichnung war Pierce schnurstracks zu der Stelle hinuntergerannt, wo er sich jetzt seit zehn Minuten befand. Mit angehaltenem Atem betrachtete er die griechische Inschrift auf einem Stein, der unmöglich aus Griechenland stammen konnte. Und das bedeutete, dass vor mehr als zweitausend Jahren ein Grieche genau an dieser Stelle gestanden und die Inschrift verfasst hatte.

Pierce wandte sich an Molly McCabe, die Archäologin, die den Fund aus der Luft dokumentiert hatte. Die Irin forschte seit den späten 1980er Jahren über die Glyphen und hatte mehr Zeit in der Wüste verbracht als sonst irgendwo. Die Geoglyphen von Nazca waren ihr Spezialgebiet, doch Griechisch konnte sie nicht einmal erkennen, geschweige denn lesen.

»Sind Sie sicher, dass die Stätte noch unberührt war? Das muss ein Schwindel sein«, sagte Pierce.

»Meilenweit keine Reifenspuren«, erwiderte sie. »Die kann man hier nicht verbergen. Kein Wind. Kein Regen. Keine Erosion. Wann immer etwas die Oberfläche ankratzt, bleibt sie angekratzt. Nur aus diesem Grund haben die Geoglyphen die Jahrtausende überdauert. Wenn in den letzten zwei Jahrtausenden jemand mit irgendeinem Fahrzeug oder auch nur mit einem Esel hier gewesen wäre, könnte man es noch deutlich erkennen. Zu Fuß wäre es wohl möglich gewesen, keine Spuren zu hinterlassen, doch nur ein Narr würde so etwas riskieren.«

»Wie meinen Sie das?«, fragte er, während er vorsichtig die Inschrift mit einem Pinsel weiter freilegte.

»Es käme einem Todesurteil gleich. Niemand kann genügend Wasser tragen, um hierher und wieder zurück in die Zivilisation zu gelangen. Innerhalb eines Monats wäre man eine ausgedörrte Mumie.« McCabe schnaubte und fuhr sich durch die langen, grauen Haare, die sie zu einem Pferdeschwanz zusammengebunden trug. »Und?«

»Und …« wiederholte er. »Und was?«

»Was zum Teufel steht da?«, fragte sie und warf die Hände in die Luft.

»Richtig. Tut mir leid.« Pierce war ein systematischer Mensch. Wenn es nach ihm ginge, würde man den gesamten Glyphen einzäunen und dann mit Schnüren in ein Raster einteilen, damit jede mögliche Fundstelle gekennzeichnet und später genau untersucht werden konnte. Er ging am liebsten langsam und methodisch vor, aber ihm war klar, dass der Zeitfaktor hier eine Rolle spielte. Mit jedem Tag wurde das Risiko größer, dass die Grabräuber einen Tipp bekamen und einen ihrer nächtlichen Raubzüge unternahmen. Dabei ging es ihnen ebenso um die teure Forschungsausrüstung wie um antike Artefakte.

Staunend las Pierce noch einmal die Inschrift.

Εδω ειναι θαμμενος το θηριο πιο ασχημη. Φλογα και το ξιφος του Βορρα εκανε αθανατο κεφαλι, παντα κατω απο την αμμο και πετρα. Να προειδοποιησει ολους που διαβαζουν αυτα τα λογια. Λαβουν σοβαρα υποψη τους φρουρους 'ανοικτα ακρα και να κρατησει στεγνη τη γη φοβουνται σας μετα το τερας και τη γευση τους μεγαλειωδαις εκδικηση

Die Buchstaben wirkten grob gemeißelt, doch der Stein war wie die ihn umgebende Wüste seit zweitausend Jahren keinerlei Witterungseinflüssen ausgesetzt gewesen. Die Inschrift war noch genauso deutlich zu entziffern wie am ersten Tag.

Pierce schrieb die Zeilen in seine kleine Kladde und übersetzte sie, ohne allerdings das Resultat gleich vorzulesen. Als er sich hinkauerte, um die unterste Zeile zu übertragen, wippte McCabe neben ihm ungeduldig mit dem Fuß. Er beäugte ihr Bein und stellte fest, dass es bemerkenswert fit aussah für eine Frau in den Fünfzigern.

McCabe bemerkte seinen Blick. »Vor zwanzig Jahren hätten Sie vielleicht eine Chance gehabt, George«, spottete sie. »Jetzt bevorzuge ich Männer in meinem Alter.«

Pierce lächelte und beendete seine Notizen. »Und nicht einmal für mich würden Sie eine Ausnahme machen, Molly?«

»George«, sagte sie und beugte sich zu ihm.

»Ja?«

»Übersetzen Sie die verdammte Inschrift!«

Pierce kicherte und las seine Übersetzung noch einmal durch. Er schüttelte den Kopf, sein Gesicht wurde ausdruckslos. »Es muss ein Schwindel sein.«

»George, ich versichere Ihnen, das ist es nicht. Was steht da?« Aus ihrer Stimme klang mühsam gezügelte Ungeduld.

Pierce las von seiner kleinen Kladde ab. »Hier liegt begraben das schlimmste aller Ungeheuer ... Feuer und Schwert trennten den unsterblichen Kopf ab, auf dass er für immer unter Sand und Stein begraben liege. Seid gewarnt, ihr, die ihr diese Worte lest. Hütet euch vor den kreischenden Wächtern im Innern und haltet die Erde trocken, damit das Scheusal nicht erwache und ihr seine furchtbare ... Rache kostet.«

McCabe runzelte die Stirn. »Es ist ein Grab?«

Pierce rieb sich die Stirn und dachte nach. Dann galoppierte er plötzlich los wie ein Rennpferd und hastete den Hügel hinauf. McCabe setzte ihm nach. Keuchend wegen der heißen, trockenen Luft, erreichten sie die Hügelkuppe mit dem Basislager der UN – einem kleinen Dorf aus Zelten und Lastwagen. Pierce drehte sich um und betrachtete den Geoglyphen mit neuen Augen. »Es ist die Hydra«, flüsterte er ehrfürchtig.

McCabe blinzelte. »Die Hydra?«

Pierce blitzte sie mit seinen braunen, anziehenden Augen an. »Die Lernäische Schlange. Der neunköpfige Sumpfdrache. Spross des Typhon und der Echidna.«

Sie schüttelte den Kopf. »Das sind böhmische Dörfer für mich.«

Er packte sie bei den Schultern und sagte beschwörend: »Herakles …«

»Wer?«

Pierce seufzte. Niemand kannte mehr den eigentlichen Namen des Mannes. »Herkules. Er war der illegitime Sohn des Zeus mit Alkmene, einer Sterblichen. Daher verfolgte ihn Zeus' eifersüchtige Gattin Hera mit ihrem Zorn und trieb ihn schließlich in den Irrsinn. Um dem Wahnsinn zu entrinnen und seine Taten zu sühnen, ging er an den Hof des Königs Eurystheus. Dort blieb er zwölf Jahre lang und stellte sich in dieser Zeit zwölf Proben oder ›Arbeiten‹. Bei seiner zweiten Arbeit musste er gegen eine neunköpfige Kreatur namens Hydra antreten – er tötete sie, indem er …« Pierce erstarrte zu einem Eisblock, dem nicht einmal die intensive Hitze der Wüste von Nazca etwas anhaben konnte.

»Was denn?«, fragte McCabe.

»Er tötete die Hydra, indem er ihr den mittleren Kopf

abschlug – ihren unsterblichen Kopf – und den Stumpf des Halses ausbrannte, bevor diesem ein neuer Körper wachsen konnte.« Pierce schwirrte der Kopf von den unfassbaren Möglichkeiten, die sich daraus ergaben. Mit monotoner Stimme, fast wie in Trance, fuhr er fort: »Die meisten Legenden besagen, dass er den Kopf unter einem großen Felsblock begrub ... Wann ist diese Stätte entstanden?«

»Nach Karbondatierungen zwischen vier- und fünfhundert vor Christus. Warum?«

»Einige Wissenschaftler, zu denen ich gehöre, glauben, dass Herkules eine reale Person war, die gegen vierhundert vor Christus lebte.« Seine Augen wurden groß. »Der Zeitrahmen passt. Die Schifffahrt in Griechenland war damals sehr fortgeschritten. Ihren Sieg gegen die Perser in der Schlacht von Salamis verdankten sie hauptsächlich ihrer mächtigen Flotte. Es wäre technisch denkbar, dass eine von Herkules geleitete Expedition die Küste Perus erreichte.«

»Die alten Griechen hatten Segelschiffe?«, fragte McCabe.

»Ja«, erwiderte Pierce und rieb sich die Augen. »Frachtschiffe mit bis zu hundertfünfzig Tonnen. Sie machten das griechische Reich zu einer wohlhabenden Handelsmacht. Doch vielleicht war es gar kein Frachtschiff. Es gab zu der Zeit ein ganz besonderes Schiff, das berühmt war für seine Mannschaft und seine abenteuerlichen Fahrten. Vielleicht haben Sie schon davon gehört. Die *Argo*.«

Sie musste sich beherrschen, um nicht laut aufzulachen. »Wie in Jason und die Argonauten? Ich habe den Film gesehen. Die Tricktechnik von Ray Harryhausen ist genial, aber es ist bloß eine Geschichte.«

Pierce grinste sie an. »Sie sollten sich besser über die

Wissenschaftler erkundigen, die Sie von der UN anfordern, Molly.«

McCabes Lächeln erlosch. »Was …?«

»Vor einem Jahr stieß ich in einer Gruft, die auf vierhundert vor Christus datiert wurde, auf das griechische Besatzungsverzeichnis eines Schiffes namens *Argo*. Plünderer hatten die wesentlichen Artefakte gestohlen, doch das Verzeichnis blieb zusammen mit anderen zerfallenden Dokumenten unentdeckt in einer Spalte verborgen. Vierzig Mann waren darin aufgelistet. Einer davon hieß Herkules.«

»Warum habe ich nie etwas darüber gelesen?«, fragte sie. »Haben Sie denn nichts publiziert?«

»Nein. Das Verzeichnis wurde gestohlen.«

»Von wem?«

Er zuckte die Achseln. Daran, wie die beiden maskierten Männer, die in sein Labor eingedrungen waren, ihn bewusstlos geschlagen und die Besatzungsliste mitgenommen hatten, erinnerte er sich nur ungern. Und ganz bestimmt wollte er sich nicht darüber auslassen, wen er hinter dem Überfall vermutete. Ebenso wenig wie über die Ausgrabungen in Antikythera und das gesunkene Schiff, das sie entdeckt hatten. Auch wenn es durchaus einen Bezug zu der Angelegenheit hier gab. Pierce' Vertrauen musste man sich erst verdienen. »Wer weiß?«, sagte er leichthin. »Aber ich garantiere Ihnen, die Liste war echt. Herkules hat gelebt. Er war natürlich kein Sohn des Zeus, aber er hat existiert … und vielleicht, nur vielleicht, ist er in Peru gelandet. Der Beweis könnte dort unten liegen.« Pierce deutete auf den Felsbrocken.

McCabe fasste ihn an der Schulter. »George.« Sie zwinkerte ihm verschwörerisch zu. »Dann müssen wir unbedingt unter diesen Felsen.«

Er nickte langsam, immer noch wie betäubt.

»Und noch etwas«, fügte sie hinzu. »Wir brauchen einen Sicherheitsdienst. Wenn die Plünderer hiervon Wind bekommen, gibt es kein Halten mehr. Sie werden in Scharen herbeiströmen und sich von unseren UN-Ausweisen kaum abschrecken lassen.«

Pierce erwachte schlagartig aus seiner Trance. »Wenn Sie ein Satellitentelefon haben – ich kenne genau den richtigen Mann für diese Aufgabe.«

DREI

Ostrow Nosok, Sibirien

Vier unsichtbare Schemen glitten über die zugefrorene See. Von Kopf bis Fuß in weiße, militärische Schutzanzüge gehüllt, bewegte das Delta-Team sich auf sein Angriffsziel zu – ein Ausbildungslager für Terroristen. Die *Islamische Armee Aden-Abyan* hatte sich für die verlassene Ödnis des sibirischen Nordens entschieden statt für die brennend heiße Wüste ihrer Heimat Jemen. Niemand wusste, wie lange das Lager schon existierte oder ob die Russen von ihm wussten, aber eines war klar …

»Es ist höchste Zeit, das Mistding in die Luft zu jagen«, sagte Stan Tremblay. Wie alle Mitglieder des Delta-Teams hatte er als Codenamen eine Schachfigur: »Rook« – der *Turm*. Über sein Kehlkopfmikrofon konnten ihn die anderen trotz des schneidenden arktischen Windes verstehen. »Mann, hat die Kälte einen Schrumpffaktor – da weiß man nicht mehr, ob man Männlein oder Weiblein ist.«

Ein leises Lachen schüttelte die vier flach ausgestreckten Silhouetten. Aus einiger Entfernung waren sie von Schnee und Eis nicht zu unterscheiden, und davon gab es in der Umgebung der U-förmigen Insel weiß Gott genug. Selbst aus der Nähe wirkten sie noch eher wie vom Wind gepeitschte Schneewehen. Die einzige Lücke in ihrer Tarnung waren fünf Zentimeter breite Schlitze in den Schneebrillen, aber ein Feind musste schon auf weniger als zwei

Meter herankommen, um diese Anomalie zu bemerken. Und dann würde es zu spät sein.

Ein Geräusch hinter ihnen ließ die Gruppe erstarren. Shin Dae-Jung, Codename »Knight«, der *Springer,* blickte sich danach um. Über das Eis näherte sich rasch ein Fahrzeug. »Vorsicht bei sechs Uhr«, sagte er. »Köpfe runter. Nicht bewegen.«

Die vier Delta-Agenten drückten die Gesichter in den Schnee und versuchten, Entfernung und Geschwindigkeit des Fahrzeugs nach dem Jaulen des Motors und den Vibrationen des Eises abzuschätzen. Es würde knapp werden.

»Deep Blue, hier ist Knight. Sehen Sie das näher kommende Fahrzeug?«

Nach kurzem Rauschen und Knistern meldete sich über ihre speziell modifizierten AN/PRC-158-PPR-Funkgeräte klar und deutlich die Stimme eines Mannes, dem sie nie begegnet waren, der jedoch per Satellit über sie wachte. Die Funkgeräte ermöglichten Sprach- und Datenübertragung und enthielten zudem GPS-Chips, mit denen man die Position des Teams überall auf der Welt feststellen konnte. Ihr einziger Nachteil war eine Verzögerung von einer Sekunde. »Verstanden, Knight. Zoome es heran. Distanz hundert Meter. Sieht nach zwei Leuten auf einem Schneemobil aus. Sie halten direkt auf Sie zu.«

»Ein Problem?«

»Bewaffnet, aber nicht gefechtsbereit ... Warten Sie. Queen, sie werden Sie überfahren. Sie müssen sich nach rechts wegrollen.«

»Verstanden«, ertönte eine lebhafte, feminine Stimme. Zelda Baker, einziges weibliches Teammitglied, hörte auf den Codenamen »Queen«, die *Königin.* Sie wartete regungslos, während das Schneemobil mit seinen beiden Passagieren auf sie zudonnerte.

»Zwei Meter nach rechts«, sagte Deep Blue. »Auf mein Kommando. Drei …«

Sie spannte sich, wartete auf das Zeichen und hoffte, dass Deep Blue die einsekündige Verzögerung mit einrechnete. Das Eis vibrierte bereits spürbar unter ihr, und der Motorenlärm dröhnte in ihren Ohren.

»Zwei …«

Einen Moment lang bezweifelte sie, dass sie Deep Blues Signal in dem Lärm überhaupt hören würde, doch die Stimme kam laut und deutlich durch: »Jetzt!«

Queen machte mit angelegten Armen und geschlossenen Beinen schnell zwei Rollen nach rechts und vergrub ihr Gesicht im selben Moment wieder im Schnee, als das Schneemobil zu ihrer Linken vorbeirauschte und seine Kette den Rand ihres Ärmels streifte. Einen Augenblick später hörte der Motor auf zu heulen und lief dann leer.

»Keine Bewegung«, flüsterte Deep Blues Stimme, als könnten ihn die Männer auf dem Schneemobil hören. Sieben Meter vom Team entfernt wandten sich die beiden auf dem Sitz um. Sie musterten die Schneefläche aus zusammengekniffenen Augen. Sie waren dick vermummt mit mehreren Lagen von Thermalwäsche und Fellen. Jeder trug eine AK-47 über die Schulter gehängt. Während der Motor im Leerlauf tuckerte, schwang sich einer der Männer aus dem Sattel und brachte seine Kalaschnikow in Anschlag. Seine Blicke glitten suchend über den Schnee, während er sich auf das Team zubewegte.

Deep Blue sprach wieder. »Wenn ich einen eurer Namen sage, eröffnet derjenige das Feuer.«

Der Herzschlag der Delta-Leute blieb ruhig und gleichmäßig, während sie auf das Signal warteten, dass einer von ihnen zwei Männern das Leben nehmen sollte. Nicht dass sie das besonders belasten würde. Die beiden gehörten zu einer Bande von Mördern und Terroristen, und es war der Auftrag des Teams, sie allesamt auszulöschen. Doch ursprünglich hatten sie vorgehabt, sie alle innerhalb des Ausbildungscamps zu erwischen, wo sie vor dem Wüten der Elemente geschützt waren. Sie hatten es in die Luft jagen wollen, ohne sich in unnötige Feuergefechte verwickeln zu lassen. Unter normalen Umständen hätte ein Tomahawk-Marschflugkörper dazu ausgereicht, doch da sie sich auf russischem Territorium befanden, könnte ein Raketenangriff als kriegerischer Akt gewertet werden. Besser, sie auf diese Art zu eliminieren und gar nicht erst auf den Radarschirmen aufzutauchen ... im wörtlichen Sinn. Wenn die Russen die Anlage entdeckten, würde nichts mehr übrig sein als gefrorene Asche.

»Wartet«, sagte Deep Blue. »Alles klar.«

Keiner der vier hörte den Motor des Schneemobils aufheulen und sich entfernen, aber wenn Deep Blue sagte, es sei alles klar, genügte das. Sie hoben gerade noch rechtzeitig die Köpfe, um zu sehen, wie der Mann, der ihnen am nächsten stand, mit durchschnittener Kehle gurgelnd zu Boden sackte. Ein Schwall von Blut tränkte den Schnee. Dahinter stand ein weißes Gespenst, das sie durch zwei schmale Schlitze anstarrte.

»Na, habt ihr mich vermisst?«

»King, das ging aber schnell«, sagte Rook und stand auf.

Jack Sigler, Codename »King«, der *König*, säuberte sein getreues, 18 cm langes KA-BAR-Messer im Schnee. Hinter ihm hing der zweite Mann über dem Schneemobil. Ein dünnes Rinnsal Blut tropfte noch aus seinem Hals. »Bin schon seit fünf Minuten wieder zurück. Wollte mal hören, wie ihr hinter meinem Rücken über mich herzieht.«

»Scheiße«, sagte Rook und wischte den Schnee von seinem weißen FN-SCAR-L-Sturmgewehr der zweiten Generation mit angeflanschtem 40-mm-Granatwerfer. Von den fünfen war er der größte Waffennarr und trug zusätzlich zwei Magnum-Desert-Eagle-Pistolen Kaliber .50, eine an jeder Hüfte, unter seiner Schneemontur. Sie waren ihm lieb und teuer, als wären sie seine Kinder – ausgesprochen tödliche Kinder.

»Bewegung am Zielobjekt«, sagte Deep Blue. »Sieht aus, als hätte man euch entdeckt.«

King hob das Kinn des toten Mannes auf dem Schneemobil an, dessen Blut um das Fahrzeug herum bereits zu Eis erstarrt war, und öffnete seine Jacke. Unter dem klaffenden Schnitt im Hals wurde ein Kehlkopfmikrofon sichtbar.

»Mist. Ich hab's langsam satt, dass diese Dritte-Welt-Wichser unsere Technologie in die Finger kriegen.«

»Das liegt an der verdammten Privatwirtschaft«, philosophierte Rook. »Der Höchstbietende kriegt den Zuschlag. Denen ist doch scheißegal, wer dabei draufgeht. Sie bedienen ja nicht den Abzug, also klebt auch kein unschuldiges Blut an ihren Händen.«

King griff in die Tasche und zog ein Miniaturgerät mit Touchpad und einem kleinen Bildschirm hervor. »Heute wird kein unschuldiges Blut mehr vergossen.« Noch während er sprach, hieb er auf die Tasten ein. »Wie viele haben den Komplex schon verlassen?«

»Bis jetzt keiner«, erwiderte Deep Blue, »aber eine Schneeraupe mit fünf oder sechs Finsterlingen ist auf dem Weg nach draußen.«

»Verstanden«, sagte King und vervollständigte die Eingabe des Codes. Hinter ihm verwandelte sich die Insel in einen Vulkan. Eine glühende Säule aus Feuer und Rauch schoss in die Höhe und breitete sich über den Himmel aus, begleitet von tosendem Donner. Die Druckwelle wirbelte eine Schneewolke auf und nahm ihnen kurzzeitig die Sicht. Als sich die Flocken wieder senkten, war die Insel ein rauchender Trümmerhaufen. Überall ertönten Sekundärexplosionen, wo Treibstoffvorräte hochgingen. Aber mitten aus dem Chaos heraus kam ein weißes Fahrzeug mit Raupenketten geschossen, das direkt auf sie zuhielt. Ein Mann lehnte aus dem Fenster und zielte mit einer AK-47 auf sie, während zwei Männer auf dem Dach ebenfalls ihre Kalaschnikows in Anschlag brachten. Alle drei eröffneten gleichzeitig das Feuer.

Das Team warf sich in den Schnee. Sie wussten, dass sie damit praktisch unsichtbar waren. »Lasst mich machen«, sagte Knight und kroch hinter das Schneemobil, um es mit seinem einsamen Passagier als Deckung zu benutzen. Er nahm sein halbautomatisches PSG-1-Scharfschützengewehr von der Schulter und richtete es auf die Schneeraupe. Er wusste, dass das Fahrzeug nicht für ein Feuergefecht gedacht war, daher waren die Scheiben vermutlich auch nicht schusssicher. Durch das Zielfernrohr nahm er den Kopf des Fahrers ins Visier. Er sah, wie der Mann den anderen etwas zubrüllte.

Knight zog behutsam den Abzug durch. Ein einzelner Schuss rollte donnernd über die Eisfläche und übertönte das Rattern der AK-47. Durch das Zielfernrohr sah er, dass die Windschutzscheibe nur eine kleine Delle bekam. Das Glas war doch schusssicher. Verdammt.

Knight richtete das Fadenkreuz wieder aus und stellte auf halbautomatisches Feuer. Die Schneeraupe schlingerte und rumpelte übers Eis, was das Zielen erschwerte, allerdings war Knight ein geradezu konkurrenzloser Scharfschütze. Er hielt den Atem an und feuerte fünfzehn Schuss in rasend schneller Folge ab. Die Windschutzscheibe füllte sich mit weißen Pockennarben, doch acht der Kugeln schlugen an derselben Stelle ein wie die erste und stanzten endlich ein Loch in das schusssichere Glas. Insgesamt drei Kugeln durchdrangen die Scheibe, doch nur die erste fand ihr Ziel. Anschließend war kein Kopf mehr da, den die beiden anderen hätten treffen können.

Doch auch ohne Fahrer hielt die Schneeraupe Kurs auf das Team. Und sie würde nicht stehen bleiben, wenn sie es erreicht hatte. AK-47-Feuer prasselte um sie herum in den Schnee, aber wie so oft bei Terrorgruppen zielten alle miserabel und hatten sich nicht in der Gewalt.

Rook spähte durch das Visier seines Sturmgewehrs. »Muss ich wohl wieder mal alles allein machen. Okay, schön bücken, meine Damen, und los geht's.« Mit einem dumpfen Plopp feuerte er eine Granate ab. Die beiden auf dem Dach der Schneeraupe sahen sie kommen und sprangen ab. Die anderen hatten keine Chance, als das Geschoss in die Schneeraupe einschlug und ihre Körper in etwas verwandelte, das Campbell's Eintopf ähnelte.

Die zwei Überlebenden rappelten sich auf, umklammerten ihre AK-47 und zogen sich hastig zurück, um an der felsigen Küste Deckung zu suchen.

»Jetzt ich«, sagte Queen.

Während die beiden Männer schnurstracks auf den rauchenden Komplex zuhielten, feuerten sie ziellos über die Schulter und schossen Löcher ins Eis, ohne das Team in Gefahr zu bringen.

Queen hievte den Toten vom Schneemobil. Eine Platte gefrorenen Bluts löste sich zusammen mit seiner Leiche und zersplitterte. Queen nahm seinen Platz ein und sagte: »Bei einem so großen, streng geheimen Ausbildungslager sollte man doch denken, dass die Kerle besser schießen können.«

»Um sich selbst in die Luft zu sprengen, muss man kein guter Schütze sein«, wandte King ein.

Queen ließ den Motor des Schneemobils aufheulen. »Stimmt.« Sie drehte eine weite Kurve, beschleunigte und nahm dann pfeilschnell die Verfolgung der fliehenden Männer auf.

»He, King«, sagte Knight und hielt eine weiße Heckler-&-Koch-UMP-Maschinenpistole in die Höhe.

King seufzte. Es war Queens Waffe. Und er wusste, dass ihre Königin sie keineswegs vergessen hatte. Die Frau war das kleinste Mitglied des Teams, doch sie glich die fehlende Größe durch unbezähmbare Wildheit und brutale Stärke aus. Es war nicht immer leicht, hinter die Oberfläche ihres femininen Äußeren zu sehen. Sie besaß Bärenkräfte, und kein anderes Mitglied des Teams hätte je gewagt, sie zum Armdrücken herauszufordern. Niederlage und Blamage wären vorprogrammiert.

Queen kam ihrer Beute immer näher. Den beiden Männern war die Munition ausgegangen, sie rannten jetzt schlicht um ihr Leben. Hätten sie Munition gespart, wäre Queen erledigt gewesen. Doch die Burschen hatten so wenig Verstand, wie ihnen noch Zeit zu leben blieb. Queen hatte sie erreicht.

Der Mann, der ihr am nächsten war, glitt aus und stürzte. Das durchkreuzte ihren ursprünglichen Plan, aber sie liebte es ja zu improvisieren. Sie gab Gas und pflügte über den Mann hinweg, gerade als er den Kopf wieder heben wollte. Das Schneemobil überrollte ihn mit einem ekelerregenden Knirschen. Schlampige Arbeit. So etwas mochte sie nicht, aber es war unbestreitbar effektiv gewesen. Sie konzentrierte sich wieder auf den zweiten Mann, der in panischer Angst davonrannte.

Queen richtete sich rittlings im Sitz des Schneemobils

auf. Der Mann blickte über die Schulter, die Augen vor Furcht und Verzweiflung geweitet. Offensichtlich erwartete er, niedergeschossen zu werden. Doch als er sie unbewaffnet auf sich zurasen sah, blieb er stehen und stellte sich.

Wenigstens hat er Mut, dachte sie. Als sie nur noch sieben Meter entfernt war, streifte sie mit einer schnellen Bewegung ihre weiße Haube und die Schneebrille ab. Ihre blonden Locken flatterten wütend hinter ihr im Wind. Sie wollte ihn wissen lassen, dass sie eine Frau war. Ein Grinsen stahl sich auf sein Gesicht, und da wusste sie, dass sie gewonnen hatte. Er unterschätzte sie.

Mit ausgestreckten Armen flog Queen auf den Mann zu. Jetzt lächelte auch sie. Er machte Anstalten, sie aufzufangen, zweifellos in der Absicht, sie zu Tode zu quetschen, doch dazu würde er nie die Chance haben. Sie schlang ihm einen ihrer muskulösen Arme um den Nacken, drückte zu und nutzte dann ihren Schwung und den Aufschlag auf das Eis, um den Druck plötzlich zu verstärken. Das Rückgrat des Mannes knackte und brach. Sein Zusammenstoß mit Queen war so heftig gewesen, als hätte ihn ein Bus überrollt. Sie richtete sich auf, stapfte zum Schneemobil und fuhr zurück zu den anderen. Unterwegs warf sie einen schnellen Blick auf den Mann, den sie überfahren hatte. Sein Hals war in einem extremen Winkel abgeknickt.

»Kinderspiel«, sagte Queen, als sie das Team nach einer kurzen Fahrt vorbei am brennenden Wrack der Schneeraupe wieder erreichte.

Knight reichte seiner Teamkollegin ihre Waffe. »Angeberin.«

Sie nahm sie mit einem Lächeln entgegen, jenem Lächeln, das in Kombination mit ihren hellblauen Augen und den blonden Haaren die meisten Männer – einschließlich Terroristen – entwaffnen konnte. Dann sah sie das bisher stumm gebliebene Mitglied des Teams an. Seit Beginn des Kampfes hatte er nichts gesagt und sich kaum gerührt. »He, Bishop, nicht in Stimmung heute?«

Erik Somers, Codename »Bishop«, der *Läufer,* zuckte die Achseln. »Wozu denn?« Er hievte sich sein M240E6-Maschinengewehr auf die Schulter, während er einen weißen Munitionsgurt in die Höhe hielt. Die Feuerkraft dieser Waffe allein hätte ausgereicht, um die Schneeraupe zu stoppen und die flüchtenden Männer auszuschalten, aber er war jemand, der wenig Worte machte und sich lieber zurückhielt.

Queen schüttelte den Kopf. Sie liebte es, Bishop in Aktion zu sehen, und war enttäuscht, wenn er im Hintergrund blieb. Er war der geborene Zerstörer. Aber sie hänselte ihn gerne ein wenig, wenn wieder einmal eine Mission zu Ende ging, ohne dass er einen Schuss abgegeben hatte. »Für einen so großen Mann musst du Rosinen zwischen den Beinen haben, Bish«, sagte sie, während sie sich wieder zu den anderen wandte, ohne zu bemerken, dass ein Geschoss direkt auf ihren Kopf zusauste.

Als der Schneeball einschlug, warf Queen sich nach vorne, rollte ab und kam mit schussbereiter Maschinenpistole wieder hoch. Doch weit und breit war kein Feind in Sicht, lediglich Bishop, der vor unterdrücktem Lachen bebte.

Queen verkniff sich ein Lächeln, warf die Waffe hin und blickte den regungslosen Bishop finster an. »Du feiger, hinterhältiger Hund …«

»Spart euch das für später auf«, ertönte Deep Blues Stimme über das Headset. »Die Explosion muss für jeden Infrarotscanner ausgesehen haben wie ein Silvesterfeuerwerk. Wenn irgendjemand einen Vogel über der Gegend hat, kommt er bald nachsehen. Schafft eure Ärsche zurück nach LZ Alpha und kommt nach Hause, und zwar presto.«

Queen zeigte mit dem Finger auf Bishop. »Dein Glück.« Sie versuchte, stocksauer zu klingen, doch ein Zucken um die Mundwinkel verriet sie. Bishop blieb stumm und ungerührt.

Deep Blue sprach wieder. »Und Queen, ziehen Sie Ihre verdammte Kapuze wieder hoch.«

»Ihr habt den Mann gehört«, meinte King. »Gehen wir nach Hause.«

»King, eben erfahre ich, dass Ihre zweiwöchige Spritztour genehmigt ist«, sagte Deep Blue. »Das bedeutet, Sie kriegen alle ein bisschen Heimaturlaub. Machen Sie das Beste draus.«

»Was hast du vor?«, fragte Queen.

»Peru«, erwiderte King. »Ein alter Freund braucht meine Hilfe.«

»Gibt's Zoff?«, wollte Rook wissen. »Sollen wir mitkommen?«

Alle vier blickten King hoffnungsvoll an. Durch die schmalen Schlitze in ihren Brillen konnte er ihre Augen nicht erkennen, aber er wusste auch so, dass sie alle gerne mitmachen würden ... *falls* es irgendwo Zoff gab.

»Danke, nein«, meinte King. »Wird ein Spaziergang.«

»Radarkontakt in zwanzig Meilen, näher kommend«, sagte Deep Blue. »Geschätzte Ankunftszeit fünf Minuten.«

»Jetzt aber los«, sagte King.

Die Gruppe sprintete auf die bewaldete Küstenlinie zu, wo ein geheimer Stealth-Transporthubschrauber vom Typ Blackhawk samt ein paar Jungs vom hundertsechzigsten Special Operations Aviation Regiment, auch bekannt als die »Nachtjäger«, bereitstand.

King warf einen letzten Blick über die Schulter. Er hatte fünfundsiebzig Männer und Frauen in dem Ausbildungscamp gezählt. Die Mehrzahl war durch den von ihm angebrachten Sprengstoff umgekommen. Zwei weitere hatte er eigenhändig mit dem Messer erledigt. Und doch waren die Toten, die an diesem Tag auf sein Konto gingen, nur ein Tropfen in einem ganzen Eimer voll Blut, der sich in den zehn Jahren seiner Zugehörigkeit zu Delta gefüllt hatte. Einen Augenblick lang hatte er es gründlich satt, all den Tod und die Gewalt.

Dann dachte er daran, wer diese Leute gewesen waren und was sie angerichtet hätten, wenn niemand sie aufhielt. Er hatte die Schrecken des Krieges erlebt, das Elend und die Verwüstungen. Mehr als ein Soldat war in seinen Armen gestorben, manche von Schrapnellen zerfetzt, andere ohne Arme und Beine oder einfach von Kugeln durchlöchert. Die Tragödie des Krieges war ihm vertraut. Aber sie verblasste vor dem Grauen, das Terroristen wie diese verbreiteten. Einen Soldaten im Kampf zu töten, das konnte er vor sich rechtfertigen, damit konnte er leben. Aber Unschuldige abzuschlachten, bewusst Furcht und Entsetzen in die Welt zu säen, das war ein Irrsinn, der nur den Interessen einiger weniger Radikaler dienen konnte.

In seinem Job waren zivile Opfer manchmal unvermeidlich, obwohl es ihn mit Abscheu erfüllte, dass immer wieder Unschuldige ins Kreuzfeuer gerieten. Das stand im Widerspruch zu allem, wofür er eintrat. Die Organisationen dagegen, die er bekämpfte, zielten darauf ab, so viele zivile Opfer wie möglich zu töten. Dass sie den Tod von Unschuldigen feierten und bejubelten, machte ihn wütend. Er hatte die Überreste von Männern, Frauen und Kindern gesehen, in Stücke gerissen von den Bomben der Selbstmordattentäter, in Cafés, auf Märkten und in Schulen. Er kannte den glasigen Blick in den Augen von Männern, die willens waren, das eigene Leben zu opfern, um Furcht und Schrecken zu verbreiten und Kriege anzuzetteln. Er sah das Böse im Herzen dieses Feindes.

Daher führte er als Mitglied von Delta Krieg gegen den Terrorismus und zögerte nie, den Finger am Abzug zu krümmen, wenn es galt, das Leben Unschuldiger zu retten. Es war eine grausige Arbeit, aber notwendig. Vielleicht sogar eine edle Tat. Während King über das Eis stapfte, warf er einen letzten Blick zurück auf die zerstörte Insel. Wieder ein Terrornetzwerk weniger. Da sich insgesamt siebenundsiebzig potentielle Selbstmordattentäter in dem Komplex aufgehalten hatten und die durchschnittliche Opferzahl eines Selbstmordanschlags fünfundneunzig betrug, hatten sie wahrscheinlich gerade rund siebentausend Unschuldigen das Leben gerettet.

»Schachmatt«, flüsterte er.

VIER
Peru

In demselben Büro, in dem drei Jahre zuvor sein Einstellungsgespräch stattgefunden hatte, nahm Todd Maddox den neuesten Stapel Testresultate in Empfang. Er überflog die knapp fünfzig Seiten auf der Suche nach einem Hinweis darauf, was mit den Testpersonen schieflief. Da es Manifold trotz aller Anstrengungen nicht gelungen war, die Spur der Hydra aufzunehmen, hatte Maddox auf seine Theorie mit den nAG-Proteinen zurückgegriffen. Auf dem Gebiet der Regeneration hatte er unleugbar bemerkenswerte Fortschritte erzielt, doch leider drehten seine Testobjekte, egal ob Tiere oder Freiwillige, bei der Regeneration völlig durch und verfielen dem Irrsinn. Was halfen ihnen regenerierte Gliedmaßen, wenn sie diese nur dazu benutzten, alles in ihrer Reichweite zu demolieren?

Ridleys anfänglicher Enthusiasmus war einem gewissen Zweifel gewichen. Er sagte es nicht offen heraus, aber nach jedem Fehlschlag machte er mehr Druck. Der Mann hatte es geschafft, fast alle seine Träume zu verwirklichen, aber er war ein Kontrollfreak mit sehr geringer Toleranz gegenüber Verzögerungen oder Rückschlägen.

Ungeachtet ihrer erstaunlichen Fortschritte brachte dieses letzte, anscheinend unüberwindbare Hindernis vor dem Ziel der perfekten menschlichen Regeneration den ungeduldigen Mann auf die Palme. Es prasselte auf Maddox nieder wie ein digitales Gewitter. E-Mails, Anrufe und

Faxe von Ridley überhäuften sein Büro. Die Botschaften glichen sich – »arbeiten Sie härter«, »denken Sie schneller«, »ich werde nicht jünger« –, und Maddox war tagelang nicht mehr zum Schlafen gekommen. Er musste den Druck an die Leute weitergeben, die für ihn arbeiteten. Als Kollege war er immer beliebt gewesen, doch hier hatte er ständig das Gefühl, dass jeden Moment eine Meuterei ausbrechen könnte. Ridley deutete nie auch nur an, ihn feuern zu wollen. Nicht ein einziges Mal. Doch der Gedanke lauerte in Maddox' Hinterkopf und trieb ihn unbarmherzig an. Er durfte nicht riskieren, alles zu verlieren, wofür er gearbeitet hatte.

Seine blutunterlaufenen Augen brannten, die Nebenhöhlen schmerzten, und ein Kratzen hinten in der Kehle warnte ihn vor einer drohenden Erkältung, doch er ignorierte die Symptome. Das war zu ertragen, wenn es bedeutete, endlich den lang ersehnten Jackpot zu knacken.

Aber die Testergebnisse boten nichts Neues. Die Objekte reagierten auf jede mögliche Kombination genetischer Manipulation auf dieselbe Art und Weise. Die schnelle Heilung des Körpers verursachte eine rasche Degeneration des Gehirns, die zu Wahnsinn und der Unfähigkeit zu rationalem Denken führte. Ob Ratten oder Menschen, alle wurden sie verrückt, brutal und gefräßig. Manche, denen man freien Zugang zu Nahrungsmitteln gewährte, fraßen sich buchstäblich zu Tode, da ihr Appetit die Möglichkeiten ihres Verdauungstrakts überforderte. Andere rissen sich die eigenen Gliedmaßen ab, um dem Gefängnis ihres Körpers zu entrinnen, nur um erleben zu müssen, wie die Glieder nachwuchsen und sie noch tiefer in den Irrsinn glitten. Zuletzt mussten die Opfer der fehlgeschlagenen Experimente bei lebendigem Leib verbrannt werden. Sie zu töten, war eine echte Herausforderung, da biologische und chemische Gifte keine dauerhafte Wirkung mehr zeigten. Man konnte sie mit riesigen Mengen Munition buchstäblich in Fetzen schießen, doch niemand mochte danach die Sauerei wegputzen. Maddox empfand Mitleid mit den Freiwilligen. Er sprach nie mit ihnen – sie kamen immer betäubt an –, doch mit ansehen zu müssen, was aus ihnen wurde ... Dabei wollten er und die anderen doch den Menschen helfen, statt sie in Monster zu verwandeln.

Sein Notebook verkündete piepsend die Ankunft einer E-Mail. Er griff nach der Maus und klickte sogleich die Löschtaste. Einer weiteren ironischen Ridley-Botschaft fühlte er sich nicht gewachsen. Zu spät bemerkte er, dass die Betreffzeile sich von Ridleys üblichen Texten unterschied. Da stand lediglich: »Fwd: Objekt gefunden – Details inliegend – bitte zahlen.«

Eilig öffnete er den Ordner für gelöschte E-Mails und las die Nachricht.

Die erste, von Ridley hinzugefügte, Zeile lautete: Erwarten Sie baldige Lieferung. – R. R.

Dann folgte die weitergeleitete Nachricht.

Von: Matthew Bronleewe [mailto: matt.bronleewe@un.org]
Datum: Dienstag, 21. Juni 2009, 08:33
An: r.ridley@manifoldgenetics.com
Betreff: Objekt gefunden – Details inliegend – bt. zahlen

Das musste einer von Ridleys zahlreichen Kontaktleuten sein, die den Globus nach Spuren der Hydra durchkämmten. Maddox spürte ein hohles Gefühl im Magen, als er sah, dass die Quelle ein Informant innerhalb der UN war und nicht irgendein Schwarzmarkt-Gauner auf der Suche nach dem schnellen Geld. Bronleewe konnte seinen Job verlieren oder mehr, wenn man ihm auf die Schliche kam.

Das wertete die Information auf. Er scrollte weiter, sah das erste Foto und fand seine Vermutung bestätigt. Das hier war echt.

Er lachte erregt auf. Das Foto zeigte eine in Stein gemeißelte Inschrift. Da er kein Wort davon lesen konnte, ging er weiter zum nächsten Bild. Dann hielt es ihn nicht mehr auf seinem Stuhl. Er sprang auf, legte sich fassungslos die Hand vor den Mund und starrte die Luftfotografie einer riesigen, in die Erde geritzten Zeichnung an, die eine neunköpfige Kreatur zeigte. Schließlich setzte er sich wieder, scrollte weiter und brachte das dritte und letzte Foto auf den Bildschirm. Es war das Foto eines dunkelhaarigen Mannes mit braunen Augen, den er nicht kannte.

Danach folgten noch ein paar Zeilen Text:

George Pierce – als Archäologe des UN-Welterbekomitees vor Ort. Inschrift besagt, hier läge der Kopf der Hydra. Ausgrabungen haben begonnen. Stätte auf 500 v. Chr. datiert – plus/minus.
Privater Sicherheitsdienst unterwegs. Geschätzte Ankunftszeit 72 Stunden.
Nazca, Peru – 14"42'42.23S – 75"12'05.84W
923029345

Maddox fügte die Puzzleteilchen zusammen. Das Foto zeigte George Pierce, den UN-Beauftragten vor Ort. Möglicherweise ein Experte zum Thema Hydra. Sie hatten noch 72 Stunden Zeit, inzwischen weniger, bevor irgendeine Art von Sicherheitsdienst auftauchte. Privat. Nicht von der UNO. Interessant. Anschließend folgten die Koordinaten des Fundortes und zuletzt eine Kontonummer. Der Informant würde zehntausend Dollar für den Tipp bekommen und zusätzliche hunderttausend, wenn er sich als richtig herausstellte. Manifold hatte bereits zweihundertzwanzigtausend Dollar in solche Hinweise investiert, die sich jedoch allesamt als Blindgänger erwiesen hatten. Abgesehen von den Dokumenten, die sich bereits in Ridleys Besitz befanden, schien es beinahe so, als hätte jemand alle historischen Aufzeichnungen über die Existenz der Hydra ausgelöscht. Sie überlebte nur im Mythos.

Doch sie war keine Legende. Das hatte Ridley demonstriert. Die Hydra hatte gelebt. Ebenso wie Herkules. Daran hegte Maddox keinen Zweifel – nicht mehr. Er betrachtete wieder das Foto mit der Inschrift. Das alles war *sehr* real. Wie die Hydra nach Peru gelangt sein sollte, war ihm zwar schleierhaft, doch wer wollte schon wissen, wo Mythen ihren Ursprung nahmen?

Seltsam, dass eine Zeichnung, die vor fünfundzwanzig Jahrhunderten entstanden war, die Hydra bereits in ihrer legendären, neunköpfigen Gestalt zeigte. *Vielleicht hat der historische Herkules die Legende selbst in die Welt gesetzt,* überlegte Maddox. Um zu seinem eigenen Ruhm beizutragen und die Menschen so zu beeindrucken, dass sie seine Behauptungen gar nicht mehr in Zweifel zogen. Eine Theorie, die zu verfolgen sich vielleicht lohnte … ein andermal.

Von neuer Hoffnung beflügelt, griff er nach einer kleinen Phiole mit Zitronen- und Eukalyptusöl und sog den aromatischen Duft tief durch die Nase ein, um die entstehende Infektion an der Ausbreitung zu hindern. Seit er Ridley kannte, war sein Respekt vor Naturheilmitteln gewachsen, und er benutzte alles von Oreganoöl bis Echinacea, um sein strapaziertes Immunsystem zu stärken, aber auch zur Inspiration. Die Natur barg noch viele Geheimnisse. Man musste sie ihr nur abringen. Maddox atmete erneut tief ein und spürte ein leichtes Stechen in der Nase.

Er musste gesund und ausgeruht sein, falls sie endlich den Haupttreffer gelandet hatten.

Seine Instant-Message-Software meldete sich mit einer neuen Nachricht.

Machen Sie sich wieder an die Arbeit, falls aus der Sache nichts werden sollte, aber halten Sie sich bereit.

»Mistkerl«, sagte Maddox, bevor er das Notebook zuklappte. Trotzdem glaubte er fest an Ridley. Der Mann hatte bisher alle seine Zusagen eingehalten. Maddox war ein wenig unwohl bei dem Gedanken, dass er den Fund vermutlich stehlen würde, doch ein gelegentlicher Diebstahl oder eine Kriegslist waren in seiner Branche unumgänglich. Es diente ja dem guten Zweck. Und er wiederum musste seine Zusagen gegenüber Ridley erst noch erfüllen. Eine extrem verlängerte Lebensspanne um den Preis des Irrsinns ließ sich schlecht vermarkten. Manchmal fragte er sich allerdings, ob Ridley nicht ewigen Wahnsinn dem Tod vorziehen würde. Er schien eine regelrechte Panik vor dem Sterben zu haben. Maddox schob den Gedanken beiseite. Wenn er die DNA der Hydra gewinnen und die Geheimnisse ihres genetischen Codes entschlüsseln konnte, dann war der Tod vielleicht ein Thema, mit dem Ridley sich nie würde auseinandersetzen müssen.

Der kritische Punkt war nicht mehr das Rätsel der Regeneration. Das hatte er in gewissem Maß bereits gelöst. Die Auswirkungen der Regeneration auf den Verstand waren das eigentliche Problem. Die Hydra musste jedoch eine vernunftbegabte Kreatur gewesen sein, sonst hätte sie nicht so lange überleben können. Möglicherweise kein besonders intelligentes Lebewesen, doch bisher hatte die Regeneration selbst bei den am wenigsten intelligenten Lebensformen schlimmste Reaktionen ausgelöst. Die Gene der Hydra mussten diesen Effekt irgendwie blockieren oder neutralisieren. Normalerweise kurbelte dieser Gedanke seine Phantasie an, doch jetzt war er einfach nur müde.

Er legte sich auf die Bürocouch, die ihm die ganze letzte Zeit über zum Schlafen gedient hatte, deckte sich mit einem Laborkittel zu und schloss die Augen. Ein paar zusätzliche Testreihen zu den Tausenden, die er schon durchgeführt hatte, würden ohnehin nur die alten Ergebnisse bestätigen.

Mit ausgeruhtem Verstand jedoch und dem unbezahlbaren Artefakt, das bald den Händen der UN entrissen werden würde, konnte er möglicherweise das Geheimnis der Unsterblichkeit entschlüsseln.

Vielleicht aber auch nicht.

Er schlug die Augen auf und seufzte. Der Schlaf wollte sich nicht einstellen. Er raffte sich auf, kramte ein paar Koffeinpillen aus der Schreibtischschublade und schlurfte zur Bürotür. Zwei der Pillen schluckte er gleich und machte sich schläfrig auf den Rückweg ins Labor. Es war nie zu spät für ein paar weitere Tests.

FÜNF

Nazca, Peru, zwei Tage später

King lächelte, während ihm die heiße Wüstenluft um die Ohren pfiff und seine Haut schneller trocknete, als er schwitzen konnte. Er fand es unwiderstehlich, in dieser unglaublich platten Ebene den offenen Jeep auf 150 km/h hochzujagen, und begann diesen Ausflug entgegen seinen Erwartungen zu genießen. Von dem Mann auf dem Beifahrersitz konnte man das nicht behaupten – Atahualpa, der Fahrer, der eigentlich am Steuer des alten braunen Jeeps hätte sitzen sollen.

Innerlich verfluchte sich Atahualpa dafür, dass er Kings zwanzig Dollar akzeptiert hatte, aber heutzutage war Arbeit für Leute von inkaischer Abstammung knapp. Normalerweise kutschierte er Touristen durch die Wüste, doch der Lohn war niedrig, weil der brutale Wettbewerb die Preise drückte. Die seltenen wissenschaftlichen Expeditionen zahlten schon besser. Und wieder andere, eher unappetitliche Klienten, waren besonders großzügig. Aber während der Sommermonate waren die Aufträge nur noch ein Tröpfeln auf den heißen Stein, und daher hatte er den zwanzig Dollar extra nicht widerstehen können, nur um King ans Steuer zu lassen. Der einzige Vorteil von Kings Fahrweise war, dass sie nur halb so lange brauchen würden, um ans Ziel zu kommen. Doch auch eine zu verfrühte Ankunft konnte manchmal zu Komplikationen führen, das wusste Atahualpa, und sein Kunde hatte gegenüber dem Fahrplan bereits einen ganzen Tag herausgeholt. Zwar hatte man ihm versichert, das sei kein Problem, aber er hielt King für einen gefährlichen Mann, den man besser nicht hinterging. Und das machte ihn beinahe noch nervöser als das halsbrecherische Tempo.

Ein Blick auf das GPS-Gerät am Armaturenbrett – die einzige Andeutung moderner Technik im Jeep – sagte King, dass sie sich dem UN-Basislager an der Ausgrabungsstätte näherten. Er ging ein wenig vom Gas und musste lachen, als Atahualpa sich merklich entspannte. Der alte Inka war vermutlich noch nie so schnell gefahren. *Probier mal einen HALO-Sprung*, dachte er, *dann weißt du, was Geschwindigkeit bedeutet.*

Der einsame Hügel war schon meilenweit sichtbar gewesen, doch inzwischen ließ sich eine Reihe von weißen Zelten mit dem UN-Schriftzug auf der tafelbergähnlichen Hügelkuppe ausmachen. King konnte sich nicht vorstellen, dass Plünderer die Dreistigkeit besaßen, sich an eine so große Unternehmung heranzuwagen. Sicher, das nächste Dorf war eine Fahrstunde weit entfernt, und es würde lange dauern, bis Hilfe eintraf. Aber mal ehrlich, wie viel konnten diese Nazca-Artefakte schon wert sein? Doch King vertraute auf Pierce' Urteil, sonst hätte er sich nie darauf eingelassen, seine knappe Freizeit hier mitten im Nichts zu vergeuden. Unter Urlaub stellte er sich eine Querfeldeintour mit dem Geländemotorrad vor, einen gelegentlichen Kater und zumindest die Chance zu einem Liebesabenteuer. Eine Bande von Historikern in einer trockenen, endlosen Wüstenei zu beschützen war eigentlich nicht sein Ding. Aber er hatte seinen alten Freund seit Ewigkeiten nicht mehr gesehen und war daher sogar einen Tag früher aufgebrochen. Ohne den tödlichen Unfall seiner Schwester hätte das ein Familientreffen werden können, nicht nur das Wiedersehen zweier Freunde.

Der Jeep wurde immer langsamer, während King den steilen Hügel hinaufratterte, immer in der Spur, die die Fahrzeuge vor ihm hinterlassen hatten. Das war eine der Vorschriften für den Umgang mit der empfindlichen Welterbe-Stätte. Ganz oben auf der Liste stand: minimale menschliche Einwirkung. Das bedeutete auch, Reifenspuren aufs absolut Notwendige zu beschränken. Die meisten der Linien, die kreuz und quer durch die Ebene verliefen, ließen sich auf moderne Fahrzeuge zurückführen und durchschnitten oft die originalen, antiken Geoglyphen. Manche der Spuren stammten noch aus Zeiten vor der Entdeckung der Zeichnungen, andere waren erst viel später entstanden.

Er parkte zwischen zwei Zelten im Zentrum des Camps, weit entfernt von den anderen Fahrzeugen. Niemand ließ sich zur Begrüßung blicken oder fragte, was sie hier verloren hatten. *Nicht einmal die elementarsten Sicherheitsvorkehrungen,* dachte King. Er stellte den Motor ab und lauschte.

Stille.

Keine Menschen. Kein Wind. Kein Lebenszeichen.

Es war so lautlos wie auf der Oberfläche des Mondes.

King sprang aus dem Jeep, öffnete den Reißverschluss seines Rucksacks und zog seine SIG Sauer P220 Kaliber .45 heraus. Er hatte die Pistole auf einem Militärflug zu einer der drei US-Radarstationen in Peru eingeschmuggelt. Auch wenn das seinen Reiseplan ziemlich auf den Kopf gestellt hatte: Von leeren Händen würden sich bewaffnete Plünderer kaum abschrecken lassen. Das Magazin enthielt lediglich sieben Patronen, aber die .45-Geschosse hatten eine gewaltige Stoppwirkung. Wenn ein Ziel nach sieben Treffern noch auf den Beinen stand, hätte man als Waffe vermutlich eher zu Holzpfahl und Weihwasser greifen sollen. King schob das Magazin ein und lud die Waffe durch.

Er bedeutete Atahualpa, zurückzubleiben. Der nickte heftig und ließ die großkalibrige Waffe nicht aus den Augen. Angesichts des leeren Basislagers sträubten sich dem Mann die Haare und er zitterte. Und er hatte schon genügend Leute mit Schusswunden in der Wüste gesehen, um zu wissen, dass nie rechtzeitig Hilfe kam.

Methodisch, die Waffe im Anschlag, arbeitete sich King durch das kleine Camp, spähte in die Zelte, überprüfte Autos und suchte nach Anzeichen für einen Kampf. Er fand nichts.

Eine Art fernes Murmeln drang an sein Ohr. Er wirbelte herum und suchte nach der Quelle, fand aber nur Atahualpas entsetzten Blick. King deutete auf sein Ohr und setzte eine fragende Miene auf.

Atahualpa legte den Kopf schief und lauschte. Er schüttelte den Kopf, nein, doch dann horchte er auf. Er nickte und rutschte tiefer in seinen Sitz.

Die Laute klangen irgendwie menschlich, aber so, als kämen sie von einer Gruppe von Leuten, die unter dem Sand begraben lagen. Atahualpa setzte sich plötzlich aufrecht hin und deutete auf die andere Seite des Hügels. Der Mann hatte ein gutes Gehör.

King bewegte sich, gedeckt von einem Pick-up, in die angegebene Richtung. Immer noch war niemand zu sehen, doch das Geräusch wurde deutlicher. Definitiv eine Menge Leute. Litten sie unter Schmerzen? Mehrere Stimmen klangen schrill, beinahe hysterisch. Er umrundete den Pick-up und sprang über die Abbruchkante des Hügels, immer noch die Waffe vor sich erhoben – die plötzlich genau zwischen die Augen einer rundlichen Peruanerin zielte. *»¡Oh Dios! No disparen!«*

Eilig senkte King die Waffe. Über zwanzig Leute waren an der Hügelflanke versammelt und blickten nach unten. Einige drehten sich aufgeschreckt um, aber da hatte King die Waffe schon hinten in den Hosenbund geschoben. *»Lo siento«*, entschuldigte er sich auf Spanisch. Delta-Agenten mussten mehrere Sprachen erlernen. Und Spanisch war die vierthäufigste Sprache der Welt. King beherrschte außerdem noch Arabisch und Chinesisch. *»Pensé que estaba en peligro. Saqueadores. Soy amigo del Doctor Pierce. Por favor, ¿dónde está él?«* Die erschrockene Frau antwortete nicht. Er nahm sie sanft bei den Schultern und lächelte sie an. »Bitte«, sagte er, jetzt wieder auf Englisch. »Wo ist Dr. Pierce? Ich bin Jack Sigler. Sein Freund. Er erwartet mich.«

»Jack Sigler.« Die Frau nickte in plötzlichem Verstehen und deutete zum Fuß des Hügels: *»La cabeza del dragón.«*

Der Kopf des Drachen?

King begann sich zu fragen, ob die Frau an einem Hitzschlag litt, aber dann blickte er in die Richtung ihres zitternden Zeigefingers und sah den Drachen. Sogar auf dem Kopf stehend wirkte die riesige Zeichnung im Sand furchteinflößend. In der Ferne konnte er scharfe, spitze Klauen und einen massigen Körper erkennen. Aus diesem erhoben sich neun Hälse, jeder in einem etwas anderen Winkel, vier zu jeder Seite und einer in der Mitte, wie sorgfältig in einer Vase arrangierte Blumen. Die langen Hälse knickten schließlich rechtwinklig ab und endeten in Schlangenköpfen. Der mittlere Hals stieg senkrecht zum Hügel hin auf und mündete an dessen Fuß in einen großen, gewölbten Felsen. Dies war das Objekt, das die Aufmerksamkeit der Zuschauer fesselte. Die Erde um die Basis des großen Steins war von kleinen Sandhaufen übersät. Man hatte einen Tunnel unter den Felsen gegraben. Obwohl das Loch im Dunkeln lag, sah man ein Licht im Inneren aufflackern.

Pierce befand sich *unter* dem Kopf des Drachen, auf der Suche nach dem Artefakt, von dem er befürchtete, es würde Plünderer von allen Seiten anlocken.

»*Gracias*«, sagte King zu der Frau.

Sie wandte sich einfach ab und hastete vor sich hin murmelnd davon. King schlenderte zwischen den wartenden Arbeitern hindurch den Hügel hinunter und bemühte sich, weiteres Aufsehen zu vermeiden. Doch die schrägen Blicke, die ihm folgten, entgingen ihm nicht, und er hörte, wie hinter ihm nervöses Flüstern laut wurde. Ein Blick auf die staubige, zweckmäßige Kleidung der einheimischen und ausländischen Arbeiter des Teams zeigte ihm, wie fehl am Platz er wirkte. Seine schwarzen Haare waren zerzaust und standen ab wie Hugh Jackmans Frisur als Wolverine an einem Bad Hair Day. Schwarze Cargohosen und ein enges schwarzes Elvis-T-Shirt waren in Ausgräberkreisen anscheinend auch nicht der letzte Schrei.

So munter wie möglich rief er über das besorgte Raunen hinweg: »He, George, bist du da drin?«

Vor dem Tunneleingang blieb er stehen und inspizierte die eigenartige Inschrift, die über dem Loch in den Felsen geritzt stand. Dann bückte er sich über die Öffnung und fragte: »Hallo? Jemand zu Hau...«

Pierce' Kopf kam aus dem Loch geschossen wie ein Schachtelteufel und wäre King fast ins Gesicht gefahren. Erschrocken sprang er zurück.

»Ich dachte, euch Militärs kann so leicht nichts aus der Fassung bringen«, meinte Pierce lächelnd, doch sein Lächeln wirkte seltsam gezwungen. Irgendetwas hatte ihn in den Grundfesten erschüttert.

»Ich habe schon in viele dunkle Löcher gestarrt und eine Menge schreckliche Dinge darin gesehen, aber deine hässliche Visage schlägt wirklich alles«, gab King launig zurück. Doch als Pierce' starres Lächeln erlosch, merkte er, dass die Stimmung an der Ausgrabungsstätte wirklich düster sein musste.

Pierce winkte ihn hinein. »Ich garantiere dir: Einen derart schauerlichen Anblick hast du noch nicht gesehen.« Er glitt zurück in den Tunnel. »Wir sind erst vor ein paar Minuten durchgebrochen.«

King warf einen letzten Blick auf die Zuschauer und verspürte einen Anflug von Unbehagen.

Was immer unter dem Stein begraben lag, war schon lange tot. Tote Dinge beunruhigten ihn nicht. Es waren die Leute draußen, denen er nicht traute. Er ließ den Blick über die Umstehenden gleiten und begegnete nur höflichen, neugierigen Blicken. Oben auf dem Hügel stand Atahualpa. King winkte ihm zu. Er erwiderte die Geste halbherzig, wandte sich dann ab und verschwand.

Wahrscheinlich immer noch angepisst von meiner Fahrerei, dachte King und grinste. Nachdem er anderthalb Meter auf Händen und Füßen zurückgelegt hatte, gelangte er in eine kleine, von einer Batterieleuchte erhellte Kammer.

Während seine Augen sich an das düstere Licht gewöhnten, trat die Szene nach und nach immer deutlicher hervor, wie auf einem Polaroidfoto. Seine Pupillen weiteten sich, dann blieb ihm der Mund offen stehen.

»Was … ist denn hier passiert?«

SECHS

Nazca, Peru

Verdrehte Gliedmaßen und verzerrte Fratzen traten aus der Dunkelheit hervor, schockierender und schrecklicher als im schlimmsten Splatter-Film. Etwas so Grauenerregendes wie diese Leichen konnte selbst das kränkste Hirn Hollywoods nicht ersinnen, doch sie waren real. Ihre Augenhöhlen waren eingesunken, doch nicht leer. Jede enthielt eine gelblich weiße, trockene Kugel, eingefasst von dunkelbrauner Haut, straff wie überstrapaziertes Leder. An einigen Stellen war die uralte Haut aufgerissen und gab Kiefer-, Rippen- oder Beckenknochen frei. Reste ihrer ehemaligen Kleidung lagen auf der Erde um die Toten verteilt. Die Naturfasern waren schon vor langer Zeit verrottet und zerfallen.

King löste den Blick von den mehr als zwanzig Leichen, die in einer knapp über zwei Meter hohen Kammer mit einem Durchmesser von drei Metern verstreut lagen. Pierce stand in der Mitte des Raums neben einer älteren Frau, die King von Fotos kannte, die Pierce ihm gemailt hatte: Molly McCabe. »George, das ist …« King fehlten die Worte.

»Verstörend«, beendete McCabe den Satz. Sie reichte ihm die Hand.

»Molly McCabe.«

»Genau«, sagte King und schüttelte die dargebotene Hand. »Jack Sigler.«

»Was Ihre Frage betrifft – genau das versuchen wir gerade herauszufinden: was hier vorgefallen ist.«

Kings Blick wanderte wieder zurück zu den Leichen, die sie umgaben. Etwas Furchtbares war hier vor langer Zeit geschehen.

»Soweit wir das sagen können«, sagte George, »wurden sie lebendig begraben.«

King kniete sich neben zwei der mumifizierten Kadaver und inspizierte sie, ohne sie zu berühren. »Sie sind dehydriert.«

»Mumifiziert durch die extreme Hitze«, erklärte George. »Perfekt erhalten.«

King beugte sich vor und begutachtete einen der mumifizierten Schädel, der an der Oberseite abgeflacht und eingedrückt war. »Woher wisst ihr, dass sie noch gelebt haben?«

George deutete auf die schwach erleuchtete Decke, wo zahlreiche dunkle Linien kreuz und quer verliefen.

»Blut«, diagnostizierte King. »Sie haben versucht, sich ins Freie zu graben.«

»Auch an den Seitenwänden sind überall Kratzspuren«, ergänzte McCabe. »Aber wahrscheinlich sind sie ziemlich schnell erstickt, nachdem der Eingang versiegelt war.«

»Einige von ihnen waren schon vorher tot«, meinte King.

McCabe blickte überrascht auf. »Wie kommen Sie darauf?«

King lächelte und deutete auf drei der Leichen. »Eingedrückte Schädel. Alle drei. Entweder hat man ihnen die Köpfe eingeschlagen, bevor sie begraben wurden …«

»Oder?«, fragte George, während er den Finger über die gezackte Bruchkante an einem der zerschmetterten Schädel gleiten ließ.

King stand auf und nahm George die Laterne ab. Er richtete sie auf die Steindecke über einem der Männer mit den eingeschlagenen Schädeln und beleuchtete einen Fleck, dessen Farbe den Kratzspuren entsprach. »Oder«, vervollständigte er den Satz, »dieser Felsen wurde auf sie gestürzt. Wer zu langsam reagierte, starb einen schnellen Tod. Wie's aussieht, waren das diejenigen, die Glück hatten.«

McCabe verschränkte die Arme. »Ich weiß, dass Sie als Sicherheitsberater hier sind, aber was genau ist eigentlich Ihr Fachgebiet, dass Sie so sicher sind, was hier geschehen ist?«

»Ich habe lediglich schon viele Tote gesehen«, wich er McCabes Frage aus.

»Unmöglich«, sagte Pierce, ohne Kings Kommentar zu beachten. »Dieser Felsen ist tonnenschwer ... es sei denn ...« Er rieb sich die Augenbrauen und wandte sich ab, tief in Gedanken versunken.

»Tja«, sagte McCabe zu King, »angesichts Ihrer ... Erfahrung mit scheußlichen Verbrechen sind Sie vielleicht nützlicher als irgendein einfacher Sicherheitsbeamter.«

King senkte die Laterne, so dass der Schein auf Pierce fiel. »Da wir gerade davon sprechen ... wozu braucht ihr einen Sicherheitsmann? Für einen Haufen Leichen? Die können doch für Plünderer nicht viel wert sein. Was habt ihr denn geglaubt, hier unten zu finden?«

Pierce erwachte aus seiner Grübelei. »*Glauben* ist der falsche Ausdruck. *Wissen* trifft es besser.« Er trat beiseite und gab den Blick auf das frei, was er und McCabe gerade betrachtet hatten, als King hereingekrochen kam. Eine Art großer, grauer Stein auf dem Boden der Kammer.

King starrte das Objekt wenig beeindruckt an. »Sieht aus wie ein Stein.«

»Dann sieh mal genauer hin«, sagte Pierce.

King begutachtete die Oberfläche des Gegenstands. Es sah aus wie Beton, nur irgendwie schuppig. Er erkannte ein kreuzförmiges Muster, wie von einer Art Gewebe. Dann bemerkte er die Form – an einem Ende massig und zum anderen hin sich verjüngend, wie ein Tierschädel. Während seine Phantasie in Gang kam, erwachten die Details zum Leben. Am schmaleren Ende wirkten zwei Ausbuchtungen wie eine Schnauze. Auf halber Länge gab es zwei Vertiefungen, die Augenhöhlen sein mochten. Er trat einen Schritt zurück und versuchte, das Ding als Ganzes wahrzunehmen. »Sieht aus wie eine Art Kopf. Wie ein riesiger Schlangenschädel.«

»Ein mehr als einen halben Meter langer Schlangenkopf?«, zweifelte McCabe.

King sah Pierce an und zuckte die Achseln. »Eine prähistorische Schlange?«

»Etwas viel Gefährlicheres«, erwiderte Pierce.

King wollte etwas sagen, verstummte aber, als Stimmengewirr vor dem Tunneleingang laut wurde. Es war unverständlich, kam aber näher.

»Die Eingeborenen werden unruhig«, sagte McCabe und wandte sich zu Pierce. »Sie können ihm Ihre Theorie darlegen, sobald wir das Ding hier rausgeschafft haben. Ich gehe und beruhige die Mannschaft.«

Pierce spähte durch den Tunnel, sah aber nur einen Flecken blauen Himmels.

»Sie wollen wahrscheinlich nur wissen, was wir gefunden haben.«

McCabe hielt kurz inne, bevor sie hinauskroch. Den alptraumhaften Kreis aus Leichen ignorierend, setzte sie ein gezwungenes Lächeln auf und nickte zu dem grauen Objekt in der Mitte hin. »Kommt ihr zwei strammen Jungs damit zurecht?«

»Ja, wir kümmern uns darum«, sagte George.

King nickte, während er zu dem versteinerten Kopf trat. Er hatte selbst schon einige Gemetzel erlebt. Und dass die Greueltat hier vor sehr langer Zeit geschehen war, machte sie nicht weniger verstörend; er hätte sich gerne vorgestellt, dass die Menschheit in irgendeiner fernen Vergangenheit in Frieden gelebt hatte. Aber hier zeigte sich einmal mehr, dass der Mensch zu weit Schlimmerem fähig war als jedes von der Phantasie ersonnene Monster. Der Anblick würde ihm keine schlaflosen Nächte bereiten, doch es bedrückte ihn, dass er gegen den Tod so unempfindlich geworden war.

Pierce nahm einen großen leeren Beutel von der Schulter und hielt ihn vor dem Artefakt auf. »Wenn du das Ende hier hochhebst, schiebe ich den Beutel darüber.«

King hob den Schädel an. Er war wesentlich schwerer, als er erwartet hatte. King keuchte vor Anstrengung.

Pierce zog den Beutel über den Kopf, bis das Objekt zu zwei Dritteln darin verschwunden war.

King merkte, dass er sich schon bei dieser kleinen Anstrengung nach etwas Trinkbarem sehnte. Wie jemand die Zeit und Energie hatte aufbringen können, die riesige Erdzeichnung oben anzufertigen, überstieg seine Vorstellungskraft. Selbst hier im Schatten war die Luft heiß und trocken genug, um einen Menschen im Handumdrehen zu einer Art Rosine verschrumpeln zu lassen.

Pierce griff nach der Tragschlaufe des Beutels und zerrte das Artefakt in Richtung Tunnel. »Sehen wir zu, dass wir aus dieser Sauna herauskommen und uns bei einem kühlen Bier zusammensetzen. Dann erzähle ich dir auch alles über unseren kleinen Freund hier. Ich ziehe, du schiebst.«

George duckte sich in den Tunnel und schleifte den Beutel hinter sich her. King folgte auf Händen und Knien und schob nach. Die Laterne ließ er stehen. Die konnte er später noch holen, wenn sie dieses schwere Mistding aus dem Loch bugsiert hatten. Er musste blinzeln, als Pierce hinauskletterte und ihm das grelle Sonnenlicht in die Augen fiel. Mit einer letzten Kraftanstrengung hievte er das Objekt hinaus und krabbelte hinterher. Doch er war erst halb aus dem Loch heraus, als er Pierce' verzerrtes Gesicht sah und darauf jenen seltsamen Ausdruck, den er von Menschen in Todesangst kannte. King fuhr herum, folgte Pierce' Blick und sah in die Mündung einer dreiläufigen Handfeuerwaffe, wie er sie bisher nur aus Demonstrationsfilmen kannte. Es war die Metal Storm O'Dwyer VLe. Ihr elektronisches Zündungssystem kam ohne bewegliche Teile aus und benötigte kein Magazin. Die Patronen waren hintereinander im Lauf aufgereiht, getrennt durch ihre Treibladungen. Einige Metal-Storm-Waffen mit mehr als drei Läufen feuerten Projektile mit einer Rate von bis zu einer Million Schuss pro Minute ab. Sie waren die Zukunft der Kriegstechnologie, aber King hatte noch nie gehört, dass eine davon tatsächlich eingesetzt worden wäre. Soweit er wusste, befand sich die australische Technologie noch im Forschungs- und Entwicklungsstadium, doch das tröstete ihn wenig. Die Waffe, die auf seinen Kopf gerichtet war, konnte rückstoßfrei drei Patronen in weniger als einer Sekunde auf ihn abfeuern. Von seinem Kopf bliebe dann nicht viel übrig. Natürlich würde bereits das erste Geschoss völlig ausreichen. Die anderen beiden streuten nur noch Salz in die tödlichen Wunden.

SIEBEN
Peru

Seth Lloyd hatte nie viel für *James Bond* oder *Mission Impossible* übrig gehabt, doch als er sich jetzt in das schwach beleuchtete, nach Elektronik riechende Computerlabor von Manifold Gamma schlich, wünschte er, er hätte besser aufgepasst, wie man sich als Superschnüffler benahm. Innerhalb der Begrenzungen eines Computersystems konnte er nach Belieben schalten und walten, sich in Netzwerke hacken, Hintertüren öffnen und im Handumdrehen Firewalls lahmlegen. Aber angesichts realer Wände, Türen und Überwachungskameras, von den bewaffneten Posten ganz zu schweigen, krampfte sich sein Magen zusammen, und er musste dringend noch einmal zur Toilette, bevor er seine letzte Tat als Angestellter von Manifold einläutete.

Endlich setzte Seth sich an seinen Computer, einen 24-Zoll-iMac mit allen Schikanen, auf dem Linux lief, und versuchte, sich so normal wie möglich zu verhalten. Er hatte Kaffee mitgebracht, der nach seinen Ausflügen auf die Toilette inzwischen kalt geworden war, außerdem ein Klemmbrett voller Notizen, und er trug sein witzigstes T-Shirt, auf dem stand: *Auf der Welt gibt es 10 verschiedene Arten von Menschen: die, die das binäre System verstehen, und die anderen.* Er bezweifelte, dass einer der Wächter an den Monitoren intelligent genug war, um den Witz zu verstehen, aber er hoffte, sie damit ein wenig abzulenken, damit sie nicht auf seinen Bildschirm achteten oder den USB-Stick bemerkten, der hinter seiner Kaffeetasse versteckt an den Computer angeschlossen war.

Er begann, auf die Tastatur einzuhämmern, und stellte fest, dass seine Finger zu zittrig waren, um schnell genug zu tippen. Zur Beruhigung seiner Nerven schaltete er seinen iPod ein, scrollte durch die Liste der heruntergeladenen Musikstücke, wählte »My Hero« von den Foo Fighters und stopfte sich die kleinen Kopfhörer in die Ohren. Der wummernde Rhythmus und der Text des Songs bauten sein Selbstvertrauen wieder etwas auf.

Nachdem er die Diagnoseprogramme geöffnet hatte, die er im Labor typischerweise benutzte, um das fehlerfreie Funktionieren des Netzwerks zu überwachen, startete er seine persönliche kleine Software vom USB-Stick aus. Das Programm lief im Hintergrund des Diagnosefensters und war auf dem Bildschirm nicht zu sehen. Das hieß, dass er blind arbeiten musste. Er hatte eine Woche lang geübt und sich die Tastenkombinationen, Befehle und das Timing eingeprägt, seit er, nur so zum Spaß, zum ersten Mal in Manifolds Datenbank eingedrungen war. Dabei war er genauso vorgegangen, heimlich im Schutz des Diagnoseprogramms, das ohnehin den größten Teil der Arbeit für ihn erledigte.

Der Spaß endete, als er hinter einem ultrasicheren Firewall Manifolds Kundenliste entdeckte. Sie umfasste zahlreiche Terrororganisationen und Gewaltregimes. Mehrere davon standen auf der Warteliste für etwas, das sich Projekt Lerna nannte, also drang er noch tiefer ein, während sein Unterbewusstsein ihm gleichzeitig zuschrie, sich schleunigst zu verdrücken. Als Computertechniker und Netzwerkgenie hatte er nie so genau erfahren, was die ganzen Genetiker um ihn herum eigentlich trieben. Dabei handelte es sich um Spitzenforschung, wie immer bei Manifold, doch er wäre nie auf die Idee gekommen, dass es um blitzschnelle Human-Regeneration ging. Er hatte zeitlebens anarchistische Tendenzen gehabt, schon als Kind, und das hier spottete jedem Begriff von Anstand. Offenbar sollte die Technologie dazu dienen, um weltweit die Menschen zu unterdrücken. Das hatte den Rebellen in ihm wachgerüttelt und diesen Akt von Firmenverrat ausgelöst. Zunächst hatte er versucht, sich von außen in das System zu hacken, was seine persönliche *Unmögliche Mission* überflüssig gemacht hätte, doch die Firewall hielt jedem Kunstgriff aus seiner Trickkiste stand. Die einzige Möglichkeit, sich in das Netzwerk einzuklinken, bestand innerhalb der Firewall. Das war nur hier möglich, im Computerlabor, das zu dem einzigen Zweck gegründet worden war, den Schutz des internen Netzwerks durch die Firewall zu garantieren.

Ohne es auf dem Bildschirm nachvollziehen zu können, startete Seth den ersten Datentransfer von fast zwei Gigabyte Informationen auf seinen USB-Stick. Er begann, die zwei Minuten herunterzuzählen, die die Übertragung benötigen würde.

Plötzlich zuckte er zusammen und wäre fast vom Stuhl gefallen, weil sich ohne Vorwarnung eine Hand auf seine Schulter gelegt hatte. Hinter ihm stand David Lawson, die Nummer zwei des Gen-Y-Sicherheitsdienstes und in Reinharts Abwesenheit Sicherheitschef von Manifold Gamma. Er war immer recht freundlich gewesen, doch Lloyd hatte ihn beim Kampftraining beobachtet und wusste, wie gefährlich der Einundzwanzigjährige war. Er zog die Ohrhörer des iPod heraus und setzte sein harmlosestes Lächeln auf.

»Verdammt, Mann, Sie haben mich zu Tode erschreckt.«

»Tut mir leid«, entschuldigte sich Lawson grinsend.

»Laut Dienstplan ist erst für nächste Woche wieder eine Diagnose eingeplant. Musste nachsehen, was los ist. Sie wissen ja, wie das ist.«

»Ja klar. Ich habe gestern Nacht ein paar Dateien heruntergeladen und festgestellt, dass die Transferrate ein bisschen niedrig ist. Wollte sichergehen, dass wir kein Problem haben.«

»Und, was haben Sie runtergeladen?«, fragte Lawson interessiert. Seth versorgte die meisten der jungen Sicherheitsleute mit Videospielen. Sie hatten zwar ihr Training und ihre Hightech-Geräte, doch im Allgemeinen langweilten sie sich. Sie sehnten sich nach Action, und die Spiele, die Seth ihnen besorgte, waren die beste Abwechslung seit langem.

»Call of Duty 6, Betaversion«, antwortete er in der Hoffnung, dass Lawson nicht genügend auf dem Laufenden war, um die Lüge zu durchschauen.

»Beta? Krass. Kann ich die haben, wenn Sie hier fertig sind?«

Seths Gesäßmuskeln zuckten, seine Nerven lagen blank.

»Konnte den Download leider nicht beenden«, sagte er schnell. »Zu langsam. Sobald ich das Problem gefunden habe, setze ich ihn fort, und morgen haben Sie das Spiel.«

»Wahnsinn«, sagte Lawson. »Dann lasse ich Sie mal weitermachen.« In der Tür wandte er sich noch einmal um und sagte: »Aber zeichnen Sie die Liste ab, wenn Sie gehen, damit alles seine Ordnung hat. Ich will nicht gefeuert werden, bloß weil Sie vergessen haben, sich einzutragen.«

Als Antwort richtete Seth den Daumen nach oben und sah wieder auf den Bildschirm. Die beiden Minuten waren schon lange abgelaufen, also klickte er auf das »Hardware sicher entfernen«-Symbol, zog den USB-Stick ab und schloss rasch einen zweiten an. Sein Vater, ein Schreiner, hatte immer gesagt: »Mach nur einen einzigen Schnitt, aber messe sicherheitshalber zweimal nach.« Die Logik hatte ihm eingeleuchtet und war Teil seiner Lebensphilosophie geworden. Wenn möglich, zog er eine schnelle Kopie für den Fall, dass das Original beschädigt wurde. Er tippte die nötigen Befehle ein und setzte den Download in Gang.

Noch zwei Minuten, und er hat es geschafft, ohne erwischt zu werden.

Einhundert Meter entfernt, vom Computerlabor durch ein Gewirr von Gängen getrennt, betrat Lawson den in schwaches rotes Licht getauchten Kontrollraum und setzte sich in einen Lederstuhl, von dem aus man fast hundert Überwachungsmonitore im Blick hatte.

»Was ist los?«, wollte Simon Norfolk wissen, ein schlanker junger Mann mit militärischem Haarschnitt. Er lümmelte mit den Füßen auf dem Tisch in seinem Stuhl.

»Runter mit den verdammten Füßen«, sagte Lawson und schlug nach den Beinen seines Partners.

»Hier drin ist keine Überwachungskamera«, meinte Norfolk. »Reg dich ab.«

»Du verteilst Dreck auf dem ganzen Tisch. Willst du, dass plötzlich die ganze Elektronik ausfällt, weil irgendein Idiot Schmutz reingetragen hat?«

Norfolk schwang die Füße vom Tisch und wischte den Schmutz weg, der aus dem tiefen Profil seiner schwarzen Stiefel gefallen war. »Zufrieden?«

Als Lawson nicht antwortete, schlug ihm Norfolk klatschend auf den Arm. »Was treibt denn unser Oberfreak im Computerlabor?«

»Hat gestern Nacht festgestellt, dass die Downloadgeschwindigkeit zu niedrig ist, und macht deshalb eine Netzwerkdiagnose.« Lawson betrachtete den Bildschirm, der Seth im Computerlabor zeigte. Er sah seine Finger über die Tastatur huschen. Er tippte Befehle ein, doch die Diagnosesoftware reagierte nicht darauf. »Das ist ja eigenartig.«

Lawson schaltete das Bild von dem kleinen Monitor auf einen 40-Zoll-Bildschirm in der Mitte der Monitorwand um. »Täusche ich mich, oder ist die Diagnosesoftware schon fertig?«

»Sieht ganz so aus«, sagte Norfolk.

»Was tippt er dann noch ein?«

»Andere Frage: Was zum Teufel ist das hier?« Norfolk deutete auf die Kaffeetasse, hinter der ein kleines Stück weit ein USB-Stick hervorragte, der an den Computer angeschlossen war.

»Der Saukerl«, brüllte Lawson, während er aufsprang und mit Norfolk dicht auf den Fersen aus dem Kontrollraum stürmte. Sie brauchten nur zwanzig Sekunden zum Computerlabor, aber als sie durch die Tür platzten, war keine Spur mehr von Seth zu sehen. Sein Stuhl drehte sich noch und bewies, dass er gerade erst Hals über Kopf verschwunden war.

»Gib allgemeinen Alarm«, befahl Lawson Norfolk.

Dann stürmte er durch das Computerlabor, zog seinen nichttödlichen Elektroschocker und rannte durch den Ausgang am anderen Ende. Zornig brüllte er: »Seth!«

Seth hörte seinen Namen wie einen Tsunami durch den Korridor rollen. Voll Panik und Verwirrung schoss er um die nächste Ecke. An eine Flucht zu Fuß hatte er nie gedacht. Der Plan sah vor, sich nicht erwischen zu lassen. Doch jetzt blieb ihm keine Wahl mehr. Er sah über die Schulter zurück und übersah dabei die Frau, die ihm entgegenkam. Der Zusammenprall riss sie beide zu Boden.

Seth rappelte sich schnell wieder auf. Ihm wurde schlecht vor Angst, als er die Gen-Y-Uniform erkannte, doch dann seufzte er erleichtert auf. Er kannte die Frau, die darin steckte – Anna Beck. Trotz ihres blendenden Aussehens – etwas, das ihn normalerweise eher einschüchterte – war sie einer der wenigen Menschen bei Manifold, mit denen er Freundschaft geschlossen hatte. Er beschloss, ihr ungeachtet ihrer Zugehörigkeit zu Gen-Y zu vertrauen.

»Seth«, sagte Beck. »Was ist denn los?«

Er presste ihr einen der USB-Sticks in die Hand. »Sieh ihn dir an«, drängte er. »Aber erzähl ihnen nichts davon.«

»Wem, ihnen?«, fragte sie.

»Seth!«, dröhnte Lawsons Stimme durch den Gang.

Seths Augen weiteten sich. »Denen. Bitte, tu es einfach.«

Sie betrachtete den USB-Stick, nickte dann und sagte: »Okay. Erzähl mir doch, was los ist. Vielleicht kann ich – uff!«

Er schlug sie, so hart er konnte, in den Magen und schickte sie nach Luft ringend zu Boden. »Tut mir leid«, flüsterte er, dann rannte er auf das Treppenhaus zu, das zum Ausgang in den Dschungel führte.

Einen Augenblick später bog Lawson um die Ecke. »Wo ist er?«

Er half Anna Beck auf die Füße, und als sie wieder Luft bekam, sagte sie wahrheitsgemäß: »Draußen. Wir werden ihn nie finden.« Sie lehnte sich gegen die Wand und ließ den USB-Stick unauffällig in die Tasche gleiten. Während sie Lawson nachblickte, fragte sie sich, was wohl so wichtig sein konnte, dass ein Durchschnittstyp wie Seth dafür sein Leben riskierte. Lawson würde ihn nicht töten – gegen Manifold-Mitarbeiter durften keine tödlichen Waffen eingesetzt werden. Das würde schon der Dschungel besorgen. Seth hatte nie mehr als ein paar Minuten dort draußen verbracht und zudem die entsprechenden Lehrgänge gemieden, die Gen-Y den Manifold-Mitarbeitern anbot. Er konnte von Glück sagen, wenn er die nächsten paar Stunden überlebte.

ACHT

Nazca, Peru

King starrte sein eigenes Spiegelbild in der Sonnenbrille des maskierten Mannes an, der eine der tödlichsten Handfeuerwaffen der Welt auf seinen Kopf gerichtet hielt. Er hoffte, seine Miene würde nichts von der Verblüffung darüber verraten, dass sie ihn völlig unvorbereitet erwischt hatten.

Er zählte fünf Männer, alle von Kopf bis Fuß in schwarze, flüssigkeitsgekühlte Anzüge gekleidet – besser als alles, was die US-Armee einsetzte. Die Augen lagen hinter verspiegelten, staubdichten Brillen verborgen; den Rest ihrer Gesichter verdeckten schwarze Masken, durch die sie mit Frischluft und Wasser versorgt wurden. King kannte die Technologie der Anzüge. Sie ähnelte einem Prototyp, den er selbst schon getestet hatte und der noch nicht endgültig für den Feldeinsatz zugelassen war – mangels Finanzierung.

»Jack Sigler, Codename ›King‹«, sagte der Mann, der ihm die Waffe an den Kopf hielt. Seine Stimme klang elektronisch verzerrt, wie ein noch metallischerer Darth Vader. »Sie sind einen Tag zu früh dran.«

Es kostete King große Mühe, seine Verwirrung zu verbergen. Sein Codename als Delta-Agent unterlag der höchsten Geheimhaltungsstufe. Nicht einmal Pierce wusste, dass er zu Delta gehörte. Zu dieser Information hatten nur sein Team und eine Handvoll Regierungsbeamter Zugang.

»Wenn ich gewusst hätte, dass wir Besuch bekommen,

hätte ich ein paar Plätzchen mitgebracht«, meinte King. Er ließ den Blick schnell über das Gelände schweifen, ohne die Waffe zu beachten, mit der der Mann ihm vor dem Gesicht herumfuchtelte. Drei schwarzgekleidete Männer ließen die Ausgrabungsmannschaft niederknien und fesselten ihnen mit Kabelbindern die Hände. King unterdrückte einen Fluch, als er sah, dass sein Fahrer Atahualpa dabei half. *Kein Wunder, dass er nervös wurde, als ich meine Waffe zog,* dachte er. *Er hatte Angst, ich wäre ihm auf die Schliche gekommen.*

Ein vierter Mann hielt Pierce und McCabe mit einer Metal-Storm-Handfeuerwaffe in Schach. Ein schneller Druck auf den Abzug würde sie in Stücke reißen. Der Beutel mit dem Artefakt lag auf dem Boden zwischen ihnen.

King kalkulierte schnell seine Möglichkeiten. Die Waffe, die in seinem Hosenbund steckte, enthielt zwar genügend Patronen, um alle fünf Männer zu töten, wenn seine Schüsse genau ins Ziel trafen – und daran hegte er keinen Zweifel –, aber beim ersten Schuss würden Pierce und McCabe sterben. Also versuchte er es zunächst mit einer anderen Strategie: Informationen sammeln. »Was wollen Sie?«

Der Finger des Mannes zuckte ein klein wenig am Abzug.

»Sie sind hinter dem Artefakt her«, schrie McCabe und schleuderte dem Mann, der sie und Pierce in Schach hielt, mit dem Fuß Sand ins Gesicht. Sie war in ihrem Leben schon zu vielen üblen Gestalten begegnet, um sich einschüchtern zu lassen.

»Beruhigen Sie sich, Lady«, sagte ihr Bewacher und richtete die Waffe auf ihren Kopf.

»Fahren Sie zur Hölle!«, spuckte sie aus. Pierce packte sie an den Armen und hielt sie zurück, als sie sich auf den Mann stürzen wollte.

King bewunderte ihren Mut angesichts einer überwältigenden Übermacht, doch er wusste, dass er tödlich für sie sein konnte. Die Lage musste schnell geklärt werden, selbst wenn das bedeutete, dass diese Kerle davonkamen. »Nehmen Sie sich einfach, weswegen Sie gekommen sind, und verschwinden Sie.«

Der Mann über ihm kniete sich mit einem dumpfen Knurren hin und zischte: »Das habe ich auch vor.« Er stand wieder auf, und seine Hand packte die auf King gerichtete Waffe fester. »Nehmt Dr. Pierce mit. Lasst die anderen in der Sonne schmoren. Und erschießt die verdammte Schlampe.«

»Nein!«, brüllte King. Einen Sekundenbruchteil lang wollte er sich aus dem Tunnel hinauswerfen, doch sein Instinkt riet ihm, sich lieber wieder zu ducken. Das rettete ihm das Leben, denn so schlugen die drei von oben abgefeuerten Kugeln in die Tunnelwand ein und verfehlten seinen Kopf.

Er riss seine SIG Sauer heraus und schob sich wieder auf den Ausgang zu. Sobald jemand ihm in die Quere kam, würde es Tote geben. Dann sah er eine Handgranate auf sich zufliegen. Einen halben Meter innerhalb des nur einen Meter zwanzig hohen Tunnels kam sie holpernd zum Stillstand. Der Stift war gezogen, sie musste jeden Augenblick hochgehen. King warf sich nach hinten, hielt sich die Ohren zu, öffnete den Mund und presste sich gegen die Höhlenwand und zwei mumifizierte Leichen. Unmittelbar bevor die Granate explodierte, hallten drei schnell hintereinander abgefeuerte Schüsse durch den Tunnel. Dann erfüllte die Druckwelle die kleine Kammer mit einer Staubwolke. King wurde gegen die Wand aus festgebackener Erde geschleudert und verlor das Bewusstsein.

NEUN

Nazca, Peru

Pierce starrte entgeistert auf den schlaffen Körper Molly McCabes hinab. Eine Blutlache breitete sich unter ihr aus und schwemmte wie eine Schlammlawine durch den festen Sand. In der Hitze des Tages würde das Blut innerhalb einer Stunde getrocknet sein, ein unauslöschlicher Fleck in der Wüste, der das Ende einer Frau bedeutete, die er respektiert und deren Gesellschaft er genossen hatte. Er fiel neben ihr auf die Knie und fühlte ihren Puls. Er wusste, dass sie tot war, doch ihm fiel nichts Besseres ein.

»Dr. Pierce«, sprach ihn einer der maskierten Männer an und griff nach dem Beutel, der das Artefakt enthielt. »Sie müssen uns begleiten.«

Durch einen Tränenschleier sah er den Mann an. Er wünschte, er hätte McCabes Mut und innere Stärke besessen, doch der Anblick der seltsamen Pistole und der drei Löcher in McCabes Brust trieb ihm jeden Gedanken an Heldentaten aus. Er war nicht King ... und King war ...

Er erhob sich.

King war alles, was ihm an Familie noch geblieben war. Seine Eltern waren tot und sein Bruder ein Junkie. King, der Mann, der beinahe sein Schwager geworden wäre, war immer für ihn da gewesen.

Der Anführer hob die Waffe, als er merkte, dass Pierce gleich etwas Unüberlegtes tun würde. »Immer mit der

Ruhe, Pierce«, sagte er und wandte sich an den Mann, der McCabe erschossen hatte. »Kümmere dich um sie.«

Der Mann kniete sich neben McCabe und riss ihr das Hemd auf. Er wischte den Bereich über ihrem Herzen, wo die Kugeln Fleisch und Knochen zerrissen hatten, mit einem weißen Tuch ab, das stark nach Alkohol roch. Dann warf er das blutige Stück Stoff beiseite und zog ein kleines Päckchen aus der Tasche, dem er eine mit roter Flüssigkeit gefüllte Spritze entnahm. Als der Mann damit auf den Bereich über McCabes Herz zielte, wollte Pierce ihn aufhalten, doch einer der Aufpasser, der mit dem Fesseln der Mannschaft fertig war, stieß ihn auf die Knie und zwang ihn, in dieser Haltung zu verharren.

»Sehen Sie genau hin«, sagte der Mann und hielt Pierce' Kopf fest. McCabes Leiche lag nur einen Meter entfernt.

Nach fünf Sekunden schrumpften die Löcher in ihrer Brust und schlossen sich. Pierce hörte auf, sich zu wehren, und beobachtete fasziniert, was da vor seinen Augen geschah. Er bemerkte eine leichte Wellenbewegung an ihrem Hals. Sie hatte einen Puls. Dann hob und senkte sich ihre Brust. McCabe war am Leben.

»Sie haben sie ins Leben zurückgeholt?«, fragte er ungläubig. »Wie ist das möglich?«

»Regeneration«, erwiderte der Mann. »Damit kennen Sie sich doch aus, oder, Doc?«

Pierce senkte den Blick auf das Artefakt, das von der Schulter des Mannes hing.

Die Hydra.

»Sie kommt wieder in Ordnung«, sagte der Mann und ließ die Waffe sinken. »Wenn Sie uns jetzt bitte folgen würden.«

Pierce nickte langsam. Er wusste, dass ihm letztlich keine

andere Wahl blieb, und schließlich hatten sie McCabe gerettet. Er warf einen Blick auf den Stein, dessen Inschrift durch die Explosion der Handgranate zerstört worden war. Ein tiefer Schmerz zerriss ihn innerlich. King war sein ältester Freund gewesen, sie hatten sich so nahgestanden, wie das zwischen nicht blutsverwandten Menschen überhaupt möglich war. Auch wenn sich ihm bei dem Gedanken der Magen umdrehte – er hoffte, dass die Granate King getötet hatte. Lebendig unter diesem Felsen begraben zu sein … er hatte die Gesichter der Männer gesehen, die darunter in der Wüstenglut verdorrt waren. »Tut mir leid, Jack«, murmelte er, während er sich von den Männern die Hände fesseln ließ.

Zunächst hatte Pierce vermutet, dass sie zu der Gruppe gehörten, die ihm die Besatzungsliste der Argo gestohlen hatte. Aber auch wenn die Männer hier ein ebenso großes Interesse an Artefakten zeigten, die mit Herkules zu tun hatten, unterschieden sie sich durch ihre Hightech-Waffen und die militärische Präzision von den anderen, die wesentlich … primitiver vorgegangen waren. Jenen schien vor allem daran gelegen, die Geheimnisse der Vergangenheit zu hüten, notfalls indem sie sie zerstörten. Bei diesen hier war das Gegenteil der Fall, wenn sie denn tatsächlich wegen ihrer Regenerationsfähigkeit hinter der Hydra her waren. Und angesichts des Wunders, dessen Zeuge er soeben geworden war, hegte er daran wenig Zweifel.

Die Männer halfterten ihre Waffen und führten Pierce den Hügel hinauf, zurück zum Basislager der UN. Über die Schulter rief der Anführer Atahualpa zu: »Lass sie noch zwei Stunden gefesselt. Dann kannst du sie losbinden.«

»Und mein Geld?«, gab Atahualpa zurück. Ein Bündel Scheine flog in seine Richtung, und er fing es geschickt auf. »Zwei Stunden. In Ordnung!«

Als sie die Hügelkuppe erreichten, blickte Pierce zurück. Er sah noch, wie Atahualpa sich im Sand niederließ, dann spürte er einen brennenden Stich am Hals. Erst dachte er an einen Skorpion oder eine Spinne, doch aus dem Augenwinkel erkannte er eine Injektionsspritze. Schwindel erfasste ihn, und ihm wurde schwarz vor Augen.

Zorn wallte in ihm auf, aber er war bereits bewegungsunfähig. Obwohl Pierce nichts mehr sehen konnte, funktionierte sein Gehör noch, während sein Bewusstsein rasch dahinschwand. Einer der schwarzgekleideten Männer sagte: »Das war aber nicht nett, Boss.«

»Warum?«

»Wäre besser gewesen, ihnen allen einen Kopfschuss zu verpassen, als sie hier gefesselt zurückzulassen. Sie reißt sie in Stücke, wenn sie wieder aufwacht.«

»Ihr Pech, dass ich kein netter Mensch bin.«

Pierce stöhnte, während das Gelächter der Männer durch seinen Schädel hallte, verzerrt und misstönend in seinem Delirium. Dann verlor er vollständig das Bewusstsein und sackte auf dem harten Boden zusammen. Ganz zuletzt hörte er noch einen schweren Motor anspringen.

ZEHN
Nazca, Peru

King erwachte davon, dass sich etwas Hartes in seine Rippen bohrte. Er griff danach und warf es beiseite. Ein Klappern hallte durch die stockfinstere Grabkammer. King vermutete, dass es sich um einen Knochen gehandelt hatte, möglicherweise den Arm eines der mumifizierten Männer.

Farbige Punkte tanzten vor seinen Augen, und als er sie ganz weit aufriss, um vielleicht irgendwo einen winzigen Sonnenstrahl zu entdecken, der eine Fluchtroute zeigte, sah er nur Phantomfarben. Die imaginären Farbeindrücke, die seine Augen erzeugten, während sie sich an die Schwärze der Gruft gewöhnten, verrieten ihm, dass er nicht lange bewusstlos gewesen sein konnte. Er kannte das Phänomen von seinen Nachteinsätzen. Beim Fallschirmabsprung in die Dunkelheit füllte sich sein Gesichtsfeld immer mit roten, violetten und grünen Flecken.

Es gab noch zwei andere Hinweise darauf, dass er nicht lange weggetreten gewesen war. Zum einen atmete er noch, obwohl die Kammer nicht allzu viel Luft enthielt und das Fehlen von Licht wohl bedeutete, dass es keine Frischluftzufuhr gab. Der zweite Hinweis war, dass er gerade erst anfing, Durst zu bekommen. Die Dehydrierung hatte noch nicht voll eingesetzt, doch bald würde er im sonnendurchglühten Sand geröstet werden wie ein Spanferkel in einem hawaiianischen Erdofen. Fürs Erste war er jedoch zufrieden, dass ihm außer einem Klingeln in den Ohren nichts fehlte.

Verdammte Granate.

Als er aufstand, knallte er mit dem Kopf gegen die Decke. »Verflixt!«, fluchte er und duckte sich. In der Mitte war die Kammer über zwei Meter hoch, doch am Rand, wo es ihn hingeschleudert hatte, nur etwa einen Meter fünfzig. Während er gebückt zum Zentrum tappte, stieß er mit dem Fuß gegen irgendetwas und verursachte ein metallisches Klappern. Er bückte sich und fuhr mit den Händen über den Boden, bis er die Ursache des Geräusches gefunden hatte – die Laterne.

Er tastete nach dem Schalter. Als er ihn endlich gefunden hatte, fragte er sich, ob er wirklich Licht haben wollte. Was würde das bringen? Falls doch irgendwo ein winziger Sonnenstrahl hereinfiel, konnte er ihn im Licht der Laterne nicht erkennen. Und er müsste die hässlichen Fratzen der mumifizierten Männer um sich herum ertragen, die ihn an sein eigenes Schicksal erinnerten. Lebendig begraben. Mumifiziert durch die glühende Hitze und die Luft, die dem Körper alle Feuchtigkeit raubte. Aber dann beschloss er, doch lieber sehenden Auges zu sterben. Er sprach ein schnelles Gebet und betätigte den Schalter.

Licht durchflutete die kleine Kammer und beleuchtete den Kreis der verzerrten Fratzen, die Augen fahl, die Münder weit aufgerissen, die Finger zu Fetzen zerrissen, die Köpfe eingeschlagen. Die meisten der Mumien hatten die Explosion unbeschadet überstanden, aber mehrere hatte es quer durch die Kammer gegen die Rückwand geschmettert, wo sie auseinandergebrochen waren.

King schaltete das Licht aus. Vielleicht war es besser so. *Blödsinn,* dachte er dann und knipste es wieder an. Er ignorierte nach Möglichkeit das konservierte Entsetzen auf den Gesichtern der Mumien, während er die Kammer umrundete und mit dem Griff seiner Pistole den oberen Rand abklopfte, wo der Fels auf der Seitenwand aufsaß. Sand und Steine waren zu einer kompakten Masse verdichtet, die nicht einmal dort nachgab, wo einmal der Eingangstunnel gewesen war. Ohne Schaufel gab es kein Entkommen. Dennoch musste er es versuchen.

Zehn Minuten lang bearbeitete er mit dem Pistolenknauf den ehemaligen Eingang. Nachdem es ihm gelungen war, einen kleinen Brocken herauszulösen, scharrte er mit den Händen weiter. Es ging sehr langsam voran, und er spürte, wie die staubgeschwängerten Atemzüge immer weniger die Gier seines Körpers nach Sauerstoff befriedigen konnten. Durch die physische Anstrengung verbrauchte er mehr Luft als im Ruhezustand … oder in der Bewusstlosigkeit.

Er hörte auf zu buddeln und lehnte den Kopf gegen die Wand. Nachdem sich sein Atem beruhigt hatte, bemerkte er einen dumpfen Schmerz in den Fingerkuppen. Er hielt sich die Hand vor Augen und stellte fest, dass sie mit Blut bedeckt war. An der Wand entdeckte er frische, blutige Fingerabdrücke, genau wie die uralten, trockenen Flecken, die die Männer hinterlassen hatten, die vor Jahrtausenden hier begraben worden waren.

Er war einer von ihnen geworden.

King betrachtete seine aufgeschürften Finger. Es gab kein Entrinnen. Und selbst wenn jemand nach ihm suchte, bevor die trockene Luft ihn vollständig zur Mumie ausgedörrt hatte, würde er deswegen nicht weniger tot sein.

Er ergab sich in sein Schicksal, während jeder Atemzug der abgestandenen Luft mehr Sauerstoff entzog und durch Kohlendioxid ersetzte. King ließ sich zwischen zwei der mumifizierten Männer sinken. Er grinste ihnen zu. Irgendwie lag schon eine gewisse Komik darin, dass er hier eines langsamen Todes sterben sollte, statt bei einem Kampfeinsatz in die Luft gejagt oder von Kugeln durchsiebt zu werden.

»Schöne Scheiße, was?«

Die Hitze in der Kammer zermürbte ihn, hängte sich schwer in sein schwarzes Elvis-T-Shirt und entzog seinem Körper immer mehr Flüssigkeit. Er sehnte sich danach, die Kleider abzulegen, doch er konnte sich nicht mehr rühren. Sein Blick verschwamm, während Verstand und Körper sich nach und nach abschalteten. Sein einziger Trost angesichts des herannahenden Todes war, dass er ihn nicht mehr bewusst erleben würde.

Der Kopf sank ihm auf die Schulter, und seine Gedanken schweiften zu Pierce. Er hatte seinen Freund im Stich gelassen. Noch nie hatte er eine Mission derartig vermasselt, doch das konnte eben passieren – der Krieg war die Hölle, und die Guten konnten nicht immer gewinnen. Aber Pierce war sein Freund. Darum war sein Versagen unverzeihlich, auch wenn ihm nicht mehr viel Zeit für Selbstvorwürfe blieb.

Mit schwindendem Bewusstsein beschloss King, sollte er als Gespenst zurückkehren, die Dreckskerle heimzusuchen, die ihm das angetan hatten. Und falls er doch irgendwie überlebte, würden sie sich noch wünschen, er wäre nur ein Gespenst. Schwärze senkte sich auf ihn herab, und sein Kopf kippte gegen den Totenschädel seines Nachbarn. Der unbarmherzige Sand machte sich daran, ein weiteres Opfer zu verschlingen.

ELF

Nazca, Peru

Die Dunkelheit verschlang alles.

Die Wirklichkeit verzerrte sich, zerfloss, dann drängte das Surreale herein.

King trieb über einer Unzahl von Leichen dahin, die brutal in Stücke gerissen und dann in der Wüste verstreut worden waren. Eine Schlacht hatte stattgefunden. Nein. Er hatte Schlachten miterlebt. Dies hier war ein Massaker gewesen. Die Sterne glitzerten wie Wassertropfen, dick und feucht klebten sie an der schwarzen Decke des Himmels. Das Bild wirbelte davon, während Kings ätherisches Selbst weiter nach oben schwebte, himmelwärts glitt, weg von der schauerlichen Szenerie.

King hatte sich nie eine Vorstellung vom Tod gemacht. In seiner Branche beschleunigte die Angst vor dem Tod nur allzu oft dessen Eintreten. Angst vor Schmerzen wirkte Wunder, doch Todesangst konnte selbst den besttrainierten Soldaten zur Salzsäule erstarren lassen. Das hier allerdings – aus seiner Gruft aufzusteigen und über die Toten hinweg emporzuschweben –, das spottete allen Beschreibungen von typischen Nahtod-Erfahrungen. Wo blieb der Tunnel aus weißem Licht? Der nahe Angehörige, der einen weiterführte? Sollte ihn nicht seine Schwester hier erwarten? Wo blieb Julie?

»Julie«, sagte er. »Zeig mir den Weg, Julie.«

Keine Antwort, nur das Gefühl, durch einen zähen Morast zu treiben. Er musste an die Hölle denken. Die Leichen. Offensichtlich gefoltert. Die Kälte. Er fühlte die Kälte. War die Hölle kalt? War es am Ende tatsächlich möglich, dass die Hölle gefror? Haha. Er wollte lachen, spürte aber seinen Körper nicht. Er besaß keinen Körper mehr.

Er versuchte, seinen Geist, oder was immer das war, in eine neue Richtung zu zwingen, aber es ging immer weiter, auf und davon, unbeirrbar nach oben zu einem unbekannten Ziel.

Die Sterne blinzelten ihm zu, verblassten dann. Er begann, in den Abgrund zurückzusinken, und musste wieder an seine Schwester denken.

»Sir«, sagte eine Stimme. »Trinken Sie.«

Flüssigkeit drang in Kings Mund. Er atmete ein. Würgte. Setzte sich hastig auf und fühlte schlagartig einen Schmerz, als würde ein Spieß durch seinen Kopf getrieben. Der Schmerz pulsierte wie ein flackerndes Licht.

»Seien Sie still«, drängte die Stimme, ein kaum hörbares Flüstern. »Sonst kann sie Sie hören.«

»Julie?«

»Nein. Die Alte.«

»Wer sind Sie?«

»Atahualpa.«

Kings Augen sprangen auf, und sein Geist stürzte zurück in den Körper. Die Vision. Er war nicht geschwebt. Man hatte ihn getragen. Aber das bedeutete – King rieb sich die Augen, um den Alptraum zu verscheuchen. Mit frischem Blick sah er sich um.

Atahualpa kniete neben ihm. Der Mann war bleich. Vielleicht lag es am Mondlicht. Vielleicht an etwas Schlimmerem. Die Sterne waren keine Tropfen mehr und blinzelten ihm aus dem kalten, klaren Nachthimmel zu. Er saß auf der Erde zwischen zwei abgestellten Lastwagen. Atahualpa hielt ihm eine kleine Flasche Wasser hin.

»Trinken Sie.«

King leerte sie in einem Zug. Die von der nächtlichen, frischen Luft gekühlte Flüssigkeit beruhigte seinen Magen und löschte das Feuer in Rachen und Kehle. Er fühlte seine Lebensgeister wieder erwachen. Die zweite Flasche, die Atahualpa ihm reichte, trank er langsamer und ließ seinem Körper Zeit, die Flüssigkeit aufzunehmen. Es war ein wahres Fest für die dehydrierten Zellen. Er blickte seinem verräterischen Fahrer in die sanften Rehaugen.

»Sie haben mich gerettet. Mich ausgegraben.«

Der Mann nickte.

»Warum?«

»Die hatten gesagt, es soll niemand verletzt werden.«

Das klang gar nicht gut. In Kings Kopf lief wie ein Film seine Vision vom Feld der Toten ab. Er betete, dass alles nur ein Trugbild gewesen war. »Wer wurde verletzt?«

»Ich habe sie schreien gehört. Ich hab mich in einen Lastwagen verkrochen. Stundenlang. Dann hörten die Schreie auf. Als ich aus dem Fenster blickte, sah ich sie.«

»Wen?«

»Die Alte. Die grauhaarige Frau.«

»Molly?« King setzte sich bolzengerade auf und kämpfte gegen seine pochenden Kopfschmerzen an. »Sie ist am Leben?«

»Sie ist der Teufel höchstpersönlich.«

King stöhnte. Von religiöser Paranoia gefärbte Informationen nutzten ihm nichts. »Lassen Sie einfach weg, was Sie in der Kirche gelernt haben, und halten Sie sich an die Fakten.«

Atahualpa zwinkerte. »Ich war nie in einer Kirche. Aber ich erkenne einen Teufel, wenn ich ihn sehe. Ihr Körper war über und über mit Blut befleckt. Rot. Stücke ...« – er schniefte und kämpfte mit den Tränen – »da waren Stücke von Leichen ... ihre Innereien ... klebten an ihrem Körper. An ihren Lippen. Ihr Bauch ...« Er wölbte die Arme über dem eigenen Bauch. »Wie eine schwangere Frau. Voll mit Leichenteilen.«

King verkrampfte sich. »Wessen Leichen?«

Mit zitternden Fingern deutete Atahualpa auf den Grabungsort, auf Pierce' Drachen. »Die Arbeiter.«

King sprang taumelnd auf die Füße und stützte sich an der Ladefläche des roten Pick-ups ab.

»Sie müssen leise sein«, drängte Atahualpa. »Sie ist in die Wüste gelaufen, aber wer weiß, vielleicht kommt sie zurück.«

»Das Risiko gehe ich ein«, meinte King. Er leerte den Rest der zweiten Wasserflasche und stolperte dann auf den Grabungsort zu. Atahualpas Hand legte sich auf seine Schulter und hielt ihn zurück.

»Nehmen Sie das mit.«

Er sah, dass Atahualpa ihm seine eigene Pistole hinhielt. Es war ein Friedensangebot. Der Mann hätte ihn auch in der Gruft verrotten lassen können. Judas wollte zurück ins Team. Seine Augen bettelten um Vergebung.

King nahm die Waffe, überprüfte das Magazin und schob es wieder ein. Er musterte Atahualpa. Man hatte den Mann hereingelegt und benutzt. Auch King selbst hatte sich schon seinesgleichen bedient. Männer, die verzweifelt Geld oder Nahrung brauchten. Bereit waren, Vertrauen für das eigene Überleben zu verkaufen. Er nickte ihm zu.

Vergebung erteilt.

Gemeinsam gingen sie weiter, geduckt, verstohlen, leise. Wenn in der dunklen Wüste Gefahr lauerte, würde sie nur das leise Knirschen von Schritten vorwarnen. King kämpfte gegen ein in Wellen wiederkehrendes Schwindelgefühl an, richtete die Waffe in die Finsternis und versuchte, seine Pupillen dazu zu zwingen, sich noch ein klein wenig mehr zu weiten und das spärliche Mondlicht aufzufangen. Endlich erreichten sie die Kante des Hügelplateaus und sahen hinunter.

In der Dunkelheit kaum zu erkennen, lagen die Körper im Sand, an derselben Stelle, wo die Mannschaft bei Kings Ankunft gesessen hatte. Doch diesmal wandten sich keine Köpfe nach ihm um. Viele Köpfe fehlten sogar völlig. King hatte das alptraumhafte Gefühl, wieder in jene Hölle hinabzusteigen, die er zu sehen geglaubt hatte, als Atahualpa ihn aus der Grabkammer holte. Aber es war kein Alptraum. Es war Wirklichkeit. Man konnte unmöglich abschätzen, wie viele Leichen an der Hügelflanke verstreut lagen. Körperteile und Organe bildeten krankhafte Skulpturen im Sand, verfestigt von geronnenem, in der Sonne getrocknetem Blut. Der Sand war durchtränkt davon. Er knirschte und knackte unter ihren Füßen wie trockene Kekse.

King hielt sich den Hemdzipfel vor Mund und Nase, als eine leise Brise ihn mit einer Welle von Gestank überschwemmte. Er kannte den Geruch des Todes von den Schlachtfeldern, aber das hier – Körper und Organe, die in der sengenden Hitze des Tages verschmort waren –, das war kein Kampf gewesen. Diese Menschen waren abgeschlachtet worden.

Er entdeckte die Frau, die er bei seiner Ankunft so erschreckt hatte, und kniete sich neben sie. Oder neben das, was von ihr übrig war. Ein Bein fehlte. Eine Blutspur zeigte, dass es benutzt worden war, um einem anderen Mann den Schädel einzuschlagen. Aus ihrem Arm waren von der

Schulter bis zum Ellbogen große Fleischstücke herausgerissen, als hätte ein Oger ihn mit einem Maiskolben verwechselt. King hob den kalten Arm an, steif und schwer, und untersuchte ihn. Unverkennbar Bissspuren.

Menschliche Bissspuren.

King versuchte, sich einen Stamm von Kannibalen vorzustellen, der über die Gruppe von Arbeitern hergefallen war. Es schien als Einziges einen Sinn zu ergeben. Und doch entbehrte es jeglicher Logik. Es gab keine Kannibalen in Peru, und ganz gewiss nicht mitten in einer der trockensten Wüsten der Welt. Aber er hatte ja einen Augenzeugen.

»Wie ist das passiert?«

»Es war die Frau. Molly.«

King schüttelte den Kopf. »Unmöglich.«

Atahualpa stach sich mit dem Finger gegen die Brust. »Sie haben sie erschossen. Mausetot. Dann haben sie ihr eine Spritze gegeben. Sie kam wieder zu sich. Als sie aufwachte, waren die anderen schon weg. Ich habe ihr Wasser angeboten. Genau wie Ihnen. Sie sagte, sie wäre hungrig. Hat versucht, mich zu beißen. Ich rannte ...« Er deutete auf die Toten. »Beim ersten Mann blieb sie stehen.« Mit heftigem Kopfschütteln versuchte er, die Bilder aus seinem Kopf zu vertreiben, und zeigte auf das wenige, was von diesem Mann übrig geblieben war. Knochen und ein paar Brocken Fleisch. Ein dunkler Fleck. Und daneben etwas, das wie ein großer Haufen Erbrochenes aussah.

King entdeckte mehrere ähnliche Haufen überall verteilt. Wenn Atahualpas Geschichte stimmte, dann fraß Molly McCabe ihr Opfer, erbrach es wieder und ging dann zum nächsten über. Eines nach dem anderen. Die gefesselte Mannschaft hatte keine Chance gehabt.

»Sie hätten sie losschneiden können.«

Atahualpa blickte zu Boden. »Ich bin kein tapferer Mann.«

King forschte unter den Leichen nach bekannten Gesichtern und fand keine. McCabe fehlte, was Atahualpas Geschichte bestätigte. Aber auch Pierce war nicht da.

»Und mein Freund?«

»Sie haben ihn mitgenommen.«

»Lebend?«

Atahualpa nickte.

»Wohin?«

»Transporter«, antwortete er und deutete nach Norden. »Da lang.«

King rannte zurück zum Basislager. Atahualpa blieb ihm dicht auf den Fersen und beschwor ihn, leise zu sein, doch King ignorierte ihn und durchsuchte die Zelte und persönlichen Gegenstände der Verstorbenen. Endlich entdeckte er eine Taschenlampe. Damit ging es schneller, und schließlich fand er, wonach er gesucht hatte – ein Satellitentelefon.

Er schaltete es ein und war erleichtert, als die Ziffern auf dem Display grün aufleuchteten. Hilfe war nur noch einen Anruf weit entfernt. Dann fiel sein Blick auf ein Foto auf dem Zeltboden, und ihm stockte der Atem. Er stellte das Telefon ab und richtete den Lichtstrahl auf die Aufnahme. Julie und George. Lächelnd. Glücklich. Papierschlangen im Hintergrund. Ein Funkeln an Julies Finger deutete auf eine glückliche Zukunft hin, die ihr nicht vergönnt gewesen war. Ein ungelebtes Leben. Er steckte das Foto ein und wählte eine Telefonnummer. Es klickte ein paarmal im Hörer, bis die Verbindung zustande kam. Eine digitale Frauenstimme meldete sich. »Hallo, es tut mir leid, aber Ihr Anruf kann momentan nicht entgegengenommen werden. Wenn Sie Namen, Telefonnummer und Uhrzeit hinterlassen, rufen wir Sie so bald wie möglich zurück.« Dann folgte der übliche Piepton.

»King«, sagte er.

»Stimmerkennung bestätigt.«

Es piepste dreimal, dann ein Klicken. »Sind Sie dran, King?«

King fühlte, wie seine Muskeln sich entspannten. Deep Blue. »Ich könnte hier unten etwas Hilfe gebrauchen.«

»Sie wollen Gesellschaft?« Die Stimme klang ernst. King bat nur um Hilfe, wenn es Tote gegeben hatte und jemand dafür bezahlen musste.

ZWÖLF

New Hampshire

Die dichte Laubschicht auf dem Waldboden raschelte unter den Füßen der näher kommenden Männer. Sie hielten die Waffen nervös im Anschlag, schwangen den Lauf von einer Seite auf die andere, auf der Suche nach einem Ziel. Auf der Suche nach ihm. Rook.

Er atmete langsam und tief durch, sog den Duft der feuchten Erde und der verrottenden Blätter ein. Den Duft der Heimat. Rook war in den Wäldern von New Hampshire groß geworden und fühlte sich hier so zu Hause wie nirgendwo sonst. Ein Zweig knackte kaum einen Meter von ihm entfernt und brachte ihn in die Gegenwart zurück.

Von fünfzehn Kombattanten waren nur noch drei übrig. Diese beiden und ein dritter, der irgendwo im Hinterhalt lag. Der Plan war gar nicht so übel. Die beiden dienten als Köder. Der dritte würde ihn mit einer Salve aus dem üppig wuchernden Rhododendron heraus erledigen. Hätten sie gewusst, dass sie nur etwas mehr als einen halben Meter von Rook entfernt standen, der sich tief im dichten Laubwerk verbarg, wäre ihnen der Plan vielleicht nicht mehr ganz so gut vorgekommen.

»Seht ihr was?«, kam ein Flüstern aus dem Rhododendron.

Amateure.

»Nichts, Mann. Halt die Klappe«, erwiderte derjenige, der Rook am nächsten stand.

»Ich kapier das nicht«, meinte der Dritte. »Der Typ ist doch steinalt. Hätte ein Kinderspiel sein sollen.«

Rook musste an sich halten, um nicht laut zu lachen. Diese Würstchen hatten sich gerade eine gründliche Abreibung verdient. Ohne Schmerzen kein Nutzen, Mädels. Er zielte und gab kurz hintereinander zweimal drei Schüsse ab. Beide Männer stürzten auf den Waldboden, wanden sich in den nassen, erdigen Blättern und hielten sich den rotgefleckten Schritt.

Sie jaulten vor Schmerz.

Der Junge im Gebüsch begann zu schreien: »Wo ist er? Wo ist er?«

»Wir sind tot, Mann. Und ich hab ihn verdammt noch mal nicht gesehen!«

Ein schrilles Klingeln erschallte. *Verdammt,* dachte Rook, während er sich aus seiner Deckung erhob, um den Notruf anzunehmen. Das Ding war ein sozialer Alptraum. Er durfte es weder im Theater noch bei einem Spiel abstellen, und auch nicht, wenn er ein paar Kids von der Universität von New Hampshire den Arsch beim Paintball versohlte. Er musste jederzeit erreichbar sein, und das hieß, dass das verflixte Telefon immer und jederzeit klingeln konnte, außer während eines Einsatzes – und dieser kleine Ausflug hier wurde nicht von Uncle Sam bezahlt …

Die beiden Jungs auf dem Boden wieselten ängstlich vor ihm davon, als er wie ein bösartiges Urmel aus dem Eis über ihnen auftauchte. Er streifte den Kopfschutz ab, unter dem seine schmutzigen blonden Haare, ein langer Spitzbart und blitzende blaue Augen zum Vorschein kamen. Dann senkte er seine DYM-DM8-Paintball-Kanone. Als der dritte Junge mit erhobenem Gewehr aus dem Rhododendron gestürmt kam, brachte Rook ihn wie ein kriegerischer nordischer Gott mit hartem Blick und erhobener Hand zum Stehen.

»Auszeit. Telefon«, sagte er.

»Du Trottel, knall ihn ab!«, brüllte einer der toten Jungen.

Rook klappte das Handy auf und hielt es ans Ohr. »Da bin ich.« Er behielt den Knaben im Auge, dem es im Abzugsfinger zu jucken schien. »Schon unterwegs.« Er steckte das Telefon wieder weg und widmete dem einsamen Überlebenden seine volle Aufmerksamkeit.

»Beim Paintball gibt's keine scheiß Auszeit!«, kreischte einer der liegenden Jungen.

»Und Tote reden nicht«, versetzte Rook. Er sah den letzten Jungen an, der noch auf den Füßen stand. »Zeit läuft.«

Der Knabe legte den Kopf schief. »Hä?«

Rook zog seine Handwaffe und schoss aus der Hüfte. Ein roter Fleck explodierte auf der Schutzmaske des Jungen, nahm ihm die Sicht und *tötete* ihn. Rook klaubte seine Ausrüstung zusammen und machte sich an den Rückweg aus dem anderthalb Hektar großen Paintball-Parcours, der bei den Ortsansässigen PLOP hieß.

Einer der Jungs beklagte sich: »Mieser Scheißkerl!«

Rook hob seine Paintball-Waffe und übersäte den Knaben mit Paintball-Kügelchen, von denen jedes sich wie ein Bienenstich anfühlte. Der Junge tanzte vor Schmerzen schreiend herum und suchte nach Deckung, fand aber keine. Als der Kanister mit den Kugeln leer war, senkte Rook die Waffe und grinste den von Kopf bis Fuß mit Farbe bekleckerten Jungen an: »*Jetzt* bin ich ein Scheißkerl.«

Er trat zwischen die Bäume zurück und war von einem Augenblick auf den anderen verschwunden. Sein Entspannungsprogramm, das aus dem »Abschießen« von Collegestudenten bestand, musste warten. King brauchte Verstärkung, und das hieß, dass irgendwo die Kacke am Dampfen war.

Ocracoke Island, North Carolina

Beim Gezeitenwechsel spülten die kleinen Wellen mit einem sanften Zischen an den Strand. Eine leise Brise beugte das Seegras, das hoch und grün auf den Dünen stand, die den Strand von der Baumlinie der Insel und dem kleinen Dorf dahinter trennten. Hier war es angenehm leer, da die Touristen sich auf den populäreren Stränden auf dem Festland tummelten. Das war Queens Vorstellung von einem idealen Urlaub. Sie wollte ihre Rundungen in aller Ruhe bräunen lassen, unbehelligt von aufdringlichen Männeraugen und den ewigen, dummen Anmachsprüchen, für die sich selbst Rook zu schade gewesen wäre.

Ein entfernter Pfiff schrillte unangenehm. *Einfach ignorieren,* dachte sie. Es hatte nicht aufdringlich geklungen, eher so, als ob jemand nach seinem Hund pfiff, aber männliche Präsenz am Strand bedeutete normalerweise das Ende ihrer Ruhe. Das Pfeifen wiederholte sich, diesmal näher. Fältchen der Anspannung entstanden um ihre Augenwinkel, während sie versuchte, den Spaziergänger mit reiner Willenskraft zum Vorbeigehen zu zwingen.

»Tito! Hierher, mein Junge!«

Kein Glück.

Ein Hund.

Queen schlug die Augen auf und blickte in das lächelnde Gesicht eines triefnassen Golden Retrievers. Er hielt einen vollgespeichelten Tennisball im Maul und trug ein blaues

Halstuch. Für den Hund allein hätte sie mit Vergnügen Stöckchen geworfen, bis die Sonne hinter den Horizont sank, doch leider hatte er ein Herrchen. Sein Besitzer, wahrscheinlich ein Einheimischer oder ein Ferienhausbesitzer, stolzierte mit hochgekrempelten Bluejeans und einem weiten, weißen Hemd auf sie zu. Dem Anschein nach aus Seide. Das ergrauende Haar und die gefurchten Gesichtszüge verliehen ihm das Aussehen von jemandem, der in den 1980ern mit Julia Roberts vor der Kamera gestanden hatte. Lächelnd nahm er den Hund beim Halsband.

»Genießen Sie die Sonne?«

»Bis eben jedenfalls«, erwiderte sie, ohne ihre Ungehaltenheit zu verbergen.

Nach kurzem Zaudern kehrte sein Selbstvertrauen zurück, und er erneuerte sein Lächeln. »Sie scheinen ziemlich angespannt zu sein. Lassen Sie mich doch …«

Queen ballte die Faust und streckte den Mittelfinger in die Höhe. Die Verblüffung des Mannes verwandelte sich in Enttäuschung und schließlich in Empörung.

»He, Sie …«

Ihr Handy klingelte. Sie klappte es auf und hielt es ans Ohr. Nach einer Weile sagte sie: »Alles klar«, und legte auf. Dann erhob sie sich, starrte den Mann an und meinte: »Wer zum Teufel nennt seinen Hund schon Tito?« Sie wickelte sich schnell in ihr Handtuch und verließ den Strand. Dem emotional kastrierten Mann ließ sie einen Strandstuhl, die Kühlbox und ihr Buch als Erinnerung zurück.

|

Land O'Lakes, Florida

Zehn Meter unter der Wasseroberfläche schob Knight seinen Kopf aus dem überfluteten Laderaum des Schiffs, um zu sehen, ob die Bahn inzwischen frei war. War sie nicht. Ein silberner Schwarm wirbelnder Fische auf der Flucht vor einer ganzen Horde von Hammerhaien verdeckte immer noch den größten Teil der Wasseroberfläche. Hammerhaie waren für den Menschen normalerweise ungefährlich. Es gab insgesamt nur zwölf Berichte von unprovozierten Angriffen. Aber wenn sie erst einmal im Blutrausch waren, schnappten sie nach allem, was ihnen vor die Kiefer kam. Knight hatte in Florida eigentlich seine alte Großmutter besuchen wollen, aber da er Bingo nur bis zu einem gewissen Grad ertragen konnte, hatte er sich an die Küste abgesetzt, ein Boot mit Taucherausrüstung gemietet und die Koordinaten eines seiner Lieblings-Schiffswracks aufgesucht. Die *Anne Marie* war im Zweiten Weltkrieg von einem U-Boot versenkt worden. Den größten Teil ihrer Ladung hatte man mittlerweile geborgen, aber die Stahlhülle enthielt immer noch vereinzelte Überbleibsel einer Zeit und eines Krieges, an die sich bald niemand mehr erinnern würde.

Knight überprüfte seinen Sauerstoffvorrat. Fünfzehn Minuten noch. Bei einem so flachen Tauchgang musste er sich um Dekompression keine Gedanken machen, konnte also schnell auftauchen. Daher blieb noch genügend Zeit, aber wenn der »Fleischwolf«, der über dem Wrack tobte, nicht allmählich nachließ oder sich in eine andere Richtung verschob, blieb ihm nur die Wahl, mit leerem Tank zu ersticken oder in Fetzen gerissen zu werden. Die Fressorgie dauerte jetzt schon länger als dreißig Minuten, würde also hoffentlich bald aufhören.

Eine plötzliche Berührung an seiner Seite ließ ihn zusammenzucken. Er dachte, ein Hammerhai hätte ihn gestreift, doch weit und breit gab es nur Wasser. Wieder rüttelte ihn etwas, und endlich begriff er, dass sein Handy vibrierte. Er öffnete einen Beutel an seinem Tauchergürtel und holte das Telefon heraus, das wasserdicht in einer wieder verschließbaren Plastiktüte steckte. Ein blaues Glühen erleuchtete schwach die Finsternis im Wrack. Er nahm das Gespräch an, drückte das Handy fest gegen das Ohr und hörte Deep Blues gedämpfte Stimme. Dann drückte er zweimal die Eins, um Deep Blue wissen zu lassen, dass er die Nachricht empfangen hatte, aber nicht sprechen konnte.

Er steckte das Handy zurück in den Beutel und spähte wieder aus der Luke. Mit einem einzigen Anruf waren seine fünfzehn Minuten dahin. Die riesige Kugel aus Fischen und Haien über ihm wirbelte und drehte sich immer noch um sich selbst. Stücke von Fischen trieben auf ihn zu, und kleinere Haie und andere Raubfische taten sich daran gütlich. Sogar die konnten ihn beißen. Aber das musste er riskieren.

Er stieß sich ab, verließ den Schutz des Wracks und verhielt kurz über dem sandigen Meeresboden. Nach einem tiefen Zug aus der Sauerstoffflasche öffnete er das Ventil. Eine Wolke von Luftblasen explodierte und sprudelte zur Oberfläche. Die Haie ignorierten sie zunächst, doch als ihre Beute zu flüchten begann, folgten auch die Haie. Als würde er durch das Auge eines Hurrikans emporsteigen, ließ Knight seine Flossen wirbeln und folgte der Wolke aus Blasen. Doch sie erreichte die Oberfläche vor ihm, und das Wasser wurde plötzlich wieder klar. Die Wand aus silbernen Fischen begann sich um ihn herum zu schließen. Gewaltige Körper schossen mit weit aufgerissenen Kiefern mitten hindurch. Als ihm auf jeder Seite nur noch ein, zwei

Meter Spielraum blieben, durchbrach Knight die Wasseroberfläche und hievte sich über die Bordkante seines kleinen Motorboots. In dem Moment, als seine Füße aus dem Wasser glitten, spürte er einen dumpfen Schlag. Er rollte sich auf den Rücken, blickte an sich herunter und erwartete, eine schwere Verletzung zu sehen. Doch glücklicherweise war er unversehrt, bis auf eine dicke Beule, die sich an der Stelle bildete, wo ein Hai ihn blindlings gerammt hatte. Er warf den Motor an, gab Gas und hielt auf den Strand zu.

Fort Bragg, North Carolina

Der rechte Haken kam so schnell, dass man ihn kaum sehen konnte, und knallte gegen Bishops Wange. Er taumelte einen Schritt zurück, hielt aber die Deckung oben und wartete auf den nächsten Angriff. Es war eine Dreierkombination. Die ersten zwei Schläge blockte er ab, der dritte drang durch, glitt aber von seiner Schulter ab. Er blinzelte und beobachtete seinen Kontrahenten im Ring – einen muskulösen Rekruten mit frischem Bürstenhaarschnitt, der meinte, es allein mit der ganzen Welt aufnehmen und auch noch gewinnen zu können. Da er inzwischen zehn Minuten lang den älteren Delta-Mann durch den Ring getrieben hatte, glaubte er mehr denn je daran.

Unbesonnen und mit weit offener Deckung griff er wieder an. Bishop gestattete dem Jungen, seine Schläge anzubringen. Diesmal waren es fünf. Drei abgeblockt. Zwei Treffer.

Der letzte war ein guter Schlag, der Bishop an der Stirn erwischte und ihm den Kopf zurückwarf.

»Schon besser«, murmelte er.

»Haste was gesagt, Opa?«, fragte der Junge, während er Bishop mit großspurigem Grinsen umkreiste.

Der Rekrut ahnte nicht, dass auf der gesamten Basis ausschließlich Neulinge gegen Bishop in den Ring stiegen. Alle anderen hüteten sich. Sie wussten, dass er den Schmerz liebte. Ihn wie ein Schwamm in sich aufsog und dann in einem einzigen Ausbruch wieder aus sich herausließ. Inzwischen hatte er beinahe die volle Ladung intus. Wenn der Kampf zu Ende war, würde sich Bishop auf seine kleine Ranch gleich außerhalb der Basis zurückziehen, dort Vivaldis *Frühling, zweiter Satz: Largo* auflegen, meditieren und den Zorn unter Kontrolle bringen, der seit seiner Kindheit in ihm tobte.

Er war ein ungeplantes und ungewolltes Kind gewesen, und seine Eltern hatten ihn im Iran am Straßenrand ausgesetzt. Halb verdurstet fand man ihn in der Wüste, worauf er zu einem Schwarzmarkt-Baby wurde. Eine britische Organisation kaufte ihn, und schließlich wurde er im Alter von zwei Jahren von einer amerikanischen Familie adoptiert. Er war in den USA aufgewachsen und hieß jetzt Erik Somers. Seine Geschichte war ein Musterbeispiel für den amerikanischen Traum, doch im Innersten hatten ihn diese ersten zwei Jahre, in denen seine Seele in seinem Körper Wurzeln schlug, mit einem unbändigen Zorn erfüllt. Bevor er zum Militär ging, war er ein übler Schlägertyp gewesen. Erst als Marine, anschließend als Ranger und jetzt in der Delta-Eliteeinheit hatte er jene Selbstdisziplin gefunden und das Ventil, das er brauchte, um seinen Zorn im Zaum zu halten.

Ein roter Blitz traf Bishop in den Magen, gefolgt von einem zweiten an der Schläfe. Die Zuschauer krümmten sich und stießen ein lautes »Oooh!« aus. Nicht wegen der

Schläge, die Bishop einsteckte, sondern weil sie wussten, dass der Rekrut sie mit Zinsen zurückbekommen würde.

Inzwischen war Bishop ausreichend motiviert, und seine Haltung veränderte sich fast unmerklich. Der Junge ging sofort auf Distanz. Seit Beginn des Kampfes war Bishop nur durch den Ring gehüpft und hatte Schläge eingesteckt. Plötzlich entdeckte er ein neues Gesicht unter den Zuschauern. Brigadegeneral Michael Keasling, Kommandeur der Joint Special Operations Command (JSOC), der Sondereinheit, die dafür sorgte, dass Bewaffnung und Taktik der US-Kommandotruppen die besten der Welt waren. Der Mann machte keine Höflichkeitsbesuche und zeigte sich niemals in der Sporthalle. Der verkniffene Zug um seine Lippen unter dem Schnurrbart bestätigte Bishops Verdacht. Da stimmte etwas nicht. Keasling stand reglos da. Er sah Bishop nur in die Augen. Bishop nickte. Der Kampf war zu Ende.

Aber nicht für alle. Der Rekrut sah, dass Bishop abgelenkt war, und witterte seine Chance. Er duckte sich und schwang die Faust in einem gewaltigen Aufwärtshaken hoch. Aber sein Gegner spielte nicht mehr den Prügelknaben. Er riss den Kopf zurück, die behandschuhte Faust sauste vorbei, und der Angreifer wurde von seinem eigenen Schwung aus dem Gleichgewicht gebracht. Bishop ließ dem Ausweichmanöver einen schnellen Hieb auf die Körpermitte des Rekruten folgen. Er krümmte sich zusammen. Bishop setzte mit einem vernichtenden rechten Haken nach, der den Jungen auf die Knie zwang. Wäre er vorher weniger arrogant aufgetreten, hätte Bishop es dabei belassen. Doch er dachte, der Bursche würde sich beim ersten echten Einsatz umbringen, wenn niemand ihm eine Lektion erteilte. Der dritte Schlag wirbelte den Kopf des Jungen herum und schickte ihn auf die Bretter.

Unter dem Beifall der Zuschauer streifte Bishop seine blauen Handschuhe ab, ließ sie einfach auf den Ringboden fallen und schlüpfte zwischen den Seilen hindurch. Er wischte sich mit einem Handtuch den Schweiß ab, während er zu Keasling trat. »King?«

Keasling nickte. »Die anderen sind schon unterwegs. In drei Stunden geht es los.«

»Wohin?«

»Wie's im Moment aussieht, Peru. Aber das genaue Ziel wird noch festgelegt.«

»Was ist passiert?«

»Söldner haben direkt unter Kings Augen eine Gruppe Zivilisten ermordet. Und seinen Freund entführt. Er schreit nach Blut«, sagte Keasling. Er wollte sich schon abwenden, doch dann setzte er hinzu: »Lassen Sie Ihre Hundemarken hier. Die Sache ist inoffiziell.«

Bishop nickte. Der General stapfte ohne ein weiteres Wort davon.

Bishop ging unter die Dusche und ließ den eiskalten Wasserstrahl mit vollem Druck auf sich herabprasseln. Er stützte sich mit den Händen gegen die Wand, schloss die Augen und brachte seine Atmung unter Kontrolle. Vivaldi musste warten.

DREIZEHN

Ayacucho, Ica, Peru

King juckte es in den Füßen, wieder Gas zu geben. Während der Motor des Jeeps hörbar abkühlte, zwang er sich dazu, die verkrampften Hände vom Lenkrad zu lösen. Ein schmerzhaftes Prickeln erfüllte sie, als das Blut in die eben noch tauben Stellen strömte. Er und Atahualpa waren den Spuren der Söldner durch die Wüste von Nazca bis in diese bergige Region gefolgt, die Wüste und Dschungel voneinander trennte. Anfangs waren die Spuren auf den schlammigen Wegen gut sichtbar gewesen, aber als sie sich den größeren Städten näherten, mischten sich immer mehr andere Reifenabdrücke dazwischen, bis sie sich nicht mehr unterscheiden ließen. Danach gingen sie dazu über, die Einheimischen zu befragen. Glücklicherweise fuhren die Söldner einen sehr auffälligen, großen silbernen Geländewagen.

Atahualpa schlüpfte aus einer kleinen Hütte am Stadtrand, die nur aus Wellblech und Astholz bestand. Er hatte sich als unschätzbare Hilfe erwiesen. King kam in den modernen, spanischsprachigen Landesteilen Perus gut zurecht, aber hier, wo man Quechua sprach, war er verloren. Atahualpa beherrschte Englisch, Spanisch, Quechua und verschiedene andere peruanische Dialekte, von denen manche schon fast ausgestorben waren. Mit breitem Lächeln sprang er in den Jeep.

»Gute Neuigkeiten?«, fragte King.

Er nickte. »Ich weiß, wohin sie unterwegs sind.«

King zog skeptisch eine Augenbraue hoch.

»Sie fahren nach Nordwesten.« Atahualpa deutete auf eine schlammige, unbefestigte Abzweigung. »Da lang. In der Richtung liegt nur noch ein einziges Dorf. Jauja. Mein Onkel wohnt da.«

King packte das Lenkrad wieder und gab Gas. Er hatte nicht einmal den Gang herausgenommen. »Was für ein Ort ist Jauja?«

»Ein Bauerndorf. Kühe. Ziegen. Viel mehr gibt es da nicht.« Er sah King an. »Es ist eine Sackgasse. Nur diese eine Straße führt hinein und hinaus.«

»Keine andere Möglichkeit?«

»Der Fluss. Der Urubamba.«

»Wo führt der hin?«

»Warum sollten sie den Fluss nehmen?«

King warf Atahualpa einen ärgerlichen Seitenblick zu und krachte prompt mitten in ein mit Wasser gefülltes Schlagloch. Schlamm spritzte auf die Windschutzscheibe und glitt zäh daran herab.

»Der Fluss führt nirgendwohin«, sagte Atahualpa. »Da ist nur Urwald. Regenwald. Aber da können wir nicht hinein. Wenn wir uns verirren, würde uns niemand finden.«

King tippte auf das GPS-Gerät am Armaturenbrett des Jeeps. »Ich verirre mich nicht, und Sie kommen auch nicht mit.« King wich dem nächsten Schlagloch aus und trat das Gaspedal voll durch. Schlammfontänen stiegen hinter dem Jeep auf, als er die 130-km/h-Marke erreichte. Sie waren den Gejagten dicht auf den Fersen. Wenn die auf dem Fluss weiterfuhren und nicht in ein Flugzeug umstiegen, sogar schon sehr dicht. Im Dschungel konnte King sie aufspüren.

Eine Stunde später erreichten sie Jauja. Atahualpa sprang aus dem Jeep, sichtlich erleichtert, die Höllenfahrt überlebt zu haben. Durch die hindernislose Wüste zu rasen, war schon furchterregend genug; aber der bergige Urwald mit seinen schroffen Felsabbrüchen, scharfen Kurven und überwucherten Straßenrändern, das war zu viel für ihn gewesen. King fand, dass er inzwischen genug gebüßt hatte. Jetzt musste er nur noch die Silberlinge zurückzahlen, die er für seinen Verrat bekommen hatte.

»Ich brauche ein Boot«, sagte er zu seinem entnervten Führer.

Atahualpa nickte und ging voraus. Behausungen aus Schilfrohr und Wellblech standen auf Pfählen, die sie vor dem jährlichen Hochwasser schützten. Kleider hingen an Wäscheleinen, die zwischen den Hütten gespannt waren. Ein braunes Kapuzineräffchen mit einem Strick um den Hals saß auf einem alten Holzzaun und starrte King eindringlich an, während eine Gruppe von Mädchen, die sich gegenseitig die Haare kämmten, die Vorübergehenden keines Blickes würdigten. Für die restlichen Dorfbewohner schienen sie unsichtbar zu sein. Entweder sie hatten für Fremde nichts übrig, oder, was wahrscheinlicher war, sie hatten unlängst einen Zusammenstoß mit weniger freundlichen Fremden gehabt. King hielt die Augen offen nach dem silbernen SUV. Er musste hier irgendwo sein. Dann entdeckte er ihn am Ufer des breiten, trägen Flusses. Nur noch eine ausgeglühte Hülle. Ein Feuer hatte jede Spur der Männer, die damit gefahren waren, ausgelöscht. Ein alter Mann mit einem ehemals eleganten, jetzt aber zerlumpten und schmutzigen Jackett kam ihnen aus einer Hütte am Fluss entgegen, den zahnlosen Mund zu einem breiten Lächeln verzogen.

»Mein Onkel«, sagte Atahualpa. Die beiden umarmten

sich und redeten dann auf Quechua weiter. Nach einigen rasend schnellen Wortwechseln nickte der alte Mann. Atahualpa wandte sich wieder zu King. »Er sagt, die Männer, nach denen wir suchen, sind flussabwärts gefahren. Er hat ein Boot und würde es Ihnen für fünfhundert Dollar überlassen.«

»Hat er auch eine Waffe?«

Atahualpa gab die Frage weiter. »Ja, aber sie ist alt. Ein Gewehr.«

Das war nicht ideal, aber es gab keine Alternative. »Sagen Sie ihm, dass ich für beides zusammen fünfhundert Dollar bezahle.«

Atahualpa gab das Angebot weiter, dann lächelte er. »Er ist einverstanden.«

»Gut«, sagte King. »Und jetzt bezahlen Sie ihn.«

Atahualpa erbleichte. Aber dann ergab er sich in sein Schicksal. Sie wussten beide, woher das Bündel Geldscheine in seiner Tasche stammte. Er bezahlte seinen Onkel, und dieser führte sie zum Fluss. Das lange, hölzerne Boot besaß einen uralten, aber anscheinend gutgepflegten Außenbordmotor. Während der alte Mann sein Gewehr und einen Benzinkanister holen ging, suchte King seine Ausrüstung und den GPS-Empfänger aus dem Jeep zusammen. Nachdem er die Sachen ins Boot geladen hatte, betrachtete er den Urwald und den Fluss. Das dunkle Wasser floss träge dahin und war leicht zu befahren, jedenfalls solange das so blieb. Das Flussufer gegenüber dem Dorf war dicht mit Bäumen bestanden und zugewuchert. Da die Sonne sich bereits dem Horizont entgegenneigte, würde er wohl im Boot übernachten müssen. Er sah Atahualpa an. »Gibt es Krokodile?«

»Kaimane, ja«, lautete die Antwort. »Aber im Boot haben Sie nichts von ihnen zu befürchten. Vor dem Jaguar müssen Sie sich hüten.«

»Gut.«

Atahualpas Onkel kehrte zurück und stellte einen Vierzigliterkanister Benzin ins Boot. Er reichte King ein M1-Garand-Gewehr aus dem Zweiten Weltkrieg, das mit acht Kaliber-.30-Patronen geladen war. Alt, aber zuverlässig. Zusammen mit den acht Kugeln aus seiner Pistole hatte er jetzt sechzehn Schuss. Nicht viel gegen ein Team von Hightech-Söldnern, aber schließlich musste er nur einen von ihnen erledigen und ihm seine Metal-Storm-Waffe abnehmen, dann konnte er mit gleicher Münze zurückzahlen.

»Sorgen Sie dafür, dass die Leichen gefunden und begraben werden«, sagte King. Atahualpa nickte. »Einschließlich McCabe.«

Furcht erfüllte Atahualpas Augen, als er an die grauenvollen Erlebnisse des vergangenen Tages zurückdachte, doch er nickte abermals und sagte: »Das werde ich tun. Sie alle.«

King hatte immer noch seine Zweifel daran, dass McCabe all die Menschen grausam getötet haben sollte, aber er wusste keine bessere Erklärung. Und Atahualpa war der einzige überlebende Zeuge. Jetzt ging es darum, Pierce zu retten. King hatte nur noch dieses eine Ziel vor Augen, und wie ein Stinger-Geschoss würde er nicht mehr davon ablassen. Er riss am Seilzugstarter des Außenborders, gab Gas und tuckerte in die Mitte des Flusses hinaus. Ein ausgesprochen gemächliches Geschoss …

VIERZEHN

Ucayali-Region, Peru

Der Rio Urubamba schlängelte sich lautlos durch den dichten Dschungel wie eine Boa Constrictor auf der Jagd. Er mäanderte in gewaltigen Bögen, die manchmal eine fast vollständige Schleife bildeten. Hätte King das alte Boot nicht zu Höchstgeschwindigkeit angetrieben, wäre er von Jauja kaum weiter als eine Meile entfernt gewesen. Auch so bezweifelte er, dass es vom Dorf aus mehr als ein paar Meilen Luftlinie waren. Aber seine Widersacher waren ebenfalls hier entlanggekommen, und bis jetzt hatte er noch keine Lücke im Dschungel entdeckt, wo ein Boot anlegen konnte.

Die Sonne hing nur noch knapp über dem Horizont, und bald würde sich die Nacht herabsenken. Er wusste, dass er für heute Schluss machen, das Boot an einen Baum binden und schlafen sollte. Doch die Schuldgefühle darüber, dass er Pierce nicht vor der Entführung geschützt hatte, von McCabe und dem restlichen Ausgrabungsteam ganz zu schweigen, trieben ihn weiter. So seltsam es klang, sein alter Freund war alles, was ihm von seiner Schwester geblieben war. Seit ihrem Tod waren er und Pierce ein wenig auseinandergedriftet wie die Eltern eines toten Kindes – jeder erinnerte den anderen zu sehr an Julie. Sie blieben immer in Verbindung, konnten die Entfremdung aber nie ganz überwinden. In der Einladung nach Nazca hatte King eine Möglichkeit gesehen, alte Wunden zu heilen und einen Freund zurückzugewinnen. Stattdessen hatte er ihn verloren, vielleicht sogar für immer.

Als die Sterne langsam in dem schmalen Streifen Himmel aufgingen, der durch das überhängende Dschungeldach zu beiden Seiten des Flusses begrenzt wurde, konnte King die immer schwärzer werdende Dunkelheit nicht länger ignorieren. Bei Nacht im Amazonasgebiet zu kentern bedeutete einen schnellen und vermutlich schmerzhaften Tod. King versuchte, nicht an die Kreaturen zu denken, die im braunen Wasser unter ihm lauerten – Kaimane, Piranhas, Anakondas –, aber hin und wieder stieß etwas von unten so kräftig gegen das Boot, dass es zu schaukeln begann. Im Dunkeln, wenn der Gleichgewichtssinn nur eingeschränkt funktionierte, konnte ihn auch der kleinste Stoß über Bord gehen lassen.

King wollte gerade nach einem Baum Ausschau halten, an dem er das Boot vertäuen konnte, als sich ein kleiner, sandiger Strand am Urwaldufer auftat. Er änderte den Kurs und landete das Boot an. Nachdem er den Motor abgestellt hatte, stieg er über seine Tasche und tastete sich zum Bug vor. Falls die anderen hier angelegt hatten, mussten ihre Spuren noch im Sand zu sehen sein. Er entdeckte tatsächlich eine Reihe von Fährten – aber alle von Tieren. Der kleine Strand schien als Tränke zu dienen und mündete in einen Wildwechsel. Pierce befand sich also weiter flussabwärts, vielleicht schon nicht mehr auf dem Wasser, vielleicht schon tot.

King verschloss sich gegen diesen Gedanken und machte sich daran, ein Lager aufzuschlagen. Er baute sein kleines Zelt auf und zündete ein Feuer an, um Flusswasser für eine seiner gefriergetrockneten Notrationen zu erhitzen.

Ein Sportriegel wäre vermutlich nahr- und schmackhafter gewesen, doch King war die Feldverpflegung gewohnt.

Außerdem ging nichts über eine warme Mahlzeit. Er las das Etikett. Heute gab es Huhn mit Buffalo-Soße und Maisbrot. Nicht übel. Er schüttelte den Inhalt heraus und entdeckte eine kleine Packung Charms-Bonbons. *Charms* hieß so viel wie Glücksbringer, dennoch galten die bunten Drops, die sich nur gelegentlich in einer Notration fanden, den meisten Uniformträgern eher als schlechtes Omen, jedenfalls wenn man sie tatsächlich verspeiste. King riss die Packung auf, wickelte das erste Bonbon mit Limonengeschmack aus und steckte es in den Mund. Auf das Glück hatte er sich noch nie verlassen.

Und das Bonbon war köstlich.

Als der dunkelblaue Himmel sich schwarz verfärbte, engte sich Kings Gesichtsfeld auf die Reichweite des Lagerfeuers ein – den Strand, den Dschungelrand im Umkreis von 330 Grad und einen schmalen Streifen des trägen Flusses. Über dem Fluss konnte er noch das Band des Nachthimmels erkennen, in dem mehr Sterne funkelten, als er jemals gesehen hatte. Da es im Umkreis von Hunderten von Meilen keine größere Stadt gab, war dies einer der letzten Orte der Erde, wo man den unverfälschten Sternenhimmel in seiner ganzen Pracht bewundern konnte. Schon allein dieser schmale Ausschnitt war überaus eindrucksvoll.

Nachdem er sein Huhn »Buffalo« mit gebuttertem Maisbrot verdrückt hatte, rieb er sich mit Insektenschutz ein und streckte sich rücklings im Sand aus, um den Nachthimmel zu betrachten. Alles in ihm drängte danach, Pläne für den nächsten Tag zu schmieden, doch abgesehen davon, beim ersten Morgendämmern aufzustehen und weiter dem Fluss zu folgen, gab es nichts zu planen. Er musste flexibel bleiben und abwarten, wie die Dinge sich entwickelten. King war von Natur aus ein Planer, daher agierte er ungern aus dem Stegreif. Dennoch hegte er keinen

Zweifel am Ausgang – am Ende würden eine Menge Bösewichte tot am Boden liegen. Er hoffte nur, Pierce würde nicht unter den Toten sein.

King hielt sich das Handgelenk vor die Augen und drückte einen Knopf an seiner Uhr. Ihr grüner Schein beleuchtete sein Gesicht. Neun Uhr. Sieben zu Hause. Zeit, sich zu melden. King holte das Satellitentelefon hervor, das er von der Ausgrabung in Nazca hatte mitgehen lassen, und atmete ein wenig befreiter. Wenigstens diesen Teil seiner Mission konnte er koordinieren. Er wählte und wartete, bis die Verbindung zustande kam. Als die vertraute digitale Aufzeichnung ertönte, sagte er seinen Codenamen und wurde sofort weitergeleitet.

»Irgendwas Neues?«, fragte Deep Blue ohne Begrüßung.

Deep Blues knapper Empfang störte King nicht. Es war beruhigend, dass der Mann die Dinge in die Hand nahm und sofort zur Sache kam. Er hatte ihn noch nie persönlich kennengelernt. Keiner des Teams hatte das. Jedenfalls verstand er sich wie kein anderer darauf, in Washington und beim Militär die Strippen zu ziehen, das genügte King. In seiner Branche bedeutete Anonymität Handlungsfreiheit, und über die schien Deep Blue reichlich zu verfügen.

»Wenn ein gemächlicher Bootsausflug dazu zählt, jede Menge«, erwiderte King. »Ansonsten gar nichts.«

»Das Team ist in der Luft und unterwegs nach Süden. Aktivieren Sie jetzt ihre GPS-Einheit.«

King legte das Telefon weg und schaltete das GPS-Gerät ein, das er aus Atahualpas Jeep konfisziert hatte. »Eingeschaltet«, sprach er ins Telefon.

»Geben Sie mir die Seriennummer durch.«

King las die Nummer ab und wartete, während er Deep Blues Finger eine halbe Welt entfernt über die Tastatur huschen hörte.

»Wir haben Sie«, sagte Deep Blue. »Lassen Sie das Gerät eingeschaltet. Die anderen werden so bald wie möglich direkt über Ihnen abspringen.«

»Sollte ich dann noch auf dem Fluss sein, brauchen sie ein Boot.«

»Verstanden. Ich kümmere mich um die Details. Bleiben Sie einfach so lange am Leben.«

»Das habe ich vor.«

»Machen Sie sich keine Sorgen um Ihren Kumpel, King. Wir holen ihn zurück.«

Deep Blues Zuversicht hob Kings Stimmung ein wenig. Erst jetzt wurde ihm bewusst, wie sehr seine Hoffnung, Pierce retten zu können, bereits geschwunden war. »Ich melde mich wieder, wenn ich Pierce gefunden habe.«

»Tun Sie das.«

King legte auf und schaltete das Telefon ab, um den Akku zu schonen. Die Nacht schloss sich wieder um ihn, mit ihrem Vogelgezwitscher, den Schreien der Affen und dem Rascheln von allen möglichen Tieren, die im Unterholz nach Futter suchten. Er war umgeben von Leben, doch alles, was er sehen konnte, waren die tanzenden Flämmchen des ersterbenden Lagerfeuers. King sammelte einige Äste von einem umgestürzten Baum und legte nach. Die feuchten Äste zischten erst, fingen dann aber Feuer und knackten, während die eingeschlossenen Gase sich erhitzten und explodierten. Funken sprühten hoch. Die Flammen prasselten und nahmen ihn mit ihrer Musik gefangen, während ihre trockene Wärme die Dschungelfeuchtigkeit von seinem Körper nahm und er sich endlich entspannen konnte. King legte sich zurück in den Sand und ließ die Gedanken schweifen.

Doch bevor seine Phantasie richtig in Gang kam, hörte er plötzlich ein weit entferntes Gebrüll und setzte sich kerzengerade auf. Da war es wieder. Es klang, als ob die Hauptdarstellerin eines drittklassigen Horrorfilms aus vollem Hals kreischte. King zog seine Pistole. Das Geräusch schien näher zu kommen, doch das konnte täuschen bei den akustischen Verhältnissen im Dschungel. Die Luft war drückend feucht. Das Blätterdach reflektierte Geräusche in den seltsamsten Winkeln. Die dichtstehenden Bäume, das Laubwerk und andere Hindernisse waren so unberechenbar, dass Laute sich zu verselbständigen schienen. Ein Eigenleben entwickelten. Unberechenbar. Die Quelle des Geräusches konnte fünfzehn Meter oder auch einen Kilometer entfernt sein. Doch eines war unüberhörbar: Jeder andere Laut im Urwald war verstummt.

King schürte das Lagerfeuer zu einem lodernden Inferno an, das die Nacht überdauern würde, und kroch ins Zelt. Die SIG-Sauer-Pistole und das M1-Garand-Gewehr nahm er mit.

Raubtiere waren auf der Jagd.

Trotz der draußen lauernden Gefahren schlief er in dieser Nacht erstaunlich schnell ein. Doch seine Träume waren erfüllt von Toten – denen der Vergangenheit, der Gegenwart und der Zukunft. Sein Unterbewusstsein ersann mehrere Szenarien, in denen sich Pierce' Schicksal auf grauenvolle Art erfüllte. Jedes Mal versuchte King, ihm zu Hilfe zu eilen, doch er war zu langsam und schwerfällig, so als würde eine unsichtbare Kraft ihn zu Boden ziehen. Einmal griff er nach seiner Waffe und hielt lediglich eine Fernsehantenne in der Hand. Nach den surrealen Träumen wachte er am Morgen völlig gerädert auf, obwohl er durchgeschlafen hatte. Die Bedeutung war kristallklar – tief im Innersten glaubte er nicht mehr daran, seinen Freund retten zu können.

Beim ersten Morgenlicht brach King das Zelt ab, löschte die letzte Glut des Feuers mit Sand und packte seine Siebensachen. Er sah auf die Uhr. Fünf Uhr dreißig. Dies war seine Chance, ein wenig aufzuholen. King nahm das GPS-Gerät aus dem Rucksack und überprüfte den Akku. Der kleine Bildschirm leuchtete noch hell. Die Ladestandanzeige lag bei drei Viertel. Mehr als genug. Er packte das Gerät wieder weg und stellte den Rucksack ins Boot.

Als er gerade den Fuß hineinsetzen wollte, erstarrte er. Rauch. Nur ein winziger Hauch davon in der Morgenbrise. Bisher hatte das Lagerfeuer den Geruch überdeckt, doch dieser Rauch stammte nicht von einem Holzfeuer. Es war der beißende, chemische Gestank eines in Flammen stehenden modernen Bauwerks. King blickte in den schwarzblauen Himmel, der seine Sterne nach und nach ausknipste. Ein brauner Dunst trieb träge in der Brise. Die Quelle musste etwa eine Meile entfernt liegen.

Er war nahe dran.

Er stieg ins Boot und wollte sich mit einem Paddel ins tiefere Wasser abstoßen, wo er den Motor anwerfen konnte. Doch noch bevor der Bug des Bootes vom nassen Sand des Strands glitt, erzitterte es unter einem dumpfen Aufprall. King, der sich noch mit vollem Gewicht gegen das Paddel stemmte, geriet aus dem Gleichgewicht und ging über Bord. Er stieß sich sofort vom schlammigen Grund des Flusses ab und brach wieder durch die Wasseroberfläche, jederzeit bereit, es mit einem riesigen Fisch oder einer Schlange, die ihn mit Haut und Haaren verschlingen wollte, aufzunehmen. Er tastete nach seinem KA-BAR-Messer, während er ans Ufer strampelte.

Doch es kam kein Angriff.

Er zog sich auf den Strand, und als er wieder zu Atem gekommen war, sah er nach, was das Boot so zum Schaukeln gebracht hatte. Er dachte gerade, es müsse ein unter der Oberfläche treibender Baumstamm gewesen sein, als er einen gelben Fleck neben der Bordwand entdeckte. Er stieg wieder ein und sah sich das Objekt näher an. Zu seinem Erstaunen war es ein Jaguar, wie er an dem mit schwarzen Punkten gesprenkelten weißgelben Fell erkannte. Offenbar tot. Aber was hatte ihn getötet?

Er hebelte den Körper mit dem Paddel von der Bordwand weg, um ihn genauer zu betrachten. Die große Raubkatze musste einmal ein Prachtexemplar ihrer Gattung gewesen sein, aber jetzt ... Die untere Hälfte des Körpers war weggerissen. Wasserdurchtränkte Innereien schlängelten sich in der sanften Strömung des Flusses, doch Blut war keins zu sehen. Die Wildkatze musste schon seit Stunden tot sein, vielleicht die ganze Nacht. Kings erster Gedanke war, dass ein Kaiman das unvorsichtige Tier beim Trinken erwischt hatte, doch die Reihe von glatten, fünf Zentimeter langen Einstichwunden sah nicht nach dem Biss eines Krokodils aus. Etwas anderes hatte den Jaguar getötet – jenes mächtigste Raubtier des Amazonasgebiets.

King folgte dem flussabwärts treibenden Körper mit den Augen. Im nächsten Moment wäre er vor Überraschung beinahe wieder über Bord gegangen. Der Fluss war übersät mit toten Tieren. Affen, Vögel, Katzen, Kaimane, Nagetiere. Nichts war verschont geblieben. Während er schlief, hatte ein Massaker stattgefunden. Vermutlich war das lodernde Feuer seine Rettung gewesen. King riss am Seilzugstarter und brachte das Boot so schnell wie möglich in offenes Gewässer. Wachsam steuerte er mit der einen Hand, während er in der anderen die .45er hielt.

Da lauerte etwas viel Schlimmeres im Dschungel als ein normales Raubtier. Ein Wesen, das Jaguare und Kaimane verspeiste ... und es war nicht menschlich.

FÜNFZEHN
In 10 000 Metern Höhe

Ein grelles Licht ließ die Innenseiten von Pierce' geschlossenen Augenlidern unvermittelt hellrot aufleuchten. Schlagartig kehrte sein Bewusstsein zurück, er sprang auf und sackte ebenso schnell wieder in sich zusammen. Er spürte, wie eine Hand nach seinem Arm griff und ihn dirigierte, so dass er auf der gepolsterten Bank landete, auf der er gesessen hatte.

»Ganz ruhig«, sagte eine tiefe Stimme. »Die Wirkung der Medikamente ist noch nicht ganz abgeklungen.«

»Wo bin ich?«, fragte Pierce und rieb sich die Augen.

»Unter Freunden«, erklärte eine zweite Stimme. »Nehmen Sie die hier.«

Pierce fühlte, wie ihm zwei Pillen in die Hand gedrückt wurden. »Was ist das?« Die Welt drehte sich um ihn, aber er wollte keine Medikamente schlucken, ohne zu wissen, um was es sich handelte.

»Koffeinpillen. Sie neutralisieren das Beruhigungsmittel, das man Ihnen verabreicht hat … und das man Ihnen nie hätte geben dürfen.«

Pierce hörte ehrliche Verärgerung darüber heraus, dass man ihn ruhiggestellt hatte, und beschloss, dem Mann zu vertrauen. »Wasser?«, krächzte er.

Ihm wurde eine Flasche in die Hand gedrückt. Er öffnete die Augenlider einen Spaltbreit und betrachtete seine Hände. Zwei kleine blaue Pillen in der einen. Eine Flasche

Poland Spring-Mineralwasser in der anderen. Er legte sich die Pillen auf die Zunge und spülte sie hinunter. Das Wasser schmeckte kühl und erfrischend. Die Pillen wirkten binnen Sekunden. Ein Prickeln lief ihm über den Rücken, und als es seinen Schädel erreichte, fühlte es sich so an, als hätte jemand einen Schalter umgelegt und seinen Verstand wieder eingeschaltet.

Pierce schlug die Augen auf und sah zwei Männer vor sich stehen. Der eine war groß und kahlköpfig, in ein teuer aussehendes Jackett gekleidet. Der andere trug Anzughosen, ein sauber gebügeltes Hemd und eine rote Krawatte, die perfekt zu seinem gepflegten Äußeren passten. Da Pierce sie für Mitarbeiter irgendeiner staatlichen Behörde hielt, fragte er: »Haben Sie die Männer gefasst, die mich gekidnappt haben?«

Die Krähenfüße um die Augen des Kahlköpfigen vertieften sich, als er Pierce die Hand reichte. Pierce ergriff sie zögernd. Der Mann stellte sich vor: »Mein Name ist Richard Ridley. Es freut mich, Ihre Bekanntschaft zu machen, Dr. Pierce. *Ich* bin der Mann, der Sie entführt hat.« Er grinste breit.

Pierce blickte den anderen Mann an, der die Stirn runzelte. Er riss seine Hand zurück und stellte fest, dass er nirgendwo hinkonnte. Ein schneller Blick in die Runde zeigte ihm einen winzigen weißen Raum, nicht größer als eine Zelle.

»Nun ja, nicht persönlich«, fügte Ridley hinzu. »Aber Männer, die für mich arbeiten.«

»Was wollen Sie von mir?«

»Die Hydra.«

Diese Antwort traf Pierce wie ein Schlag in den Magen. War das sein Ernst? Der Mann klang so selbstsicher, offen und unverblümt, dass man zu keinem anderen Schluss kommen konnte. Pierce glaubte nicht, dass es ihm helfen würde, Unkenntnis vorzutäuschen. »Warum?«

»Soweit ich weiß, hat man Ihnen bereits demonstriert, wozu wir in der Lage sind.«

Pierce erinnerte sich an die Schusswunden in McCabes Brust. Daran, wie schnell sie verheilt waren. Wie das Leben in sie zurückgekehrt war. »Regeneration.« Pierce funkelte den Mann an. »Sie hätten auch einfach fragen können!«

Der Mann verschränkte die Arme vor der Brust und maß Pierce mit skeptischem Blick. »Glauben Sie im Ernst, einer von uns wäre auch nur in die Nähe des Kopfes gelangt, sobald seine Echtheit einmal feststand? Nicht bevor jede einzelne Regierungsbehörde, die Anspruch darauf angemeldet hätte, damit fertig gewesen wäre. Mit anderen Worten: niemals. Und ich denke, Sie, McCabe und das Relikt wären allesamt auf Nimmerwiedersehen verschollen.«

Dem konnte Pierce wenig entgegenhalten. Genau das waren seine Befürchtungen gewesen. Aber er hatte auch die Brutalität des Angriffs auf das Camp miterlebt. »Mein Freund, Jack Sigler. Was ist aus ihm geworden?«

»Ihr ›Sicherheitsdienst‹, ja.« Ridley ließ ein Lächeln aufblitzen und gluckste vergnügt. »Er kam einen Tag zu früh. Eine unglückliche Verkettung von Umständen. Ich bedauere, was geschehen ist. Ehrlich. Ich hätte mir einen anderen Ablauf der Ereignisse gewünscht. Aber Sie sollen wissen, dass es Ihren beiden Freunden gutgeht. Auch die Mannschaft wurde wie versprochen freigelassen, zwei Stunden nach Ihrer Abreise. Man hat Jack unter dem Felsen ausgegraben. Niemand wurde ernsthaft verletzt.«

Pierce hatte das dumpfe Gefühl, dass dies nicht die volle Wahrheit war. Er erinnerte sich noch gut an die Welle von Furcht, die ihn gepackt hatte, kurz bevor er das Bewusstsein verlor. Was hatten die Entführer noch mal zu ihm gesagt? Es fiel ihm nicht ein. »Warum haben Sie mich mitgenommen?«

»Es schadet nie, einen Experten zu konsultieren«, meinte Ridley.

»Und jeder erhält hier die ihm gebührende Anerkennung«, fügte der andere Mann hinzu. »Wenn wir unsere Ergebnisse veröffentlichen, werden Sie Ihren Anteil am Ruhm erhalten.«

»Und wer sind Sie?«

»Todd Maddox«, erwiderte er. »Der leitende Genetiker. Ich habe das Regenerationsserum entwickelt, das ... Ihre Freundin gerettet hat. Aber so weit hätte es nie kommen dürfen.«

Pierce entdeckte einen Anflug von Schuldbewusstsein in der Stimme des Mannes. Die Situation schien ihm überhaupt nicht zu behagen. »Bin ich ein Gefangener?«

»Aber nicht im Geringsten«, erwiderte Ridley. »Im Gegenteil, wir hoffen, dass Sie sich unserem Team anschließen.«

Pierce musterte ihn misstrauisch, ohne einen Versuch zu machen, seine Skepsis zu verbergen.

»Sie erhalten vollen Zugang zu dem Artefakt und können es auf jede Art studieren, die Ihnen geeignet erscheint«, sagte Maddox. »Als Gegenleistung erwarten wir lediglich Ihre Hilfe bei der Entschlüsselung seiner Geheimnisse.«

Das klang alles zu schön, um wahr zu sein. Aber welche Wahl hatte er schon? Er bezweifelte, dass diese Leute ihn laufenlassen würden. Selbst wenn King, McCabe und der Rest der Mannschaft ungeschoren davongekommen sein sollten, diese Leute waren trotzdem Verbrecher. Hightech-Grabräuber. Außerdem hatte er keinen Zweifel daran, dass King nach ihm suchen würde. Das bedeutete, er musste auf Zeit spielen und den Status quo so lange wie möglich aufrechterhalten. »Bringen Sie mich zu dem Artefakt.«

Ridley lachte und sah Maddox an. »Er ist genauso ehrgeizig wie Sie.«

Dann fügte er zu Pierce gewandt hinzu: »Ich fürchte, das ist im Augenblick nicht möglich.«

»Warum nicht?«

Ridley deutete zur Seite. »Sehen Sie selbst.«

Pierce erhob sich und stützte sich gegen die Wand, um das Gleichgewicht zu halten. Der Boden unter ihm bewegte sich. Er blickte durch das kleine, ovale Fenster und hielt den Atem an. Weit unter ihm glitzerte der Ozean. Sie befanden sich in einem Flugzeug. Ridley gab ihm einen Klaps auf die Schulter, als wären sie alte Freunde. »Zwischen uns und Manifold Beta liegen noch fünfzehnhundert Kilometer und zehntausend Höhenmeter. Hätten Sie in der Zwischenzeit gerne eine Tasse Tee?«

»Was ist Manifold Beta?«

Ridley grinste breit. »Das Wunderland.«

SECHZEHN

Ucayali-Region, Peru

Nur zwanzig Minuten später, nachdem er Hunderten von kleinen Tierleichen ausgewichen oder über sie hinweggefahren war, erreichte King eine Anlegestelle. Er war so nahe dran gewesen. Das Boot war völlig verkohlt, genau wie gestern der Geländewagen. Sie verwischten ihre Spuren. Aber der Brand eines einzelnen Bootes konnte keine derartige Menge Rauch verursacht haben. King stellte den Motor ab und ließ sich zum Dock treiben. Er machte fest, streifte den Rucksack über und enterte mit dem M1 Garand im Anschlag den Urwald. Als er auf einen gepflegten Pfad gelangte, stellte er fest, dass der Urwaldboden hier frei von jeglichem Unterholz war. Nur die dicksten Bäume waren stehen geblieben. King blickte empor zum dichten Blätterdach. *Man hat den Dschungel gerodet, um darin bauen zu können, aber seinen natürlichen Sichtschutz erhalten,* dachte King. *Clever.*

Das Gelände fiel wieder etwas ab, und vor ihm öffnete sich ein Tal. Darin lagen die rauchenden Ruinen dessen, was einmal eine sehr große moderne Anlage gewesen war. Das Fehlen jeglicher Bewegung beruhigte King nur wenig. Etwas Schreckliches hatte sich hier ereignet. Es war nicht der Rauch, der immer noch aus der Asche aufstieg, oder der kupferartige Geruch von Blut in der Luft. King fühlte es tief in seinem Inneren. Die Härchen an seinen Armen stellten sich auf. Es lief ihm kalt über den Rücken.

Ein kreischendes Heulen, dasselbe wie in der Nacht zuvor, zerriss den Urwald. Es klang lauter, näher als bisher. Er ließ sich auf ein Knie fallen, hob das M1 an die Schulter und wartete auf irgendeine Bewegung. Da draußen war etwas. Etwas, das das Massaker der vergangenen Nacht überlebt hatte. King schluckte, denn dabei konnte es sich eigentlich nur um das tödliche Raubtier handeln.

Er schlich sich langsam den Hügel hinab, ruckte den Gewehrlauf hierhin und dorthin, wo er auch nur den Ansatz einer Bewegung oder ein geeignetes Versteck zu sehen glaubte. Das Geräusch wiederholte sich nicht, und er entdeckte auch keine Anzeichen von Leben. Noch war er nicht bemerkt worden. Ein urtümlicher Instinkt riet ihm, augenblicklich die Beine in die Hand zu nehmen, doch er widerstand der Versuchung und sah sich die Ruinen an. Ein paar Linoleumfliesen hatten das flammende Inferno überlebt. Und teilweise eine dreipolige Typ-B-Steckdose – amerikanische Bauart.

Nach einer halben Stunde langsamen, methodischen Stöberns war er immer noch nicht viel weiter. Das Kreischen hatte sich wiederholt, aber diesmal weiter entfernt. Dennoch blieb er auf der Hut. Seine Suche führte ihn schließlich zu den Überresten eines Hubschrauberlandeplatzes.

War Pierce mit dem Hubschrauber ausgeflogen worden? Hatte er ihn wieder knapp verpasst? Oder lagen seine Überreste unter der Asche? King verdrängte diesen Gedanken und ließ den Blick über die verkohlten Ruinen schweifen. Der Komplex war riesig gewesen und hatte mehrere Hektar umfasst, nach der Asche- und Trümmermenge zu urteilen, in Form eines mehrstöckigen Gebäudes. *Wahrscheinlich reichte es bis dicht unter das Blätterdach,* vermutete King.

Ein klatschendes Geräusch auf dem Hubschrauberlandeplatz ließ ihn mit der Waffe im Anschlag herumfahren. Ein Tierkörper wand sich zu seinen Füßen. Es war eine vier Meter lange Boa Constrictor, perfekt angepasst an das Leben im Urwald. Sie schlängelte sich wild um sich selbst, während Blut aus mehreren fünf Zentimeter breiten Schnittwunden quoll. King blickte nach oben und war überrascht, Baumwipfel direkt über dem Hubschrauberlandeplatz zu entdecken. Ein Blick nach rechts zeigte ihm, dass man die Bäume in einem bestimmten Winkel schräg nach oben gerodet und ausgeschnitten hatte. Er zog die Augenbrauen hoch. Die Hubschrauber mussten schräg einfliegen, so dass der Landeplatz im Schutz des Blätterdaches blieb. Riskant und ziemlich extrem. Wem immer diese Anlage gehörte, er hatte wirklich alles getan, um nicht entdeckt zu werden. Vermutlich hatten sie sein Näherkommen auf dem Fluss tags zuvor bemerkt und sich deshalb abgesetzt.

Die Schlange wand sich noch ein paarmal in sinnloser Raserei, dann starb sie.

King kniete sich hin und untersuchte ihre Verletzungen. Genau wie die des Jaguars im Fluss. Wo nicht Fleischstücke herausgebissen worden waren, bedeckten Dutzende von paarweise angeordneten, tiefen, glatten Wunden den Kadaver. Weiter oben ertönte ein kehliges Aufkreischen, gefolgt von einem fleischigen Klatschen. King sprang zurück. Ein großer, rötlich brauner Fellklumpen war neben der Schlange auf den Hubschrauberlandeplatz gefallen. Er konnte nicht erkennen, um was für ein Tier es sich handelte, aber es war ohne Frage tot. Beim Aufprall war der Körper aufgeplatzt, Eingeweide und Blut waren über den Beton gespritzt.

King richtete das Garand nach oben und hielt Ausschau

nach dem Raubtier, das in den Bäumen lauern musste. Was immer es war, es war zurückgekehrt und hatte zweifellos inzwischen seine Anwesenheit bemerkt. Vor allem, da er direkt neben zwei seiner Beutestücke stand ... Nahrung. Die würde es nicht kampflos aufgeben. Da war sich King sicher.

Als er zurückwich, trat er mit dem Stiefel in etwas Weiches. Er blickte zu Boden und sah, dass mit den Eingeweiden irgendetwas nicht stimmte. Es waren keine Gedärme oder Organe zu erkennen, lediglich Klumpen von Fleisch. Sie hatten sich in Massen aus dem aufgeschwollenen Körper des Tiers ergossen. Teils waren sie von Schuppen bedeckt, teils behaart oder völlig unidentifizierbar, stammten aber offensichtlich von dem, was das Tier gefressen hatte. King begriff, dass lediglich der Magen der Kreatur geplatzt war. Ein hohles Gefühl breitete sich in ihm aus. Er stieß das große Vieh mit dem Gewehrlauf an und drehte es auf den Rücken. Jetzt wusste er, was es war. Ein Capybara. Ein Wasserschwein. Das größte Nagetier der Welt. Es besaß zwei Paar mächtige Schneidezähne, eins oben, eins unten. *Die* hatten die seltsamen Verletzungen und das nächtliche Massaker angerichtet! *Das Capybara war das Raubtier*!

Bevor er seine Verblüffung überwinden konnte, dass ein vegetarisches Nagetier dazu in der Lage sein sollte, zuckte das Wasserschwein. Nach einem fünfundzwanzig Meter tiefen Sturz auf den Beton, bei dem ihm der Bauch aufgeplatzt war, lebte das Ding immer noch? King fragte sich, ob er sich die Bewegung nur eingebildet hatte, und stupste mit dem Garand nach dem Kopf des Tieres. Die Reaktion erfolgte augenblicklich. Kreischend schnappten die Kiefer des Capybara zu und verbissen sich in den Gewehrlauf, wobei ein Zahn abbrach. King sprang vor dem plötzlichen

Gewaltausbruch zurück. Es war derselbe Schrei, der ihn seit der vergangenen Nacht verfolgte. Das Nagetier warf den Kopf zur Seite und entriss ihm dabei das Gewehr.

Als das Wasserschwein sich aufzurappeln begann, tat King das Erstbeste, was ihm einfiel. Er wandte sich zur Flucht. Zu seiner Verblüffung und seinem Entsetzen kreischte das Capybara abermals und setzte zur Verfolgung an, während ihm seine Innereien und die teilweise verdauten Überreste seiner Opfer immer noch aus dem aufgerissenen Bauch baumelten.

King rannte durch den ausgebrannten Komplex und hoffte, die Kreatur dabei abschütteln zu können, doch sie schien unermüdlich zu sein und war trotz des aufgerissenen Körpers erstaunlich schnell. Er riskierte keinen Blick zurück. Das Tier war gut zu hören. Seine Krallen klickten auf dem harten, verbrannten Boden. Die Zähne klapperten in einer Art manischen Schnatterns gegeneinander. Und das Kreischen schrillte durch den Urwald wie eine Sirene.

Atahualpa fiel ihm wieder ein. Seine Beschreibung von McCabe und dem, was sie den Leuten angetan hatte. Die Bissspuren an den Tieren hier sahen vielleicht anders aus, doch das Resultat war dasselbe. Er stellte sich McCabe vor, rasend und bösartig wie das Capybara, und verzog das Gesicht. Am Ende hatte Atahualpa doch die Wahrheit gesagt. Als seine Lungen von den tiefen Atemzügen in der beißenden Luft zu brennen begannen, wurde King klar, dass er die Jagd schnell beenden musste, wenn er nicht als halb angenagte Leiche enden wollte.

Er zog seine .45, wirbelte herum, ließ sich auf ein Knie fallen, legte an und erstarrte bei dem Anblick. Schaum spritzte aus dem Maul des riesigen Nagers. Seine Augen waren unnatürlich weit aufgerissen, blinzelten nie und waren starr auf King gerichtet. Die Zähne klapperten unaufhörlich. Wie ein irrsinnig schneller Morsecode. Die Nackenhaare des Wasserschweins sträubten sich wie die eines tollwütigen Hundes. Und seine Gedärme, jetzt von grauer Asche bedeckt, schlugen ihm bei jedem Schritt gegen die Beine. Das Ding hatte sich in siebzig Kilo pure Bösartigkeit verwandelt.

Während das Capybara herangaloppierte, fragte sich King unwillkürlich, was das wohl für ein Mensch sein mochte, der eine derartige Bestie erschuf. Denn ganz offensichtlich stand er dem Ergebnis eines misslungenen genetischen Experiments gegenüber. Doch wozu sollte es dienen? Und warum wurde es auf die Menschheit losgelassen? Während Kings Augen sich über das Visier der .45 auf die leibhaftig gewordene Mordmaschine hefteten, gab er sich selbst die Antwort darauf.

Um mich zu töten, dachte er.

Aber nicht heute.

Er betätigte den Abzug und jagte eine .45er-Kugel in die Flanke des Capybara. Fleisch explodierte beim Einschlag. Das riesige Nagetier stürzte und überschlug sich. King stand auf und trat näher. Er hob die Waffe wieder.

Die Wunde heilte zu. Noch während sie sich schloss, schüttelte sich das Capybara und schäumte in psychotischer Raserei, noch bösartiger als zuvor. Bevor das Geschöpf sich aufrappeln konnte, legte King erneut an, zog den Abzug zweimal durch und verwandelte den Kopf des Untiers zu Brei. Es kippte zur Seite und regte sich nicht mehr. King legte sich das Halstuch vor den Mund und atmete schwer. Kopfschüttelnd beugte er sich über das tote Geschöpf. Drei Patronen Kaliber .45. Drei. Schon eine reichte aus, um die meisten Vierbeiner zu töten, ganz zu schweigen von einer riesigen schwanzlosen Ratte. Doch er hatte sie alle abfeuern müssen … und zwei davon direkt in den Kopf. Ein entferntes Kreischen riss ihn aus seinen Überlegungen.

Ein weiteres Wasserschwein.

Dann kam von hinten ein Antwortschrei, diesmal näher.

Und ein dritter.

Verdammt. King hetzte zurück zum Hubschrauberlandeplatz, wo das Garand-Gewehr immer noch neben der toten Boa Constrictor lag. Er würde es brauchen, wenn er die nächste Stunde überleben wollte.

Ein gellendes Kreischen schallte durch die Lichtung.

Er konnte sich schon glücklich schätzen, wenn er die nächsten zehn Minuten überlebte …

SIEBZEHN

Ucayali-Region, Peru

Aschewölkchen stoben unter jedem Schritt auf, während King durch das Labyrinth der ehemaligen Gänge hetzte. Aber dies war kein Irrgarten mit hohen Wänden mehr. Sein Ziel war klar und deutlich zu erkennen: der Hubschrauberlandeplatz und das M1-Garand-Gewehr. Er sprang über die eingestürzte Seitenwand des Korridors und schlug eine Abkürzung quer durch das Labyrinth ein. Er erreichte die Lichtung im selben Moment wie das erste der Capybaras.

King warf sich mit einem Hechtsprung zu Boden und hoffte, sein schwarzes Hemd und die schwarze Hose würden ihn in der Asche ausreichend tarnen. Er bezweifelte, dass das Vieh ihn riechen konnte, bei all dem stinkenden Ruß in der Luft. Das Cabybara war kleiner als das erste, aber gewandter. Es sprang durch die Ruinen, schnüffelte mal hier, mal dort, während es die ganze Zeit schäumte und mit den Zähnen klapperte wie ein übergroßes, zum Berserker gewordenes Meerschweinchen. Entferntes Kreischen verriet King, dass noch weitere von seiner Art unterwegs waren. Er konnte es unmöglich mit allen zugleich aufnehmen, und herumzuliegen und zu warten, bis sie ihn fanden, war nicht der klügste Schachzug. King hob langsam und sorgfältig das Gewehr an die Schulter. Acht Schüsse. Er konnte sich keine Fehler leisten.

Der Knall des Schusses rollte durch den Dschungel. Das Capybara stürzte auf den von Laub bedeckten Boden und zuckte wie in einem epileptischen Anfall. Dann sprang es wieder auf und rannte im Kreis herum. Plötzlich blieb es stehen, die Augen auf King geheftet.

Das Ding kreischte und griff an.

»Mistvieh ...« King gab noch zwei Schüsse ab. Beide gingen daneben.

Das Capybara übersprang mit Leichtigkeit die Reste der Außenmauer der Ruinen und kam immer näher. Er feuerte noch zweimal. Das gigantische Nagetier stürzte, zuckte und stand wieder auf. Das kleinere Kaliber ging glatt durch die Kreatur hindurch, ohne sich aufzupilzen wie die .45er-Patronen. Daher war der angerichtete Schaden minimal.

Als das Biest nur noch zehn Meter entfernt war, drückte King so lange auf den Abzug, bis er ein lautes »Pling« hörte. Der verschossene Ladestreifen wurde ausgeworfen, damit ein neuer nachgeschoben werden konnte. Aber King besaß keinen.

Und er hatte auch keine Zeit mehr. Das Capybara kam mit aufgerissenem Maul durch die Luft geflogen, die fünf Zentimeter breiten Nagezähne gefletscht, um sich in Kings Schädel zu graben. Er zog seine KA-BAR-Klinge und stieß in dem Moment zu, als das Capybara ihn erreichte. Das Messer drang durch den Rücken der Kreatur, und sie stürzte auf den Hubschrauberlandeplatz, wo die Spitze der Klinge sich in einer Ritze verkeilte und das Tier festnagelte.

King fiel nach hinten und stützte sich schwer atmend auf die Hände.

Von rechts ertönte ein Kreischen. Er sah das Aufblitzen von Zähnen.

Ein einzelner Schuss donnerte aus seiner .45er.

Er wurde über und über mit Blut bespritzt, als das nun kopflose, fünfzig Kilo schwere Nagetier in seinem Schoß landete. King stieß es von sich, sprang auf und sah sich nach weiteren Angreifern um. Drei Capybaras kamen bereits vom anderen Ende der Lichtung auf ihn zugerannt. King überprüfte das Magazin. Drei Patronen.

Ein Kreischen zu seinen Füßen ließ ihn zusammenzucken.

Das auf dem Hubschrauberlandeplatz festgenagelte Capybara zitterte und verströmte Körperflüssigkeiten, während es seinen Körper durch die Klinge zog. Es spaltete sich selbst in zwei Hälften, doch die Wunde schloss sich unmittelbar hinter dem Messer wieder. King setzte dem Nagetier die Mündung der .45er an den Schädel und schoss. Der Kopf löste sich auf, und der Körper hörte auf zu zucken.

King wusste, dass seine einzige Chance in der Flucht lag. Er zermarterte sich das Hirn nach seinen mageren Kenntnissen über Capybaras. Sie lebten halbaquatisch. Ein Blick auf die toten Nagetiere zu seinen Füßen bestätigte ihm das. Der Fluss kam also nicht in Frage. Soweit er wusste, konnten sie nicht klettern. Aber das erste war ihm von einem Baum entgegengefallen. Vielleicht konnten sie in ihrem Zustand der Raserei ja sogar klettern und sich im Geäst geschickt genug bewegen, um eine langsame Boa zu erjagen, doch letztlich war das Tier abgestürzt. Also war das Blätterdach vielleicht seine einzige Chance.

Als King nach einer geeigneten Aufstiegsmöglichkeit Ausschau hielt, runzelte er die Stirn. Die Bäume waren von jeglichem niedrigen Geäst befreit worden, sicher um für die verborgene Anlage Platz zu schaffen. Die drei nächsten Capybaras hatten jetzt den Komplex erreicht, schnappten und bissen nach einander, um als Erster die Beute zu erreichen. In wenigen Sekunden würden sie da sein. King steckte die Waffe ins Halfter, riss das KA-BAR aus dem Spalt im Boden, packte es fest mit beiden Händen und sprang in die Höhe. Er stieß das Messer in einen hohen, glatten Stamm und wäre fast auf den Landeplatz zurückgefallen, konnte sich aber im letzten Moment noch festklammern. Dann schlang er einen Arm um den Baum, bis er sicheren Halt hatte, stieß das Messer ein Stück höher wieder hinein und zog sich abermals hinauf. Noch dreimal wiederholte er diese Prozedur. Festhalten. Zustoßen. Hochziehen. Dann hielt er inne, um sich ein Bild über die Lage zu verschaffen.

Bevor er einen Blick nach unten werfen konnte, erzitterte der Baumstamm unter einem Aufprall. Ein Capybara fiel auf den Dschungelboden zurück und ruderte dabei verzweifelt mit den Beinen in der Luft. Ein zweites warf sich auf King und knallte unmittelbar unter seinen Füßen gegen den Baum. Auch dieses stürzte ab. Als das dritte zum Sprung ansetzte, zog King schnell sein Messer heraus und kletterte noch ein Stück höher.

Auch das dritte Nagetier prallte gegen den Stamm, konnte sich aber daran festklammern. Seine stumpfen Klauen krallten sich mit der Kraft des Irrsinns fest. Kings Augen weiteten sich, als das Tier zu klettern begann. Er ließ den Stamm los und klammerte sich nur noch am Messergriff fest. Damit riskierte er einen Sturz, doch ein so leichtes Ziel durfte er sich nicht entgehen lassen. Er zog die .45er und feuerte nach unten. Das halbe Gesicht des Capybara spritzte gegen den Baum, dann begann es, sich zu regenerieren. King drückte abermals ab. Diesmal hatte er Erfolg, aber auch seine letzte Patrone verschossen.

Er ließ die Waffe fallen und kletterte weiter. Die beiden verbliebenen Capybaras folgten ihm und krallten sich den Baum hinauf. Ähnlich wie King sein Messer benutzte, setzten sie ihre oberen Schneidezähne ein. Zustoßen. Hochziehen. Zustoßen. Hochziehen.

Das Hacken und Scharren unter ihm zeigte King, dass die Capybaras ebenso schnell waren wie er. Aber er sah sich nicht um. Er wollte gar nicht wissen, ob sie aufholten.

Er konzentrierte sich voll auf die Aufgabe, so schnell wie möglich das leuchtend grüne Dschungeldach zu erreichen. Mehr als dreißig Meter über dem Boden konnte er sich endlich auf den ersten Ast hinaufschwingen. Dann steckte er das Messer in die Scheide und blickte zurück. Die Capybaras waren nur anderthalb Meter weiter unten.

Als King nach dem besten Weg durch das Blätterdach Ausschau hielt, fiel ein Schatten über ihn wie von einer Wolke, die sich vor die Sonne schob, nur dass dieser Schatten immer größer und dunkler wurde. King duckte sich. Er wusste, dass da etwas vom Himmel fiel. Es krachte durch das Blätterdach, knickte Äste ab und brachte für einen Moment die verblüfften Capybaras zum Halten. Dem plötzlichen Lärm folgte eine laute Stimme. »Queen, ich bin unten, aber in den Bäumen. Over.«

King blickte auf und sah, wie Rook sich von seinem Fallschirm zu befreien versuchte, der sich im Geäst verhakt hatte. Er stand über das Kehlkopfmikrofon mit Queen in Verbindung. »Rook!«

Rook prallte zurück und wäre fast vom Baum gefallen. »Aah!« Die Blicke der beiden Männer trafen sich. »King, wie ist die La…?« Rook bemerkte das schäumende Capybara, das nach Kings Füßen schnappte. »Ach du Scheiße …«

»Ich brauche eine Waffe!«, rief King und streckte dem Mann die Hand entgegen, von dem er wusste, dass er ein ganzes Arsenal bei sich trug.

Rook nahm rasch das Sturmgewehr vom Rücken und warf es ihm zu. King legte den Sicherungshebel um, zielte auf das nächste Capybara und feuerte. Eine Fontäne roter Flüssigkeit regnete herab und färbte den Urwaldboden. Das Capybara kämpfte sich durch das Sperrfeuer voran, während seine Wunden immer wieder verheilten, doch King verlagerte das Ziel und schoss der Kreatur die

Beine weg. Sie stürzte auf den Dschungelboden, gleich gefolgt von der zweiten, ebenfalls ohne Beine.

Die beiden Nagetiere wanden sich, während ihre Gliedmaßen nachzuwachsen begannen. King nahm Maß und betätigte mit dem Mittelfinger einen zweiten Abzug. Die Waffe hustete, im nächsten Moment flog eine 40-mm-Granate durch die Luft. Die Capybaras verschwanden in einem riesigen Feuerball. Die Explosion erschütterte das Urwalddach, und der Baum, an dem King und Rook hingen, schwankte wild hin und her. Sie klammerten sich fest, bis die Gefahr vorüber war.

Frisch bewaffnet und mit Verstärkungstruppen im Rücken kehrte Kings Zuversicht zurück. Obwohl er sie nicht sehen konnte, wusste er, dass der Rest des Teams sich irgendwo in der Nähe in den Bäumen befand. »Bleibt in den Bäumen«, sagte er zu Rook. »Schießt auf alles, was auch nur entfernt wie ein überdimensionales Meerschweinchen aussieht.«

Rook gab die Nachricht weiter und stemmte sich dann vom Baumstamm weg. Er hatte sich immer noch nicht ganz von seinem Fallschirm befreit und riss an den Gurten, als er sich plötzlich Auge in Auge mit dem leeren Blick einer Leiche wiederfand. Er prallte zurück, fasste sich aber schnell wieder und unterdrückte ein Aufkeuchen. »Ist das ein Freund von dir, King?«

King kletterte durchs Geäst zu Rook hinüber. »Was ist das?«

Rook lehnte sich zurück, um die Sicht auf den toten Körper eines jungen Mannes freizugeben. Sein T-Shirt war zerrissen, und etwas hatte seinen Bauch ausgeweidet. Der Rest der Leiche war von fünf Zentimeter breiten Stichwunden übersät.

King schob sich an Rook vorbei und durchsuchte rasch

den Toten. Er entdeckte eine Ausweiskarte und reichte sie Rook. »Schon mal von Manifold Genetics gehört?«

Rook sah sich die Karte an und schüttelte den Kopf. »Seth Lloyd. Technischer Dienst. Wie kommt es, dass ein Typ, dessen Vorstellung von der größtmöglichen Katastrophe immer ein blauer Bildschirm war, in einem Baumwipfel als Leckerbissen für eine geisteskranke Ratte endet?«

King bemerkte eine Ausbuchtung unter den Überresten des T-Shirts des jungen Mannes. Er griff hinein und riss einen Gegenstand los. Ein USB-Stick. »Vielleicht finden wir hier drauf ein paar Antworten.«

»Oder einen Haufen Pornos.«

Ein Donnern rollte durch das Blätterdach. King erkannte es als den Widerhall eines Scharfschützengewehrs. Rook lauschte einer Stimme in seinem Headset. »Knight hat eines deiner Meerschweinchen erlegt.«

»Sag ihm, er soll ihm den Kopf wegblasen.«

Unmittelbar nachdem Rook die Meldung weitergegeben hatte, erschütterte ein zweites Donnern den Urwald. Dann, ein paar Minuten später, erfüllten nach und nach wieder die alltäglichen Urwaldlaute den Dschungel. Das letzte der Super-Raubtiere war tot. Innerhalb eines Jahres würde die Natur den ausgebrannten Komplex zurückerobert haben. Nichts würde mehr an seine Existenz oder das von den Capybaras veranstaltete Schlachtfest erinnern. Das einzige Überbleibsel der Anlage und der Ereignisse, die in ihr stattgefunden hatten, ruhte in Kings Hand. Ein kleiner 8-Gigabyte-USB-Stick von der Leiche eines toten Jungen vom technischen Dienst.

»Was jetzt, Boss?«, fragte Rook.

King reichte ihm den USB-Stick. Er wollte ihn nicht in die Tasche seiner blutdurchtränkten Hose stecken. »Zurück in die Zivilisation.«

BETA

ACHTZEHN

Luftwaffenbasis Pope, Limbo

Nachdem sie mittels eines aus der Luft abgeworfenen »Flussdampfers« dem Urwald entkommen und zurück in die Staaten geflogen waren, erreichten King, Queen, Rook, Knight und Bishop zwei Tage nach den Ereignissen im peruanischen Dschungel wieder Fort Bragg. Sie duschten, zogen sich um und trafen sich dann auf der Luftwaffenbasis Pope, allgemein einfach »die Pope« genannt, in einem Raum, der an Deltas eigenen Hangar angrenzte.

Die wenigen Elite-Mitglieder des Delta-Teams, die geheime Missionen durchführten, bezeichneten den Raum als *Dekon*, kurz für Dekontamination. Nur Rook hatte seinen eigenen Namen dafür: Limbo, die Vorhölle. Dort trafen sie zur Einsatzbesprechung zusammen, dort analysierten sie hinterher die Mission. Der Name war kleben geblieben.

Auf den ersten Blick wirkte Limbo wie der Konferenzraum einer beliebigen Firma. Ein von acht teuren Ledersesseln umgebener ovaler Tisch bildete das Zentrum des glücklicherweise klimatisierten Raums. Darauf standen jetzt ein mit Kondenströpfchen bedeckter Krug Eiswasser und ein paar Gläser. Ein künstliches Bambusgebüsch hinten in der Ecke bildete mit seinem leuchtenden Grün einen angenehmen Kontrast zu dem kahlen Beige der Wände. Die Technologie war unsichtbar – Videoprojektoren, in die Tischplatte eingebaute Computer, Satellitenverbindungen und eine Reihe in die Wände eingelassener Flachbildschirme. Wenn sie nicht gebraucht wurden, war keine Spur von ihnen zu sehen, so dass man sich voll konzentrieren konnte, wenn es wieder mal um eine Angelegenheit auf Leben und Tod ging. Heute ging es um Pierce, und King wirkte merklich angespannt.

Er wippte ungeduldig mit den Beinen, während er sich mit den Ellbogen auf den Tisch stützte. Pierce war entführt worden, und es gab nichts, was sie tun konnten. Sie wussten weder, wer ihre Gegenspieler waren, noch, wo sie mit der Suche anfangen sollten.

Den USB-Stick hatten sie Lewis Aleman gegeben, Deltas R2-D2. Doch die Ähnlichkeit mit dem untersetzten, stummelbeinigen Roboter aus *Krieg der Sterne* endete beim computerartigen Verstand. Aleman war hager, beinahe einen Meter neunzig groß, und auf der Aschenbahn wirbelten seine Beine fast so schnell wie seine Finger über die Tastatur. Er nahm zwar nicht mehr an Außeneinsätzen teil, konnte aber immer noch jeden anderen im Team locker abhängen. Wenn er am Computer saß, schien er fast mit der Maschine zu verschmelzen, hackte sich in Netzwerke und speicherte Informationen zuverlässiger ab als jede Festplatte. Er pflegte zu sagen, dass er die Arbeit von zwei Supercomputern der NSA erledigen konnte, und niemand zweifelte daran. Was immer auf dem USB-Stick gespeichert war, King wusste, dass Aleman mit jeder denkbaren Verschlüsselung kurzen Prozess machen würde. Ein bisschen Zeit brauchte er allerdings schon, und King hatte gerade mal Gelegenheit für eine schnelle Dusche und eine Rasur gehabt, seit man sie nach Limbo zurückrief.

Jetzt saßen sie also hier und warteten stumm. Queen hatte die Nase in ein Buch gesteckt. Bishop lehnte sich mit geschlossenen Augen zurück und atmete langsam und gleichmäßig. Knight tippte eine E-Mail in seinen PDA – vermutlich an eine seiner vielen Freundinnen. Rook kippelte mit dem Stuhl vor und zurück. Sie wirkten alle recht entspannt, was King unter den gegebenen Umständen nicht ganz fair erschien. Aber es war ja auch nicht ihr Freund, der in der Patsche saß.

Die Tür zum Haupthangar schwang auf, und General Keasling trat mit Aleman im Schlepptau ein.

»Hey, Mike«, grüßte Rook mit sarkastischem Lächeln.

Keasling erstarrte und durchbohrte Rook mit einem Blick, der töten könnte. »Ihr Delta-Würstchen verwendet untereinander vielleicht keine Ränge, aber ich will verdammt sein, wenn ich mich von einer kleinen Kröte wie Ihnen anders anreden lasse als ›Herr General‹. Verstanden?«

Rook stand stramm und bemühte sich, ein Grinsen zu unterdrücken. Seine Position in diesem Eliteverband war zwar nur auf direkte Anordnung des Präsidenten zu widerrufen, aber Keasling konnte ihm durchaus das Leben schwermachen. Trotzdem kitzelte es Rook immer, ihn zu provozieren, und sei es nur, um zu sehen, wie das Gesicht des Mannes rot wie eine Tomate anlief, während seine Nasenflügel sich blähten wie die eines feuerspeienden Drachen. »Ja, Sir! Bedaure sehr, Sir!«

»Wenn Sie mich noch einmal anders als mit ›General Keasling‹ anreden, stecke ich Sie zu den grünen Rekruten und verdonnere Sie für den Rest ihres erbärmlichen Lebens zum Latrinendienst. Das ist ein Versprechen. Und jetzt pflanzen Sie Ihren Arsch wieder auf den Stuhl!«

Das Geplänkel zwischen den beiden trug gewöhnlich dazu bei, die Atmosphäre aufzulockern, doch heute konnte King sich nicht recht darüber amüsieren. Er rollte seufzend den Kopf. »Was haben Sie herausgefunden?«, fragte er, den Blick auf Aleman gerichtet.

»Einen Moment.« Aleman nahm am Kopfende des Tisches Platz, während Keasling, die Hände auf dem Rücken verschränkt, sich neben ihm aufbaute. Aleman drückte auf die Tischplatte vor sich. Ein fünfundvierzig Zentimeter großes Quadrat versank, bevor im nächsten Augenblick ein Computerbildschirm mit Tastatur auftauchte. Aleman schloss den USB-Stick an, den King aus dem Dschungel mitgebracht hatte. Nachdem er ein paar Befehle eingetippt hatte, materialisierte sich an der Wand hinter ihm wie eine Erscheinung ein riesiger digitaler Bildschirm, der sich zuvor täuschend echt der Wandfarbe angepasst hatte. Er konnte jede Farbe und selbst das komplizierteste Muster imitieren. Jetzt zeigte er das gleiche Bild, das Aleman auf seinem kleinen Computer sah. Ein Dateiordner öffnete sich und zeigte zwei Unterordner. Sie hießen REGEN und KLIENTEN.

Aleman klickte den REGEN-Ordner an und öffnete mehrere darin enthaltene Dokumente. Er ordnete die Bilder, Videos und Texte auf dem Bildschirm so an, dass man sie alle gleichzeitig sehen konnte. »Ich habe das alles auch auf Ihre eigenen Computer hochgeladen, falls Sie darin stöbern oder etwas nachprüfen wollen.«

»Geben Sie mir einfach eine Zusammenfassung, Ale«, bat King. »Kurz, aber schön.«

»Kurz, aber schön.« Aleman rieb sich das unrasierte Kinn. Er zögerte, setzte sich dann aufrecht hin und begann: »Wir haben es hier mit ein paar echten Schweinehunden zu tun. Mit ihrer fortschrittlichen Technologie haben Sie ja bereits Bekanntschaft gemacht – Waffen, Ausrüstung, Genetik. Ich hätte es nicht für möglich gehalten, dass ein einzelnes Unternehmen so weit kommen könnte.«

»Sie klingen neidisch«, bemerkte King.

»Sind Sie das etwa nicht?«

Kings Antwort bestand aus einem leichten Schürzen der Lippen. Er war neidisch. Sie alle waren es. Delta-Agenten waren es gewohnt, ihren Feinden an Technologie und Feuerkraft überlegen zu sein. Es war ein ungemütliches Gefühl, plötzlich ins Hintertreffen zu geraten.

Aleman fuhr fort: »Die Firma, die hinter alldem steckt, heißt Manifold.«

Ein Logo erschien auf dem Bildschirm, ein stilisierter DNA-Strang, umgeben von einem Kreis aus fünf roten Blöcken, die sich an den Ecken berührten. »Es ist eine Genetikfirma mit, wie wir glauben, fünf Hauptsitzen. Es wäre naheliegend, dass der niedergebrannte Komplex in Peru dazugehörte. Ihre Beschreibung des Brandes – beschränkt auf die Gebäude, ohne auf den umgebenden Urwald überzugreifen – spricht dafür, dass er absichtlich gelegt wurde, um jede Spur der Anlage und ihrer Besitzer auszulöschen, die Ruinen aber gleichzeitig unter einem intakten Dschungeldach zu verstecken.«

»Das hier«, sagte er und holte ein Schwarzweißfoto auf den Bildschirm, »ist Richard Ridley. Er hat das Unternehmen mit Hilfe einer großen Hinterlassenschaft seines Vaters gegründet, der an Ridleys einundzwanzigstem Geburtstag Selbstmord beging. Schrotflinte. Eine üble Sauerei. Laut Polizeibericht hat Richard ihn gefunden. Manifold operiert in einer Grauzone, und in den meisten Industrieländern wären ihre Firmenaktivitäten vermutlich illegal. Doch ihre Bankkonten sind wohlbestückt, also scheinen die Geschäfte zu florieren.«

Ridley war also der Mann, der für Pierce' Entführung verantwortlich zeichnete. King prägte sich das Gesicht gut ein. »Können wir das Wer fürs Erste beiseitelassen und uns dem Warum zuwenden?«

»Wird gemacht«, sagte Aleman und arrangierte die geöffneten Dateien neu. »Nun werden die Dinge undurchsichtig. Manifold arbeitet an der menschlichen Regenerationsfähigkeit. Sie übertragen das, was Mutter Natur Spezies wie beispielsweise dem Salamander mitgegeben hat, auf den Menschen, und zwar mit verblüffendem, jedoch begrenztem Erfolg. Stellen Sie sich einen Soldaten vor, der auf eine Mine tritt und beide Beine verliert. Typischerweise wird er ...«, Aleman blickte zu Queen, die stumm und mit verschränkten Armen zuhörte, »... oder SIE sterben oder ein Leben lang an den Rollstuhl gefesselt bleiben. Diese Burschen jedoch – nun ja, sie sorgen dafür, dass die Beine nicht nur irgendwann mit der Zeit nachwachsen, sondern rasend schnell.«

»Wir haben es erlebt«, sagte King. »Ich habe ein Loch von der Größe eines Tennisballs in ein Capybara geschossen, und die Wunde ist auf der Stelle wieder zugeheilt.«

»Aber die Capybaras waren alle übergeschnappt«, sagte Rook. »Sie hatten den Verstand verloren.«

»Und genau das ist die Sackgasse, in der Manifold steckt. Mit jeder Verletzung und jeder Heilung werden die Testpersonen sukzessive wahnsinnig. Sehen Sie sich das an.« Aleman drückte eine Taste, worauf auf dem Monitor ein Video gestartet wurde. Das Datum zeigte den 17. Juni 2009, es war also gerade zwei Wochen alt. Eine Frau lag an Knöcheln und Handgelenken auf einem Tisch festgeschnallt. Sie war dunkelhäutig und trug nur ein Krankenhaushemd aus Papier. Eine männliche Stimme sprach: »Subjekt wurde mit Serum D-24 injiziert. Alle bestehenden Vorerkrankungen einschließlich eines Tumors und Diabetes wurden getestet. Sie ist vollständig genesen. Puls und Blutdruck sind normal, nun ja, normal für einen Übermenschen.« Die Kamera wackelte, als der Mann in sich hineinlachte.

»Ich werde nun einen Schnitt durch ihre Kehle legen und die Halsschlagader durchtrennen.« Die Hand des Mannes kam mit gezücktem Skalpell ins Bild. Er hielt inne, die Klinge direkt am Hals der Frau. »Beim ersten Anzeichen von Schwierigkeiten verlassen Sie den Raum«, sagte er zu einer unsichtbaren Person.

»Ich kenne die Vorschriften«, gab der Mann aus dem Off zurück.

Das Skalpell legte einen tiefen Schnitt durch die Kehle der Frau. Der Mann zog die bluttriefende Klinge zurück, doch die Wunde hatte sich bereits wieder geschlossen. »Na los doch, Lady«, sagte er aufmunternd mit einem Blick auf die Vitalzeichen auf verschiedenen piepsenden und blinkenden Monitoren. Ein einzelner, kräftiger Herzschlag. Dann noch einer. Und abermals. »Sie wird …«

»Raus hier, Doc!«

Die Kamera ruckelte und schwenkte weg, wobei sie ein unscharfes, verwackeltes Bild des anderen Mannes im Zimmer einfing. Sie verließen den Raum, schlossen die schwere Metalltür und sperrten sie ab. Als das Bild wieder scharf wurde, filmte die Kamera durch ein dickes Glasfenster. Die Frau bog den Rücken durch und fiel schwer zurück auf den Tisch. Dann riss sie die Augen auf und brüllte aus voller Kehle. Als sie merkte, dass sie sich nicht rühren konnte, verfiel sie in Raserei und riss mit aller Gewalt an ihren Fesseln. Blut spritzte gegen die Scheibe. Eine vom Blut glitschig gewordene Hand schlüpfte aus der engen Lederschlaufe, doch die zweite steckte fest. Die Frau starrte die gefesselte Hand an und biss sich mit der ganzen Kraft, die ihre Kiefer unter dem massiven Adrenalinschub mobilisieren konnten, ins Handgelenk. Knochen knackten. Fleischfetzen flogen. Die Frau schrie auf, als ihre Hand sich vom Arm löste und Blut herausschoss. Doch noch während sie den blutigen Stumpf in die Höhe reckte, begann die Hand nachzuwachsen.

Die Kamera schwenkte weg und zeigte Sekundenbruchteile lang, bevor sie abgeschaltet wurde, einen langen Korridor. Es war nur eine Momentaufnahme, doch man konnte deutlich einen langen Gang erkennen, gesäumt von dicken Glasfenstern. Manche davon waren blutbespritzt, hinter anderen lagen bewusstlose Menschen auf Rollbahren, und wieder andere erzitterten unter den Schlägen der in Raserei verfallenen Gefangenen.

»Da ist man irgendwie ganz froh, dass sie das Ding niedergebrannt haben«, meinte Rook. Aleman schloss das Videofenster. »Wir haben die Frau als Salwa Batori identifiziert, eine eingeborene Peruanerin. Ihr Mann hat sie vor drei Wochen als vermisst gemeldet. Sie hatte drei Kinder. Wir konnten auch einen der Männer aus dem Video identifizieren.«

»Ich habe gar keine Gesichter bemerkt«, wandte King ein.

Ein Foto erschien auf dem Bildschirm. Der Mann wirkte jung und kräftig, hatte einen militärisch kurzen Haarschnitt. »Wir konnten die verwackelte Videoaufzeichnung zu einem statischen Bild komprimieren. Nicht perfekt, aber da wir das Gesicht bereits im System hatten, war der Abgleich einfach.«

»Wer ist er?«, fragte King.

»Ehemaliger Navy-SEAL«, antwortete Keasling. »Oliver Reinhart. Nach seinem ersten Einsatz unehrenhaft entlassen. Gründete dann einen privaten Sicherheitsdienst namens Gen-Y. Sie werben ihre Leute direkt vom Militär an, meistens die Skrupellosesten. Aber auch einige gute Leute haben sich von der hohen Bezahlung und der Hightech-Ausrüstung verlocken lassen. Und diese Kerle sind wirklich Hightech pur.«

Er sah King an. »Die Metal-Storm-Waffen sind nur die Spitze des Eisbergs. Verdammt, die wussten ja sogar, wer Sie sind! Bei einem derartigen Sicherheitsleck werden Köpfe rollen, um es mal milde auszudrücken. In gewisser Hinsicht sind sie uns technologisch auch deshalb überlegen, weil sie Waffen und Geräte einsetzen, die wir selbst nicht anrühren würden. Der eine große Vorteil, den wir ihnen gegenüber haben, ist unsere Erfahrung.«

»Die haben genügend Erfahrung, um zu wissen, was sie tun«, meinte King. »Von Rechts wegen hätte ich tot sein müssen. Ich hatte nur Glück.«

Keasling nickte. »Und die Leute haben beste Verbindungen. Das ist der wahre Grund für unsere Eile.« Er nickte Aleman zu. »Öffnen Sie die zweite Datei.«

Die Videos und Fotos verschwanden und wurden durch einen Dateiordner ersetzt, der ein einzelnes Textdokument mit dem Titel »Klienten« enthielt. Als Aleman es öffnete, erschien auf dem Bildschirm eine Liste mit Namen, Adressen und Telefonnummern. Die ersten drei Namen sagten King nichts, aber von da ab war es ein wahres »Who is Who?« des internationalen Terrorismus und der Dritte-Welt-Diktatoren.

Keasling kratzte sich am Kopf, dann legte er die Hände flach auf die Tischplatte.

»Wenn die Regenerationstechnologie auch nur einem Einzigen dieser Leute in die Hände fiele, selbst in ihrer noch unfertigen Form, könnte sich das Gleichgewicht der Kräfte in der Welt dramatisch verschieben. Und falls sie das, was sie in Nazca gestohlen haben, noch weiter voranbringt, dann läuft uns vielleicht die Zeit davon.«

»Die Sache ist jetzt also offiziell?«, fragte Queen.

Keasling nickte und fügte hinzu: »Deep Blue organisiert bereits die Logistik und stellt die nötigen Verbindungen her. Sie können also Ihre Hundemarken wieder anlegen, wenn Sie es nicht schon getan haben.«

»Und George?«, hakte King nach.

Keasling seufzte. »Sosehr wir uns wünschen, dass Sie Ihren Freund zurückbekommen, er muss jetzt erst einmal in den Hintergrund treten.«

King biss die Zähne zusammen. Er wusste, dass es nicht anders ging, aber es war dennoch eine bittere Pille. Seine einzige Hoffnung bestand darin, dass Pierce den Kerlen lebend nützlicher war als tot, sonst hätten sie ihn nicht mitgenommen. Dann fiel ihm die rasende und blutüberströmte Frau aus dem Video wieder ein, und er hoffte, dass Pierce nicht als Versuchskaninchen dienen musste. Aber wie auch immer, sie würden ihn nicht am Leben lassen. Da hatte King keinerlei Zweifel.

»Keine Sorge, King«, ertönte eine vertraute Stimme aus dem Lautsprecher. Sie wussten, dass Deep Blue mithörte, das tat er bei jeder Einsatzbesprechung. Aber gewöhnlich blieb der geheimnisvolle Mann stumm, es sei denn, er hatte etwas Wichtiges beizutragen. »Wir holen Ihren Freund da raus.«

Auf dem Bildschirm tauchte eine menschliche Silhouette auf. Mehr hatte noch kein Delta-Agent von dem Mann zu sehen bekommen. Man konnte vermuten, dass er kahlköpfig war oder es bald sein würde. Seine strategische Denkweise und seine erstaunlichen Verbindungen deuteten darauf hin, dass er ein vermutlich hochdekorierter Karriereoffizier gewesen war.

Darüber hinaus wussten sie nichts über den Mann, außer dass er ihr Rettungsanker war, ihr Auge am Himmel, und anscheinend nach Belieben alle Truppenteile mobilisieren konnte. King kannte die Gesichter aller Generäle, auf die dieses Profil passte, aber kein einziger ähnelte der

Silhouette auf dem Bildschirm. Natürlich konnte es sich dabei auch um ein Double handeln.

»Sie klingen zuversichtlich«, sagte er.

Ein Foto ersetzte Deep Blue auf dem Bildschirm. Die Satellitenaufnahme zeigte drei einsame Inseln, umgeben von Blau.

»Diese drei Inseln heißen Nightingale Island, Inaccessible Island und Tristan da Cunha – das ist die Hauptinsel, für die wir uns vor allem interessieren.« Die Aufnahme zoomte auf Tristan da Cunha ein, eine fast kreisrunde Insel, in deren Zentrum ein gewaltiger Vulkankegel aufragte. »Die Inselgruppe ist vulkanischen Ursprungs. Der letzte Ausbruch fand 1961 statt. Die Insel wurde damals evakuiert, doch an der Ansiedlung entstanden nur geringe Schäden. Die Einwohner kehrten 1963 zurück, und seitdem ist der Vulkan inaktiv. Das Einzige, was uns militärisch mit der Insel verbindet, ist ein Ereignis, das 1958 stattfand. Wir zündeten damals nicht weit davon entfernt – im Rahmen der Operation Argus – eine Atombombe, was seit 2006 auch öffentlich bekannt ist. Seitdem sind wir auf der Insel nicht gerade beliebt, da wir ihnen nie von dem Test und den möglichen Nebenwirkungen erzählt haben. Aus diesem Grund, und weil die Insel britisches Territorium ist, muss unsere Anwesenheit dort geheim bleiben. Unsere britischen Freunde würden eine Invasion nicht gerade wohlwollend aufnehmen, selbst wenn sie fünftausend Meilen weit vom Buckingham Palace entfernt stattfindet.«

Das Bild zoomte auf eine kleine Hafenstadt im Nordwesten der Insel. »Tristan hat nur eine einzige Ansiedlung. Edinburgh of the Seven Seas. Einwohnerzahl zweihunderteinundsiebzig. Insgesamt achtzig Familien. Der Ort ist in den letzten hundert Jahren kaum gewachsen, doch vor zwei Jahren wurde ein kleiner Flughafen gebaut, und außerdem dies hier ...«

Es folgte ein schneller Schwenk nach rechts auf einen modernen Komplex. Daneben erstreckte sich eine Landepiste aus dem Bild hinaus. »Die Anlage gehört einem Unternehmen namens Beta Incorporated, von dem wir vermuten, dass es Manifold als Fassade dient.«

»Ich nehme mal an, Sie wollen uns dort hinschicken«, unterbrach ihn King. »Aber was bringt Sie auf die Idee, dass die Burschen dorthin geflogen sind?«

Das Bild fokussierte die leere Landebahn. »Diese Aufnahme wurde am frühen Morgen gemacht.« Das Foto baute sich neu auf. Jetzt stand eine große 747 auf der Piste. »Und die vor einer Stunde. Wir konnten ermitteln, dass die Maschine aus Peru kam.«

»Na denn«, sagte Rook und strich sich den langen blonden Spitzbart. »Wenn diese Insel mitten im Nirgendwo liegt und wir dort so schnell wie möglich hinsollen, ohne uns auf der Landepiste zusammenschießen zu lassen, wie lautet dann unser Plan? Ich meine, vermutlich wollen Sie uns mal wieder aus dem Flugzeug schmeißen, aber ich würde gerne weitere Kontakte mit Baumwipfeln vermeiden, wenn's denn möglich ist.«

»Sie treffen sich mit der USS *Grant*. Die *Grant* ist ein neuer Flugzeugträger der CVN-X-Klasse. Hochmodern, sehr beeindruckend, aber wir haben ihr noch nicht alle Kinderkrankheiten ausgetrieben. Sie wird von einem kompletten Gefechtsverband begleitet, also sollten Sie keine Probleme haben, es sei denn, ein Weltkrieg bräche aus. Es ist reines Glück, dass sie in der Gegend gerade Tests mit der Kiste durchführen, sonst hätten wir Probleme. Bishop, Rook und Knight. Sie landen mit einem kleinen Boot an der Rückseite von Tristan da Cunha. Sie behalten die Ansiedlung von erhöhtem Terrain aus im Auge, um King und Queen den Rücken zu decken. Die beiden geben sich als Pärchen aus, das mit seiner Jacht eine Weltumsegelung macht. Verkleidungen und Identitäten werden bei Ankunft zur Verfügung gestellt.«

»Also schmeißen Sie uns doch wieder aus dem Flugzeug, richtig?«

»Falls Sie den Flugzeugträger verfehlen, fallen Sie weich in den Atlantik.«

»Denken Sie ja nicht, ich könnte Ihr Grinsen nicht sehen, Blue Boy!«

»Start in einer Stunde«, erwiderte Deep Blue. »Schlucken Sie lieber gleich Ihr Benadryl, Rook. Ich melde mich wieder.« Der Bildschirm erlosch.

»Wenn ich je rausfinde, wer der Kerl ist«, sagte Rook mit gekünsteltem Grinsen, »schieße ich ihn auf den Mond.«

»Sie haben den Mann gehört«, bellte Keasling. »Gehen Sie kacken oder was immer Sie noch tun müssen. Ich will Sie in dreißig Minuten wieder hier sehen.«

King blieb zurück, während das Team den Raum verließ. Sie machten Witze und stießen sich gegenseitig in die Rippen, arbeiteten an jenem Zusammengehörigkeitsgefühl, das sie beim Einsatz mit kühlem Verstand auch an die Sicherheit ihrer Teamkollegen denken lassen würde. Aber so stark die Bande innerhalb des Teams auch sein mochten, Kings Beziehung zu Pierce war stärker. Sein Sinn stand nach Rache, und so fand er es schwierig, einen anderen Gedanken zu fassen. Das konnte sie alle in Gefahr bringen, so viel war ihm klar.

Bishop wandte sich in der Tür noch einmal um. Wie üblich hatte er während der Besprechung kein einziges Wort gesagt. Er sah King lange an, bis er seine volle Aufmerksamkeit hatte. »Wir finden ihn. Wir bringen ihn zurück.«

Dann folgte er den anderen.

Irgendwie waren die Worte besonders wichtig, da sie von Bishop kamen. Sie würden Pierce finden, daran hatte auch King keinen Zweifel. Aber ob sie ihn gesund und munter oder in einem Leichensack nach Hause brachten, konnte niemand vorhersagen.

NEUNZEHN

Tristan da Cunha

Pierce starrte durch sein über zwei Quadratmeter großes Fenster auf die endlose Weite des Ozeans hinaus. Er wusste, dass er sich auf einer Insel befand, hatte aber nicht die geringste Ahnung, wo sie lag. Sein Zimmer im dritten Stockwerk zeigte ihm die Landebahn, auf der sie angekommen waren, und daneben einen Streifen Gras. Ansonsten hatte er einen Panoramablick aufs Meer. Einheimische Tiere oder Vögel, die ihm einen Hinweis auf seinen Standort geben konnten, hatte er noch nicht entdeckt, und die gesamte Flora bestand aus besagtem Gras, was ihm ungefähr so viel nützte wie ein Zahnstocher in einem Messerduell.

Das Zimmer war im Vergleich zu der Zelle im Flugzeug eine Verbesserung. Das Fenster war größer und der Blick weniger entnervend. Die Unterkunft wirkte durchaus komfortabel – ursprünglich vermutlich für echte Angestellte konzipiert, nicht für Gefangene. In einer Ecke stand ein bequemes Doppelbett, in der anderen ein Schreibtisch mit Ausgaben der *Odyssee,* von Dantes *Inferno* und ein paar Romanen von Edgar Rice Burroughs, darunter Pierce' Lieblingsbuch *Die verlorene Welt*. Als Kind war das für ihn die Art von Abenteuer gewesen, in dem er sich und King als Archäologen sah. Dank *Indiana Jones* hatten die meisten Menschen heute eine falsche Vorstellung von dieser Wissenschaft. Die Realität war wesentlich weniger aufregend, wenn auch nicht weniger interessant. Na ja, immerhin war er von bewaffneten Grabräubern gekidnappt worden. Das war doch schon etwas. Leider konnte er sich nicht mit der Peitsche den Weg zurück in die Freiheit bahnen.

Während Pierce die ersten dramatischen Ausbruchspläne schmiedete, ertönte ein scharfes Klopfen an der Tür. Der Mann namens Reinhart, angeblich der Chef von Manifolds Sicherheitsdienst, öffnete die Tür, ohne eine Antwort abzuwarten, und warf ihm einen Laborkittel zu.

»Es gibt Probleme mit Ihrem Artefakt«, sagte er.

Ihrem Artefakt. »Was ist denn?«

»Sehe ich vielleicht aus wie ein bescheuerter Wissenschaftler?«

Reinhart verschränkte die Arme vor der Brust und ließ seine Muskeln spielen.

Pierce schlüpfte in den Laborkittel und sah, dass ein Manifold-Ausweis mit seinem Namen und einem Foto an die Brusttasche geclipst war. Pierce grinste schief. »Habe ich jetzt einen Job?«

»Sehen Sie es einfach so: Ihre Probezeit hat gerade begonnen«, gab Reinhart zurück.

Pierce verstummte und ging zur Tür. Er wusste, was am Ende einer Probezeit stand. Man wurde entweder mit einem herzlichen Handschlag an Bord genommen … oder aussortiert. Als er die seltsame, dreiläufige Waffe bemerkte, die Reinhart in einem Halfter an der Hüfte trug, wurde ihm klar, dass er vermutlich zu seinen Entführern gehört hatte. Und nach drei Monaten, falls er überhaupt so lange durchhielt, würde er sein Henker sein. Er verfiel in Gleichschritt und folgte in Reinharts Kielwasser durch ein Labyrinth von Korridoren, die alle gleich aussahen.

Nach zwei schweigsamen Minuten stieß der Mann eine

Doppeltür auf, die in einen futuristischen, schneeweißen Raum führte. Männer und Frauen in Laborkitteln waren an verschiedenen Arbeitsplätzen des fast fünfhundert Quadratmeter großen Laboratoriums beschäftigt. Ridley und Maddox wandten sich zu ihnen um. Maddox kam ihm lächelnd entgegen. »Willkommen im Wunderland, Dr. Pierce.«

»Das ist, äh, beeindruckend«, sagte Pierce.

»Das ist mehr als beeindruckend«, meinte Maddox und begann, Pierce herumzuführen und ihm die Geräte zu erklären. »Wir haben fünfzig Zeiss- und Olympus-Mikroskope, eines an jedem Arbeitsplatz, dazu fünfzig Plätze mit automatisierter Karyotypie und FISH – Fluoreszenz-in-situ-Hybridisierung. Jeder ist Vielfarb-FISH-fähig und ermöglicht weitere zytogenetische Prozeduren. Wir haben zehn Tiefsttemperatur-Gefrierschränke – das sind die langen weißen Kästen an der hinteren Wand. Die riesigen Pillen da oben«, erklärte er und wies auf eine Reihe von zylindrischen, badewannengroßen Behältern, die über einigen Arbeitsplätzen an der Wand hingen, »das sind einundzwanzig Tanks mit flüssigem Stickstoff.«

»Ist das nicht gefährlich? Flüssiger Stickstoff über den Arbeitsplätzen?«

»Höchstens ein großkalibriges Geschoss oder Sprengstoff kann den Hochdruckbehältern etwas anhaben. Und sollte doch einer platzen, dann ist es nicht mehr wichtig, ob er an der Decke oder an der Wand befestigt war.«

Während sie auf den langen Labortisch zusteuerten, an dem Ridley stand, fuhr Maddox mit seinen Erklärungen fort: »Das hier sind fünf Barocycler – das Modernste, was es gibt –, sechs automatische Vysis-VP2000-Slide-Prozessoren für Dünnschichtpräparate, drei Axon-Scanner, vier Thermotrone und …«

»Sie müssen bedenken, dass ich Archäologe bin«, warf Pierce ein. »Für mich sind das alles böhmische Dörfer.«

Maddox verstummte, runzelte ärgerlich die Stirn und sagte nichts mehr. Pierce musterte ihn und fragte sich, wie jemand, der offensichtlich so erfolgreich war, so empfindlich sein konnte. Seine auf Hochglanz polierten Schuhe, die makellosen Haare und Zähne deuteten auf ein unterschwelliges Bedürfnis hin, seine Umgebung zu beeindrucken.

»Jetzt haben Sie seine Gefühle verletzt«, flüsterte Reinhart.

Sie erreichten den Tisch, vor dem Ridley sie erwartete. In der Mitte lag das Hydra-Artefakt, immer noch in das völlig ausgetrocknete Gewebe gehüllt, das vor langer Zeit mit dem Kopf verschmolzen war. Pierce hatte schon fast geglaubt, es nie wiederzusehen, sich sogar gefragt, ob seine Phantasie mit ihm durchgegangen war und er sich die schlangenähnlichen Details nur eingebildet hatte. Aber jetzt, da er es im hellen, kalten Licht des Labors sah, schwanden die letzten Zweifel. Das war echt. Eine Unregelmäßigkeit an der Oberseite des Artefakts fiel ihm ins Auge. Ein Loch. »Sie haben ein Loch hineingebohrt?«, fragte er empört.

»Für einen Bohrkern«, erwiderte Maddox. Seine Stimme klang vor Verärgerung eine Oktave höher. »Aber es ist durch und durch dieselbe zementartige Substanz. Wir haben sie in Alkohol aufgelöst, aber sie verwandelt sich einfach nur in eine Paste. Wie sollen wir aus einer Paste eine DNA-Probe gewinnen?«

»Ich habe nie behauptet, dass Sie das könnten.«

»Sie haben behauptet, es wäre der authentische Kopf der Hy…«

»Wenn Sie einen Sündenbock für Ihre Inkompetenz brauchen, suchen Sie sich jemand anderen.«

Maddox' Gesicht glühte knallrot. Ridley legte ihm beruhigend die Hand auf den Arm.

»Dr. Pierce, bitte«, sagte Ridley. »Er steht unter großem Druck. Nun, wir können unsere Scherzchen treiben, wir können einander anblaffen, oder wir können auch direkt zur Sache kommen. Was meinen Sie?«

»Aber unbedingt«, antwortete Pierce.

»Da Sie noch am ehesten das sind, was man als Experten für die Hydra bezeichnen könnte, werden Sie uns jetzt sagen, wie wir dem Artefakt, bei dem es sich Ihrer ursprünglichen Einschätzung nach um den authentischen Kopf der legendären Hydra handelt, eine DNA-Probe entnehmen können ... alternativ kann Mr Reinhart auch draußen auf den Klippen einen kleinen Spaziergang mit Ihnen unternehmen, Ihnen drei Kugeln in den Hinterkopf jagen und Sie in den Atlantik werfen.« Er lächelte. »Habe ich mich klar ausgedrückt?«

Pierce verkrampfte sich. Er wusste, dass ein mutigerer Mann Ridley vielleicht gesagt hätte, er solle sich zum Teufel scheren, aber er wollte nur überleben. Überrascht entdeckte er einen Ausdruck des Entsetzens in Maddox' Gesicht. Anscheinend hatte der Mann immer noch keine Ahnung, wie skrupellos sein Arbeitgeber sein konnte. Pierce ließ den Blick durch den Raum schweifen. Die anderen Wissenschaftler hatten nichts von der Unterhaltung bemerkt und waren in ihre Arbeit vertieft. Er fragte sich, wie viele von ihnen wohl wussten, was hier wirklich vorging.

»Nun?«, fragte Ridley.

Pierce betrachtete die lange Reihe von Werkzeugen, die neben dem Kopf der Hydra lagen. Mit unsicherer Hand griff er nach einem Skalpell und schnitt durch das versteinerte Gewebe. Dann hob er mit einer Pinzette ein Stück ab und legte es auf den Arbeitstisch. An dem zehn Zentimeter großen Quadrat schien etwas wie Schuppen zu kleben, obwohl sie grau und pulvrig waren. Er achtete auf eine mögliche Veränderung.

Nichts geschah.

»Die Luft hier drinnen ist sehr trocken«, meinte er. Gleich beim Eintreten hatte er ein Kratzen im Hals verspürt und das Summen der Klimaanlage gehört. In den meisten Labors hielt man die Luft kühl und trocken, um Artefakte vor dem Zerfall zu bewahren, doch im Fall der Hydra wurde gerade dadurch die entscheidende Reaktion verhindert. Zumindest hoffte er das. Das versteinerte Gewebe hatte vermutlich während des Transports Feuchtigkeit vom Kopf der Hydra abgehalten, und die Luft im Labor ähnelte einer Wüstenatmosphäre bei Nacht.

Noch hatte keine Nässe die Probe erreicht.

Er setzte einen Meißel an der freigelegten Stelle an, hob den Hammer, holte tief Luft und stieß den Atem in einem langen Seufzer aus. *Ich kann nicht glauben, dass ich das wirklich tue,* dachte er. Doch der Gedanke an einen Schuss in den Hinterkopf beseitigte die letzten Hemmungen, und er schlug fest mit dem Hammer zu.

Ein Stück von der Größe einer Walnuss sprang ab und rollte über den Tisch. Er fing es auf und hielt es in die Höhe. Es unterschied sich kaum von einem Stück getrockneten Hundekots – in keiner Hinsicht bemerkenswert. Ridley, Maddox und Reinhart beobachteten ihn gespannt. Tatsächlich war das ganze Labor beim Schlag des Hammers verstummt. Alle Augen waren auf Pierce gerichtet. Er griff nach einer Petrischale aus Kunststoff und füllte sie an einem Ausguss mit Wasser. Dann hob er die Probe der Hydra in die Höhe. »Die Hydra lebte in einem Sumpf. Das Wort ›hydra‹ bedeutet *Wasser*. Herkules vergrub ihre Überreste in der trockensten Umgebung der Welt.« Er sah

Maddox an. »Alkohol ist ein Diuretikum. Er macht mit Zellen dasselbe wie mit dem menschlichen Körper – er entwässert sie.«

Ridley lächelte.

Pierce ließ die Probe ins Wasser fallen. Sie sprudelte wie ein Antazidum, während die Luft in ihren winzigen Hohlräumen durch das einströmende Wasser verdrängt wurde. Als die Flüssigkeit sich wieder klärte, verfärbte sich die Probe dunkel wie Zement. Eine Sekunde lang glaubte Pierce, dass er sich geirrt hätte und sein Tod besiegelt wäre, doch dann bemerkte er ein winziges Zucken. Die Probe begann zu tanzen wie eine mexikanische Springbohne und hüpfte zweimal vollständig aus dem Wasser heraus. Plötzlich schien sie etwas abzusondern und sich auszudehnen. Die Oberseite wurde leuchtend grün, die Unterseite verwandelte sich in rote, fleischige Fasern. Die Probe sog das Wasser in der Schale mit jeder Pore auf, bis kein Tropfen mehr übrig war. Am Ende lag ein faustgroßer Klumpen da, der wie grüngeschupptes Filet Mignon aussah.

»Da soll mich doch einer …«, sagte Reinhart.

Ridley hieb begeistert mit der Faust auf den Tisch. »Gut gemacht.«

Behutsam streckte Pierce die Hand aus und ließ die Finger über das schuppige Fleisch gleiten. Die Schuppen fühlten sich hart an, fast scharfkantig. Die Berührung veränderte alles und ließ ihn die Gefahr vergessen, in der er schwebte. Er lächelte breit, griff nach der Petrischale und reichte sie Maddox, dessen Hände ebenso zitterten wie seine eigenen. »Dr. Maddox, Ihre DNA-Probe.«

ZWANZIG

Luftwaffenbasis Pope

King starrte auf den Bildschirm des Laptops und blendete das dauernde metallische Klirren ebenso aus wie die jeweils folgende Flut von Schimpfworten. Er durchforstete die Dateien, die Manifolds abtrünniger Techniker kopiert hatte. Da ihre Ausrüstung schon sicher an Bord der *Crescent,* Deltas Stealth-Transporter, verstaut war und sie noch eine halbe Stunde bis zum Abflug totschlagen mussten, hatte sich das Team neben dem Hangartor zu seinem Lieblingssport versammelt – Hufeisenwurf. Zwei Metallstäbe, die in gut zwölf Meter Abstand aus quadratischen Sandgruben ragten, bildeten das Spielfeld.

King saß in einem von drei Gartenstühlen im Schatten des riesigen Hangars.

Das nächste metallische Klirren ertönte, als eines der Hufeisen den Metallstab traf.

»Verdammter Mist«, schrie Rook. »Schon wieder ein Volltreffer.«

»Gelernt ist gelernt!« Knight wanderte die zwölf Meter zur nächsten Grube. Er war das kleinste und leichteste Mitglied des »Schachteams«, gleichzeitig jedoch einer der Geschicktesten und Tödlichsten der Gruppe, vor allem aus der Distanz. Er behauptete gerne von sich, nur von drei Dingen etwas zu verstehen: Schießen, Hufeisenwerfen und Frauen. Aber er gehörte zu den Menschen, denen alles gelingt, was sie anpacken. Als er jetzt mit seinen kurzbeinigen, zuversichtlichen Schritten zur nächsten Runde antrat und sein charmantes Lächeln aufblitzen ließ, nahm ihm auch niemand seinen Sieg übel … jedenfalls nicht allzu sehr. Rook legte sich schon mal mit dem mickrigen, geschniegelten Romeo an, da die beiden vollkommen gegensätzliche Persönlichkeiten waren, doch ihre Scharmützel endeten gewöhnlich in Gelächter.

Bishop, ein absolut hoffnungsloser Hufeisenwerfer, spielte normalerweise mit Knight zusammen, damit das Spiel halbwegs ausgeglichen blieb. Aber Rook und Queen waren nicht viel besser als er, daher war der Ausgang absehbar. Wäre es bei dem Spiel um mehr gegangen als ein wenig Entspannung in den letzten Minuten vor einem Einsatz, wäre Rooks Blutdruck in ungeahnte Höhen geschnellt. Dass er im Kampf um den Titel »Schlechtester Verlierer der Welt« gute Aussichten gehabt hätte, war für das Team auf dem Schlachtfeld ein Vorteil. Er gab niemals auf. Aber man konnte auch keine freundschaftliche Partie Monopoly mit ihm spielen.

»Ich bin draußen«, sagte Queen und ließ sich in den Stuhl neben King fallen, während Bishop zusah, wie Rook und Knight ein neues Einzel begannen. Sie band rasch ihre Haare zurück und legte die blonden Locken in einen enggeschlungenen Haarknoten. Sogar im Schatten schwitzte sie in der Frühsommerhitze North Carolinas in dem schwarzen Drillich, den das Team beim Einsatz trug. Sie spritzte sich Wasser aus einer Trinkflasche ins Gesicht und warf einen Blick auf Kings Laptop. »Was Interessantes gefunden?«

Er starrte schweigend auf den Bildschirm und kaute auf der Unterlippe.

Sie berührte seine Hand. »He.«

King blickte auf. Er hatte ihre Frage gar nicht gehört. »Tut mir leid. Was hast du gesagt?«

»Wonach suchst du?«

»Antworten.«

»Du fragst dich, warum sie deinen Freund mitgenommen haben. Warum sie das Artefakt gestohlen haben.«

»Es ergibt einfach keinen Sinn«, sagte King. »Warum liegt Manifold so viel an einem uralten Artefakt, dass sie dafür Dutzende von Menschen ermorden und ein Multi-Millionen-Dollar Forschungszentrum zerstören, nur um ihre Spuren zu verwischen? Was hat George mit alldem zu schaffen?«

»Wie gut kennst du ihn denn?«

King warf Queen einen Seitenblick zu.

»Nicht dieser Blick. Der Pfad zur Wahrheit ist manchmal steinig.« Sie knuffte ihn in die Rippen. »Das weißt du doch besser als jeder andere.«

»Pierce ist absolut vertrauenswürdig, aufrichtig und friedfertig ... schließlich hätte ich ihm meine Schwester anvertraut.« Er sah ihr in die Augen. »Du weißt ja, wie es ausgegangen ist.«

Queen nickte. Sie wussten alle von Julies Tod. Ein Übungsflug der Air Force. Sie war nie im Kampfeinsatz gewesen, aber dennoch vielfach ausgezeichnet. Da sie King erst dazu inspiriert hatte, zum Militär zu gehen, kannten alle die Geschichte. Er trug immer ihr Foto bei sich. »Pierce gehört zur Familie. Wie ein Bruder.«

»Woran hat er gearbeitet?«

»Es war eine UN-Ausgrabung. Nicht einmal sein eigenes Projekt. Er wurde nur als Spezialist hinzugezogen.«

King lud das Foto aus Nazca auf den Schirm, das den neunköpfigen Geoglyphen zeigte. »Er meinte, dieses Bild stelle die Hydra dar.«

»Die Hydra aus der griechischen Mythologie? Herkules?«

»Ja, genau. Kennst du dich damit aus?«

»Als ich für Delta Griechisch lernen musste, habe ich auch Kurse in griechischer Geschichte und Mythologie belegt.«

»Dann wird dich das interessieren. Unter dem mittleren Kopf, da« – King zeigte auf den großen Felsblock im Zentrum des Geoglyphen – »hat George etwas entdeckt, einen Kopf. Von einer Art Reptil. Aber es war nur eine alte Skulptur. Fühlte sich an wie aus Beton. Nichts, wofür es sich zu töten lohnt.« Er sah Queen an. »Was sollte ein milliardenschweres Genetikunternehmen an einem alten Stein so interessieren?«

»Und wenn es kein Stein war?«

King blinzelte verständnislos.

»Der Legende nach hat Herkules den kauterisierten Kopf der Hydra unter einem Stein vergraben. Es läge nahe, dass er sich dafür einen wirklich trockenen Flecken Erde ausgesucht hat. Schließlich lebte und gedieh die Hydra im Wasser. Sie war in einem Sumpf zu Hause. Gar so unwahrscheinlich ist die Legende übrigens gar nicht. Auch Salamander lassen ihre Glieder nachwachsen, wie es angeblich die Hydra tat. Und es gibt Salamander, die fast zwei Meter lang werden. Heute noch. Vor zweieinhalb Jahrtausenden wurden Tiere noch wesentlich größer. Sie wurden ja nicht bis zur Ausrottung bejagt, und ihre Lebensräume waren noch intakt. Vielleicht war die Hydra also einfach ein überdimensionaler Salamander mit dem freundlichen Wesen eines Komodowarans. Wer weiß? Hielt George den Fund denn für wichtig?«

Er dachte einen Moment lang nach. »Ja, sehr.«

»Dann vergiss den Salamander und lass uns mal annehmen, dass das Ding echt war. Manifold scheint davon auszugehen. Die Menschen der Antike glaubten an die Geschichte. Der altgriechische Gelehrte Apollodorus schrieb einen Text mit dem Titel *Bibliothek*. Darin zeichnete er die gesamte griechische Geschichte auf, vom Fall Trojas bis rund neunhundert v. Chr. Das Goldene Vlies, die Argonauten, die Ilias, Odysseus, alles steht drin. Hier, ich zeig's dir.«

Sie stellte sich Kings Laptop auf den Schoß und ging mit dem Firefox-Browser über das drahtlose Netzwerk der Basis ins Internet. Dreißig Sekunden später hatte sie gefunden, wonach sie suchte. Sie gab King den Laptop zurück. »Hier, das ist eine Übersetzung der Originalversion der Bibliothek. Ich habe die Passage mit der Hydra markiert.«

King las den Text.

> [2.5.2] Die zweite Arbeit bestand in der Erlegung der Lernaischen Hydra[105], die sich im Sumpf bey Lerna aufhielt, aufs Feld hinausging, die Heerden und die Gegend verwüstete. Die Hydra hatte einen ungeheueren Körper und neun Köpfe, wovon acht sterblich und der mittelste unsterblich war. Herkules bestieg einen Wagen und ließ sich von Iolaos nach Lerna fahren. Hier hielt er stille, fand die Hydra auf einem Hügel bey den Quellen der Amymone, wo ihre Grube war. Dann schoß er feurige Pfeile auf sie ab, und zwang sie, hervor zu gehen. Kaum war dies geschehen, so ergriff er sie, und hielt sie feste; sie aber schlang sich um eines seiner Beine. Er schlug zwar mit seiner Keule auf die Köpfe: allein, er konnte nichts ausrichten. Denn so oft er einen Kopf abgeschlagen hatte, so wuchsen zwey neue. Die Hydra wurde auch von einem ungeheuren Krebs unterstützt, der ihn an dem Fuß nagte.[106] Diesen schlug er todt und rief den Iolaos zu Hülfe. Iolaos zündete einen Theil des benachbarten Waldes an und versengte mit Bränden die neu hervorwachsenden Köpfe, so, daß keine mehr hervorkamen. Nachdem sich also Herkules der übrigen Köpfe bemächtigt hatte, hieb er auch den unsterblichen ab, verscharrte ihn und legte einen schweren Stein darauf …

King konnte sich nicht vorstellen, dass so ein Biest tatsächlich existiert haben sollte, aber Manifold schien die Hydra ja als genetisches Äquivalent des Steins von Rosetta zu betrachten. Sollte Pierce tatsächlich den unsterblichen Kopf der Hydra gefunden haben, ergab das alles auf verquere Art einen Sinn. Jede Regierung auf der Welt würde dafür über Leichen gehen. Aber das mussten sie vielleicht gar nicht. Manifold würde ihnen einfach die Formel verkaufen und ein Vermögen daran verdienen.

Ein lautes metallisches Klirren ertönte. Das erste in einem fast stumm verlaufenen Hufeisenwurfspiel. »Das war's, mein Kleiner!«, schrie Rook. »Mein Spiel.« Er zielte und grinste dabei wie ein Kind mit der Hand in der Zuckerdose.

Kings Armbanduhr piepste. Er stand auf, gerade als Rook den letzten Wurf des Spiels machte. Das Hufeisen segelte mit einem Überschlag aufs Ziel zu. Als sich seine Flugbahn zu neigen begann, streckte King die Hand aus und pflückte es aus der Luft. »Zeit zu gehen.«

»Na, wie steht es jetzt?«, fragte Knight schadenfroh. »Dreiundvierzig zu null?«

Bishop lachte in sich hinein.

Rook blieb der Mund offen stehen. »Das war nicht fair.«

King ließ das Hufeisen kurz vor dem Metallpfosten zur Erde fallen, lächelte knapp und machte sich auf den Weg zum Seiteneingang des langen Hangars.

Während die übrigen Deltas ihre Sachen zusammenrafften und ihm folgten, fügte Rook hinzu: »Mann, ich hoffe bloß, dass wir Kings Kumpel bald finden. Sonst ist die Kacke echt am Dampfen.«

EINUNDZWANZIG

Über dem Südatlantik

Sechs Stunden nach Verlassen der Pope befand sich die *Crescent* mit ihrer Reisegeschwindigkeit von Mach 2 – doppelte Schallgeschwindigkeit – nur noch zwanzig Meilen von der USS *Grant* entfernt. Die *Crescent,* so benannt nach ihrer halbmondförmigen Gestalt, war das beste Stealth-Transportflugzeug der Welt, und obwohl sie mehrere Tonnen Ausrüstung befördern konnte, hatte man sie für geheime Spezialeinsätze umgebaut. Kleine Quartiere mit Feldbetten boten Raum für sechzig Soldaten, doch im Moment waren die einzigen Passagiere die fünf Mitglieder des »Schachteams«.

Es war ein stiller Flug gewesen, da die Teammitglieder in ihren persönlichen Quartieren schliefen. Einsätze dauerten oft tagelang, da war Schlaf Mangelware. Der sechsstündige Flug von North Carolina nach Tristan da Cunha kam King zwar ewig vor, war aber eine Wohltat für das restliche Team, das nach militärischen Maßstäben in den Genuss eines vollen Nachtschlafs kam. Sie alle lagen vollständig bekleidet auf den Feldbetten, die Ausrüstung griffbereit neben sich, um von einer Sekunde auf die andere bereit zu sein.

Die Stimme des Piloten weckte das Team. »Raus aus den Federn, Delta. Wir nähern uns der Landezone und gehen tiefer für Ihren Absprung.«

Fast alle Luftlandeeinsätze des Teams erfolgten per

HALO-Sprung. HALO stand für *High Altitude Low Opening:* Man sprang aus großer Höhe und öffnete den Fallschirm erst unmittelbar über dem Boden. Diesmal jedoch landeten sie über Freundesgebiet, während die Sonne noch am Horizont stand. Sonst ging es vor allem darum, unbemerkt zu bleiben, aber jetzt war Zielgenauigkeit gefragt. Wenn sie die USS *Grant* verfehlten, erwartete sie ein ausgesprochen kaltes Bad im Meer.

Sie schnallten sich die Fallschirme auf den Rücken, die bereits doppelt und dreifach überprüft waren, verließen ihre Quartiere und begaben sich in den hinteren Laderaum der *Crescent*. Rook rieb sich die Augen, während er hinter Queen einschwenkte.

»Och, ist der Kleine müde?«, flachste sie.

Knight kicherte und schloss sich hinter Rook an.

»Wie soll ich schlafen, wenn du dich ständig an mir reibst?«, fragte Rook und rollte lasziv die Hüften.

Queen lachte, straffte die Gurte über ihrer Brust und nutzte die Gelegenheit, ihre weiblichen Kurven unter dem schwarzen Overall zur Geltung zu bringen. »Jungchen, wenn du mich gehabt hättest, könntest du vor Müdigkeit noch nicht mal wieder auf den Füßen stehen.«

Bevor Rook etwas erwidern konnte, schaltete das rote Licht über der Luke auf Grün. Er zog sich die Schutzbrille über die Augen und griff nach dem Geländer. Einen Augenblick später öffnete sich die Klappe. Ein Wirbelwind peitschte durch die Kabine und zerrte an ihnen. Das Team klammerte sich fest, bis die Luke sich vollständig geöffnet hatte. Der Blick nach unten zeigte ein endloses Blau, die Reflexion des dunkler werdenden Himmels über ihnen. Die USS *Grant* war nicht zu sehen, aber sie musste direkt unter ihnen liegen.

King hob die Hand, und das Team machte sich bereit.

Bei seinem nächsten Handzeichen würden sie fünfzehnhundert Meter über dem Ozean ins Leere springen. King hielt sich am Geländer fest, während er in den blauen Abgrund blickte. Das erste Schiff des Gefechtsverbands der USS *Grant* kam in Sicht. Sie mussten warten, bis sie den Träger selbst überflogen hatten, und dann schräg auf das breite Flugdeck des Schiffs zuhalten. Endlich schob sich der Flugzeugträger ins Blickfeld, umgeben von etwas, das wie eine Flotte von umgekippten Wolkenkratzern aussah. Es waren fünf Zerstörer, zwei Aegis-Lenkwaffenkreuzer und zwei Versorgungsschiffe, die im Vergleich zur USS *Grant* allesamt zwergenhaft wirkten. Unsichtbar patrouillierten zwei Unterseeboote der Los-Angeles-Klasse im eisigen Wasser unter dem Gefechtsverband. King war im Lauf der Jahre auf verschiedenen Flugzeugträgern gewesen, hatte aber noch nie einen von oben gesehen. Allein die Größe des Schiffs, das über genügend Feuerkraft verfügte, um die meisten Nationen der Welt dem Erdboden gleichzumachen, war ehrfurchtgebietend.

Vor allem erstaunte ihn, wie Deep Blue es geschafft hatte, Schiffe der Navy im Wert von mehreren hundert Milliarden für seine Zwecke zu requirieren, und das in einem Zeitraum, in dem die meisten Leute gerade mal eine E-Mail zustande brachten. Und alles nur für sie. King schüttelte den Kopf. Entweder hatte Deep Blue jede Menge gegen sehr mächtige Leute in der Hand, oder er verstand sich einfach besser als jeder andere auf das militärisch-politische Spiel. King entschied sich für Letzteres. Schließlich war Deep Blue nach dem Schachcomputer benannt, der alle Groß- und Weltmeister geschlagen hatte, und er machte seinem Namen alle Ehre.

Der riesige Träger mit einer Verdrängung von dreihunderttausend Tonnen lag reglos im Ozean und erwartete sie. Unmittelbar nachdem sie den Bug des Schiffes überflogen hatten, ballte King die Hand zur Faust und sprang. Das Team folgte ihm einer nach dem anderen und warf sich ohne Zögern aus dem Heck der *Crescent*.

Knight, der als Letzter kam, sprang mit einem Lächeln ins Leere. Er liebte dieses Gefühl von Freiheit bei jedem Sprung mit dem Fallschirm. In der Ferne konnte er als dunklen Fleck Inaccessible Island ausmachen, der ihren Absprung vor eventuellen neugierigen Augen auf Tristan da Cunha abschirmte. Mit weit ausgebreiteten Armen folgte Knight der diagonalen Formation des Schachteams mit King an der Spitze. Wie eine Gruppe kleiner Flugzeuge steuerten sie durch den rasenden Fahrtwind auf das Deck der USS *Grant* zu. Das 333 Meter lange Flugdeck war an sich ein leichtes Ziel, doch darauf verteilt standen sechzehn F/A-18-Hornet-Jagdbomber im Weg, so dass es auf eine Punktlandung genau in der Mitte ankam. Eine einundvierzig Millionen Dollar teure Kriegsmaschine zu rammen war keine gute Idee. Nicht nur wegen des Millionenschadens, eine Kollision mit einem Flügel konnte einem auch sauber den Kopf vom Rumpf trennen. Knight korrigierte die Fluglage und reihte sich genau hinter Rook ein. Direkt voraus und unter ihm flog der Rest des Teams. Während sie sich dem Deck näherten, packte Knight die Reißleine und behielt Kings Hände im Auge. Zweihundert Meter über der *Grant* und nur Sekunden vor einem Aufprall mit Endgeschwindigkeit zuckte King dreimal mit der Hand. Sofort löste das Team die Fallschirme aus. Ruckartig verlangsamte sich ihre Sinkgeschwindigkeit, lediglich hundertzwanzig Meter über dem Ziel. Wie an einer Schnur aufgereiht schwebten sie ein, zunächst am Heck des Schiffes vorbei, dann schwenkten sie um die Brücke und hielten auf das Hauptdeck zu. Als wäre es eine präzise Choreographie, setzten die Deltas hintereinander auf und holten schleunigst ihre Fallschirme ein, bevor die steife Brise sie über Bord wehen konnte.

Mannschaftsmitglieder mit grellgefärbten Overalls – grün, lila und braun, je nach ihrer speziellen Aufgabe auf dem Flugdeck – kamen herausgerannt, um bei der Bergung der Fallschirme zu helfen. Dies war die ungewöhnlichste Decklandung, die sie je gesehen hatten. Sie waren an brüllende Jet-Triebwerke gewöhnt, nicht an lautlose Spezialagenten.

Ein großer Mann mit Augen so blau wie der umgebende Ozean trat lächelnd auf King zu. King registrierte das Adlerabzeichen an seinem Kragen, die vier gelben Streifen und einen einzelnen goldenen Stern an der Schulter. Er salutierte, was er als Delta-Agent höchst selten tat. Andere Länder – oder Navy-Flugzeugträger –, andere Sitten. Es war immer ratsam, sich den örtlichen Gegebenheiten anzupassen und den erwarteten Respekt zu bezeugen.

»Captain Savile.«

Der Captain erwiderte den Gruß und grinste schief. »So etwas habe ich ja noch nie gesehen. Was zum Teufel war das für ein Vogel, aus dem Sie abgesprungen sind?«

»Sie mögen einen höheren Rang haben, Captain, aber ich fürchte, ein paar Geheimnisse muss ich für mich behalten.«

Savile lachte. »Nun ja, immerhin stehen Sie auf einem Schiff, das offiziell gar nicht existiert, also erzähle ich auch niemandem, dass ich Ihren Stealth-Transporter gesehen habe – wenn Sie dafür keinem von meinem Superträger der nächsten Generation berichten.«

»Abgemacht.«

Als das Team sich von den Fallschirmgurten befreit

hatte, bedeutete Savile ihnen, ihm zu folgen. »Wir haben Kabinen vorbereitet, falls Sie …«

»Nicht nötig«, sagte King. »Wir müssen vor Einbruch der Nacht auf der Insel sein.«

Savile blickte zur Sonne, die sich gerade anschickte, unter den blauen Rand des Ozeans zu sinken. »Dann machen Sie sich besser auf die Socken. Die Küsten dieser Inseln sind tödlich bei Tageslicht, aber bei Nacht der reine Selbstmord.«

»Selbstmordmissionen sind unsere Spezialität«, bemerkte Queen, während Savile ihnen eine Luke aufhielt.

Er wandte sich um und musterte sie lange. In dem Moment wurde ihm klar, dass seine fünf Gäste vermutlich mehr Kampfeinsätze erlebt und öfter getötet hatten als sein gesamter Gefechtsverband mit Tausenden Mann Besatzung – waschechte Soldaten eben, genau die Sorte, mit der er gerne zusammenarbeitete.

ZWEIUNDZWANZIG

USS *Grant*, Südatlantik

»Du siehst aus wie ein Pornostar aus den Siebzigern«, sagte Rook und gab King einen heftigen Klaps.

King grinste, während er sich im Badspiegel musterte. Ein dichter schwarzer Schnurrbart klebte auf seiner Oberlippe, seine Haare waren zerzaust. Trotz seiner Sorgen brachte ihn sein eigener Anblick in einem legeren weißen Hemd und Khakihosen mit Bügelfalten zum Lachen. Allerdings sah er in seiner Rolle völlig überzeugend aus. »Isch bin einfache französisch Seemann«, sagte er mit starkem Akzent. »Isch reisen um die Welt mit *ma petite cochonne.*«

Die graue Stahltür klappte auf, und Queen betrat ohne anzuklopfen das unpersönliche, zweckmäßige Badezimmer. Sich vor den anderen an- und auszuziehen gehörte zum Job. »Mit deinem kleinen Schweinchen, was?«

King musste lächeln, als er sah, wie Queen ausstaffiert war, ähnlich komisch wie er, nur sah sie darin viel besser aus.

»Wow«, flüsterte Rook andächtig, als er sie in ihren kurzen Shorts, Sandalen und der sexy bauchfreien Bluse beäugte, unter der sie keinen BH trug. Ihre langen Beine, Bauch und Arme waren noch gebräunt von ihrem Aufenthalt auf Ocracoke Island, was die durchtrainierte Muskulatur vorteilhaft zur Geltung brachte.

Sie trat neben King, machte einen Schmollmund und klimperte mit den Augenlidern, während sie sich im Spiegel bewunderte. Ihr Blick glitt zu Rook, und mit ähnlich schwerem französischem Akzent wie King sagte sie: »Oh, *ma puce*, du wirst brennen Löcher in mein Blus', wenn du weiter misch anstarrst mit dein teuflisch Augen. Und dann … isch muss reißen sie dir 'eraus.« Sie drohte ihm mit dem Finger. »Ts, ts, ts.«

Knight steckte den Kopf zur Tür herein. Bei Queens Anblick musste auch er lächeln und sagte: »Eure Jacht ist im Anmarsch. Zeit zum Aufbruch.«

Queen folgte ihm nach draußen.

»Was zum Teufel heißt *ma puce*?«, wollte Rook wissen.

»Mein kleiner Floh«, grinste King. »Es ist ein Kosename.«

»Von wegen Kosename«, brummelte Rook, als King das Bad verließ. Er trug hastig eine Schicht schwarzer Tarnfarbe auf sein Gesicht auf. »*Ma puce*, soso.« Er lächelte. »Na, damit könnte ich leben.«

Kaum zwanzig Minuten nach ihrer Ankunft war die Sonne schon beinahe hinter dem Horizont versunken. Das Tageslicht würde höchstens noch eine Stunde lang ausreichen, solange die Strahlen der Sonne von der Atmosphäre reflektiert wurden. Das ganze Team war auf Deck, King und Queen gerüstet für ihre private Kreuzfahrt und Knight, Rook und Bishop von Kopf bis Fuß in schwarze Neoprenanzüge gehüllt. Die Ausrüstung für King und Queen würde auf der Jacht verstaut werden, sobald sie ankam, aber die anderen drei trugen ihre Waffen und Vorräte auf Rücken, Brust und Schultern geschnallt. Sie sahen aus, als könnten sie allein einen kleinen Krieg anzetteln.

Savile wartete mit ihnen auf die Ankunft des Bootes, das sie an Land bringen sollte. Auch er war über Kings und Queens Maskerade amüsiert. Er wusste, dass Delta

Undercoveragenten einsetzte, aber so hatte er sich das nicht vorgestellt.

Ein entferntes Knattern wurde hörbar und näherte sich.

»Das darf ja wohl nicht wahr sein«, sagte Rook kopfschüttelnd.

Ein schiefergrauer Schwerlasthubschrauber vom Typ CH-53 Sea Stallion peitschte die Luft über der *Grant*. Doch nicht die riesige Maschine mit ihrem grashüpferartigen Cockpit und den gewaltigen Rotorblättern hielt die Blicke des Teams gefangen, es war die ungewöhnliche Fracht, die an Stahlseilen unter dem Vogel hing: ein vierzehn Meter langer Katamaran, ein Doppelrumpfboot. Die makellose gepflegte Jacht glänzte weiß und trug den Namen *Mercury*. Der Sea Stallion setzte das Boot neben der reglos daliegenden USS *Grant* aufs Wasser, so dass das Cockpit des Hubschraubers am Ende auf Deckshöhe lag. Als die Stahlseile erschlafften, grinste der Pilot, salutierte und klinkte die Jacht aus. Der Katamaran tanzte auf der hohen Dünung, ritt sie aber dank seines extrem stabilen Doppelrumpfdesigns problemlos aus.

Nachdem der Helikopter abgedreht hatte, traten sie an die Deckskante und starrten hinunter auf die Jacht. »Wo haben sie denn hier so ein Ding aufgetrieben?«, fragte Knight.

»Soweit ich weiß«, antwortete Savile, »hat jemand von Ihrem Team es über sein GPS-Signal aufgespürt. Ließ die Jacht von ein paar Helikoptern abfangen und ... na ja, requirieren. Wie ich höre, hat man den Besitzern das Doppelte ihres Werts gezahlt, aber sie waren trotzdem nicht gerade begeistert, ihre Reise unterbrechen zu müssen.«

King schüttelte staunend den Kopf, wie schnell diese komplizierte Transaktion durchgeführt worden war. »Deep Blue.« Er sagte es leise, aber Savile hörte ihn dennoch. Sein

Kopf fuhr herum. Der Deckname »Deep Blue« war in den letzten Jahren zu einer Art Legende geworden, während sein Besitzer hinter den Kulissen Militäreinheiten über den Globus verschob wie Schachfiguren auf einem weltweiten Spielfeld. »Soso, Deep Blue?«

King nickte.

»Suezkanal. Vor zwei Jahren.«

King sah ihn an. »Sie waren auf der *Halsey*?«

»Zum Teufel, wart das am Ende auch ihr fünf?«

Fünf lächelnde Münder waren Antwort genug. »Ich werd verrückt. Ihr habt an diesem Tag mehr als fünftausend Menschenleben gerettet. Wie ein Blitz seid ihr aus dem Himmel herabgefahren.«

Er schüttelte King die Hand.

Savile erinnerte sich noch genau an jenen Tag. Als Kapitän des neu in Dienst gestellten Zerstörers USS *Halsey* war er mit dem Rest seines Gefechtsverbands über den Suezkanal zum Persischen Golf beordert worden. Da der Kanal durch Ägypten führte, dessen Beziehungen zu den USA und ihren Verbündeten damals recht angespannt war, durfte es bei der Durchfahrt von US-Militäreinheiten zu keinerlei Zwischenfällen kommen. Jede militärische Aktion innerhalb des Kanals hätte leicht als kriegerischer Akt interpretiert werden können. Das Problem dabei war, dass ein Schiff im Kanal praktisch auf dem Präsentierteller saß und ein leichtes Ziel darstellte. Savile fand später heraus, dass die CIA Hinweise auf einen Angriff innerhalb des Kanals abgefangen hatte, ähnlich dem der Attacke auf die USS *Cole* vor der Küste des Jemen. Aber man beschloss, die Bedrohung geheim zu halten. Niemand wollte, dass ein übernervöser Seemann wahllos auf die falschen Leute schoss und einen internationalen Zwischenfall heraufbeschwor.

Als daher fünf Motorboote durch den Kanal brausten und Kurs auf die Backbordseite der *Halsey* nahmen, konnte Savile nur hilflos zusehen und darauf hoffen, dass sie sich eines der mächtigsten Kriegsschiffe der Welt nur mal aus der Nähe ansehen wollten. Doch die fünf Boote überquerten die unsichtbare Grenze, wo normalerweise das Feuer eröffnet wurde, und Savile begann, sich ernsthaft Sorgen zu machen. Umso mehr, als die Boote ihren Kurs trotz der via Lautsprecher übermittelten Warnungen unbeirrt beibehielten. Die USS *Cole* war von einem einzigen Boot fast versenkt worden. Das hier waren fünf. Savile hatte nur den Kopf schütteln und sich auf das Unvermeidliche gefasst machen können, als plötzlich jemand schrie: »Da oben! Am Himmel!« Es war wie eine Szene aus einem Superman-Film.

Savile trat hinaus auf die Brücke und sah fünf schwarze Punkte in spitzem Winkel heransausen, einer hinter jedem der Motorboote. Durchs Fernglas erkannte er fünf von Kopf bis Fuß schwarzgekleidete Gestalten, die keinerlei Insignien oder Erkennungszeichen trugen. Sie flogen mit straff gespannten Stoffflächen zwischen den ausgebreiteten Armen und Beinen heran und glitten mehr, als dass sie fielen. Zunächst befürchtete er, dass sie Teil eines zweiten Angriffskeils waren, bevor ihm schnell klarwurde, dass selbst die finanziell bestausgestattete Terrororganisation niemals eine solche Aktion durchziehen konnte. Seine Vermutung bestätigte sich, als das Fünfmannteam unmittelbar vor den heranrasenden Booten die Fallschirme öffnete und augenblicklich aus schallgedämpften Waffen das Feuer eröffnete. In weniger als dreißig Sekunden waren die Boote außer Gefecht gesetzt und begannen zu sinken. Ihr Angriff war beinahe lautlos zurückgeschlagen worden und hinterließ als einziges Zeugnis ein paar wütende, wassertretende Terroristen. Das Fünfmannteam landete im Kanal, verschwand mitsamt den Fallschirmen unter der Oberfläche und tauchte nie wieder auf.

»So ungern ich die Wiedersehensfreude störe«, sagte Rook, »aber wo ist *unser* Boot?«

Savile deutete auf ein kleines schwarzes Schlauchboot, das an der *Grant* vertäut lag. Neben der Luxusjacht von King und Queen wirkte es ziemlich unscheinbar. »Saukerle«, meinte Rook.

Zwanzig Minuten später klammerte er sich am Wulst des Schlauchboots fest, und bei jedem Satz über einen Wellenkamm ergoss sich ein Schwall von Flüchen aus seinem Mund. Vom Deck der USS *Grant* aus hatte das Meer relativ ruhig gewirkt, aber gleich beim Ablegen mussten sie feststellen, dass mit hereinbrechender Nacht eine fast zwei Meter hohe Dünung und eine steife Brise eingesetzt hatten. Bishop saß am Steuer des knapp zweieinhalb Meter langen, aufblasbaren Boots, während Rook im Bug ein Gegengewicht zu ihm bildete. Knight, der wegen seiner schmächtigeren Statur am ehesten Gefahr lief, über Bord gespült zu werden, saß geduckt in der Mitte und umkrampfte einen Haltegriff aus Kunststoff.

Die Dunkelheit hatte den Ozean bereits verschlungen, als sie Inaccessible Island umrundeten und direkt auf die Rückseite von Tristan da Cunha zuhielten. Das machte sie so gut wie unsichtbar, verwandelte aber auch jede Welle in eine tückische Falle.

Das Schlauchboot schoss in die Luft und klatschte, während Bishop weiter Vollgas gab, mitten in die nächste Wellenfront hinein. Eisiges Wasser spritzte über den Bug, durchweichte Rook und durchnässte auch noch die anderen beiden hinter ihm. Trotz der widrigen Verhältnisse und der gefährlichen Fahrt blieben sie gelassen. Als die Insel näher kam, verstummte auch Rooks unterdrücktes Fluchen. Der Einsatz hatte begonnen, und jeder von ihnen wusste, dass die eigene Professionalität über Leben oder Tod der anderen bestimmte. Dann wurde das Schlauchboot abermals in die Luft geschleudert, doch diesmal nicht von einem Wellenkamm. Ein heftiger Aufprall erfolgte genau mittschiffs. Knight wirbelte durch die Luft wie ein Trampolinspringer und landete neben dem inzwischen zum Stillstand gekommenen Boot. Glücklicherweise war das Wasser hier nur noch anderthalb Meter tief, sonst hätte er seine Ausrüstung abstreifen müssen. Wortlos begann er sich ans Ufer zu kämpfen, während die Wellen gegen seinen Rücken krachten und ihn an der felsigen Küste zu zerschmettern drohten.

Rook und Bishop ließen sich aus dem zerstörten Boot ins eisige Wasser gleiten.

»Auf drei«, sagte Rook.

Bishop nickte, und Rook begann zu zählen. Bei drei hievten sie das Schlauchboot von dem Felsen, auf dem es aufgelaufen war, und versenkten es, so dass nichts mehr ihre Ankunft auf Tristan da Cunha verriet.

»Alles klar«, rief Knight vom Ufer aus. Auf einem Felsvorsprung trafen sie wieder zusammen. Bishop nickte Knight zu. »Das war hart. Bist du okay?«

»Ein paar blaue Flecken. Nichts Schlimmes«, gab Knight zurück.

Nachdem sie sich ihrer Neoprenanzüge entledigt hatten, schlüpften sie in trockene, tintenschwarze Drillichanzüge, setzten Nachtsichtgeräte auf und machten sich müde und durchgerüttelt an den langen, steinigen Aufstieg zu dem kleinen Wäldchen am Fuß des Vulkans von Tristan da Cunha. Sobald sie dort ihr Lager aufgeschlagen hatten, begann die eigentliche Mission.

DREIUNDZWANZIG

Cow Bay, Tristan da Cunha

Die Fahrt an Bord der *Mercury* glich einer luxuriösen Kreuzfahrt, was ja auch in der Absicht der Katamaran-Designer gelegen hatte. Der Doppelrumpf schnitt absolut stabil durch die Wellen. In gleichmäßigem, gemächlichem Tempo steuerte King das von seinen zwei starken Motoren angetriebene Schiff auf den kleinen Hafen von Cow Bay zu, dem einzigen offiziellen und sicheren Weg, auf die Insel zu gelangen. Die Umgebung wurde von vier starken Halogenlampen erhellt, so dass er problemlos die felsige Küste mit einem weit ausholenden Bogen umrunden und zwischen zwei Molen hindurchfahren konnte, die den Hafen vor dem ständigen Ansturm der Wellen schützten.

»Wirkt ganz harmlos«, sagte Queen.

Da sie im Unterschied zur anderen Hälfte des Teams nicht der gnadenlosen Brandung ausgesetzt und bis auf die Knochen durchnässt waren, trug sie weiterhin ihr knappes Outfit und genoss die kühler werdende, aber immer noch 26 Grad warme Luft. Die Ortschaft Edinburgh tauchte im Mondschein aus der Dunkelheit auf. Nur vereinzelt brannten Straßenlaternen. Die meisten Gebäude, Wohnhäuser ebenso wie Regierungsgebäude, waren schneeweiß, während die Dächer bunt in Rot-, Gelb-, Grün- und Blautönen schimmerten. Kings Blick glitt zum Hügel oberhalb der Stadt, wo ein helles Licht eine Aureole in der dunstigen Luft an der Flanke des Vulkans bildete. Er fragte sich, warum die Manifold-Anlage so offen sichtbar lag und wie ein Leuchtturm die Blicke auf sich zog. Andererseits trennten sie in jeder Richtung über dreitausend Kilometer von der Außenwelt, wer sollte sich also groß dafür interessieren?

Sie glitten an mehreren am Kai liegenden Segeljachten und Fischerbooten vorbei. Alle wirkten gut gepflegt, doch keines sah so aus, als wäre es innerhalb der letzten zwanzig Jahre gebaut worden. King steuerte zu einem freien Anlegeplatz am Kai, wo ein alter Mann mit struppigem Bart auf sie zugehinkt kam. »Da ist unser Empfangskomitee.«

Der alte Mann winkte lustlos, als die *Mercury* an die Anlegestelle glitt. Er wirkte unbeholfen und langsam, fing dann aber überraschend geschickt die Leine auf, die Queen ihm zuwarf. Er machte sie rasch fest und wiederholte dann den Vorgang am Heck des Katamarans.

»Was führt Sie nach Edinburgh?«, fragte er.

King erkannte den Akzent, der Mann kam also aus Massachusetts. Der Alte sah aus wie jemand, der sein Leben auf See verbracht hatte. Wahrscheinlich ein Fischer oder Hummerfänger. King täuschte seinen französischen Akzent vor und sagte: »Wir segeln um die Welt. Bewundern die … äh, Anblick. Und mein Süße ’ier … sie wollte einmal sehen die fernste Stadt von Welt.«

»Na, da sind Sie hier schon richtig«, meinte der Mann und kratzte sich den langen, dichten Bart. »Aber wenn Sie klug sind, dann fahren Sie gleich wieder ab.«

King zog eine Augenbraue hoch. »Und warum so, Monsieur?«

Er nickte zu Queen hin: »Die da wird ganz schön Unruhe stiften.«

»Oh?«

»Auf der Insel leben zweihunderteinundsiebzig Menschen. Beinahe zweihundert davon sind Männer. Und die Frauen hier sind entweder verheiratet oder zu jung, was allerdings die wenigsten davon abhält, sich mit sechzehn zu vermählen. Sie sind die ersten Besucher seit sechs Monaten. Die Leute hier kommen selten mal raus. Verstehen Sie, worauf ich hinauswill?«

»Dann fügen Sie Ihre List ein ver'eiratet Frau 'inzu«, sagte King.

»Hören Sie, Jungchen, es ist egal, ob sie verheiratet ist oder nicht.« Er betrachtete die Silhouette von Queens Brüsten, die sich unter ihrer weißen, bauchfreien und tief ausgeschnittenen Bluse abzeichneten. »So eine Auslage habe ich seit zwanzig Jahren nicht mehr gesehen, und ich spüre plötzlich Leben an Stellen, die ich schon lange als mausetot abgeschrieben hatte.«

King lächelte. Er mochte den alten Mann, aber was er da andeutete, gefiel ihm weniger. Queen konnte auf sich selbst aufpassen, doch wenn die Ortsansässigen ihr zu viel Aufmerksamkeit widmeten, konnte das die Mission gefährden. »Isch weiß, was Sie meinen. – Mein Süße, zieh dir was an.« Er scheuchte sie weg, was sie mit einem wütenden Seitenblick quittierte. Doch sie gehorchte und verschwand unter Deck.

King sprang ans Ufer und stellte fest, dass der alte Mann nicht nur ebenso groß war wie er, sondern auch sonst sehr kräftig gebaut. Alt, aber mit einem von harter Arbeit gestählten Körper. Er schüttelte ihm die schwielige Hand und stellte sich vor. »Ètienne Brodeur. Freut misch sehr.«

»Captain Jon Karn«, gab der Alte zurück, wobei er seinen Nachnamen wie Kahn aussprach.

»Was 'at Sie nach Tristan da Cunha verschlagen?«

Karn beäugte ihn misstrauisch. »Warum wollen Sie das wissen?«

»Isch bin, äh, ein Connaisseur von Leben. Menschen interessieren misch. Sie verstehen?«

Karn lächelte kopfschüttelnd. »Sie sollten besser auf Ihren Hintern aufpassen, Freundchen. Sie sind ungefähr so feminin wie die Mädels hier.«

King lachte schallend. »Sie sind aus Massachusetts, nein? Isch erkenn die Akzent. Wir 'aben verbracht die Sommer in Cape Cod.«

Das trug ihm ein Lächeln von Karn ein. »Darauf können Sie wetten … ich bin ein Glouscester-Mann. Fischer in der dritten Generation. Aber die Gewässer sind leergefischt. War ein schweres Leben. Hier dagegen wimmelte es damals noch von Fischen, deshalb bin ich von zu Hause weg und hab mein Glück mitten im Nirgendwo versucht. Doch vor zwei Jahren ist die Fischfabrik niedergebrannt. Die meisten Leute haben ihren Lebensunterhalt verloren. Natürlich hat sich das einen Monat später geändert, als *die da* auftauchten.«

Karn wies auf den entfernten Schimmer des Manifold-Komplexes.

»Fast alle haben den Fischfang aufgegeben und arbeiten jetzt dort drüben. Die Lichter brennen Tag und Nacht. Wir haben Kabelfernsehen. Breitband-Internet. Die ganze Chose. Mir hat's hier besser gefallen, bevor die kamen. Wer hierherkommt, will nicht ständig Kontakt mit der Welt halten. Und das ist nur der Anfang von …«

»Ist es so besser, Monsieur?« Queen tauchte wieder aus der Kabine auf, bekleidet mit Wanderstiefeln, weiten Bluejeans und einem ausgebeulten Pullover. Ein Sport-BH unter dem Pulli zähmte ihre Kurven. Die Haare waren zu einem festen Knoten zurückgebunden, der hinten aus einer

Yankees-Baseballmütze hervorlugte. Sie hatte sich das Make-up abgewaschen, das sie für ihre Rolle aufgelegt hatte, doch nicht einmal eine dicke Schlammpackung hätte ihre natürliche Schönheit verbergen können.

»Wenn Sie die blöde Yankees-Kappe wegschmeißen, dann füttere ich vielleicht nicht die Fische mit Ihnen. Wenn Sie Glück haben.« Karn schenkte ihr ein fast zahnloses Grinsen.

»Für uns Franzosen alle Amerikaner sind Yankees«, erwiderte sie mit tückischem Lächeln.

»Hüten Sie Ihre Zunge, Lady«, erwiderte er, obwohl es ihm schwerfiel, seine Belustigung zu verbergen.

Queen nahm die Mütze ab und ließ sie in weitem Bogen ins Wasser segeln.

Karn nickte. »So geht's.« Er fing Kings Blick auf. »Aber lassen Sie sie nicht allein.«

King zog Queen in die Arme. »Isch würde nie zulassen, dass jemand meine geliebte Dominique etwas antut.«

Queen kicherte albern, während sie hinter Kings Rücken ihren Daumen in einen seiner Schmerzpunkte stach. Er zuckte zusammen, überspielte es jedoch mit einem Lachen. »Bitte, Monsieur Karn. Hat es ein Esslokal auf die Insel?«

»Esslokal?«

»Ein Restaurant. Ein Ort, wo wir können uns unter die Leut mischen ... ein wenig Lokalkolorit?«

»Das Lokalkolorit stinkt, mein Junge. Aber wenn Ihnen nach Gestank ist, gehen Sie in Jake's Tavern, das ist drei Straßen weiter auf der rechten Seite. Kein Schild dran, aber es ist das einzige Haus mit Lampen davor.«

»Merci«, sagte King und winkte zum Abschied. Er legte Queen den Arm um die Schulter, und sie schlenderten in Richtung Stadt davon.

Karn sah ihnen nach und schüttelte den Kopf. »Franzosen!« Die beiden schienen ja ganz nett zu sein. Er hoffte, sie würden nicht in Schwierigkeiten geraten. Seltsame Dinge ereigneten sich in Edinburgh, seit Beta Incorporated sich hier angesiedelt hatte. Und von den vielen Freiwilligen war bis jetzt keiner wieder aufgetaucht. Einschließlich seines Bruders, der mit ihm die lange Reise nach Tristan da Cunha gewagt hatte. Er hatte sich freiwillig für die experimentelle Behandlung eines Tumors an seinem Bein zur Verfügung gestellt. Das war jetzt einen Monat her. Seitdem hatte Karn keinen Pieps mehr von ihm gehört, und allmählich befürchtete er, dass damit für immer Schluss war.

VIERUNDZWANZIG

Tristan da Cunha

Dicht gefolgt von Reinhart, betrat Pierce das große Computerlabor. Man hatte ihn wieder aus seinem Zimmer geholt und aus einem totenähnlichen Schlaf gerissen. Im grellweißen Licht des Labors musste er blinzeln und stolperte über einen Stuhl, der auf seinen Rollen quer durch den Raum schoss, während Pierce ins Trudeln geriet. Es gelang ihm zwar, sich auf den Füßen zu halten, aber eine Tischecke erwischte seinen Musikantenknochen, so dass ihm eine Schmerzwelle vom Ellbogen bis in die Fingerspitzen schoss. Noch lauter hätte er seine Ankunft kaum ankündigen können, aber Ridley und Maddox, die vor einem großen Computerdisplay mit sechs Monitoren standen, nahmen keine Notiz von ihm. Hinter den Bildschirmen befanden sich mehrere Reihen von schiefergrauen Computertürmen, deren Lüfter surrten und summten, während sie die Abwärme der unter voller Belastung arbeitenden Prozessoren in den Raum abführten. Nach der Menge an Kabeln zu urteilen, waren die Computer eng miteinander vernetzt und funktionierten wie ein einziger Supercomputer. Pierce konnte nicht einmal annähernd schätzen, welche Rechenleistung das System erzielte, doch es diente ganz offensichtlich einem monumentalen Zweck, der weit über die Fähigkeiten des menschlichen Verstandes hinausging. Insofern passte es zu Manifolds *Modus Operandi.*

Reinhart stieß ihn vorwärts. »Stolpern Sie möglichst nicht über Ihre eigenen Schnürsenkel.«

Pierce warf einen schnellen Blick auf seine Schuhe, nur für alle Fälle. Fest geschnürt. Er steuerte auf Maddox zu, da er wusste, dass dieser wenigstens einen Funken Anstand besaß. Jedenfalls sprach seine Reaktion auf Ridleys Morddrohung dafür. Beunruhigenderweise war das riesige Labor menschenleer. Was immer hier geschah, es würde keine Zeugen geben. Und selbst wenn Maddox so etwas wie ein Gewissen besitzen sollte, Pierce bezweifelte, dass der Mann ein Risiko eingehen würde. Seine Forschungen gingen ihm offensichtlich über alles. Vielleicht sogar über das eigene Leben.

Pierce rieb sich den Arm und manövrierte zwischen Bildschirmarbeitsplätzen und Laborgeräten hindurch. Er war sich schmerzlich bewusst, dass Reinhart sorgsam hinter seinem Rücken blieb. Ridley blickte von dem Blatt Papier auf, das Maddox und er gerade studierten. Beiden Männern stand ein Lächeln im Gesicht.

Erfolg.

»Dr. Pierce«, sagte Ridley. »Gerade rechtzeitig für unsere kleine Feier.«

Pierce setzte ein gezwungenes Lächeln auf und versuchte, verwirrt dreinzusehen. »Keine Luftballons, kein Champagner?«

Als Ridley sich zu voller Größe aufrichtete, schimmerte sein kahler Kopf im grellen Licht wie der einer polierten Statue. Er sah ebenso monolithisch aus, wie seine dröhnende Stimme klang. »Dafür ist es noch etwas zu früh. Noch ein paar Tests, dann kann die eigentliche Feier beginnen.«

»Also sind Sie noch nicht fertig?«

»Nicht ganz.« Unter anderen Umständen wäre Maddox' Lächeln ansteckend gewesen. Der Mann war richtig aufgeregt. »Aber wir sind nur Tage von einem fertigen Produkt entfernt. Dank Ihnen natürlich.«

»Dann hat es mit der Hydra-DNA funktioniert?« Pierce' Interesse war erwacht.

Der Gedanke, dass diese mythologische Kreatur nicht nur real existiert hatte, sondern für eine Umwälzung in der modernen Wissenschaft sorgen sollte, war so faszinierend, dass er fast seine Lage als Gefangener vergaß.

Maddox nickte. Er reichte Pierce das Blatt, das er und Ridley studiert hatten. Mehrere Tabellen mit Zahlenreihen füllten die Seite. »Und was halte ich da in der Hand?«

Das Papier wurde ihm aus den Fingern gerissen. Maddox hielt es in die Höhe wie einen Siegerpokal. »Als ich anfing, die Hydra-Probe zu analysieren, dachte ich zuerst, mit meinen Geräten stimmt was nicht. Wir rekalibrierten sie und setzten anschließend neue Geräte ein. Das Ergebnis war jedes Mal dasselbe.«

Maddox fuhr sich mit der Hand durch die wirren Haare. Er sah so zerzaust und begeistert aus, dass er Pierce fast sympathisch wurde. In sich hineinlachend, sprach er weiter: »Zunächst schien es ein Desaster zu sein. DNA zu extrahieren ist zwar nicht gerade ein Kinderspiel, aber doch mittlerweile Routine. Nicht so bei der Hydra-Probe. Wir mussten Neuland betreten. Verstehen Sie, die DNA-Extraktion erfolgte … in Wasser.«

»Ah«, begriff Pierce.

»Die Probe wuchs weiter und replizierte sich, aber ich vermute, dass sie ohne Kopf oder Kontrollinstanz keine Form annehmen konnte. Am Ende hatten wir einen drei Pfund schweren Klumpen. Auf die Lösung des Problems stießen wir dann ganz zufällig, als wir die große Probe untersuchten. Es stellte sich heraus, dass das absorbierte

Wasser sich im Fleisch der Hydra in D2O umwandelte – schweres Wasser –, in seiner natürlich vorkommenden und nichtreaktiven Form. Mit Hilfe von schwerem Wasser gelang es uns endlich, die DNA zu extrahieren und zu analysieren. Und da stellten wir erst fest, wie wahrhaft einzigartig die Hydra ist.«

Maddox rieb sich die Bartstoppeln am Kinn, den Blick in die Ferne gerichtet, während er vor seinem geistigen Auge die Entdeckung noch einmal durchlebte. »Alles Leben auf dem Planeten besteht aus demselben Stoff. Die große Mehrzahl unserer Genome ist identisch. Darum hört man immer wieder, dass Menschen eine 98-prozentige Übereinstimmung mit Affen oder Bananen oder was auch immer aufweisen. Aber die Hydra ist völlig anders. DNA-Bindungen entstehen jeweils paarweise. Adenin bindet sich an Thymin, Guanin an Cytosin. Sie sind die Grundbausteine der DNA-Struktur. Das gilt auch für die Hydra, doch der große Unterschied liegt in der *Art* der *Verbindung* dieser Basen-Paare. Bei den meisten von uns geschieht das über eine Wasserstoffbrücke … Wasser. Bei der Hydra ist es *schweres* Wasser. Diese einzigartige Bindung ermöglicht die Existenz von Genen, die man bei keinem anderen lebenden Geschöpf findet. Wir konnten also nicht einfach ruhende regenerative Gene aktivieren, wir mussten sie neu einschleusen.«

»Das ist seltsam.«

»Seltsam ist eine ausgesprochene Untertreibung. Das Wort, das es am besten beschreibt, lautet *nichtirdisch. Alien.* Nicht dass ich glaube, die Hydra wäre außerirdischen Ursprungs, aber etwas noch Außerirdischeres wie sie findet man gewiss nicht auf diesem Planeten. Nichts Vergleichbares ist jemals irgendwo beschrieben worden. Oder haben Sie je davon gehört, dass ein Lebewesen sich einen zweiten Kopf wachsen lassen könnte?« Maddox tippte etwas in die Tastatur. Grafiken erschienen auf den sechs Bildschirmen: DNA-Stränge, repräsentiert durch Doppelhelixdarstellungen, eine Reihe von chemischen Formeln, die aussahen wie gemusterte Sechsecke und beschriftet waren mit Begriffen wie: Adenin, Thymin, Guanin, Cytosin, Wasserstoff, Deuterium und Tritium, daneben weitere Zahlenreihen und Fotos der überdimensionalen Hydra-Probe. Wieder konnte Pierce nicht viel mit den Bildern anfangen, doch Maddox schien entschlossen, visuelle Hilfsmittel einzusetzen. »Und das ist nur die Spitze des Eisbergs. Die Hydra ist so schwindelerregend anders, dass allein die Notwendigkeit, sie zu verstehen, unsere Fortschritte verlangsamt. Wir sind nur an einer einzigen Eigenschaft interessiert, der Regeneration. Leider stecken die Gene der Hydra voller Eigenschaften, die im Augenblick unerwünscht sind.«

»Giftiger Atem und eine Vorliebe für menschliches Fleisch«, warf Pierce ein.

Maddox verstummte und starrte ihn verständnislos an.

»Eigenschaften der Hydra«, meinte Ridley.

»Ah. Ja. Genau«, sagte Maddox. »Herauszufinden, welche Gene für welche Eigenschaften verantwortlich sind, da liegt unsere letzte Hürde.«

»Und wie stellen Sie das an?«

»Experimente.«

Trotz der klimatisierten Luft im Raum brach Pierce der Schweiß aus.

Maddox bemerkte sein wachsendes Unbehagen. »Ausschließlich an Freiwilligen selbstverständlich.«

Seine Beteuerung konnte Pierce' steigende Unruhe nur geringfügig dämpfen, mit Reinhart im Rücken und Ridleys gewaltiger Gestalt vor sich. Es mochte an dem Adrenalin liegen, das plötzlich durch seine Adern pumpte, aber erst jetzt fielen ihm die fünf mit roter Flüssigkeit gefüllten Injektionsspritzen neben der Computertastatur auf.

»Und das da?«

»Die erste Charge. Erzeugt mittels eines Virus als Träger, in diesem Fall einem einzelsträngigen porcinen Circovirus. Das Virus durchdringt die Zellwand und infiziert die Zelle mit der veränderten DNA. Die infizierten Zellen teilen sich, das Virus breitet sich aus, der Wirt wird … zu etwas Neuem. Wenn wir fertig sind, werden wir das erste Allheilmittel der Welt geschaffen haben.

Die schlimmsten unerwünschten Nebenwirkungen haben wir bereits eliminiert. Indem wir die Gene der Hydra mit denen von Menschen und buchstäblich jedem anderen Lebewesen abglichen, konnten wir 99 Prozent der DNA ausschließen. Die D20-Brücken mögen anders funktionieren, doch die Code-Kombinationen passen weiterhin zueinander. Diese ersten Muster beinhalten jeweils ein Fünftel der noch in Frage kommenden Hydra-Gene.«

Maddox griff nach einer Spritze, ließ aber die schützende Gummikappe auf der Nadel. Er hatte nicht die Absicht, sie zu verwenden. Er bewunderte sie lediglich. »Wenn die Testperson zur Regeneration fähig ist, können wir unsere Suche auf die wenigen hundert Gene eingrenzen, die in diesem Serum enthalten sind. Auf diese Weise werden wir die Anzahl potentieller Gene weiter reduzieren, bis nur noch eines übrig bleibt. *Das* Gen. Die Zukunft der Menschheit könnte in dieser Spritze liegen.« Er starrte in die rote Flüssigkeit. »Wir werden in der Lage sein, den Menschen neu zu erschaffen … stärker, gesünder und praktisch unsterblich – schon bald.« Er stellte die Spritze zu den anderen zurück.

Pierce war zutiefst erschüttert. Es erschien undenkbar ... unmenschlich ... gottgleich ... etwas Derartiges in so kurzer Zeit zu vollbringen. »Und das in den zwei Tagen, die ich jetzt hier bin ...?«

Maddox wollte zu einer Erklärung ansetzen, doch Ridley fiel ihm ins Wort. »Mit genügend Geld ist alles möglich.«

Pierce verstand. »Die Computer.«

Mit einer Geste auf die vernetzten Computer fügte Ridley hinzu: »Die NSA hat einen einzigen Cray-Triton-Supercomputer. Er bewältigt vierundsechzig Milliarden Rechenoperationen pro Sekunde und wird beispielsweise zum Entschlüsseln von Codes eingesetzt. Der Computer, den sie hier sehen, heißt *Jahwe* und entspricht fünf NSA-Systemen, verarbeitet also dreihundertzwanzig Milliarden Operationen pro Sekunde.«

Pierce schüttelte den Kopf. Was war das für ein Mensch, der einen Supercomputer nach Gott benannte?

»Durch den Zugriff auf die kompletteste DNA-Datenbank des Planeten, die wir während der letzten drei Jahre angelegt haben, kann *Jahwe* jedes Lebewesen in seine grundlegenden Gene aufspalten. Er sucht nach Übereinstimmungen und Fehlern. Er kann die Gensequenzen verschiedener Kreaturen kombinieren und überlegene Schimären erschaffen. Das eine Prozent des Hydra-Genoms zu entschlüsseln, das sie einzigartig macht, war eine leichte Übung für ihn.«

Das hieß, die Maschine konnte das Leben in seine kleinsten Komponenten zerlegen und zu etwas Neuem zusammensetzen. Daher der Name. *Jahwe*. Gott.

»Und warum erzählen Sie mir das alles?«

»Sie waren an der Entdeckung beteiligt«, erklärte Maddox. Er gab Pierce einen freundschaftlichen Klaps auf die Schulter. »Sie hatten ein Recht darauf, es zu erfahren.«

»Danke«, meinte Pierce, verdutzt über die Naivität des Mannes. Er hatte das Spielchen satt und wandte sich zu Ridley. »Und der wahre Grund?«

Ridley zuckte die Achseln. »Höflichkeit.«

Pierce trat einen Schritt zurück und prallte gegen Reinhart, der keinen Zentimeter nachgab – eine Wand aus Muskeln. Maddox wirkte verwirrt.

»Ich dachte, Sie wüssten vielleicht gerne vorher, wofür Sie sich freiwillig gemeldet haben«, ergänzte Ridley.

Pierce schwang den Ellbogen herum und versuchte, ihn Reinhart gegen die Nase zu knallen. Wenn es ihm gelang, den Mann niederzuschlagen, konnte er vielleicht flüchten und sich irgendwo innerhalb des Komplexes verstecken. Er würde es niemals durch alle Sicherheitsanlagen bis nach draußen schaffen, aber er wollte nicht kampflos das Versuchskaninchen spielen. Unglücklicherweise verfügte Reinhart über katzenartige Reflexe, oder er hatte den Angriff vorausgesehen. Wahrscheinlich beides.

Mit brutaler Gewalt packte er Pierce' Ellbogen, riss ihm den Arm zurück, griff nach der Hand und drehte sie ihm auf den Rücken. Das Handgelenk knackte hörbar. Pierce schrie vor Schmerz auf, als Reinhart ihn an den Haaren und dem gebrochenen Handgelenk hochzerrte. Innerhalb von fünf Sekunden war jeder Kampfeswille erloschen. Den Schmerz würde er ein Leben lang nicht vergessen.

»Ihr erster Freiwilliger«, sagte Ridley. Maddox hob abwehrend die Hände und wich zurück. Er wollte nichts damit zu tun haben, erhob aber auch keine Einwände, als Ridley nach einer Spritze griff, die Gummikappe wegschnippte und die Nadel in Pierce' Hals stieß. Pierce sträubte sich vergeblich gegen Reinharts Kräfte. Er spürte, wie die warme Flüssigkeit in seinen Körper eindrang. Erst war es ein stechender Schmerz. Dann ein Brennen. Doch bevor das Brennen sich durch seinen Blutkreislauf ausbreiten konnte, erhielt er einen Schlag auf den Kopf. Während er zu Boden sackte, sah er, dass Reinhart die seltsame Handfeuerwaffe wie einen Knüppel in der Hand hielt.

Ridley sah auf ihn herunter und zitierte: »›Wir Endliche mit dem unendlichen Geist sind nur zu Leiden und Freuden geboren, und beinah könnte man sagen, die Ausgezeichnetsten erhalten durch Leiden Freude.‹ Beethoven hat das gesagt.« Er sank neben Pierce auf ein Knie und zog ihm das geschlossene Augenlid hoch. »Sie lassen mich wissen, ob er recht hatte, einverstanden?«

Pierce' letzter Widerstand erlahmte, und er ließ sich in den Abgrund gleiten.

FÜNFUNDZWANZIG

Tristan da Cunha

Von den Hängen des Vulkans aus gesehen wirkte Edinburgh winzig und unbedeutend. Nachdem sie hastig ihr Lager in dem einzigen kleinen Wäldchen von Tristan da Cunha aufgeschlagen hatten, machten sich Knight und Rook an den steilen Anstieg bis zu einem Punkt etwa hundert Meter unterhalb des Kraters. Bishop war zurückgeblieben, um das Lager zu bewachen. Sie arbeiteten sich durch das unwegsame Gelände vor, bis sie freien Blick auf die kleine Ortschaft und gleichzeitig auf die wesentlich größere Anlage von Beta Incorporated hatten.

Rook spähte durch ein zoombares Nachtsicht-Fernglas mit bis zu hundertvierzigfacher Vergrößerung und studierte den friedlichen Ort, während Knight den hell beleuchteten Beta-Komplex durch die Linse seines neuen Spielzeugs betrachtete: ein XM109, ein halbautomatisches Scharfschützengewehr, sein ganzer Stolz. Obwohl die Waffe offiziell noch nicht von der Entwicklungsabteilung der Firma Barrett Firearms Company freigegeben war, hatte Deep Blue ihm die modernste Version beschaffen können. Es wurde ja auch langsam Zeit, dass das Schachteam gegenüber dem Gegner Waffengleichheit erzielte. Das XM109 feuerte panzerbrechende 25-mm-Munition ab und konnte ein leichtes Fahrzeug mit einem einzigen Schuss ausschalten. Von einem Ziel aus Fleisch und Blut würde nicht viel übrig bleiben.

Damit waren gezielte Kopfschüsse überflüssig. Bestenfalls ein M1-Abrams-Panzer konnte der Waffe standhalten. Das ließ selbst regenerativen Capybaras kaum eine Chance.

»Irgendwas Interessantes?«, fragte Rook.

»An der Peripherie patrouilliert nur eine minimale Anzahl von Wachen. Ich habe sieben gezählt. Ihre Bewaffnung konnte ich noch nicht identifizieren.«

Rook richtete sein Fernglas auf den Komplex und sah einen Wachposten auf dem Laufgang der äußeren Mauer entlangschreiten. »Sieht aus wie die Metal Storms, die King beschrieben hat. Drei Läufe.« Er senkte den Feldstecher. »Ist dir aufgefallen, wie der Komplex gebaut ist?«

Knight nickte. »Wie ein Gefängnis.«

»Ja. Erst dachte ich, die Mauern sollten Eindringlinge abhalten, aber jetzt glaube ich eher, sie sollen Ausbrüche verhindern. Wozu soll das gut sein?«

Rook wandte sich wieder der Beobachtung der Stadt zu. Ein paar Leute auf dem Nachhauseweg, einzelne Spaziergänger, Frauen, die im Hinterhof Wäsche aufhängten, aber sonst war nichts los. Betrieb herrschte nur in dem kleinen, hell erleuchteten Gebäude, in das King und Queen vor zwanzig Minuten verschwunden waren.

»Wie geht's eigentlich Großmutter Knight?«, fragte Rook zusammenhanglos.

Ohne das Auge vom Zielfernrohr zu lösen, antwortete Knight: »Sie erkennt mich nicht mehr. Hält mich für ihren Onkel, wenn ich sie besuche.«

»Es wird immer schlimmer, hm? Tut mir leid, Mann.«

Knight zuckte die Achseln. »So ist das Leben. Das Alter, weißt du? Man kann nicht viel tun, außer es zu akzeptieren.«

»Trotzdem … sie ist alles, was dir an Familie geblieben ist.«

»Dafür stehen die jungen Damen Schlange, Mann. Bevor du dich's versiehst, wimmelt es überall von jungen Knights.«

»Du notgeiles Karnickel. Du willst Kinder?«

»Aber klar. Du nicht?«

»Na ja, mit der richtigen Lady vielleicht.«

»Schwebt dir denn eine vor?«

Rook hielt den Atem an und antwortete nicht. Dann sagte er: »Ich sehe Queen … und King. Sie verlassen das Gebäude.«

Knight wechselte die Blickrichtung und beobachtete, wie sie zum Kai zurückgingen. Ihr sorgloses Schlendern sagte ihm, dass sie nicht auf Schwierigkeiten gestoßen waren. Das war gut. Doch das gemächliche Tempo bedeutete auch, dass sie nichts herausgefunden hatten, was Eile erforderte. Das war schlecht.

Die beiden betraten den Katamaran, und Augenblicke später drang Kings Stimme aus ihren Ohrhörern. »Knight, kannst du mich hören?«

»Ich bin hier, Boss«, gab er zurück.

»Die Einwohner sind Fehlanzeige. Die meisten, die in der Anlage beschäftigt sind, erledigen nur Drecksarbeit. Hausmeister, Reinigung und so weiter. Ich bezweifle, dass einer von ihnen auch nur einen Schimmer hat, was da drin wirklich vorgeht. Queen wird sich mal umsehen. Womit müssen wir rechnen?«

»Sieben Wachposten an der Außenmauer mit Metal-Storm-Waffen. Die Mauer ist höher, als man nach den Satellitenaufnahmen gedacht hätte, aber sie sollte keine Mühe machen.«

»Warum das?«

»Die Posten bewachen nicht die Peripherie. Sie bewachen das Gebäude. King, da drinnen lauert etwas ganz Übles, das sie nicht herauslassen wollen.«

»Verstanden«, sagte King. »Haltet ihr den Rücken frei.«

»Ihr bekommt Besuch«, meinte Rook plötzlich. Er sah einen einsamen Mann, der zwischen den Häusern hindurchschlich und geduckt über die Straße lief. »Queen sollte sich besser auf den Weg machen.«

»Verstanden.«

Queen, mittlerweile ganz in Schwarz gekleidet, sprang vom Katamaran und verschwand in der Dunkelheit, unsichtbar für alle außer Rooks Nachtsicht-Fernglas. »Sie ist unterwegs. Ein einzelner Mann kommt auf dich zu. Ist jetzt am Kai. Eher älter. Langer Bart.«

»Ein alter Freund«, meinte King. »Keine Sorge. Over und aus.«

Ein Klicken verriet, dass King sein Funkgerät ausgeschaltet hatte. Rook behielt den Mann dennoch im Auge. King stieg an Land und streckte ihm freundschaftlich die Hand entgegen, doch dann erstarrte er. »Verdammt«, stieß Rook hervor.

Knight schwenkte sein Gewehr herum und sah durchs Zielfernrohr King mit erhobenen Händen dastehen. Eine Waffe war auf ihn gerichtet. Knight entsicherte das Gewehr und nahm den Kopf des alten Mannes aufs Korn, während Rook beide Männer im Blick behielt. King sah zum Vulkan hoch, fast genau zu ihnen hin, und schüttelte leise den Kopf. Die Botschaft war unmissverständlich.

»King schüttelt den Kopf. Nicht schießen«, zischte Rook, der wusste, wie knapp sein Partner davorstand, den alten Mann in Fischfutter zu verwandeln. »Warten wir ab.«

SECHSUNDZWANZIG

Tristan da Cunha

Obwohl die salzhaltige Meerbrise, die ihm in der Nase kitzelte und die Blätter der Bäume rauschen ließ, seine Nerven etwas beruhigte, konnte Bishop sich nicht richtig entspannen. Er saß mit dem Rücken an einen Baum in der Mitte ihres improvisierten Basislagers gelehnt, und seine Gedanken kreisten ständig um seine Teamkameraden. Er hatte den Funkverkehr zwischen King und den anderen mitgehört. Er wusste, dass die Gefahrenlage sich verschärfte. Aber er wusste auch, dass das Basislager der einzige Ort war, wo sie sich verstecken oder jemanden medizinisch versorgen konnten. Und deshalb musste er die Stellung halten, egal was auf der anderen Seite des Vulkans passierte.

Seine Frustration wuchs, während die Zeit verstrich, ohne dass neue Berichte eintrafen. Diese Mission mit den merkwürdigen, psychotischen Capybaras und Manifold Genetics, das physische Regenerationsfähigkeit an Terroristen verkaufen wollte, verstörte ihn. Aber nun waren sie hier und stürzten sich Hals über Kopf ins Unbekannte. Alle, außer ihm.

Als plötzlich Schmerzlanzen durch seine Arme schossen, merkte er, dass er sich beinahe mit den Fingernägeln die zu Fäusten geballten Hände blutig geschnitten hätte. *Reiß dich zusammen*, befahl er sich. Er beruhigte seine Atmung und zwang die Muskeln, sich zu entspannen.

Dann zog er die muskulösen und doch gelenkigen Beine im Yogasitz unter sich und konzentrierte sich auf das entfernte Rauschen des Ozeans und das Rascheln der Blätter über seinem Kopf. Der Geruch nach Erde stieg ihm in die Nase, und auf seinen entblößten Armen prickelte in der kühlen Brise eine Gänsehaut. Er leerte seine Gedanken von allem überflüssigen Ballast und richtete sie ganz auf seine Mission aus – die Verteidigung des Basislagers.

Die Zelte waren getarnt und lagen inmitten eines Gebüschs, so dass eigentlich nur rein zufällig jemand darüber stolpern konnte. Beinahe unsichtbar und weit entfernt von ausgetretenen Pfaden hätten sie sich um eine Entdeckung ihrer Ausrüstung möglicherweise keine großen Sorgen machen müssen, doch sie wollten für alle Eventualitäten gerüstet sein. Also wartete Bishop, bis er gerufen wurde.

Er atmete tief aus und ein, während seine Gedanken sich klärten und seine Muskulatur sich lockerte. Der Zorn verrann. Nach einem weiteren tiefen Atemzug spürte er eine Veränderung in der Luft. Sie erwärmte sich. Die Brise schlug um und blies jetzt vom Vulkan herunter. Die Bäume knarrten unter ihren schwankenden Wipfeln.

Bishop erhob sich und hielt Ausschau nach Anzeichen für einen Wetterwechsel. Doch der Himmel war klar und stand voller Sterne. Beim nächsten tiefen Atemzug musste er plötzlich würgen. Ein widerlicher Gestank lag in der Luft.

Abermals stellten sich die Härchen an seinen Armen auf, doch diesmal lag es nicht an der Kälte. Er schnappte sich die schallgedämpfte 9-mm Heckler & Koch USP, um das Camp notfalls verteidigen zu können, ohne seine eigene Position preiszugeben. Dann streifte er sich die Nachtsichtbrille über. Sie verstärkte das schwache Licht von Mond und Sternen, das durch das Laubdach drang.

Tief geduckt arbeitete er sich zum Fuß des Vulkans vor, wo der üble Geruch seinen Ursprung zu haben schien. Der war so intensiv, dass es nicht weit sein konnte.

Welke Blätter raschelten unter seinen Füßen, und er blieb alle paar Schritte stehen, um zu lauschen. Nachdem er fünf Minuten lang weitergeschlichen war, erstarrte er bei einem deutlichen Knacken. Es war ein Geräusch, das er selbst verursacht hatte, doch wesentlich lauter als das Blätterrascheln oder ein morscher Ast. Er trat zurück und untersuchte den Boden. Etwas Weißliches ragte aus der dunklen, verrottenden Blätterschicht hervor, genau an der Stelle, auf die er gerade getreten war. Er wischte das Laub beiseite. Ein menschlicher Oberschenkelknochen kam zum Vorschein.

Bishop richtete sich wieder auf, hob die 9-mm und ging weiter. Der Gestank war jetzt übelkeitserregend. Er hielt sich den Ärmel vor Mund und Nase, bis er hinter Buschwerk eine Lichtung entdeckte. Die weit ausladenden Äste hoher Bäume beschatteten das Areal und schützten es vor neugierigen Blicken von oben. Doch von Bishops Standort aus sah man die Leichen.

Einige, von denen der schlimmste Gestank ausging, waren nur wenige Tage alt.

Die aufgeblähten und deformierten Körper hatten kaum noch etwas Menschliches an sich, und das Fehlen der Köpfe zeigte, dass sie enthauptet worden waren. In dem flachen Massengrab lagen so viele menschliche und tierische Kadaver, dass Bishop entsetzt zurückprallte. Manifold war noch unendlich viel gefährlicher, als sie geglaubt hatten.

Es war ein Massengrab, wie es auch die Handlanger von Hitler, Stalin oder einem beliebigen anderen psychopathischen Diktator hätten angelegt haben können. Die frischen Leichen lagen ganz oben, darunter die schon stark verwesten, und ganz unten kamen die Skelette. Es war ein barbarisches Verbrechen. Entsetzt fragte sich Bishop, wie die Welt wohl heute aussehen würde, wäre Hitlers SS unverwundbar gewesen. Wer hätte die Strände der Normandie erstürmen sollen? Das Dritte Reich hätte die Welt beherrscht. Und jetzt bestand die Gefahr, dass ein ähnlich skrupelloses Schreckensregime entstand. Wer immer Manifolds Technologie besaß, er war der Herr der Schlachtfelder.

Adrenalin strömte durch Bishops Adern, während ein nie gekannter Zorn ihn schüttelte. Manifold musste gestoppt werden. Er musste die anderen warnen. Doch als er gerade zum Lager zurückkehren wollte, hörte er näher kommende Stimmen, zwischen die sich ein grauenerregendes Geheul mischte. Hinter einem Baum versteckt, wartete er, bis vier Männer die Lichtung betraten. Drei davon mussten sich schreiend über das Kreischen des vierten hinweg verständigen. Bishop riskierte einen verstohlenen Blick. Was er im grünen Licht der Nachtsichtbrille sah, löschte seinen Zorn aus und ersetzte ihn durch ein Gefühl, das er nur sehr selten empfand.

Furcht.

SIEBENUNDZWANZIG

Tristan da Cunha

»Also schön, wer zum Henker sind Sie?«, fragte Karn. Die Pistolenmündung zeigte genau zwischen Kings Augen. »Und lassen Sie den falschen französischen Akzent!«

»Woher wussten Sie es?«, fragte King in normalem Ton.

»Ich wusste gar nichts. Nicht bis ich die Pistole auf Ihren Kopf gerichtet hatte und sie nicht mit der Wimper gezuckt haben.«

King lächelte und betrachtete die Pistole. Es war eine M1911A1 Automatik Kaliber .45, ein Modell, das während des Vietnamkriegs eingesetzt worden war. »Sie sind Veteran. Vietnam.«

Karn blinzelte, dann warf er einen ärgerlichen Blick auf die Pistole. Er spürte Kings Blick auf seinem Gesicht ruhen, wo die Narben kaum sichtbar unter dem dichten Bart lagen.

»Kriegsgefangener«, sagte King, ohne seine Bewunderung für den Mann zu verhehlen. »Wie lange?«

Karn wedelte mit der Waffe und riss die Augen auf. »Ich habe die Waffe. Ich stelle die Fragen. Und jetzt gehen Sie zurück auf Ihr Boot und setzen Sie sich hin, bevor uns noch jemand sieht. Und halten Sie die Hände immer schön in Sichtweite.«

King gehorchte und nahm hinten im Boot Platz. Karn trat an Bord und setzte sich ihm gegenüber, so dass er von der Stadt aus einem zufälligen Beobachter nicht auffallen konnte. Und ebenso wenig war er von einem gewissen Punkt an der Flanke des Vulkans aus zu sehen. Kluger Mann.

»Ist Ihre Freundin an Bord?«

King schüttelte den Kopf.

Der Mann blieb skeptisch. »Ich würde ungern eine Überraschung erleben und Sie versehentlich erschießen müssen.«

»Sie ist nicht da.«

Karn entspannte sich ein wenig, hielt die Waffe jedoch unverwandt auf Kings Brust gerichtet. »Gut, und jetzt erzählen Sie mir, für wen Sie arbeiten und was Sie hier zu suchen haben.«

»Ich kann Ihnen nicht sagen, für wen ich arbeite, aber ich sage Ihnen, warum ich hier bin.«

Der Alte zuckte die Achseln. »Na schön. Spucken Sie's aus.«

»Wir ermitteln gegen Beta Incorporated.«

»Warum?«

King überlegte, wie viel er dem Mann erzählen durfte. »Die Firma hat Verbindungen zu Terrororganisationen. Beta Incorporated ist lediglich eine Tarnung für ein Genetikunternehmen namens Manifold.«

»Nie gehört.«

»Das hat sicher kaum jemand außerhalb der Welt der Genetik.«

»Warum sind Sie also hier?«

»Das habe ich Ihnen gerade gesagt.«

Der Alte beugte sich grinsend vor. »Sie haben mir gerade gesagt, aus welchem Grund irgendwelche hohen Militärs in Washington Sie hergeschickt haben. Und kommen Sie mir nicht mit dem Schmonzes über ›nationale Sicherheit‹. Ich bin ein guter Menschenkenner, mein Junge, und ich erkenne die Last auf Ihren Schultern so deutlich, wie ich meinen eigenen Schwanz sehen kann.«

King bemerkte, dass der Mann die Waffe gesenkt hatte, vielleicht unbewusst. Er hätte sich leicht auf ihn werfen und ihn töten können, entschied sich aber dagegen. Die anderen Einwohner sperrten den Mund nicht auf, und Karn konnte sich trotz seines schroffen Wesens als wertvoller Informant erweisen. King hatte bei ihm dieselbe Beobachtung gemacht wie umgekehrt. Sie trugen beide eine Last auf ihren Schultern, und beides hatte anscheinend mit der Anlage zu tun, die hell erleuchtet auf der anderen Seite der Stadt lag. King beschloss, mit offenen Karten zu spielen.

»Sie haben einen Freund von mir entführt. Direkt unter meiner Nase gekidnappt. Dabei haben sie eine ganze Gruppe von Zivilisten ermordet. Sie standen unter meinem Schutz. Ich bin hier, um meinen Freund … und Bruder … zu finden und die Kerle für das, was sie getan haben, zur Rechenschaft zu ziehen.«

»Ihren Bruder?«

»Den Verlobten meiner Schwester … bis zu ihrem Tod. Er gehört zur Familie.«

Karn nickte und legte die Pistole neben sich auf die Bank. Sie waren keine Feinde mehr. »Meinen Bruder haben sie auch«, seufzte er.

»Sie haben Leute aus dem Ort entführt? Warum hat denn niemand Anzeige erstattet?«

»So dumm sind die nicht«, antwortete Karn. »Die Bevölkerung hier … sie ist klein. Man hat nicht viel Auswahl, wenn man heiraten möchte. Das Problem ist die Inzucht. Nicht was mich angeht natürlich. Ich stamme vom Festland. Aber für die Einheimischen. Na ja, sie sind alle irgendwie miteinander verwandt, wenn Sie verstehen, was ich meine. Gab mit der Zeit etliche medizinische Probleme. Abnormitäten. Krankheiten. Immungeschichten, was weiß ich. Nun, als diese Burschen ankamen und die Genehmigung für den Bau der Monstrosität da oben erhielten, da boten sie jedem, der sich freiwillig für ihre Programme meldete, kostenlose medizinische Versorgung an. Die meisten hier willigten ein und unterschrieben Geheimhaltungserklärungen. Ich auch. Erschien mir damals ganz sinnvoll. Aber vor ein paar Monaten entdeckte mein Bruder einen Tumor, nur ein paar Zentimeter von seinem Joystick entfernt. Er war zu Tode erschrocken. Und anstatt aufs Festland zu fahren, meldete er sich als Freiwilliger. Seitdem habe ich nichts mehr von ihm gehört. Sie ignorieren meine Anrufe, und als ich persönlich vorstellig wurde, haben mich diese jungen Würstchen vom Sicherheitsdienst glatt vermöbelt. Mir eins mit dem Taser verpasst und mich in der Stadt aus dem Auto geworfen.«

»Wann war das?«

»Letzte Woche. Besonders zugeknöpft sind sie, seit vor kurzem dieses Flugzeug ankam. Und jetzt tauchen Sie hier auf. Ich glaube nicht an Zufälle.«

King stand auf und ging zur Kabine. In der Tür drehte er sich um. »Wie gut kennen Sie den Komplex?«

»Als die Fischfabrik niederbrannte, brauchten wir alle Jobs. Ich habe beim Bau des verdammten Dings mitgearbeitet. Wenn Sie nach einem Weg hinein suchen, fällt mir nur ein einziger ein.«

King öffnete die Kabinentür und bedeutete Karn mit einer Kopfbewegung, ihm zu folgen. »Wissen Sie was, ich glaube auch nicht an Zufälle.«

Karn erhob sich und lächelte. Die Last auf den Schultern der beiden Männer wurde ein klein wenig leichter, als sie einander als Verbündete mit demselben Ziel erkannten: einen Familienangehörigen zu retten. Als er die Kabine betrat, weiteten sich Karns Augen vor Verblüffung. Er warf King einen schrägen Blick zu und lachte. »Ich glaube vielleicht nicht an Zufälle, aber todsicher glaube ich jetzt an Gott.« Er ließ die Hand über das kühle Metall eines leichten 60-mm-Mörsers vom Typ M2224 gleiten. »Jesus, ich danke dir.«

ACHTUNDZWANZIG
Tristan da Cunha

Als Queen von Bord der *Mercury* ging, hatte sie drei Schlachtpläne, um sich Zutritt zum Beta-Komplex zu verschaffen. Der erste und einfachste lautete, einen unbewachten Mauerabschnitt zu finden und mit Hilfe eines Enterhakens hinüberzuklettern. Aber dieser Plan hatte sich bereits fünfzig Meter vor der Mauer erledigt. Ein bisschen Nebel aus einer Sprühdose enthüllte ein kreuz und quer verlaufendes Gewirr von Laser-Stolperdrähten, durch das sich nicht einmal eine hauteng eingeschnürte Catherine Zita-Jones hätte durchwinden können. Zu allem Überfluss entdeckte sie auch noch eine Reihe von Wärmesensoren, die wie einäugige Wächter über die sechs Meter hohe Mauer glotzten. Die Wärmesensoren hätte sie mit einem Wärmeschild überlisten können, der auf zehn Quadratzentimeter gefaltet in einer Tasche ihrer Cargo-Hosen steckte. Doch mit dem Schild zu arbeiten, während man sich durch ein Labyrinth aus Laserstrahlen schlängelte, war unmöglich, es sei denn, man hätte Flügel. Gen-Y verstand sein Geschäft.

Im Schutz der Dunkelheit arbeitete sie sich zur anderen Seite des Mauerrings vor, immer darauf bedacht, ausreichend Abstand zu dem Lasergitter zu halten. Hundert Meter vor dem Haupteingang blieb sie stehen. Eine unbefestigte Straße führte zu den über vier Meter hohen, mit Stacheldraht gesicherten Toren. Wachtürme erhoben sich zu beiden Seiten, zudem wurde das Gelände von Scheinwerfern angestrahlt. Sie war sicher, dass die Kombination aus Wärmesensoren und Bewegungsmeldern sie aufspüren würde, lange bevor sie nur in die Nähe kam. Die altbewährte Methode war, die Alarmvorrichtungen einfach zu ignorieren, die Wachen zu töten und das Tor mit Plastiksprengstoff wegzublasen, doch King wollte subtil vorgehen. Und sie verließ sich auf sein Urteil. Also schlich sie sich weiter an der Peripherie der Anlage entlang in Richtung des Vulkans, um nach einem möglichen Riss in dem scheinbar undurchdringlichen Panzer zu suchen.

Sie hatte gehofft, dass man auf der dem Vulkan zugewandten Seite auf eine Mauer verzichtet hätte – wer würde denn schon über einen derart schroffen Felsabsturz eindringen wollen –, bis ihr aufging, dass die Mauer wahrscheinlich ebenso dazu diente, blindwütige Monster *einzusperren*, wie Eindringlinge abzuhalten. Sie setzte sich sechs Meter hoch über den gesamten Umkreis fort. Einen Augenblick lang wusste sie keinen Rat mehr, wie man, abgesehen von einem trojanischen Pferd, in diese technologisch hochgerüstete Festung eindringen sollte.

Dann sah sie es.

Eine senkrechte Klippe, die fünfzehn Meter über die Mauer aufragte und in einem Sims endete, auf dem sie gerade noch Platz fände. Von diesem Sims aus konnte sie sich in den Komplex abseilen, ohne die Sensoren auf dem Boden auszulösen, war aber immer noch niedrig genug, um nicht als Blinklicht auf einem Radarschirm aufzutauchen.

Nachdem sie fünfzehn Kilo ihrer Ausrüstung deponiert hatte, die unter diesen Umständen überflüssig waren, richtete sie sich wieder auf und machte eine Bestandsaufnahme.

Eine Heckler-&-Koch-MK23-Pistole mit zwölf .45er-

ACP-Hohlspitzgeschossen, LAM (Laserzielmodul) und Schalldämpfer trug sie um die Hüfte geschnallt. Über die Schulter hatte sie eine UMP-Maschinenpistole gehängt, eine leichte Nahkampfwaffe, geladen mit denselben Hohlspitzgeschossen wie die Heckler & Koch. Ohne Schalldämpfer war sie allerdings nur von Nutzen, wenn es hart auf hart ging. Zuerst würde sie die tödlichste ihrer Waffen einsetzen: ihre Hände. Das schwerste Gerät, eine T-PLS-Pressluftkanone zum Abfeuern eines Enterhakens, schlang sie über die andere Schulter und machte sich ans Werk.

Sie stieg hundert Meter weiter auf, um alle Sensoren zu meiden, die sich irgendwo in den Spalten des Vulkangesteins verbergen mochten, dann folgte sie dem Hang in gleichmäßigem Abstand zur Mauer. Nach ein paar Minuten erreichte sie den Fuß der Klippe. Sie war jetzt gut fünfzig Meter von der Mauer entfernt, stand aber nur etwa anderthalb Meter höher als diese. Ihre Blicke suchten nach Haltegriffen an der Felswand, doch im Mondlicht fand sie nur sehr wenige.

Als Kind hätte Queen sich nie träumen lassen, jemals eine solche Wand zu erklimmen und sich von dort aus auf einen Feind zu stürzen. Sie war eine Stubenhockerin und ein Bücherwurm gewesen, und ihr Vater war nach dem frühen Tod der Mutter zum Alkoholiker geworden. Sie sah zwar gut aus, sah sich wegen ihrer Intelligenz jedoch pausenlos Hänseleien ausgesetzt. Das machte sie schüchtern und ängstlich, und es wurde noch schlimmer, als die Prügeleien begannen. Eine Phobie nach der anderen entwickelte sich. Zunächst waren es eher triviale Dinge wie die Angst vor Spinnen oder Mäusen. Dann kamen die Angst vor Höhen, Aufzügen, engen Räumen und allen möglichen wilden Tieren hinzu. Als sie später ihren Sohn verlor und alles durch LSD noch verschlimmerte, war sie schon so furchtsam wie ein Schneehase. Bei der Grundausbildung diagnostizierte der Psychologe eine Angstneurose, ausgelöst durch massenhafte Phobien und ein weit zurückliegendes Trauma. Er riet ihr, ihre Ängste frontal anzugehen, und zwar schnell, sonst würde man sie nach Hause schicken. Der Grundgedanke war beispielsweise, eine Spinne so lange in der Hand zu halten, bis sie keine Angst mehr davor hatte. Doch sie stellte fest, dass sie ihre Angst vor Spinnen besser bekämpfte, wenn sie die Hand nach einer ausstreckte und sie erschlug.

So besiegte sie nicht einfach ihre Ängste, sie vernichtete sie regelrecht. Nach dem erfolgreichen Abschluss der Grundausbildung begann sie mit der Jagd, mit Base-Jumping und Freiklettern, wann immer sie die Zeit dafür fand. Wie sich herausstellte, zeichnete ihre breite Erfahrung mit gefährlichen Freizeitaktivitäten und die nackte Aggression, mit der sie an furchteinflößende Situationen heranging, sie gegenüber ihren männlichen Kollegen aus. Drei Jahre später ging sie zu den Army Rangers, und ein weiteres Jahr darauf rekrutierte Delta sie als erste Frau für Spezialeinsätze. Da war ihr Ruf bei den Rangers bereits legendär. Sie ließ sich von keinem Mann unterkriegen, stattdessen setzte sie ihre weiblichen Tricks ein, um ihn zu entwaffnen, und zwang ihn mit den Fäusten zur Unterwerfung. Der erste Mann, der sich nicht von ihren blonden Locken und kecken Brüsten dazu verleiten ließ, sie zu unterschätzen, stand zehn lange, blutige Sparringsrunden gegen sie im Boxring, bevor Keasling den Kampf abbrach. King, noch aus der Nase und dem rechten Auge blutend, hatte sie auf der Stelle eingeladen, sich seinem neugegründeten Team anzuschließen. Da er sich ihren Respekt erworben hatte, willigte sie ein.

Das lag jetzt drei Jahre zurück, und seit damals waren

die letzten Gespenster ihrer Ängste verschwunden. Jetzt war sie eine Delta. Furchtlos stieg sie in die Wand ein, nachdem sie sich die Hände eingekreidet hatte. Sie zog sich an Handgriffen hinauf, von denen manche gerade groß genug für ihre Fingernägel waren. Auf halber Höhe entdeckte sie einen vertikalen Spalt, in dem sie für jeden Klimmzug nach oben ihre Finger verkeilen konnte. Sie kletterte fünfzehn Minuten lang stumm zu dem schmalen, fünfzehn Meter höher liegenden Sims empor, ohne dass auch nur das geringste Keuchen ihre Position hätte verraten können.

Sie kauerte sich auf den Sims und betrachtete den Komplex von oben. Ein langes, viergeschossiges Gebäude stand im rückwärtigen Teil der Anlage. Sein Dach lag etwa drei Meter unterhalb ihrer jetzigen Position. An beiden Seiten des Hauptgebäudes schienen sich insgesamt vier Wassertanks zu befinden. Dahinter schlossen sich ein offener Hof an, ein Flughafentower und die Außenmauer mit ihren Wachtürmen. Es war ziemlich übersichtlich, aber sie entdeckte etwas, das auf den Satellitenfotos im Schatten verborgen geblieben war: Von der Rückseite des Hauptgebäudes verlief durch die Außenmauer ein Tunnel in Richtung Vulkan. Das war interessant, aber im Augenblick eher unwichtig. Sie musste sich Zugang zu der Einrichtung verschaffen, die garantiert unterhalb des Komplexes lag. Sie nahm die Pressluftkanone von der Schulter und ersetzte den Enterhaken durch eine Pfeilspitze aus Titan. Dann visierte sie das Dach des Hauptgebäudes an und betätigte den Abzug. Die Pressluftkanone hustete, und die komprimierte Luft katapultierte mit einem Druck von fast dreißig Bar die Pfeilspitze mit der daran befestigten, 7 mm starken schwarzen Kevlar-Leine ins Ziel. Der Pfeil schlug tief in das Teerdach ein, ohne dass mehr als ein dumpfer Schlag zu hören gewesen wäre. Der Kolben der Kanone enthielt eine federbetätigte Nockenverriegelung. Sie rammte ihn in den Spalt, den sie zum Heraufklettern benutzt hatte, und löste den Mechanismus aus. Zwei gezähnte »Arme« sprangen heraus und krallten sich in den Fels. Die Verriegelung war darauf ausgelegt, notfalls das Gewicht des gesamten Teams zu tragen. Sie straffte die Leine, klinkte eine kleine Hochgeschwindigkeits-Laufkatze ein, hielt sich daran fest und warf sich ohne das geringste Zögern von der Klippe.

Unhörbar zischte sie über die Mauer und glitt weiter bis zum Dach des Hauptgebäudes. Als sie die Kante erreichte, ließ sie sich fallen. Den Aufprall federte sie mit ihren Knöcheln, dann den Knien und schließlich einer Rolle vorwärts ab. Dabei machte sie kaum mehr Lärm als ein Eichhörnchen. Auf dem Bauch liegend, lauschte sie, ob sie einen Alarm ausgelöst hatte, doch ihr Eindringen schien unbemerkt geblieben zu sein. Sie kroch weiter zu einem Lüftungsschacht und begann, die vier Schrauben der Abdeckung zu lösen. Irgendwo scharrte eine Schuhsohle über die Teerpappe des Dachs, doch sie ließ sich nicht ablenken. Wer immer das war, er hatte noch keinen Alarm ausgelöst. Sie machte sich keine Sorgen. Der Unglückselige würde bald entdecken, dass Gott manchmal ganz real Donnerkeile vom Himmel schleuderte.

Als die vierte Schraube nachgab, hörte sie ein feuchtes Klatschen und fühlte Flüssigkeit auf ihren Rücken sprühen. Genau das, was sie erwartet hatte. Nicht Gott. Aber Knight. Und der Donnerkeil war *de facto* ein panzerbrechendes 25x59-mm-Geschoss, das den Kopf des Wachpostens in einen feinen Sprühnebel verwandelt hatte.

Sie wirbelte herum und fing den nun kopflosen Gen-Y-Mann auf, bevor sein Körper mit voller Wucht aufs Dach schlagen konnte. Es hätte kein besonders lautes Geräusch gegeben, doch jemand im Raum darunter konnte es nicht überhören. Blut sickerte noch aus der Leiche, während Queen sich wieder dem Lüftungsschacht zuwandte. Sie nahm die Abdeckung ab und spähte hinein.

Das glatte Blech im Schachtinneren wirkte stabil genug, dass man sich relativ leise hindurchbewegen konnte, aber mit nur gut einem halben Meter Breite war der Kanal ziemlich eng. Doch sie hatte keine Wahl. Queen gab Rook und Knight auf dem Vulkan das Okay-Zeichen und schlüpfte in die Eingeweide von Manifold.

NEUNUNDZWANZIG

Tristan da Cunha

»Verdammter Hurensohn! Nein … nein!« Seit Halloween 1985, als King als Frankensteins Monster verkleidet hinter einem Baum hervorgesprungen war, hatte Pierce nicht mehr so laut geschrien. Dieser Schrei war langgezogen und klang unüberhörbar nach Schmerz, weniger nach Angst. Obwohl auch eine ganze Menge Furcht mitschwang. Er fühlte, wie das Skalpell das Fleisch an seiner Seite teilte. Er sah die blutige Klinge in Reinharts Hand. Erst spürte er einen brennenden Schmerz, dann ein Pochen, während das Blut aus seinem Körper pulsierte. Danach begann es zu jucken, anschließend spürte er gar nichts mehr. Und vor allem das entsetzte ihn über alle Maßen.

»Was … was habt ihr mir angetan?« Er hatte die Frage schon mehrfach gestellt. Sie beschäftigten sich seit fast einer Stunde mit ihm – schnitten ihm den Körper auf, brachen ihm die Knochen, rissen ihm Fingernägel aus. Sie folterten ihn, wieder und wieder, doch nichts, was er sagte, konnte diese Folter beenden, denn sie wollten keine Informationen von ihm. Sie wollten wissen, wie die Heilung der Verletzungen funktionierte.

»Wir haben Sie perfektioniert«, sagte Ridley. Er saß in seinem maßgeschneiderten Anzug auf der anderen Seite des Raums, wo die Blutspritzer nicht hinreichten. Er wirkte wie ein Cäsar im Kolosseum, der sich über das Gemetzel amüsiert, jedoch die unappetitlichen Begleiterscheinungen meidet. Um den kupferartigen Blutgeruch nicht riechen zu müssen, trug er sogar eine Operationsmaske.

Dann stellte Maddox seine Fragen. Er sah zwar zu und machte sich Notizen, wie es in seiner Natur lag, doch sein Gesicht war eine Maske des Entsetzens, und er weigerte sich strikt, an der »Operation« teilzunehmen. Seine früheren Patienten waren bei den Regenerationsversuchen ohne Bewusstsein gewesen. Doch bei Pierce war es anders. Sie wollten, dass er wach blieb und nach jeder Verletzung psychologische Fragen beantwortete. Und da die eigentliche »Operation« nur die Fähigkeit erforderte, Verletzungen zuzufügen, war Reinhart der geeignete Mann dafür.

»Wissen Sie, welcher Tag heute ist?«

Keine Antwort.

»Was war das Thema Ihrer Doktorarbeit?«

Pierce' Kiefernmuskeln arbeiteten, während er die Zähne zusammenbiss.

»Wie fühlen Sie sich?«

Pierce wäre beinahe explodiert. »Was zum Teufel glauben Sie denn, wie ich mich fühle, Sie Arschloch!«

Maddox kritzelte ein paar Notizen.

»Verliere ich den Verstand?«, brüllte Pierce. »Bin ich am Durchdrehen?«

»Eigentlich reagieren Sie unter den gegebenen Umständen ziemlich normal.«

Pierce stemmte sich gegen die Fesseln, doch es half nichts. Sie hatten ihn bis auf die Boxershorts ausgezogen und auf einen Operationstisch geschnallt. Die Riemen an Fußgelenken, Hüften, Händen und Stirn waren alle fest angezogen. »Dann hat es funktioniert. Sie können aufhören.«

Reinhart antwortete anstelle von Maddox. Er hielt ein langes Messer in der Hand. »Ich fürchte, wir sind noch nicht *ganz* fertig.«

Pierce' Augen traten aus den Höhlen und füllten sich mit Tränen. Innerhalb der letzten Stunde hatte er mehr Misshandlungen erleiden und mehr Schmerzen ertragen müssen als in seinem ganzen Leben. Wo andere Menschen vor Blutverlust ohnmächtig geworden oder einfach gestorben wären, hielt sein neuartiger Körper ihn wach, bei Bewusstsein und am Leben. Und obwohl er inzwischen den Tod willkommen geheißen hätte, bettelte er um Gnade. »Nein … das muss doch nicht sein … Bitte.«

»Ich fürchte, es muss doch sein«, sagte Ridley. »Sehen Sie, ein paar unserer früheren Versuchspersonen kamen mit kleineren Verletzungen auch ganz gut zurecht. Wesentlich weniger ernsthaft als das, was Sie bereits durchgemacht haben, zugegeben. Oberflächliche Schnitte, Nadelstiche, so etwas. Aber wenn die Verletzungen schwerer wurden – gebrochene Finger, Schnitt- und Stichwunden –, dann versanken sie mit jedem Mal tiefer in den Wahnsinn. Die ersten beiden Kategorien haben Sie mit Bravour bestanden, aber ich fürchte, es folgen noch zwei weitere. Sie müssen wissen, alle unsere früheren Testpersonen verfielen ohne Ausnahme in blutdürstige Raserei, nachdem sie eine Verletzung erlitten hatten, die ohne das Serum tödlich gewesen wäre. Ob es die erste Verletzung war oder die zwanzigste – die Reaktion erfolgte augenblicklich und war immer dieselbe. Normalerweise würde Dr. Maddox hier die Prozedur selbst durchführen, aber wie Sie sehen, hat er einfach nicht die Nerven, seine Patienten bei vollem Bewusstsein zu operieren.«

»Und gegen ihren Willen«, fügte Maddox mit wütend funkelndem Blick hinzu.

»Wenn wir mit ihm fertig sind, wird er uns sehr dankbar sein«, sagte Ridley und glitt von seinem Hocker. Er ging um den Operationstisch herum, wobei er sorgsam über die Blutlachen hinwegstieg. »Er ist der Erste seiner Art.«

Pierce wusste, was als Nächstes kam. Sie würden ihn töten. Doch Ridley hatte behauptet, es blieben noch *zwei* Tests. »Was ist der letzte Test? Nachdem Sie mich getötet haben?«

Ridley blieb in der Tür stehen. Er hielt sie geöffnet, damit er schnell die Flucht ergreifen konnte, falls etwas schiefging. »Enthauptung.« Er nickte Reinhart zu.

Noch bevor Pierce reagieren konnte, glitt das große Messer zwischen zwei Rippen und spießte sein Herz auf. Das zerstörte Organ krampfte. Blut füllte den Brustraum. Aber der Tod kam nicht. Nicht gleich.

Pierce sah den Messergriff aus seiner Brust ragen, doch sein Verstand, von der Schwere der Verletzung überwältigt, weigerte sich, den Schmerz zu registrieren. Als der Sauerstoff in seinem Hirn knapp wurde und sein Blickfeld verschwamm, schien es einen Moment lang auch so, als würde der Schmerz ausbleiben.

Doch dann kam er.

Ein Schmerz, der tiefer ging als alles, was er sich je hätte vorstellen können, ergriff von seinem ganzen Körper Besitz. Er spürte seine Zehen pochen. Sein Bauch schmerzte. Seine Finger brannten wie Feuer. Dann wurde ihm klar, dass das nicht an der Stichverletzung allein liegen konnte. Das war etwas Größeres.

Es ging viel weiter.

Es war der Tod.

Obwohl seine Augen den Dienst versagten, blieb er bei klarem Verstand. Einen Augenblick lang sehnte er sich nach dem Anblick des tröstlichen weißen Tunnels aus Licht, wie er in so vielen Nahtoderlebnissen beschrieben wurde. Ein geliebter Mensch würde ihn begrüßen – Julie –

und weitergeleiten … wohin? Aber bevor es so weit kommen konnte, durchfuhr ihn eine Art Stromschlag. Er öffnete die Augen und spürte mehr, als er es sah, wie Reinhart das Messer aus seiner Brust zog.

Jetzt schrie er.

Sein ganzer Körper juckte unerträglich, innerlich und äußerlich. Und obwohl er es nicht sehen konnte, fühlte er, wie er heilte. Dreißig Sekunden später war er wieder gesund und munter und schmerzfrei. Am Leben.

»Halleluja!«, spottete Reinhart im Tonfall eines Fernsehpredigers. »Er ist wiedergeboren worden!«

»Hat es funktioniert?«, fragte Ridley und trat wieder ins Zimmer.

Sogar Maddox hatte seinen Widerwillen gegen die Prozedur vergessen. Ein Lächeln breitete sich auf seinem Gesicht aus. »Wie fühlen Sie sich?«, wollte er wissen und übersprang die ersten Fragen.

Voller Wut über die Schandtaten, die sie ihm zugefügt hatten, war Pierce dennoch glücklich, noch am Leben zu sein. Gab es vielleicht doch noch Hoffnung? »Ich fühle mich best…«

Ein neuerlicher Schmerzanfall packte ihn. Seine Muskeln verkrampften sich, während ein unerträglicher Juckreiz, der direkt von den Knochen auszugehen schien, seinen Körper regelrecht zerfetzte. Zwischen zusammengebissenen Zähnen stieß er hervor: »Etwas geschieht mit mir.«

Er presste die Augenlider zusammen, als das Jucken in seinen Kopf eindrang. Dann spürte er es auch tief in seinen Eingeweiden, er riss die Augen wieder auf und sah Maddox' Gesicht direkt vor sich.

Der Mann machte voller Panik einen Satz nach hinten und prallte gegen einen Metallschrank. Mit angstverzerrter Miene sah er zu Reinhart und Ridley. »Versiegeln Sie den Raum!«

Dann war er verschwunden. Die Metalltür schlug zu, der Riegel glitt ins Schloss. Pierce' Blick fiel auf den Metallschrank, gegen den Maddox gestürzt war. Erschüttert sah er, dass ihm daraus etwas … Unmenschliches entgegenstarrte. Verzerrt durch die Delle, die Maddox hinterlassen hatte, sahen ihn leuchtend gelbe Augen an, eingebettet in grünliche Haut. Doch erst als er in der Spiegelung seinen eigenen Ausdruck hoffnungslosen Entsetzens wiedererkannte, begriff er die schreckliche Wahrheit.

Er war das Monster.

DREISSIG
Tristan da Cunha

Das Kreischen klang wie eine Kombination aus dem Lachen einer Hyäne und dem Kratzen von Fingernägeln über eine Schiefertafel. Eindeutig nicht menschlich. Darum war Bishop besonders verstört, dass die Laute von einem *Menschen* stammten. Von seinem Beobachtungsposten hinter dem Baum sah er, dass drei Männer sich um den schreienden Mann in der Mitte verteilt hatten. Jeder hielt eine zwei Meter lange Stange. An deren Spitze wiederum hing jeweils eine Metallschlinge, und diese Schlingen lagen um den Hals des mittleren Mannes. So eng, dass Blut floss.

Der Gefangene wehrte sich, zuckte aber vor Schmerz zusammen, als der Draht in sein Fleisch schnitt und frisches Blut hervorquoll. Trotz der Raserei des Mannes wurden die drei uniformierten Gen-Y-Leute spielend mit ihm fertig.

Sie machten das nicht zum ersten Mal.

Sie führten ihn an den Rand des Grabes. Als er die Leichen sah, weiteten sich seine Augen. »Nicht!«, schrie er. »Nein, nein, nein, nein!«

»Anscheinend machen sie Fortschritte«, sagte einer der Wachleute. »Die anderen konnten nicht mehr reden.«

»Tut mir leid, Freundchen«, sagte ein zweiter. »Du bist schon tot.«

Der Mann fletschte die Zähne und trat nach dem

Wächter, dann erstarrte er, als er sah, dass alle drei sich spannten. »Bitte wartet! Ich …«

Ein klebriger, schlürfender Laut ging vom Hals des Mannes aus, als die drei Wächter wie auf Kommando die Schlingen strafften. Die Drähte, in entgegengesetzte Richtungen gezogen, trennten ihm schnell und sauber den Kopf vom Rumpf. Blut spritzte aus dem abgeschnittenen Stumpf, während der Körper zu Boden sackte. Die Wachen sprangen zurück, um nicht in Reichweite des roten Geysirs zu geraten.

»Checkt auf Regeneration«, sagte der ranghöchste Wachmann.

Die anderen beiden überprüften Kopf und Körper. »Nichts«, sagte der eine.

»Hier auch nicht. Der Kerl ist hinüber.«

Bishop hatte genug gesehen. Er hätte am liebsten alle drei Männer mit Blei vollgepumpt, aber das war nicht sein Auftrag. Langsam und lautlos zog er sich in die Dunkelheit zurück.

Ein lautes Piepsen ertönte auf der anderen Seite der Grube, dann folgte eine befehlsgewohnte Stimme. »Ich registriere Bewegung.«

»Wo?«

»Da drüben. Ziel erfasst und an eure Geräte übertragen. Möglicherweise Einheimischer. Nichttödlich.« Dann befahl der Mann ein Manöver wie ein Basketballtrainer. »Op. Tri. Los.«

Bishop erkannte sofort, was das bedeutete. Die drei Sicherheitsleute trugen mobile Bewegungsmelder. Als er sich zurückzog, hatte er das Signal ausgelöst, und nun kannten sie seine Position. Sie näherten sich aus verschiedenen Richtungen und konnten jede seiner Bewegungen verfolgen. *Verflucht sei ihre Technologie*. Durch die Nachtsichtbrille warf er einen letzten Blick in die Runde, konnte aber nichts erkennen. Dann sprang er mit der 9-mm im Anschlag auf und stürmte in Richtung Küste. Natürlich konnten sie ihn verfolgen, aber er würde nicht einfach sitzen bleiben wie auf dem Präsentierteller.

»Da drüben«, rief eine Stimme.

Bishop zielte in ihre Richtung und gab drei schallgedämpfte Schüsse ab. Die ersten beiden schlugen in Holz ein. Der dritte wurde mit einem Schmerzensschrei quittiert. Aber er war nicht tödlich gewesen. Der getroffene Mann schrie: »Er ist bewaffnet!«

Augenblicke später zersplitterten die Bäume um ihn herum unter einem unfassbaren Geschosshagel. Seine Ohren registrierten sechs getrennte Schüsse, doch die Explosion von Blättern, Rinde und Ästen um ihn herum zeigte, dass wesentlich mehr Kugeln durch die Luft schwirrten. *Metal Storm*, dachte er.

Hinter ihm raschelte es im Gebüsch, Äste knackten. Dann ein metallisches Klicken. Der Posten hinter ihm lud seine Waffe nach, wobei er die Läufe austauschte, statt ein Magazin zu wechseln.

Wenn er damit fertig war, würde ein zweiter Kugelhagel durch den Wald peitschen, und falls die Wachen diesmal besser zielten, blieb Bishop keine Chance. Er blickte über die Schulter und sah, wie die dunkle Silhouette des Postens die dreiläufige Waffe hob.

Drei Schüsse knallten, als Bishop dem Mann zuvorkam und ihm alle drei Kugeln in die Brust jagte. Er fiel aus vollem Lauf zu Boden und schlidderte noch ein Stück weiter. Bishop blickte wieder nach vorne und sah etwas auf sein Gesicht zuschießen, das wie eine zuschlagende Python aussah. Er wollte sich noch ducken, wurde aber schon mit voller Wucht gegen einen Baum zurückgeschleudert. Eine starke Kraft hielt ihn fest. Er kämpfte dagegen an, schien bereits an Boden zu gewinnen, doch dann umschloss sie ihn mit eiserner Faust. Als hätte er der Medusa in die Augen gesehen, erstarrte sein Körper. Wie versteinert.

»Hab ihn!«, rief einer der Posten. Er trat in Bishops Blickfeld und zündete eine Magnesiumfackel an.

Bishop erkannte in der Hand des Mannes eine Art Klebeschaum-Gewehr, nur dass der Schaum offenbar modifiziert worden war und eher wie Schnellzement wirkte.

Zwei weitere Männer traten aus dem Wald. Die Schulter des einen war blutgetränkt. Der andere hatte drei Dellen in der Brust, wo Bishops 9-mm-Geschosse in seine Panzerweste eingeschlagen waren. Sie rissen Bishop die Nachtsichtbrille vom Kopf und starrten ihn an. »Ist das der Kerl, vor dem Reinhart uns gewarnt hat?«

»Zu groß. Zu dunkelhäutig.«

Bishop musterte jeden Mann gründlich und versuchte, sich die Gesichter einzuprägen. Wenn er es nicht schaffen sollte, sie zu töten, konnte er sie vielleicht irgendwann wenigstens identifizieren. Das hieß, falls sie *ihn* nicht auf der Stelle umbrachten.

»Wir nehmen ihn mit. Ridley kann ihn brauchen.«

Einer der Männer beugte sich mit dreckigem Grinsen vor und keckerte: »Sieht aus, als hättest du dich gerade freiwillig gemeldet für …«

Staub und Brocken von getrocknetem Schaum flogen durch die Luft, als Bishops Hand hervorschoss und den Mann an der Kehle packte. Er drückte zu und fühlte das Knirschen mehr, als dass er es hörte. Sein Körper zitterte, während er mit aller Macht versuchte, sich aus der Umklammerung des steinharten Schaums zu lösen. Doch bevor er sich befreien konnte, fühlte er einen Stich im Hals, und seine Kräfte verließen ihn. Er wurde lethargisch und begriff, dass man ihn betäubt hatte.

Mit schwindendem Bewusstsein hörte er noch, wie einer der Männer sagte: »O Gott, Mann, John ist tot!«

Es schienen erst Sekunden verstrichen zu sein, als er wieder zu sich kam, aber tatsächlich waren es wohl eher zehn Minuten gewesen. Seine Fersen scharrten über die Erde, während man ihn an den Armen durch den Wald schleifte. Mit schierer Willenskraft zwang er sich, die Augen zu öffnen, doch die Drogen waren stärker, er sackte wieder weg.

Als er das nächste Mal für einen Augenblick zu sich kam, lag er auf der Seite. Spürte einen heißen Wind im Gesicht. Es gelang ihm, die Augen aufzuschlagen. Lichter glitten vorbei, in Vertiefungen im Fels eingebettet. Und dazwischen – Blöcke von C4-Sprengstoff. In einem Moment der Klarheit fügten sich die Puzzleteile zusammen – er wurde unterirdisch auf einer Bahre durch den Vulkan gerollt. Ein Tunnel – darum hatten die Männer so plötzlich im Wald auftauchen können.

Während er noch über das C4 nachgrübelte, wurde sein Körper wieder gefühllos. Als er in die Dunkelheit glitt, war sein letzter Gedanke:

Sie wollen den Vulkan in die Luft jagen.

Ridley, Reinhart und Maddox standen vor George Pierce' Zelle und beobachteten durch die mehr als zehn Zentimeter dicke Glasscheibe, wie sein Körper sich veränderte. Seine Haut hatte sich inzwischen vollständig grün verfärbt und wurde von einer Art beginnender Schuppenbildung oder Verknöcherung überzogen. Seine Augen waren gelb, und auch die Pupillen veränderten sich – sie zogen sich vertikal in die Länge, schlangengleich.

»Tja, ein übler Fehlschlag«, sagte Ridley.

Maddox schüttelte den Kopf. »Keineswegs. Sein Körper hat sich regeneriert. Wir haben die Auswahl der in Frage kommenden Gene beträchtlich eingeengt. Eine weitere Verfeinerung ist nur eine Frage der Aussortierung der anderen, schlechten Gene.«

»Wie lange noch?«

»Wochen. Höchstens ein Monat. Weniger, wenn wir rund um die Uhr arbeiten.«

»Dann stehen Sie also wieder voll hinter unserem Schlachtplan?«

Maddox warf einen schuldbewussten Blick auf George und nickte. »Ja. Es steht einfach zu viel auf dem Spiel.«

Ridley wandte sich an Reinhart. »Treiben Sie eine neue Ladung Freiwillige zusammen. Mit Gewalt, wenn es sein muss.«

»Wir müssen die Verbindung zum Festland kappen, bevor wir …«

»Tun Sie es. Wir können nicht …«

»Sir!« Die Stimme klang scharf. Laut. Reinhart erkannte sie sofort.

David Lawson. Einer seiner besten Leute. Er baute sich vor ihnen auf, und sein Blick glitt unsicher zwischen Ridley und Reinhart hin und her. Schließlich wandte er sich an Reinhart: »Sir, die Insel wurde infiltriert.«

»Von wem?«

»Wie beim letzten Mal. Ein Delta-Agent.«

»King?«

Lawson schüttelte den Kopf. »Wir haben die Datenbank von Fort Bragg noch einmal gehackt und eine Übereinstimmung gefunden. Es handelt sich um Erik Somers. Bishop.«

»Bishop?«, warf Ridley ein. »Ach, der Läufer. Wie die Schachfigur. Hübsch.«

»King ist sicher auch in der Nähe.« Reinhart schürzte

die Lippen, dann sagte er zu Ridley: »Sie können nirgendwohin. Wir sind ihnen zahlenmäßig überlegen und kennen das Terrain. Ich erwarte keine Probleme.«

»Sir«, wandte Lawson nicht ganz so selbstgewiss ein. »Wir haben einen Satelliten-Scan durchgeführt …«

»Und?«

»Und … auf der anderen Seite von Inaccessible Island liegt ein kompletter Gefechtsverband auf der Lauer. Wir konnten das Flaggschiff nicht identifizieren, aber es ist eindeutig die US-Marine.«

Reinhart seufzte. »Geben Sie uns eine Stunde, um King und sein Team auszuschalten.«

Ridley durchbohrte ihn mit Blicken. »Nein.«

»Sir …«

»Unsere Arbeit ist zu wichtig, um ein Risiko einzugehen! Laden Sie die Datenbank hoch und löschen Sie sie anschließend. Evakuieren Sie das Personal nach Alpha.« Ridley ging zum Ausgang. Dort drehte er sich noch einmal um und sagte zu den drei verblüfften Männern: »Lassen Sie die Regenerierten frei. Sollen die sich doch um King und seine Leute kümmern.« Er wandte sich ab, hielt aber noch ein letztes Mal inne. »Und wenn Sie schon dabei sind, zerstören Sie die Insel und unternehmen Sie etwas gegen diesen Gefechtsverband.«

EINUNDDREISSIG

Tristan da Cunha

Mühsam zwängte sich Queen durch den engen Lüftungsschacht, die Arme vor sich ausgestreckt. Sie konnte sich nur mit den Fingern vorwärtsziehen und mit den Zehen abstoßen. Sie kam überhaupt nur voran, weil die Oberfläche so glatt war.

Der Schacht lag zumeist in völliger Dunkelheit. Nur wenn gelegentlich ein dünner Lichtstrahl hereinfiel, weil irgendwo eine Schraube fehlte, konnte sie abschätzen, wie schnell sie sich fortbewegte. Es war jedes Mal ein deprimierendes Erlebnis. Zu langsam. Sie erreichte eine Abzweigung und wandte sich nach rechts. An der nächsten hielt sie sich wieder links, damit sie sich nicht irgendwann im Kreis drehte.

Als sie sich schon fragte, warum es keinerlei Öffnungen in dem Schacht gab, spürte sie unter ihrer Hand plötzlich keinen Boden mehr. Sie packte die Kante vor dem Loch, zog sich vor und spähte nach unten. Mehr als dreißig Meter tiefer grüßte sie ein stecknadelkopfgroßes Licht. Sie streckte die Hand aus und fühlte auf der anderen Seite des Abbruchs nur die nackte, kalte Metallwand.

Es gab nur den einen Weg.

Ein Lufthauch wehte ihr durch den vertikalen Schacht entgegen. Er roch nach Desinfektionsmitteln. Wie in einer Arztpraxis. Oder einem Labor. Das besiegelte ihren Entschluss. Die Arme voraus, schlängelte sie sich weiter vorwärts, bis sie, in der Hüfte abgeknickt, über dem Abgrund hing. Sie blickte erneut in die Tiefe. Der Höhenunterschied war extrem, dafür würde sie mindestens drei Etagen unterhalb des Erdgeschosses landen. Es war ihre beste Möglichkeit. Die einzige.

Indem sie sich seitlich feststemmte, wand sie sich weiter vorwärts, bis sie wie ein Torpedo im Rohr nach unten schoss. Sie spreizte Arme und Beine, sobald ihr Körper voll in der Vertikalen hing, und versuchte, nur mit den stoffgeschützten Unterarmen, Beinen und den Gummisohlen ihrer Stiefel die Wände zu berühren. Wenn ihre bloße Hand das Metall streifte, konnte sie durch die Reibung zurückgerissen werden. Und falls ihr das nicht den Arm brach, bestand die Gefahr, dass ihr Körper sich in der schmalen Röhre verkeilte und sie stecken blieb wie ein übergewichtiger Nikolaus im Schornstein.

Ihre Arme begannen zu brennen, als die Reibungshitze durch den Stoff drang. Dennoch bremste sie ihren Sturz nur unwesentlich, während die Meter vorbeisausten. Endlich, als das Licht unten schon größer wurde und den Schacht mit einem dämmrigen Schein erhellte, wurde sie langsamer. Dann, etwa zehn Meter über dem Boden, sah Queen Lüftungsschächte abzweigen. Damit sie sich an den Kanten nicht die Glieder brach, musste sie Arme und Beine wieder anlegen und im freien Fall vorbeisausen.

Danach stemmte sich Queen mit voller Kraft wieder gegen die Wände, was mehr Lärm verursachte, als ihr lieb sein konnte. Das plötzliche Abbremsen riss die UMP auf ihrem Rücken los und ließ sie laut gegen den Schacht klappern – Metall auf Metall. Schließlich unternahm Queen eine letzte verzweifelte Anstrengung und presste beide Hände mit aller Gewalt gegen die Wände. Ihre Arme bogen sich protestierend zurück, aber sie konnte ihren Fall stoppen – nur Zentimeter vor der Öffnung des Schachts. Ein Schweißtropfen löste sich von ihrer Nasenspitze, fiel zwischen den Lüftungsschlitzen hindurch und zerplatzte drei Meter tiefer auf einem schwachbeleuchteten Linoleumboden.

Mühsam beruhigte sie ihren Atem und lauschte auf Geräusche von unten. Da war nur das mechanische Surren von aktiven Festplatten und das Rauschen von Computerlüftern. Keine Alarmsirenen und besorgten Ausrufe, kein Fußgetrappel. Doch sie durfte den Feind nicht unterschätzen.

Sie spreizte die Beine noch fester gegen die Schachtwände, bis sie die Hände lösen konnte, um gegen das Lüftungsgitter zu drücken. Es öffnete sich nicht, gab aber ein wenig nach. Die Befestigung schien nicht besonders stabil zu sein. Sie löste ihre Füße von den Wänden und drückte wieder mit den Händen nach unten, diesmal mit ihrem gesamten Körpergewicht dahinter. Das an Scharnieren hängende Gitter knackte und sprang auf.

Noch im Fallen riss Queen den Kopf nach hinten und brachte ihren Körper nach unten. Gleichzeitig griff sie hinter ihrem Rücken nach der Waffe. Drei Meter tiefer landete sie geduckt auf den Füßen. Ein roter Punkt vom Laserzielsystem ihrer schallgedämpften Pistole zuckte auf der Suche nach einem Ziel durch den Raum.

Hier gab es eine Reihe von Computerarbeitsplätzen, Laborgeräten und verschiedenen langen Untersuchungstischen. An einer Wand hingen vier große Behälter mit Warnsymbolen und der Aufschrift »Flüssiger Stickstoff«.

Dämlich.

Sie entdeckte zwei Überwachungskameras an den Schmalseiten. Glücklicherweise zeigte gerade keine in ihre Richtung, aber beide schwenkten auf sie zu. Queen sprang hoch in die Luft, schlug die Lüftungsklappe an der Decke zu und duckte sich dann unter einen Schreibtisch. Die Kameras strichen über sie hinweg.

Sie erspähte einen liegen gebliebenen Laborkittel, schlüpfte unter dem Tisch hervor und warf ihn sich über den schwarzen Drillichanzug. Dann zog sie sich die schwarze Haube vom Kopf, band die Haare zu einem konservativ aussehenden Pferdeschwanz zusammen, setzte eine Fensterglasbrille auf und klipste sich einen Manifold-Ausweis an die Brusttasche, der vielleicht einen der Wissenschaftler täuschen konnte, aber bestimmt niemanden vom Sicherheitsdienst. Das Labor lag im Dunkeln, und da es schon nach Mitternacht war, hatte Queen es ganz für sich allein. Sie setzte sich an ein Computerterminal, hoffte auszusehen wie jemand, der Überstunden machte, und griff nach der Maus. Der Bildschirm leuchtete auf und tauchte sie in ein kränkliches, blaues Licht. Jetzt konnten die Kameras sie sehen.

Eine Eingabeaufforderung erschien auf dem Bildschirm und fragte nach dem Passwort, was ein Problem sein konnte, falls jemand die Überwachungskameras im Auge behielt. Sie versuchte es mit dem am meisten verbreiteten Passwort – nämlich gar keinem – und drückte die Eingabetaste. Lächelnd sah sie zu, wie das Betriebssystem geladen wurde und eine Reihe von Ordnern, Icons und Dateien auf dem überfüllten Desktop erschien. Aber die interessierten sie nicht. Das Terminal war nur ein Zugang für das kleine Juwel, mit dem Lewis Aleman das Team vor dem Abflug ausgerüstet hatte.

»Instant-Hacker« hatte er es getauft; ein Wurm, der nach vorbestimmten Suchmustern Informationen sammelte, Sicherheitsvorkehrungen umging und unterwegs alle Spuren seiner Anwesenheit wieder verwischte. Queen steckte das kleine Gerät in den USB-Port. Dann öffnete sie mit dem vorgetäuschten Gähnen einer überarbeiteten Wissenschaftlerin ein paar beliebige Dateien, um einen beschäftigten Eindruck zu machen.

Ein Foto auf dem Bildschirm ließ sie stutzen. Es zeigte etwas, das wie der Kopf einer großen Schlange aussah. Er lag auf einem Tisch, und dahinter stand ein Mann, den sie von Fotos kannte: George Pierce. Es schien ihm gutzugehen. Er lächelte sogar. Dann erkannte sie den Hintergrund. Das Foto war in dem Labor aufgenommen worden, in dem sie gerade saß. Pierce war hier gewesen. War es vielleicht immer noch. Queen stand auf und ließ den Blick durch den Raum schweifen. Genau in der Mitte entdeckte sie den Tisch vom Foto. Aber er war leer und das Labor völlig ausgestorben. *Das ist eigenartig*, dachte sie. Wenn sie so kurz vor einem bahnbrechenden Durchbruch standen, warum arbeiteten sie dann nicht rund um die Uhr?

Als am anderen Ende des Labors mit einem Knall wie ein Donnerschlag die Türen aufsprangen, wusste sie es.

ZWEIUNDDREISSIG

Tristan da Cunha

»Rook an King. Bitte melden, King.«

In seinem Drillich und einem schwarzen Neoprenanzug ging King ans Funkgerät der *Mercury*. Er und Karn hatten das Boot auf die andere Seite der Insel gesteuert und unmittelbar vor einer Stelle verankert, die Karn als U-Boot-Hafen bezeichnete. Für King sah es aus wie eine beliebige Felsklippe, die aus dem Meer aufragte, aber der alte Mann behauptete, dass sie ein riesiges Loch hineingesprengt hätten, das nur für eines gedacht sein konnte: ein U-Boot. King ging auf Empfang. »Ich höre, Rook.«

»Irgendetwas ist schiefgelaufen, King. Wir beobachten hier einen Massenexodus über den Hintereingang des Komplexes. Sieht nach den Wissenschaftlern und ein paar Sicherheitsleuten aus. Sie setzen sich ab.«

Scheiße, dachte King. *Woher wussten sie, dass wir hier sind?*

»Es kommt noch schlimmer«, sprach Rook weiter. »Bishop wird vermisst. Er hätte sich vor einer halben Stunde melden sollen.«

»Was ist mit Queen?«, fragte King.

»Sie ist noch drin. Keine Spur von ihr seit – was?«

King hörte Knight im Hintergrund sprechen. Das Signal blieb einen Moment lang weg, dann meldete sich Rook wieder. »King, wir zählen fünfzehn … nein achtzehn Leute, die aus dem Vordereingang des Komplexes kommen und aufs Haupttor zumarschieren und ... heiliger Himmel ... King, diese Leute, sie sind wie die regenerierten Capybaras. Wenn sie die Stadt erreichen ...«

King schloss die Augen und schüttelte den Kopf. Er wusste, dass diese Menschen keine Kontrolle über sich hatten, dass sie *de facto* unschuldig waren. Aber sie am Leben zu lassen bedeutete den Tod von Hunderten anderer. »Schaltet sie aus. Schützt die Stadt. Ich dringe von hinten in den Komplex ein.«

King legte das Mikrofon weg und verließ die Kabine. Am Heck des Bootes wartete Karn auf ihn.

»Was ist Ihnen denn über die Leber gelaufen?«, fragte er.

King nahm probehalber einen Atemzug aus einem tragbaren Sauerstofftank. Der kleine Tank ermöglichte es ihm, fünf Minuten unter Wasser zu bleiben. »Bringen Sie die *Mercury* zurück zum Hafen. Beschützen Sie den Ort. Mit allem, was Sie an Bord finden. Ein paar Freunde werden Ihnen zur Hand gehen. Und versuchen Sie, die USS *Grant* zu alarmieren. Sagen Sie ihnen, sie sollen das Flugzeug am Start hindern, es aber auf keinen Fall abschießen.«

Karn starrte ihn einen Moment lang mit großen Augen an, dann salutierte er knapp und begann umgehend, den Anker zu lichten. Als er noch etwas fragen wollte, war King schon im Wasser. Er sah seine Schwimmflossen unter die Oberfläche gleiten, während er abtauchte.

Karn setzte sich in den Kapitänsstuhl, drehte den Zündschlüssel und lächelte, als die beiden Motoren röhrend zum Leben erwachten. Er schob die Gashebel ganz nach vorne, augenblicklich machte die Jacht einen Satz, als wäre sie ein Schnellboot. »Die Kavallerie ist schon unterwegs!«

Während die *Mercury* durch die Wellen krachte, griff

er zum Funkgerät. »USS *Grant*. Hier spricht die Jacht *Mercury*. Bitte antworten. Over.«

Keine Antwort. »Verdammt noch mal, *Grant*. Ich weiß, dass Sie da draußen sind! Gehen Sie endlich an den Apparat, oder ich versenke Sie höchstpersönlich!«

Eine kalte Stimme erklang: »Hier ist die USS *Grant*. Mit wem zum Teufel spreche ich? Over.«

»Hauptfeldwebel Jon Karn, US Marine Corps«, gab er zurück und fügte etwas leiser hinzu: »Im Ruhestand. Over.«

»Wiederholen Sie das. Sagten Sie im Ruhestand? Over.«

Eine große Welle hätte ihn fast vom Sitz geworfen. Er packte das Steuer mit der einen Hand und hielt mit der anderen das Mikrofon an die Lippen. »Wir haben keine Zeit für Spielchen! Ich arbeite hier mit einem Typen namens King zusammen. Er braucht Hilfe.«

Karn wartete auf Antwort, während er die *Mercury* auf die Lichter von Edinburgh zusteuerte. Diesmal dauerte die Stille fünfzehn Sekunden. Er wollte gerade wieder etwas sagen, als eine neue Stimme aus dem Apparat kam. »Hier spricht Captain Steve Savile von der USS *Grant*. Was benötigen Sie?«

Karn lachte, während die *Mercury* durch eine weitere große Welle stampfte und Salzwassergischt über das Deck spritzte, von einer Sekunde auf die andere waren Karns Bart und die strähnigen Haare klatschnass. *Ich werd verrückt*, dachte er. Einen Moment lang fühlte es sich gut an, wieder mitten im Getümmel zu stecken. Dann sah er Mündungsfeuer an der Bergflanke wie entfernte Feuerwerkskörper und hörte panische Stimmen aus der Richtung von Edinburgh.

Er öffnete den Mund, um zu antworten, doch ein Stakkato von Explosionen übertönte ihn. Tausende und Abertausende von Leuchtspurgeschossen stiegen in den Himmel. Karn wusste, dass mit ihnen eine noch viel größere Anzahl von am dunklen Nachthimmel unsichtbaren Geschossen ins Ziel gelenkt werden sollte. In seiner ganzen Dienstzeit hatte er keinen so massiven und dichten Geschosshagel gesehen. Bisher hatte er so etwas nicht mal für möglich gehalten. Er sah, dass die Flugbahn in südwestlicher Richtung verlief. Dort lag nur Inaccessible Island – es sei denn, dahinter verbarg sich noch etwas anderes …

Er drückte entschlossen auf den Sprechknopf. »Savile! Schaffen Sie Ihren Arsch da weg! Sie liegen unter Beschuss!«

Er lauschte auf eine Antwort, hörte aber nur das entfernte Donnern von Explosionen.

DREIUNDDREISSIG

Tristan da Cunha

Mit Schaum vor dem Mund strömten sieben Regenerierte, Männer wie Frauen, in das große Labor. Queen duckte sich hinter einen Tisch und sah, dass sie nach einander schnappten wie ein Rudel wilder Hunde. Einer biss ein Stück Fleisch aus dem Arm eines anderen heraus. Die Wunde heilte sofort wieder, doch der Mann reagierte rabiat und fiel im Blutrausch über seinen Angreifer her.

Queen kroch zu dem Computer, in dem ihr USB-Stick mit Alemans Virus steckte. Sie hatte keine Ahnung, wie weit er schon gekommen war, aber ihre Zeit war abgelaufen. Wenn sie lebend hier rauskommen wollte, musste sie sofort verschwinden.

Die beiden blutrünstigen Streithähne wälzten sich auf dem Linoleumboden und hinterließen Streifen von flüssigem Rot, während sie sich gegenseitig zerfleischten. Zwar heilten ihre Wunden sofort wieder, doch jedes Mal glitten sie sichtlich tiefer in den Wahnsinn ab. Als die beiden gegen ein Computerterminal prallten, erwachte die Maschine aus ihrem Stand-by-Schlaf. Der Bildschirm flackerte und spielte beim Hochfahren eine kleine Melodie ab. Das plötzliche Licht und das Geräusch schreckten die Regenerierten auf, im nächsten Moment stürzte sich die ganze Gruppe auf den Computer, als wäre er ein Lebewesen, Nahrung.

Wütend warfen sie Monitore durch die Luft, als sie merkten, dass sie sich nicht zerbeißen ließen. Kabel rissen ab und schlängelten sich auf dem Boden wie herausgerissene Gedärme. Der Tumult schob sich immer näher an Queen heran. Sie langte über den Schreibtisch, tastete nach dem USB-Stick und zog ihn ab.

Das dazugehörende Tonsignal hallte wie ein Pistolenschuss durch den Raum.

Queen hielt den Atem an, während die Regenerierten reglos lauschten. Da wusste sie, dass sie ohne Kampf nicht entkommen würde. Sie hatte nie zu den Menschen gehört, die den ersten Schlag abwarten, daher nahm sie die Waffe von der Schulter und sprang auf.

In dem Augenblick, als sich die Augen des ersten Regenerierten auf sie hefteten und vor Verblüffung weiteten, hörte sein Kopf auch schon auf zu existieren. Queen platzierte drei Hohlspitzgeschosse zwischen den Augen eines zweiten. Aber als sie den dritten aufs Korn nahm, verließ sie das Glück.

Die fünf übriggebliebenen Regenerierten wehrten sich und begannen, Queen mit Tischen und Gegenständen zu bewerfen, während sie sich langsam auf sie zuarbeiteten. Queen erkannte voller Entsetzen, dass die Kreaturen ihren Verstand nicht komplett verloren hatten. Sie kannten offenbar die Gefahr, die von Schusswaffen ausging, und wichen ihr aus, wo sie konnten. Queen zog sich auf eine schmale Treppe zurück, die nach oben zu einem Ausgang zu führen schien. Aber da sie nicht wusste, wie es draußen weiterging, und fürchtete, dass die Regenerierten sie ohnehin verfolgen würden, beschloss sie, hier die Stellung zu halten.

Sie feuerte noch mehrere Salven ab, traf hier eine Schulter, dort ein Bein, aber damit gewann sie nur ein wenig Zeit und konnte die Regenerierten nicht aufhalten. Als sie keine zwanzig Meter mehr entfernt waren, fielen Queen die vier großen Zylinder an der Wand wieder ein. Die Regenerierten verstanden vielleicht die Gefahr, die von Kugeln ausging, doch sie bezweifelte, dass sie auch wussten, was der flüssige Stickstoff bedeutete.

Sie wich einem Flachbildschirm aus, der wie ein olympischer Diskus auf ihren Kopf zusauste, und feuerte fünf weitere Schüsse ab. Sie traf den Werfer in beide Beine, augenblicklich sackte er zu Boden. Dann riss sie das Magazin aus ihrer Waffe, knallte ein neues hinein und zielte in eine andere Richtung. Sie feuerte das gesamte Magazin auf die Behälter mit flüssigem Stickstoff ab.

Die Kugeln, die den ersten Zylinder trafen, erzeugten einen hohlen Glockenklang.

Leer.

Einer der Regenerierten überwand seine Angst vor den Schüssen und warf sich auf sie. Mit der linken Hand zog Queen ihre Pistole, während sie mit der rechten eine Salve quer über die drei restlichen Behälter zog, immer hin und her. Als der Regenerierte, ein Mann mit beginnender Glatze und struppigem Bart, nach ihr griff, machte das Hohlspitzgeschoss aus ihrer Pistole kurzen Prozess mit seinem Kopf.

Die auf die Flüssigstickstoff-Behälter gerichteten Kugeln schlugen mit dumpfem Ton ein. Als der Feuerstoß endete und das Magazin leer geschossen war, ertönte ein scharfes Zischen, und der unter Hochdruck stehende Stickstoff spritzte durch münzgroße Löcher heraus.

Die verbliebenen vier Regenerierten krümmten sich vor Schmerz, als die Flüssigkeit sie durchtränkte, und waren fast sofort steif gefroren.

Queen wandte sich zur Flucht, um der herausspritzenden Gefrierflüssigkeit zu entgehen. Im Unterschied zu den Regenerierten könnte sie sich von einer solchen Verletzung nicht erholen. Sie warf sich die MP über die Schulter und wandte sich zur Tür, als ihr plötzlich die Beine weggerissen wurden. Mit einem Grunzlaut prallte sie auf den harten Boden und verlor dabei die Pistole. Sie wirbelte herum und sah, wie eine beinlose Regenerierte, die einmal eine schöne Frau gewesen sein musste, sich zähnefletschend und blutüberströmt an ihren Hosenbeinen hochzog, den Blick fest auf ihren Bauch gerichtet, wo die leckeren Innereien warteten.

Da sie auf dem Rücken lag, kam Queen nicht an ihre Waffe heran, ohnehin war das Magazin leer. Sie spürte, wie die Fingernägel der Regenerierten sich in ihr Bein gruben. Dann warf sie sich brüllend und mit weit aufgerissenem Rachen auf Queens Unterleib.

Im letzten Moment bekam Queen ihren Schopf zu fassen und konnte sie von sich weghalten. Sie hegte keinerlei Zweifel, dass die Zähne der Irren Kleinholz aus ihrer Kleidung und ihrem Fleisch gemacht hätten. Selbst die Kevlarweste wäre kein dauerhafter Schutz gewesen. Queens Armmuskeln zitterten, während sie den Kopf der Regenerierten mit beiden Händen von sich wegschob. Aber die setzte sich mit der Kraft einer Wahnsinnigen zur Wehr.

Wie rasend schlug sie auf Queen ein und furchte ihr mit den Fingernägeln die Haut an den Armen. Queen schrie auf, weniger vor Schmerz als vor Zorn, dann zerrte sie mit erneuter Kraft an den Haaren der Frau und konnte sie so einen Moment von sich wegziehen. Das genügte. Sie zog die Füße an und trat der Regenerierten grob vor die Brust.

Die beinlose Frau kippte die Treppe hinunter und klatschte in eine Pfütze dampfenden, flüssigen Stickstoffs. Obwohl der Großteil ihres Körpers sofort gefroren war, fletschte sie weiter die Zähne und schnappte vergeblich nach Queen.

Queen stand auf, holte sich ihre Pistole zurück und richtete sie auf die Frau.

»Tut mir leid«, sagte sie. »Das haben Sie sicher nicht verdient.« Sie feuerte ein einziges Mal und zerschmetterte den Schädel der Frau. Ihre Hirnmasse spritzte in den flüssigen Stickstoff, wo sie gefror und wie Eiswürfel in einem Mixgetränk trieb. Mit drei weiteren Schüssen schaltete sie auch die anderen tiefgekühlten Gen-Experimente endgültig aus. Dann, als der flüssige Stickstoff bereits an die Treppe schwappte, verließ sie das Labor und begab sich in die unbekannten Tiefen von Manifold Beta.

In der Ferne erklangen Schreie. Auch Schüsse. Sie hatte keine Ahnung, an welcher Stelle des Komplexes sie sich befand. Vor ihr fiel durch die zwei hell erleuchteten Fenster einer Doppeltür Licht in den Korridor.

Da sie den Weg nach draußen nicht kannte, ging sie einfach auf die Tür zu und hoffte, nicht auf noch mehr Regenerierte zu treffen oder in eine Falle von Gen-Y zu tappen. Sie schob ihr letztes Ersatzmagazin in die MP, trat die Tür auf und keuchte überrascht.

Auf einem Tisch in der Mitte des kleinen Labors war die letzte Person festgeschnallt, die sie hier anzutreffen erwartet hätte. Er schlug die Augen auf und erkannte sie. »Queen«, sagte er. »Sieh zu, dass du schleunigst hier verschwindest.«

»Nicht ohne dich, Bish«, erwiderte sie, während sie ihr Messer zog und begann, seine Fesseln durchzuschneiden.

»Du verstehst nicht«, sagte er, dann zuckte sein Kopf zur Tür herum, und seine Augen weiteten sich. »Queen! Vorsicht!«

Sie wirbelte herum und zog den Abzug durch. Eine Salve durchlöcherte die Brust eines Regenerierten. Die Wucht der Kugeln schleuderte ihn zu Boden, doch er rappelte sich sofort wieder auf, als wäre er lediglich gestol-

pert. Queen zielte genauer und feuerte ihm drei K
Kopf und Gehirn. Diesmal war er endgültig tot.

»Du hast keine Zeit mehr«, stieß Bishop zwisch
sammengebissenen Zähnen hervor. Sie ignorierte ihn und schnitt seinen anderen Arm los. Doch bevor sie sich den Fußfesseln zuwenden konnte, prallte etwas von hinten gegen sie und schleuderte sie quer durch den Raum. Sie rollte sich ab und schaffte es, wieder auf die Beine zu kommen, bevor eine regenerierte Frau sie ansprang. Queen feuerte, traf aber nur ihr Bein, was sie kaum behinderte.

Queen ließ die Waffe los und bekam mit beiden Händen die Unterarme der Regenerierten zu fassen, bevor sie zuschlagen konnte. Die Frau ließ sich ohne Widerstand die Arme nach hinten drücken und schnappte dabei nach Queens Gesicht.

Sie spürte, wie die Muskeln der Frau nachgaben, als sie ihr die Arme noch weiter zurückbog, weiter, als es physikalisch möglich schien. Irgendwann würden die Zähne der Frau sie erwischen. Doch sie konnte ihre Arme nicht loslassen ... normalerweise hätte ein Kopfstoß gereicht, um den Kampf zu beenden, doch diese Frau würde sie damit nur in noch tiefere Raserei stürzen. Ihr nach Blut stinkender Atem drang Queen in Nase und Rachen, und sie schrie frustriert auf.

Dann wurde die Frau von ihr weggerissen. Sie segelte durch den Raum und krachte gegen die Wand. Bishop stellte sich mit gezücktem Messer zwischen sie und Queen. Er hatte sich selbst losgeschnitten.

Queen griff rasch nach der UMP und legte an, doch Bishop stand ihr im Weg. »Bishop, weg da!«

Die Regenerierte stand auf.

Und griff an.

Bishop ebenfalls.

Sie trafen in der Mitte des Raums aufeinander. Bishop duckte sich unter der zuschlagenden Faust der Frau weg und rammte die Klinge nach oben. Das Messer drang durch das Kinn in ihr Gehirn ein und nagelte ihr die zuschnappenden Kiefer zusammen. Bishop setzte die Bewegung fort, hob die Frau allein mit dem Messergriff in die Luft und schmetterte sie zu Boden. Einen Augenblick später lag er auf ihr und drosch mit Fäusten wie Schmiedehämmer auf sie ein. Er hörte erst auf, als die Beine der Frau aufgehört hatten, nach ihm zu treten.

Queen sah wie betäubt zu. Sie hatte noch nie erlebt, dass Bishop jemanden im Nahkampf tötete. Das erforderte ein Maß an Brutalität, das sie ihm nicht zugetraut hatte. Er atmete schwer. Als sie ihm die Hand auf die Schulter legte, wirbelte er herum, die Augen voll Zorn. Sie bekämpfte den instinktiven Wunsch, vor ihm zurückzuweichen. »Gut gemacht, Bish.«

Er beruhigte sich. Warf einen Blick auf die Frau und sagte kopfschüttelnd: »Gut? Was soll daran gut sein?«

Queen sah, dass er seine Hände anstarrte, die sie selbst nicht sehen konnte. Abermals schüttelte er den Kopf. Sie blickte ihm über die Schulter. Seine Fäuste waren blutverschmiert, doch er selbst hatte keinen Kratzer abbekommen. Es war nur das Blut der Regenerierten. Queen wusste nicht genau, warum er das beunruhigend fand. Ihnen allen klebte Blut an den Händen, normalerweise eher bildlich gesprochen, doch jeder von ihnen hatte schon vorher im Kampf getötet, auch Bishop.

Er erhob sich und ging zur Tür. Queen warf einen letzten Blick auf den zerschmetterten Schädel der Regenerierten und folgte ihm dann hinaus in den Gang. Die Schreie hallten inzwischen aus allen Winkeln des Komplexes.

VIERUNDDREISSIG

Tristan da Cunha

Das Einzige, was King in dem pechschwarzen Wasser der von Menschenhand geschaffenen Höhle erkennen konnte, war ein schwacher, entfernter Schimmer. Dem folgte er blindlings und ohne große Vorsicht wie eine Motte dem Licht. Dafür war einfach keine Zeit. Aber als das Licht erlosch, hielt er im Wasser schwebend inne.

Die Dunkelheit machte ihm weniger Sorge als die Art, wie das Licht verschwunden war: als hätte etwas Großes sich von unten davorgeschoben. King schüttelte Visionen von Haien und Riesenkraken ab und schwamm weiter. Abermals hielt er inne. Diesmal nur einen Augenblick lang, denn er spürte eine Druckwelle, die sich durch das Wasser fortpflanzte. Dann schoss er nach oben, ohne zu wissen, wie weit die Höhlendecke entfernt war, aber lieber stieß er mit ihr zusammen als mit dem, was eine derartige Druckwelle erzeugen konnte.

Ein gewaltiges Objekt glitt lautlos dicht unter ihm hindurch, streifte seine Flossen und brachte ihn ins Trudeln. Während er durchs Wasser gewirbelt wurde, verlor er jegliche Orientierung. Er stieß gegen eine Wand – oder war es die Decke? –, und seine Schulter schmerzte von dem Aufprall. Als das Objekt vorbei war, sog ihn das Kielwasser von der Wand weg, und er wurde abermals durchs Wasser gewirbelt. Stirnrunzelnd nahm er einen tiefen Atemzug aus seinem Handtauchgerät. Normalerweise konnte er sich auf seine außergewöhnlichen Fähigkeiten verlassen, wenn es ums Überleben ging, doch dass er hier nicht zum Todesopfer des Unterwasserverkehrs geworden war, hatte er nur seinem Glück zu verdanken.

Das Licht war jetzt wieder sichtbar, und King hielt mit neuer Entschlossenheit darauf zu – das riesige Ding könnte zurückkommen, oder vielleicht gab es noch mehr von seiner Sorte.

Bald erreichte er die unter Wasser montierte Lampe und stellte erfreut fest, dass daneben eine Leiter die Tunnelwand emporführte. Er ließ seine Flossen und den kleinen Sauerstofftank auf den Boden sinken, griff nach der Leiter und streckte den Kopf hinaus. Der alte Karn hatte recht gehabt, das war ein unterirdischer U-Boot-Hangar. Es hätte nur wenig gefehlt, und er wäre kaum mehr als ein blutiger Fleck an der Hülle eines Unterseeboots gewesen. King kletterte die Leiter hoch und sah sich in der ausbetonierten Kammer um.

Sie war leer. Wer immer sich hier aufgehalten hatte, war mit dem U-Boot verschwunden. Manifold setzte sich ab. Sein Instinkt riet King, ebenfalls zu machen, dass er wegkam. Er hatte gesehen, was von Manifold Gamma in Peru übrig geblieben war, und vermutete, dass Ridley auch hier Vorkehrungen getroffen hatte, damit ihnen seine Geheimnisse nicht in die Hände fielen. Aber erst galt es herauszufinden, ob Pierce noch hier war, selbst wenn er dazu jeden einzelnen Raum des Komplexes durchsuchen musste. Feuer oder nicht Feuer. Er musste es riskieren.

Er streifte den Neoprenanzug ab, öffnete die massive Zugangstür aus Stahl und rannte durch einen langen, betonierten Gang, der vermutlich unter der Landebahn zum Manifold-Komplex verlief. Die Wände erzitterten, als von oben das ohrenbetäubende Knattern mehrerer Salven aus einer Art Schnellfeuerkanone ertönte. King hatte nie etwas Vergleichbares gehört, doch seine Erfahrung sagte ihm, dass es sich um eine schwere Waffe handelte. Dann erfüllte ein anderes Geräusch den Tunnel: ein tiefes Grollen, gefolgt vom ohrenbetäubenden Heulen der Turbinen einer 747. Manifolds Flugzeug hob ab. Er spurtete einer zweiten Metalltür am Ende des Ganges entgegen, wütend, dass ihm Ridley, Gen-Y und Manifold abermals durch die Lappen gingen.

Mit einem Ruck entriegelte er die Tür und trat auf den hell erleuchteten äußeren Hof des Beta-Komplexes hinaus, seinen SOPMOD-M4-Karabiner mit Schalldämpfer, Laserzielvorrichtung und M203-Granatwerfer im Anschlag. Eilig sprang er zurück, als fünf Regenerierte aus dem Vordereingang des Hauptgebäudes gestürmt kamen und mit schrillem Kreischen weiter in Richtung Stadt hetzten.

Er wollte gerade dorthin laufen, als ein ohrenbetäubendes, röhrendes Knattern wie von einer überdimensionalen Kettensäge ertönte. Er trat zurück in die Tür und beobachtete, wie in einem nur dreisekündigen Feuerstoß Tausende von Granaten in die Höhe schossen. Das war das Geräusch gewesen, das er schon im Tunnel gehört hatte. Die Geschosse kamen aus riesigen Metal-Storm-Granatwerfern zur Abwehr von Angriffen aus der Luft und von See, sogar von Raketenangriffen. Er verzog ärgerlich das Gesicht, als ihm klarwurde, dass sie sich in dem verbargen, was sie für Wassertanks gehalten hatten. Gen-Y war ihnen waffentechnisch und strategisch immer noch eine Nasenlänge voraus. Als die glühende Leuchtspurmunition sich in der Ferne wieder der Erde zuzuneigen begann, erstarrte King.

Die *Grant* …

Pierce musste noch warten. Allein auf der *Grant* befanden sich fünftausend Mann Besatzung, vom Rest des Gefechtsverbands ganz zu schweigen. Das Wohl der vielen ging vor. King hob seinen Karabiner und betätigte den zweiten Abzug. Eine Granate traf die Metal-Storm-Waffe und vernichtete sie in einem Feuersturm aus kinetischer Energie. Er lud nach und feuerte in schneller Abfolge drei weitere Granaten ab. Die letzte schlug ein, als die verbliebene Metal Storm gerade ihr Trommelfeuer eröffnete. Der Geschützturm kippte zur Seite, im nächsten Moment schlug die Geschossgarbe aus Tausenden von Granaten ins Manifold-Hauptgebäude ein und zerfetzte die oberen drei Stockwerke. King betete darum, dass Pierce nicht dort festgehalten worden war, und rannte zum Haupteingang. Die Gefahr, dass das Gebäude nach dem Schaden, den es genommen hatte, einstürzen könnte, ignorierte er.

Zwei Regenerierte kreischten ihm aus dem dunklen Eingang entgegen, aber er verlangsamte sein Tempo nicht. Ein roter Laserpunkt tauchte genau zwischen ihren Augen auf, und King gab zwei perfekte Feuerstöße von je drei Kugeln ab. Die beiden Männer, die erst den Verstand und jetzt auch noch den Kopf verloren hatten, gingen zu Boden.

King drang in die Anlage ein und hatte die Wahl zwischen fünf Korridoren, zwei Aufzügen und einer breiten Treppe. Unter anderen Umständen hätte er vielleicht gezögert, doch die lange, ausgetretene Blutspur, die zur Treppe und diese hinabführte, war wie eine Leuchtreklame: *Hier entlang*. Zwei Stufen auf einmal nehmend, rannte er hinunter, immer der Blutspur hinterher, die höchstwahrscheinlich zum Labor führte … und hoffentlich zu Pierce.

Er landete sechs Stockwerke tief unter der Oberfläche von Tristan da Cunha – wo das unterste Geschoss vor aller Welt verborgen war, und stieß eine Tür auf. Sofort empfing ihn eine Kakophonie wütender Schreie, zusammengesetzt aus Männer- und Frauenstimmen. Dazwischen unmenschliches Kreischen, Brüllen und das Zersplittern von Gegenständen.

Er bewegte sich vorsichtig auf die Lärmquelle zu, bis er eine solide, blutverschmierte Doppeltür aus Metall erreichte. Mit dem Ärmel wischte er so viel gerinnendes Blut von einem kleinen quadratischen Fenster, dass er hindurchspähen konnte. Auf der anderen Seite lag eine Art geschlossene Anstalt, ähnlich der, die sie auf dem Video der zerstörten Gamma-Anlage gesehen hatten. Ein Gefängnis für die Regenerierten ... und jede Tür im Raum, fünfzig insgesamt, stand weit offen.

Links, direkt vor einer der Zellen, hackten, schlugen und bissen drei Regenerierte auf etwas ein, das man nicht genau erkennen konnte. Erst dachte King, es würde sich um ein menschliches Opfer handeln, doch dann wurde einer der Regenerierten quer durch den Raum geschleudert. Wer immer – oder was immer – sich dort befand, er oder es wehrte sich nach Kräften. Ein zweiter Regenerierter flog durch die Luft und prallte direkt vor King gegen die Tür. Mit aufgeschlitztem Gesicht rutschte er am Fenster herunter. Da wusste King, dass es nichts Menschliches sein konnte.

Jedenfalls nicht mehr.

Die Regenerierten erneuerten den Angriff. Etwas wie eine grüne Hand schoss zwischen ihnen hervor, erwischte den einen am Hals und trennte ihm glatt den Kopf ab. Der zweite wurde gepackt und durch die Luft gewirbelt. Der dritte stürzte unter einem vernichtenden Schlag auf den Schädel zu Boden.

»O Gott ...«, entfuhr es King, als er die Kreatur erblickte. Sie war eindeutig einmal menschlich gewesen, denn sie stand auf zwei Beinen, hatte zwei Arme, Finger, einen Haarschopf – aber die gelben Schlangenaugen, die grünen Schuppen, die spitzen Zähne und die langen Klauen gehörten einem Monster. Es war kein Regenerierter. Es war etwas anderes.

Etwas Neues.

Die grüne Kreatur stampfte ein paar Male mit dem Fuß auf den Kopf des zu Boden gestürzten Regenerierten ein und trat ihn zu Brei. Dann wandte sie sich dem letzten überlebenden Regenerierten zu, der sich gerade wieder hochrappelte. King fiel auf, dass das grüne Geschöpf nicht mit der Besessenheit der übrigen Regenerierten agierte. Es tötete nicht in unkontrollierbarer Raserei. Es tötete aus vollem Bewusstsein. Es war intelligent.

Ansatzlos schlitzte die Kreatur dem Regenerierten die Kehle auf, packte die Haare des Irren und riss ihm den Kopf zurück. Sehnen zerrissen, und Blut sprühte umher, als die Wirbelsäule durchtrennt wurde. Der Kopf löste sich vom Körper und kullerte über den Boden, leblos wie die der anderen. Dann plötzlich geriet das Geschöpf ins Taumeln. Es ließ sich schwer auf ein Knie nieder und griff sich an die Stirn, während mehrere rote Schnittwunden und Bissspuren in seiner Haut verheilten.

King sah eine Chance, die Kreatur auszuschalten, bevor sie noch jemanden töten konnte. Offensichtlich war sie weit gefährlicher als jeder Regenerierte. Er schlüpfte lautlos durch die Tür und schlich sich von hinten an. Besorgt fragte er sich, ob ein Kopfschuss bei diesem Wesen überhaupt ausreichen würde.

Im nächsten Moment fiel die Kreatur zu Boden und wand sich, offenbar unter großen Schmerzen. Ihre Finger fuhren über das Linoleum. Sie malte einen Kreis aus Blut und zog dann zwei parallele Striche hindurch.

Als King das Wesen ins Visier nahm, erschlaffte seine Hand. Irgendwie schien es seine Anwesenheit zu spüren. Doch er erkannte, dass es nicht vorhatte, ihn anzugreifen. Lag es im Sterben? Mühsam drehte es sich schließlich zu ihm um, und er sah den Schmerz in den schlangengleichen Augen. Das Geschöpf stellte keine Gefahr dar. Während es zu King emporsah, füllten sich seine Augen mit Tränen, und es wirkte unendlich traurig. Seine letzten Energiereserven waren aufgebraucht, und es schloss die Augen. Mit letzter Kraft stieß es zwei Worte hervor.

»Agustina Gallo.« Dann erschlaffte der Körper.

Der Name sagte King nichts, doch die Stimme traf ihn wie eine .45er-Kugel direkt ins Herz. »O mein Gott, George!«

FÜNFUNDDREISSIG

Tristan da Cunha

Die Gebäude von Edinburgh sprangen Knight aus der Dunkelheit entgegen, als er durch das Nachtsicht-Zielfernrohr seines Scharfschützengewehrs spähte. Von seinem Aussichtspunkt hoch über dem Ort wechselte er von Ziel zu Ziel, doch war es fast unmöglich, in dem grünlichen Schein des Nachtsichtgerätes Menschen und Regenerierte auseinanderzuhalten. Manche Regenerierte erkannte er daran, wie sie sich in großen Sätzen durch die Stadt bewegten, doch die anderen, die sich unter die panisch fliehenden Einwohner mischten, waren nicht zu identifizieren, bevor sie sich auf ein Opfer stürzten. Und dann war es meist schon zu spät.

Er wünschte, Rook würde sich beeilen. Aus der Distanz konnte er nur eine gewisse Anzahl von Menschen schützen. Rook würde aus der Nähe gezielter helfen. Knight schwenkte wieder das Fernrohr und bemerkte eine ungewöhnliche Bewegung. Ein Mann stand schwankend auf dem Dach eines Hauses. Versteckte er sich, oder lag er auf der Lauer? Durch die Linse des Fernrohrs betrachtet, glichen sich Wahnsinn und panische Angst so sehr, dass er es nicht erkennen konnte.

Eine Frau stürzte aus der Tür des Hauses und rannte auf die unbefestigte Straße.

Der Mann sprang sie an.

Ein Regenerierter.

Knight antizipierte die Flugkurve des Mannes, hielt entsprechend vor und schoss. Die panzerbrechende 25-mm-Munition traf den Regenerierten in den Hals und trennte ihm den Kopf ab. Die Frau zuckte zusammen, als der Körper hinter ihr auf den Boden schlug. Im Umdrehen sah sie den Kopf vor ihren Füßen vorbeirollen und machte einen Satz rückwärts. Sie erstarrte, legte die Hände vor den Mund und schrie auf. Dann fiel sie auf die Knie und drückte den kopflosen Körper an sich. Sie hatte den Mann gekannt.

Einen Moment lang wünschte Knight sich weit, weit weg, doch schon löste sich ein weiterer Regenerierter aus der Dunkelheit hinter der Frau und zwang ihn wieder zu handeln. Er feuerte zweimal. Der erste Schuss riss dem Regenerierten den Arm weg. Der zweite den Kopf. Der Körper glitt seitlich zu Boden und gab wieder den Blick auf die Frau frei. Zerfetzt. Tot.

Knight verzog grimmig das Gesicht. Diese Schlacht war nicht zu gewinnen.

»Rook, Statusmeldung bitte«, sagte er ins Kehlkopfmikrofon.

»Fast … in der Stadt«, keuchte Rook außer Atem. Er war die ganze Strecke vom Berg herab gerannt, um sich mitten ins Getümmel zu stürzen, so, wie er es bevorzugte. Aber Knight sah, dass auch das nicht viel bringen würde. Sie mussten weg von der Insel, und zwar schleunigst.

»Ich komme nach«, sagte Knight. »Wir müssen evakuieren. Ich gebe dir Rückendeckung.«

»Verstanden, Kleiner.«

Knight legte an, erzielte noch einen Kopftreffer und sprang dann auf. Das Gewehr mit beiden Händen haltend, rannte er auf den Ort zu und hoffte, dass die *Mercury* für einen schnellen Rückzug bereitlag.

Rook sprang über einen niedrigen weißen Lattenzaun, ein Überbleibsel der großen Visionen, die die Siedler einst mit der Insel verbunden hatten, und erreichte ein Straßenstück, das parallel zum Meer verlief. Schreie ertönten aus der Ortsmitte. Die zunehmende Lautstärke verriet ihm, dass das Getümmel sich in seine Richtung verlagerte … was auch in seiner Absicht gelegen hatte. Er wollte sich in eine Ein-Mann-Mauer verwandeln und die Regenerierten in Schach halten, während die Einheimischen sich zum Hafen retteten.

Er rannte auf die Hauptstraße zu, die vom Kai durch die Stadt und weiter bis zum Manifold-Komplex führte. Als er sie erreichte, hätten ihn beinahe zwei Frauen überrannt. Sie waren vor Furcht beinahe von Sinnen, fast so durchgedreht wie die einmal Menschen gewesenen Monster, die sie verfolgten. Sie heulten wie verwundete Hyänen. Rook schüttelte den Kopf. Es verblüffte ihn immer wieder, wie Menschen, wenn sie einem gewaltsamen Tod ins Auge blickten, in einen fast animalischen Zustand verfielen. Er fragte sich, ob es wohl das war, was die Regenerierten in den Irrsinn trieb: wieder und wieder an den Rand des Todes und darüber hinaus gebracht zu werden, bis der Verstand aufhörte zu funktionieren.

Er bekam keine Gelegenheit, darüber nachzugrübeln, da der Tumult sich jetzt den Hügel herabwälzte. Die Hauptstraße war von einer Reihe heller, von Manifold installierter Straßenlaternen beleuchtet, so dass er sein Nachtsichtgerät nicht brauchte. Das kam ihm entgegen, denn so konnte er die Bestien besser als solche erkennen – sie waren diejenigen, die blutüberströmt noch rennen konnten.

Rook ließ sich auf ein Knie nieder, setzte das Sturmgewehr an die Schulter, zielte und gab schnelle Salven von je drei Schüssen ab. Die Einheimischen zogen wie erwartet die Köpfe ein, rannten jedoch weiter auf das Gewehrfeuer zu, da sie instinktiv wussten, dass die Schüsse nicht ihnen galten. Falls doch, war der Tod durch eine Kugel allemal besser, als bei lebendigem Leib aufgefressen zu werden.

»Legt einen Zahn zu, Leute«, schrie Rook zwischen zwei Salven. Da ihm immer wieder Zivilisten in die Quere kamen, konnte er das Vordringen der Regenerierten lediglich verlangsamen. Er hatte schon Glück, wenn er einmal einen Körpertreffer setzen konnte, ganz zu schweigen von Kopfschüssen. Trotz seiner Bemühungen fielen immer mehr Zivilisten. Als die Hauptgruppe der Ortsbewohner, dreißig von ursprünglich hundertsiebenundsiebzig, an ihm vorbeiströmte, verlor er die Regenerierten komplett aus den Augen.

Die Gruppe teilte sich vor ihm und war binnen Sekunden vorbei. Die Straße lag jetzt verlassen bis auf einige verletzte Nachzügler, auf die sich die Regenerierten stürzten, sobald sie sich von den Schussverletzungen wieder erholt hatten. Rook zählte rasch nach.

Siebenundzwanzig.

Verdammt.

Es war schon schwierig genug, sich gegen einen Angriff von siebenundzwanzig normalen Menschen zu verteidigen, selbst wenn sie unbewaffnet waren. Aber diese … Dinger, sie heilten wie *X-Man* Wolverine auf Speed.

Rook legte ein Sperrfeuer, bis das Magazin leer geschossen war.

Mehrere der Regenerierten wälzten sich auf dem Boden, aber ihre Wunden heilten blitzschnell. Rook dachte an die Capybaras, zielte auf eine Gruppe von drei der Verletzten und betätigte den zweiten Abzug seiner Waffe, der eine 40-mm-Granate abfeuerte. Die Explosion zerfetzte diese drei und durchlöcherte zwei weitere mit Schrapnellen. So schnell er nachladen konnte, schoss Rook drei weitere Granaten ab und verwandelte die Straße in dreißig Metern Entfernung in ein von Kratern durchlöchertes Inferno.

Der Asphalt schwelte, Rauch stieg in den Nachthimmel. Rook konnte einzelne Bewegungen darin ausmachen. Wie viele er erledigt hatte, war unmöglich zu sagen. Er legte ein neues Magazin ein. Seine Kugeln pfiffen durch den Dunst, doch er konnte nicht erkennen, ob sie Wirkung zeigten. Plötzlich spritzte ihm eine Ladung klebriger Flüssigkeit ins Gesicht. Blut.

Er wirbelte herum und durchsiebte einen kopflosen Körper mit Kugeln. Die Salve warf den Regenerierten nach hinten. Rook wischte sich das Blut vom Gesicht. »Danke, Knight.«

»Bin schon fast in der Stadt«, gab Knight zurück.

Ein schlurfendes Geräusch lenkte Rooks Augenmerk wieder auf die rauchende Straße. Neunzehn Regenerierte tauchten aus dem Nebel auf. Offene Wundränder schoben sich aufeinander zu und schlossen sich. Innerhalb von Sekunden war jeder Einzelne von ihnen wieder völlig hergestellt. Sie begannen zu laufen.

»Beeil dich!«

Rook feuerte seine letzten paar Patronen ab und streckte einen der Regenerierten nieder, aber zum Nachladen blieb keine Zeit mehr. Er warf das Gewehr weg und zog seine beiden Action Express Desert Eagle Kaliber .50 aus gebürstetem Chromstahl aus den Achselhalftern, eine Spezialanfertigung. Ohne seine Handgelenksmanschetten, die Gelenk und Waffe stützten, hätte er sie niemals abfeuern können, denn der Rückstoß konnte einem ohne weiteres das Handgelenk brechen. Sie schlugen baseballgroße Löcher in alles, was aus Fleisch und Blut bestand, aber in jeder Waffe steckten nur sieben Patronen. Vierzehn Kugeln insgesamt ... und achtzehn Regenerierte. Er bezweifelte, dass er eine Chance zum Nachladen bekäme.

Die Gruppe ging zum Angriff über, als die Einwohner der Stadt gerade den Kai erreicht hatten und begannen, die Boote flottzumachen. Rook zielte sorgfältig und schoss. Drei Regenerierte stürzten zu Boden, zwei ohne Kopf, dem dritten fehlte ein Großteil des Brustkorbs. Andere fielen zwar, erlitten jedoch keine tödlichen Verletzungen – jedenfalls für Regenerierte.

Ein weiterer von ihnen verlor seinen Kopf, dann kam Knight von der Seite her angerannt. »Die Geschichte vom Alamo hat mir nie gefallen«, keuchte er, bevor der nächste perfekte Schuss ins Ziel traf.

»Mir auch nicht.« Klick, klick. »Leer.« Rook, der nicht vorhatte, sich von seinen Waffen zu trennen, schob sie in die Halfter zurück und zog die lange KA-BAR-Klinge. Dreizehn Regenerierte setzten die Attacke noch fort, schäumend, knurrend, tollwütig. Bei einigen waren die klaffenden Wunden von Rooks Desert Eagles noch nicht ganz verheilt. Sie waren nur noch etwa fünfzehn Meter weit entfernt und kamen schnell näher.

Dann polterte eine Handgranate zwischen ihnen herunter, rollte noch ein Stück und blieb liegen. Die Regenerierten standen wie angewurzelt und glotzten sie an.

»Die Mistkerle sind dumm wie Bohnenstroh!«, schrie jemand. Sie wandten die Köpfe und erblickten Jon Karn, schwer beladen mit Waffen und Munition. »Hauen Sie ab zur Jacht. Ich halte hier die Stellung.«

Rook wollte schon widersprechen, erkannte dann aber die Waffe in der Hand des alten Mannes und machte den Mund wieder zu. Es war eine M134 Minigun auf einem schweren Dreibein. Die Waffe war aus der Hand nicht zu bedienen, obwohl sie in Spielfilmen gerne so gezeigt wurde, doch das schien Karn zu wissen. Er entfaltete das Dreibein mit einem Tritt, kniete sich hin und feuerte drei Bolzen in die einzige geteerte Straße der Insel, um es zu fixieren. Kaum aufgestanden, drückte er auf den Abzug und brüllte, als die Revolverkanonenläufe zu rotieren begannen: »Ich sagte, bewegt euch! Das hier ist meine Stadt. Ich verteidige sie!«

Die Minigun spuckte Kugeln mit einer Rate von viertausend Schuss pro Minute. Der erste getroffene Regenerierte wurde von Kopf bis zum Schritt in zwei Hälften gespalten.

Rook und Knight hörten auf den Mann und rannten zur *Mercury*, um sich schwerere Waffen zu holen. Vom Kai aus sahen sie die überlebenden Einwohner in kleineren Booten eilig Kurs aufs offene Meer nehmen. Nur die *Mercury* und ein Fischerboot namens *Susie-Q* waren noch übrig. Das Holz des Kais dröhnte unter ihren Stiefeln, doch beide Männer wirbelten herum, noch bevor sie die *Mercury* erreicht hatten. Die Minigun war verstummt.

Sie sahen Karn unter dem Ansturm zweier Regenerierter zusammenbrechen, die ihn von den Flanken her in die Zange genommen hatten. Knight legte an, doch da verstummten Karns Schreie abrupt, und ein Strom von Blut ergoss sich über den Asphalt. Knight schaltete beide Regenerierten mit gezielten Schüssen aus und schüttelte den Kopf.

Rook stieß ihn an und zeigte zur Hügelkuppe. Eine neue Horde von Regenerierten kam wie eine ganze Armee in die Stadt getrampelt. »Gehen wir.«

Knight sprang auf das Schiff, während Rook die Leinen losmachte. Die Zwillingsmotoren röhrten bereits auf, als er an Bord kletterte. Er lud seine beiden Desert Eagles nach und sah sich auf der Jacht nach schweren Waffen um. Sie konnten nicht in der Stadt bleiben, die Insel aber auch nicht verlassen. Nicht solange drei Teammitglieder noch vermisst wurden.

Besser, wir sterben alle zusammen, dachte Rook.

SECHSUNDDREISSIG

Tristan da Cunha

King ignorierte die Gefahr, die von herumstreunenden Regenerierten ausging, wuchtete sich den grünen, schuppigen George Pierce über die Schulter und zog sich mit der Waffe im Anschlag zur Treppe zurück. Sein Verstand weigerte sich, den Zustand zu akzeptieren, in dem sich sein alter Freund befand. Er konnte das Gefühl nicht abschütteln, dass es seine Schuld war. Im Innersten wusste er natürlich, dass die Verantwortung bei Richard Ridley und Manifold lag. Ohne sie wäre nichts von alldem passiert, und sein Freund wäre noch … menschlich.

King stieß die Tür zum Treppenhaus mit dem Fuß auf. Schatten huschten eine Etage höher über die Treppe. Er hörte, wie Fleisch von Knochen gerissen wurde und mehr als eine Stimme angesichts des Festmahls genüsslich grunzte. Er zog sich wieder zurück. Mit Pierce über der Schulter verletzungsresistenten Feinden gegenüberzutreten, hieße, das Schicksal herauszufordern. Er wäre zu langsam, schlecht ausbalanciert und beim Zielen behindert.

Ein Schild am Ende des Gangs wies zu den Aufzügen. Wenn sie noch funktionierten, war das möglicherweise der einzige Weg zurück nach oben. Nach kurzem Sprint bog er um eine Ecke und kam schlitternd zum Stehen, als er den auf seine Stirn gerichteten Lauf einer UMP erblickte.

»Scheiße, King, ich hätte dich beinahe umgelegt«, sagte Queen und senkte die Waffe.

King sah zu seinem Erstaunen, dass Bishop neben Queen an der Wand lehnte. »Bishop?«

»Gefangen genommen. Mehr gibt's nicht zu erzählen«, meinte Bishop knapp und deutete auf Pierce. »Wer ist das?«

King drehte sich zur Seite, damit sie Pierce' von Schuppen bedecktes Gesicht sehen konnten. »George. Sie haben … etwas mit ihm gemacht.«

Bishop runzelte die Stirn und schüttelte ungläubig den Kopf.

Eine Explosion erschütterte die Stockwerke über ihnen. King drückte den Aufzugknopf.

»Die Aufzüge sind hin«, sagte Queen. »Wir müssen über die Treppe.«

»Die ist besetzt.«

»Nicht mehr lange«, meinte sie und bog mit gezückter Waffe um die Ecke.

»Ich nehme ihn«, erbot sich Bishop. »Ich bin stärker.«

King bemerkte, dass Bishops Stirn von Schweiß glänzte. Er konnte sich nicht erinnern, Bishop jemals schwitzen gesehen zu haben, nicht einmal in der größten Hitze. Der Mann schien für hohe Temperaturen wie geschaffen zu sein, aber jetzt …

»Du siehst nicht gut aus.«

»Verdammt, King.« Bishop nahm ihm Pierce ungeduldig von den Schultern und warf ihn sich über die eigene, als wäre er so leicht wie ein Kleinkind. »Mir geht's gut.«

Ein Stakkato von Schüssen hallte durch den Gang, gefolgt von Queens Stimme. »Gesichert!«

King gefiel die Art nicht, wie Bishop ihm Pierce so ohne weiteres abgenommen hatte, nicht weil es falsch gewesen wäre – er war stärker … viel stärker –, aber erstens passte der Ausbruch so gar nicht zu Bishop, und zweitens war

Pierce sein eigenes Problem. Aber egal, es war sinnvoller, wenn Bishop ihn schleppte. »Gehen wir.«

Die Gruppe rannte die Treppe hinauf, bemüht, den glitschigen Blutlachen auszuweichen. King keuchte und war sich nicht sicher, was besser war: durch die Nase zu atmen und die kupferartigen Ausdünstungen zu riechen oder durch den Mund zu atmen und sie zu schmecken. Als sie das Erdgeschoss erreichten, erbebten die unteren Stockwerke unter einer Reihe von Explosionen. Die Anlage lag in den letzten Zügen.

»Raus hier, raus!«, brüllte King und rannte auf die offene Tür zu. Er sprang über die zwei kopflosen Regenerierten hinweg, die er beim Eindringen erschossen hatte, und lief auf den Hof. Eine Serie von lauter werdenden Explosionen folgte ihnen. Kam immer näher.

»Runter!«, rief Bishop, der erkannt hatte, dass das Hauptgebäude gleich in die Luft fliegen würde. Er breitete die Arme aus, packte King und Queen in einer hünenhaften Umarmung und warf sich mit ihnen und Pierce zu Boden, wobei er sie mit seinem Körper schützte.

Die Erde erzitterte unter einer gewaltigen Explosion. Die verbliebenen Fenster aus den oberen Stockwerken platzten heraus, und die tragenden Wände und Fundamente wurden zu Staub zermalmt. Das Gebäude implodierte in einer Wolke von Glassplittern und Metallschrapnellen. Bishop stöhnte, als die Trümmer auf seinen Rücken niederprasselten.

In der Ferne hörte man weitere gedämpfte Explosionen, doch auf dem Hof breitete sich totenähnliche Stille aus. Bishop stemmte sich von den anderen herunter, die Zähne vor Schmerz zusammengebissen, und rollte zur Seite.

Queen richtete sich neben ihm auf die Knie auf. »Du Blödmann. Warum hast du das getan?«

»Ich lebe noch.« Er setzte sich mühsam auf und riss sich das zerfetzte Hemd und dann die kugelsichere Weste vom Leib. Metall- und Glassplitter steckten darin, einige waren sogar durchgedrungen.

Queen musterte Bishops Rücken. »Du hast wohl immer brav deine Gebete aufgesagt, was? Kein Kratzer.«

Bishop hielt die Augen fest zugekniffen. Seine Lider zuckten, als erlebte er einen Alptraum ein zweites Mal. Dann schlug er die Augen auf, atmete tief durch und sagte: »Falls Gott über mich wacht, dann sicher nicht wegen meiner guten Taten.«

Ein dumpfer Knall, gegen den die Explosion des Hauptgebäudes nur ein müdes Feuerwerk gewesen war, ließ die gesamte Insel erbeben. Ihm folgte ein helles, orangefarbenes Glühen, das von oben kam. King sah sich nach dem Lärm um und mochte seinen Augen nicht trauen. Die Spitze des Vulkankegels von Tristan da Cunha spuckte feurige Lava.

Eine Aschewolke stieg auf und breitete sich am Himmel über der Insel aus. Flüsse von Magma ergossen sich aus frisch gesprengten Löchern und strömten unaufhaltsam und weißglühend ins Tal. Pyriphlegethon, der flammende Fluss der griechischen Unterwelt, war auf die Erde losgelassen.

Das ist ihre Rückzugsstrategie, dachte King. *Die vollständige Zerstörung der Insel.*

Geschwindigkeit und Richtung der Lavaflüsse verrieten, dass die Manifold-Anlage und das gesamte Edinburgh bald nicht mehr existieren würden. Ausgelöscht. »Mir nach«, rief er Queen und Bishop zu, der sich bereits wieder Pierce über die Schultern gehievt hatte.

Wachsam und auf der Hut vor im Hinterhalt lauernden Regenerierten, führte er sie über den Hof zu der Stahltür, die zum U-Boot-Hangar führte. Er winkte sie hindurch und rief: »So schnell wie möglich zum anderen Ende. Wenn wir dort sind, überlegen wir, wie's weitergeht.«

Queen eilte voraus. Bishop folgte ihr.

King blickte zurück und sah, dass sich gerade eine Lavawand gegen den rückwärtigen Teil der den Komplex umgebenden Mauer stemmte. Die Mauer würde ihr Vordringen aufhalten, aber nicht lange.

Er schlug die Stahltür zu und verriegelte sie. Hoffentlich dauerte es eine Weile, bis die Lava sie durchschmolz. Als er den langen Gang entlangsprintete, flackerte das Licht. Die Stromversorgung des Komplexes brach zusammen. Kurz vor der zweiten Stahltür holte er die anderen ein. Bishop stieß sie mit dem Fuß auf, während die Erde immer stärker zu beben begann. Der Vulkan blutete Lava. Nachdem sie alle im U-Boot-Hangar waren, blickte King noch einmal zurück. Am anderen Ende des Gangs glühte es bereits orange.

Er knallte die Tür zu und versperrte sie, dann musterte er die U-Boot-Höhle. Auf einer L-förmigen Plattform befanden sich mehrere Spinde, Werkzeugkästen und Lagerbehälter, aber ein anderer Ausgang war nirgendwo zu entdecken. »Zum Hinausschwimmen ist es zu weit. Sucht nach Sauerstoffflaschen, Kreislauftauchgeräten, was auch immer.«

Das Licht erlosch kurz und ging blinkend wieder an.

King stürzte sich auf die nächsten Spinde, riss die Türen auf und durchstöberte, unterstützt von Queen, den Inhalt. Nach den ersten drei Schränken ging das Licht endgültig aus. Ohne künstliche Beleuchtung lag die Höhle in tiefer Dunkelheit.

Dann wich die Finsternis einem schwachen Glimmen, während die Stahltür sich von der anderen Seite her erhitzte. Im fahlen orangefarbenen Licht fand Queen eine Taschenlampe und schaltete sie ein, dann eine zweite, die sie King gab.

»Die Zeit läuft uns davon«, mahnte Bishop mit einem Blick auf die Stahltür. Ein Tropfen flüssiger Lava drang durch ein Loch am unteren Rand. Dann ein zweiter.

King klappte eine lange Metallkiste auf. »Hier!« Er zog einen schlanken, schwarzen X-Scooter-CSI-Tauchschlitten heraus und reichte ihn Bishop. Das kleine Gerät beförderte zwei Taucher mit wesentlich höherer Geschwindigkeit durchs Wasser, als man sie mit Flossen erzielen konnte. Das war ihre Rettung ... er wusste, dass Bishop den Atem vier Minuten lang anhalten konnte, und ob Pierce überhaupt in der Lage war zu ertrinken, war eine offene Frage. »Bring ihn hier raus.«

Bishop nickte und hielt auf das schwarze Meerwasserbecken zu. Er sprang hinein, tauchte sofort ab und verschwand mit Pierce.

King wandte sich der nächsten Kiste zu und klappte sie auf. Leer.

»Ausziehen und schwimmen, Boss«, sagte Queen, während sie ihren Drillichanzug, die Waffen und den Munitionsgürtel abstreifte.

Die Lava drang mit einem Hitzeschwall durch die Tür und floss über den Betonboden wie warmer Honig. King riss sich die Kleider vom Leib, während Queen sich den USB-Stick zwischen die Zähne klemmte und nur mit schwarzen Shorts und Sport-BH bekleidet ins Wasser sprang. Als King aus der Hose schlüpfte, entdeckte er ein Paar Schwimmflossen in einem offenen Spind, der am anderen Ende bereits von der Lava angesengt wurde. Ohne nachzudenken, rannte er dem Lavastrom entgegen, schnappte sich die Flossen, lief zurück zum Beckenrand und hechtete über die erste ins Wasser tropfende Lavazunge hinweg. Er tauchte schnell und tief ab. Als sein Schwung ihn nicht mehr weitertrug, legte er die Flossen an und paddelte mit aller Kraft los. Wo zuvor pechschwarze Dunkelheit geherrscht hatte, lag die Höhle nun in heller Glut. Und auch die steigende Wassertemperatur war ein Alarmzeichen.

Wenn sie nicht ertranken, würden sie bald wie die Hummer gekocht werden.

Dank seiner Flossen holte King Queen mühelos ein. Sie waren noch knapp zwanzig Meter vom Ausgang entfernt, der sich im Mondlicht als schwach erleuchteter Kreis abzeichnete. King deutete auf seine Füße und hielt Queen die Hand hin. Sie sah die Flossen, nickte und ergriff sie. Zusammen schwammen sie weiter. Sechs Meter vor dem Tunnelausgang sah King etwas Zähflüssiges heruntertropfen und durchs Wasser sinken. Ein Schwall von Dampfblasen umgab das Objekt. Dann sank ein zweiter, größerer Klumpen vorbei. Die Lava hatte den Rand der Insel vor ihnen erreicht.

King mobilisierte seine letzten Kraftreserven. Beine und Lungen brannten wie Feuer. Rechts von ihnen floss ein kleiner Lavastrom ins Meer und füllte das Wasser mit blubbernden Dampfblasen. Sie dehnten sich aus und platzten, während sich daneben schon ein zweiter Lavastrom ins Meer ergoss. In wenigen Sekunden würden sie eingeschlossen sein.

Ein Schatten kam aus der Tiefe geschossen wie ein Hai auf der Jagd, schnell und geschmeidig. King widerstand der Versuchung, sich dem Objekt entgegenzustellen, sei es nun ein Hai oder ein Torpedo. Stattdessen schwamm er weiter auf die herabregnenden Lavaklumpen zu … und erwartete den Tod, ob er nun von oben oder von unten kam.

SIEBENUNDDREISSIG

Tristan da Cunha

Der Schatten schoss aus der Tiefe empor und packte Kings Arm mit einem Griff wie ein Schraubstock. Er und Queen wurden mitgerissen, während Bishop, immer noch auf seinem schnellen Tauchscooter, sie vom Höhleneingang wegschleppte. Eine Explosion von Blasen, begleitet von einer Hitzewelle, jagte hinter ihnen her, als die Lava sich endgültig ins Meer ergoss. King schlug verzweifelt mit den Flossen, und mit vereinten Kräften konnten sie gerade noch rechtzeitig entkommen, bevor sie gekocht wurden. Aber als Kings Blick verschwamm, tauchte eine neue Gefahr auf.

Er musste dringend atmen.

Bishop schien das zu spüren und lenkte den Scooter nach oben. King und Queen durchbrachen nach Luft schnappend die Wasseroberfläche, am Ende ihrer Kräfte, aber nicht gewillt, sich dem Sensenmann kampflos zu ergeben. Von oben griffen Hände nach ihnen und zogen sie auf das komfortable, trockene Deck der *Mercury*. Bishop folgte ihnen.

Rook streckte die Hand aus, um ihm an Bord zu helfen.

»Ich mach das alleine«, sagte Bishop.

Rook packte sein Handgelenk. »Komm schon, Großer. Lass mich dir helfen …«

»Ich sagte, ich kann das alleine!« Bishop befreite sich aus Rooks Griff, packte ihn am Hemd und riss ihn über

Bord. Rook ging unter und tauchte Sekunden später wieder auf. »Bishop, zum Teufel noch mal!«

Vom Deck der *Mercury* aus blickte Bishop auf ihn herab. »Bleib mir einfach vom Leib, Rook.« Er ging steif davon und verschwand in der Kabine. Die verwunderten Blicke der anderen folgten ihm.

King half Rook wieder an Bord. Wasser troff aus seiner durchnässten Kleidung. »Was sollte denn das?«

»Wahrscheinlich ist er sauer, weil er sich hat schnappen lassen«, vermutete Queen und wickelte sich in ein Handtuch. »Der regt sich schon wieder ab.«

»Tja, dann tue ich eben, was der Mann gesagt hat, und halte mich fern von seiner miesen Laune«, sagte Rook. Er ließ sich nicht gern von einem Teamkollegen demütigen oder herumschubsen. Auf dem Schlachtfeld konnte zerbrochenes Vertrauen tödlich sein.

Während Rook aus seiner durchweichten Kleidung schlüpfte, runzelte er die Stirn und fügte hinzu: »Und zu allem Überfluss können wir die ganze Insel abschreiben.«

King blickte zurück, während Knight Gas gab und die Jacht von der Insel wegsteuerte. Tristan da Cunha war ein einziges Meer von Lava, Rauch und Flammen. Edinburgh brannte. Manifold Beta lag unter einem Teppich geschmolzener Lava, die langsam abkühlte und erstarrte. Es würde Jahre dauern, den Komplex freizulegen, falls es überhaupt möglich war. Selbst wenn belastendes Material zurückgeblieben sein sollte, war es in dieser Gluthölle verbrannt oder geschmolzen.

Die Mission war ein kompletter Fehlschlag gewesen.

Nun ja, nicht ganz. King blickte zu Boden und betrachtete Pierce, wenn es denn noch Pierce war, der da neben ihm auf dem Deck lag. Seine Augen waren geschlossen, sein Atem ging flach. King hatte seinen Freund gerettet, doch um welchen Preis? Vielleicht wäre es besser für ihn gewesen, er hätte ihn einfach erschossen. Jetzt musste er, tja, was? Als unsterbliches Monster weiterleben? Als mythische Bestie der Moderne?

»Soweit ich das sagen kann«, bemerkte Rook, »liegt dein Kumpel im Koma.«

Queen fühlte Pierce' Puls. Überprüfte seine Pupillen. Presste seine Hand zusammen und hielt nach einer Schmerzreaktion Ausschau. Nichts. »Die Regenerierten haben den Halt in der Realität verloren. Sie wurden zu Tieren … oder schlimmer. Aber das hier ist etwas Neues. Vielleicht noch nicht perfektioniert. Sein Verstand reagiert möglicherweise auf die Situation, indem er sich abschaltet.«

King nickte. Das ergab einen Sinn, und er war froh, dass Pierce nicht bei Bewusstsein war. Aber auf die entfernte Möglichkeit hin, dass Menschen im Koma hören konnten, was um sie herum geschah, beugte er sich zu ihm und sagte: »George, ich bin's, Jack. Hör zu. Ich werde mich um alles kümmern. Wir finden einen Weg, um dir zu helfen. Das ist ein Versprechen.«

»Wir kriegen Probleme«, rief Knight vom Kapitänssitz und deutete aufs Meer hinaus. Trümmer trieben auf den Wellen. Und Körperteile.

»Sie haben es nicht geschafft«, meinte Rook.

»Wer?«

»Die Einheimischen. Eine Anzahl von ihnen ist aufs Meer hinaus geflüchtet.«

King knirschte mit den Zähnen. Das U-Boot. Es konnte nicht anders sein. Er hieb mit der Faust gegen den Kajütenaufbau und blickte zurück nach Tristan da Cunha. Die Insel glühte gelblich orange, als wäre der Teufel aus der dreizehnten Ebene der Hölle heraufgestiegen, um sich dort niederzulassen. Eine riesige Rauchwolke erstreckte sich über den gesamten Himmel und verhüllte die Sterne. Asche rieselte herab und ließ sich zart wie warme Schneeflocken auf ihrer Haut nieder.

»Gehen wir rein«, schlug King vor. »Besser, wir atmen den Mist nicht ein.«

Rook packte Pierce bei den Armen, schleifte ihn in die Kabine und legte ihn auf ein bequemes Sofa. Queen folgte ihm, und King trat zu Knight ans Steuer. »Setz Kurs Nord und komm dann auch rein. Wir werden uns nachher hier draußen abwechseln. Aber erst einmal sollten wir versuchen, die *Grant* zu erreichen.«

Knight drehte das Ruder und beobachtete den Kompass, als er aus dem Augenwinkel einen grünen Blitz sah. Zur Ausstattung der Luxusjacht gehörte auch ein Sonargerät. Irgendetwas kam neben ihnen aus der Tiefe. Etwas Großes. »King …«

King sah, was los war, schlüpfte in die Kabine und kehrte mit einer feuerbereiten Panzerfaust zurück. Die anderen folgten ähnlich bewaffnet mit einer Auswahl an Explosivprojektilen. King warf einen Blick auf den Bildschirm des Sonars, nahm dann eine bestimmte Meeresregion ins Visier und wartete. Das U-Boot durchbrach in hundert Metern Entfernung die Oberfläche wie ein springender Wal und krachte ins Wasser zurück. Eine heranrollende Welle brachte die *Mercury* zum Schaukeln, so dass sie nicht feuern konnten.

Es war leicht als Jagd-U-Boot der Los-Angeles-Klasse erkennbar – amerikanisch –, doch King wusste nicht, ob Manifold nicht genau so ein U-Boot in die Hände bekommen hatte. Daher nahm er es ins Visier, während die *Mercury* sich wieder beruhigte. Die anderen folgten seinem Beispiel. Das U-Boot kam langsam näher und blieb in zehn

Meter Entfernung liegen. Zu nah, um Torpedos abfeuern zu können, ohne selbst Schaden zu nehmen. Die Botschaft war eindeutig: *Wir kommen in Frieden.* Aber King blieb wachsam. Das U-Boot konnte sie ohne weiteres rammen und die *Mercury* mit seinem Turm in zwei Hälften schneiden.

Erst als die Turmluke aufschwang und zwei Männer in Uniformen der US Navy mit erhobenen Händen heraustraten, entspannte er sich. Den beiden Seeleuten folgte Captain Savile, der aussah wie eine ersoffene Katze.

King senkte seine Panzerfaust und starrte den Captain mit offenem Mund an. Schockiert begriff er, was seine Anwesenheit hier bedeutete. Der USS *Grant* war etwas zugestoßen.

»Bringen Sie Ihre Leute an Bord«, sagte Savile.

»Wie viele Verluste?«

Saviles Lippen zuckten schmerzlich. »Fünfhundertdreizehn bisher. Vielleicht mehr. Die *Grant* wurde getroffen und hat Schlagseite, aber sie schafft es bis zum nächsten Hafen.«

»Dreckskerle«, murmelte Rook.

»Holt euch, was ihr braucht«, befahl King den anderen. »Und nehmt George mit. Ich werde die *Mercury* versenken.«

»He, King?«, sagte Savile.

»Ja, Sir?«

Savile betrachtete die glühenden Überreste von Tristan da Cunha. »Haben Sie die Kerle erwischt?«

King sank das Herz, als er den hoffnungsvollen Ton in der Stimme des Captains hörte. Aber die Kerle, die sein Schiff fast versenkt und seine Männer getötet hatten, waren für ihre Taten nicht zur Rechenschaft gezogen worden. Stattdessen waren sie wieder einmal entschlüpft. King hatte sie entkommen lassen. Sein Schweigen und die Kälte in seinen Augen sagten, was Worte nicht ausdrücken konnten.

Savile schüttelte den Kopf. »Wenn Sie den Mann finden, der dafür verantwortlich ist, sorgen Sie dafür, dass es ihm leidtut.«

King nickte. Das verstand sich von selbst. Manifold und Gen-Y hatten nicht nur den ersten Schlag geführt, sondern auch den zweiten. Und die einzig akzeptable Lösung war, nun zurückzuschlagen … und zwar mit aller Härte.

ALPHA

ACHTUNDDREISSIG

Luftwaffenbasis Pope, Limbo

Einen Tag nach dem katastrophalen Fehlschlag der Mission saß das Team wieder in Limbo, der Vorhölle. Ein Hubschrauber hatte sie aus dem Meer gefischt und zu einem weiteren Flugzeugträger gebracht, von wo aus sie mit fünf F/A-18 Super Hornets zurück in die Heimat geflogen wurden. Die Daten des USB-Sticks waren via Satellit an Aleman vorausgeschickt worden, enthielten aber nur unbrauchbare Informationsfragmente.

Abgesehen von Pierce' Befreiung, war der Einsatz, gelinde gesagt, ein totaler Reinfall gewesen. Eine komplette Ortschaft ausradiert. Zweihunderteinundsiebzig Zivilisten tot, und obwohl ein »zufällig vorbeifahrendes Schiff« die zuständigen Behörden über die Zerstörung Tristan da Cunhas unterrichtet hatte, würde die Welt nie erfahren, dass all diese Menschen nicht Opfer eines Vulkanausbruchs geworden waren. Nach eingehender Überprüfung stand fest, dass sechshundertzweiundsiebzig Seeleute den Angriff nicht überlebt hatten. Und der erste Flugzeugträger der CVNX-Klasse im Wert von elf Milliarden Dollar plus Milliardenwerten an Flugzeugen wäre beinahe auf dem Grund des Meeres gelandet. Der militärische Ausdruck FUBAR (*fucked up beyond all recognition*, in vornehmem Deutsch »Total vermasselt«) war für den Missionsverlauf noch untertrieben. Wäre der ganze Schlamassel nicht professionell unter den Teppich gekehrt worden, hätte der Ausflug als die kostspieligste militärische Einzelaktion außerhalb eines Krieges in die Geschichte eingehen können und würde noch nach Jahrhunderten als abschreckendes Beispiel in den Lehrbüchern stehen.

Auf persönlicher Ebene setzte sich die Fehde fort, die Bishop angezettelt hatte, als er Rook ins Meer warf. Die beiden wechselten kein Wort miteinander. Ein Riss ging durch das Team, und das hieß nichts Gutes. Irgendwann würde jemand zu Schaden kommen oder den Dienst quittieren. Wenn sie sich nicht wieder vertrugen, musste King einen von ihnen in die Wüste schicken. Wenn nicht, riskierte er ihrer aller Leben. Zunächst einmal würden die beiden getrennt. Das hatte King in einer privaten Unterredung mit Deep Blue arrangiert.

Zu allem Überfluss machte Pierce keine Anstalten, aus dem Koma zu erwachen, und sah immer noch mehr aus wie das Monster der schwarzen Lagune als wie ein menschliches Wesen. Und nicht einmal die klügsten Köpfe der US-Regierung, vom CDC bis zu Wissenschaftlern aus Area 51, die offiziell gar nicht existierten, konnten sich auf die Pierce entnommenen Haut- und Organproben einen Reim machen. Anscheinend war er nicht mehr vollständig menschlich. Und zudem anders als jede bekannte Lebensform. King hatte so eine Ahnung, was das bedeutete. Das gestohlene Artefakt von der Grabung in Nazca war echt. Musste es sein. Die Hydra. Manifold hatte auf irgendeine Weise ihre DNA gewonnen und sie auf Pierce übertragen.

Während sie auf Keasling warteten, wuchs Kings Ärger über sich selbst. Er wollte angebrüllt werden. Zur Schnecke gemacht. Irgendwas. Aber alles ging weiter seinen gewohnten Gang. Sie hatten den Gegner unterschätzt. King, Keasling, Deep Blue. Sie alle. Angesichts so vieler Verantwortlicher sah es nicht so aus, als sollten Köpfe rollen. Jedenfalls nicht, solange am Ende die wahren Schuldigen gefasst wurden. Die würden dann allerdings gehängt.

Keasling trat ein und musterte das Team, das stumm und mit finsteren Mienen um den Tisch herumsaß. Selbst Rook sagte nichts. Aleman kam einen Moment später und nahm seinen Platz am Tischende ein. Sein Gesicht war unbewegt, doch konnte er ein leichtes Zucken in den Mundwinkeln nicht verbergen.

Er hatte etwas entdeckt.

Keasling runzelte die Stirn. »Sie haben jetzt lange genug ihre verletzten Egos gepflegt. Sie sehen aus wie eine Bande Fünftklässler nach einer Pausenhofprügelei. Schluss damit!«

Sie gehorchten. Die Mienen verhärteten sich. Rücken wurden gestrafft. Alle verwandelten ihre Schuldgefühle in Zorn. Sie waren darauf trainiert, dies zu tun, wann immer die Situation es erforderte. Später, wenn es niemanden mehr zu töten galt, war immer noch Zeit, sich mit ihrer Schuld zu beschäftigen. Wenn sie die richtigen Leute erledigten, konnte sie das, verdammt noch mal, sogar von der Schuld befreien. Sie wussten, dass sehr viele Menschen sterben würden, wenn Manifold Erfolg hatte und seine Formel an Terroristen und Diktatoren verkaufte. Angesichts dessen wirkten die bisher verpulverten Milliardenbeträge wie Kleingeld. Und die bisherigen Todesopfer, nun ja …

Der Bildschirm leuchtete auf. Deep Blue saß im Schatten. »Wie steht's?«

»Zu allen Schandtaten bereit«, gab Rook zurück.

Deep Blue nickte. »Gut. Dazu werden Sie bald Gelegenheit bekommen. Aber zuerst müssen zwei Rätsel gelöst werden. Das eine ist Manifolds neuer Standort. Wir wissen, dass sie zumindest fünf große Komplexe besitzen, alle geheim. Zwei davon sind nun dank ihrer Politik der verbrannten Erde zerstört.«

»Waschlappen«, warf Rook ein.

»Effektive Waschlappen«, korrigierte Deep Blue. »Nachdem Aleman auf dem USB-Stick keine verwertbaren Informationen gefunden hat, habe ich die CIA darauf angesetzt, Hinweise auf den Bau entsprechend großer Anlagen in den USA zu suchen.«

»Sie glauben, dass sie hier sind?«, fragte King. »Direkt vor unserer Nase?«

»Fast. In New Hampshire.«

Rook blickte überrascht auf. »Wo genau?«

»In Ihrer Gegend. Pinckney.«

»Kleiner Ort nördlich von Plymouth?«

»Genau. Ein paar Ruderer vor Rye haben behauptet, ein U-Boot wäre unter ihnen durchgefahren. Daraufhin wurde der Flottenstützpunkt Portsmouth in Alarmbereitschaft versetzt. Zwar kam nichts dabei heraus, aber es hat unsere Aufmerksamkeit auf New Hampshire und Maine gelenkt. Wir mussten sehr tief graben, aber schließlich fanden wir Indizien dafür, dass in Pinckney große Bauarbeiten stattgefunden haben. Maut- und Gewichtskontrollstellen verzeichnen erhebliche Transporte von Baumaterialien, die in das Gebiet eingefahren, aber nicht wieder herausgekommen sind. Das ist jedoch nicht alles. Wie Sie wissen, haben wir Pierce sehr gründlich untersucht, um seinen Zustand zu verstehen und den Prozess umkehren zu können. Dabei haben wir herausgefunden, dass der Einfluss von Strahlung die Regenerationsfähigkeit stark unterstützt.«

King richtete sich steif auf, und seine Stimme verriet Verärgerung. »Sie haben ihn radioaktiver Strahlung ausgesetzt?«

Deep Blue hob die Hand. »Lediglich im Bereich der

normalen Hintergrundstrahlung, wie sie in natürlicher Form mancherorts vorkommt.«

Rook verstand als Erster: »Der Granit-Staat. Der ganze Staat ist von dem Zeug durchsetzt.«

»Das Uran von zehn bis zwanzig Teilen pro einer Million enthält«, fügte Aleman hinzu.

Rook nickte. »Das Uran zerfällt und tritt als Radongas aus. Meine Großmutter musste sogar umziehen, weil ihr Keller das Zeug durchließ wie ein Sieb.«

»Der Ort Pinckney liegt in einem Tal, das von verschiedenen großen Granitmassiven eingeschlossen ist. Wenn Manifold die Wirkung der Hintergrundstrahlung auf die Regeneration entdeckt hat, macht es Sinn, dass sie einen solchen Ort wählen. Leider konnten wir die Anlage aus der Luft nicht aufspüren. Sie liegt höchstwahrscheinlich unterirdisch, daher brauchen wir Leute vor Ort. King. Knight. Bishop. Das ist Ihre Aufgabe.«

»Warum nicht das Gebiet mit Truppen überschwemmen?«, wollte Knight wissen. »Sie ausräuchern à la George W.?«

»Sie würden uns bemerken, lange bevor wir dazu kommen, jemanden auszuräuchern«, sagte Deep Blue. »Wir wollen nicht, dass sie sich diesmal wieder absetzen können. Wenn es länger dauert, sie zu finden, geht das in Ordnung. Sollen sie sich ruhig in Sicherheit wähnen. Dann erwischen wir sie mit heruntergelassenen Hosen. Nur lassen Sie sie nicht wieder davonkommen.«

Rook wollte Einwände erheben. Schließlich war New Hampshire sein Revier. Er kannte Land und Leute. Aber Deep Blue kam ihm zuvor. »Ich kenne die Gründe, warum Sie mitgehen wollen, Rook, aber da ist noch etwas anderes. Aleman wird es Ihnen erklären.«

Aleman setzte sich zurecht und räusperte sich. »Das

Symbol, das Pierce gezeichnet hat, der Kreis mit den zwei vertikalen Linien ... es hat einiger Nachforschungen bedurft ... *intensiver* Nachforschungen. Aber schließlich fand ich eine Erwähnung, ausgerechnet im Archiv des Naturgeschichtlichen Museums. Passenderweise handelt es sich um ein Symbol für Herkules. Genauer gesagt, die Säulen des Herkules, auch bekannt als ...«

»Die Straße von Gibraltar«, unterbrach ihn Queen. Sie stützte die Ellbogen auf den Tisch. »Eine Legende besagt, dass Herkules die Straße formte, indem er einen Berg mit seiner Streitkeule entzweischlug, aber gemeinhin glaubt man, dass er die Straße befuhr, um die Rinderherde des Geryon zu rauben, eines Riesen mit sechs Armen, drei Köpfen und drei Körpern. Seine zehnte Arbeit.«

»Und die Hydra war die zweite?«, fragte King.

Queen nickte. »Wie es scheint, hat er das wahre Ausmaß seiner Reisen für sich behalten. Gibraltar war angeblich die längste Fahrt.«

»Das stimmt«, lächelte Aleman, beeindruckt von Queens Wissen. »Womit wir bei Agustina Gallo wären.«

»Sie haben sie gefunden?«, fragte King.

»Nun, es gibt weltweit zweihundertsiebenundfünfzig Frauen dieses Namens, aber nur eine davon ist Expertin für griechische Mythologie.«

»Wo ist sie?«, wollte King wissen.

Aleman lächelte. »In Griechenland natürlich.«

»Ich soll nach Griechenland?«, fragte Rook, ohne sein Missvergnügen zu verbergen.

»Sie und Queen«, erwiderte Deep Blue. Das schien Rook schon besser zu behagen, doch Deep Blue fuhr fort: »Queen spricht die Sprache und ist offenbar recht bewandert in griechischer Mythologie. Aber Sie, Rook – Sie brauchen wir, um ihre Tarnung zu untermauern.«

Rooks rechte Augenbraue wanderte einen Zentimeter in die Höhe. »Und die wäre?«

»Queen gibt sich als Einheimische aus. Ihre Führerin. Sie spielen den lärmenden, ungehobelten amerikanischen Touristen.«

Rook seufzte, biss sich auf die Lippe und schüttelte frustriert den Kopf. Aber er erhob keine Einwände. Er wusste, dass er für diese Rolle die perfekte Besetzung war.

»Ihr Flug geht um siebzehnhundert. Die Koffer sind bereits gepackt. Als Touristen müssen Sie eine normale Linienmaschine nehmen. Lassen Sie Ihre Pässe abstempeln. Das volle Programm. Also auch keine Waffen. Wenn es Schwierigkeiten gibt, was wir nicht erwarten, wenden Sie sich an die Botschaft oder nehmen Sie ein Boot zum Flottenstützpunkt Souda Bay auf Kreta. Dr. Pierce schien Gallo für sehr wichtig zu halten. Sie beide müssen herausfinden, warum. In den letzten vierundzwanzig Stunden ist sie weder ans Telefon gegangen, noch hat sie ihre E-Mails abgerufen. Wir wissen nicht, ob sie zu beschäftigt, lediglich unkommunikativ oder anderweitig verhindert ist, also seien Sie wachsam. Noch Fragen?«

Alle blieben stumm. Der Bildschirm erlosch.

Keasling erhob sich. »Dann machen die Damen und Herren Detektive sich jetzt besser auf die Socken. Und kommen Sie nicht zurück, bevor Sie Manifold an den Eiern haben, sonst stecke ich *Ihre* Eier persönlich in einen Schraubstock.«

Queen grinste.

»Was grinsen Sie so?«, fragte Keasling. »Sie haben mehr *cojones* als die vier da zusammen. Und nun setzen Sie gefälligst Ihre Ärsche in Bewegung!«

NEUNUNDDREISSIG

Griechenland

Touristenklasse zu fliegen bedeutete, dass sie den ersten Linienflug von Raleigh in North Carolina nach Boston nahmen, anschließend den nach London und von dort aus weiter nach Griechenland, wo sie auf dem internationalen Flughafen von Athen landeten – Eleftherios Venizelos. Rook hatte sich sehr bemüht, nicht zu meckern, aber auf der letzten Etappe nach Griechenland, als sie schon acht Stunden im Flugzeug saßen, beschloss er, sich in seine Rolle als amerikanischer Tourist einzuleben, und beschwerte sich lautstark, die Sitze wären viel zu eng für seine Körpergröße. Zu seiner Überraschung wurden er und Queen mitten im Flug in die erste Klasse komplimentiert und mit einer Flasche Champagner ausgestattet. Anscheinend war Griechenland ganz wild auf lärmende, ungehobelte Touristen – und zwar in betrunkenem Zustand, damit sie gleich anfingen, mit Geld um sich zu werfen. Weder er noch Queen trank Alkohol, doch er hob die Flasche auf und verstaute sie in seiner ausgesprochen amerikanischen Sporttasche mit dem Logo der Boston Celtics.

Sie quartierten sich als Urlaubsreisende im Hotel ein, was Queen mitleidige Blicke einbrachte. Sie trug ein figurbetontes marineblaues Top, das wunderbar ihre Augen betonte, und einen fließenden schwarzen Rock, der ausgezeichnet zu ihren eleganten Sandalen und den festen, gebräunten Beinen passte. Sie sprach die Landessprache fließend und konnte trotz ihrer blonden Haare als Einheimische durchgehen. Rook dagegen, mit knöchelhohen Turnschuhen, engen Bluejeans und einem Sportsakko, sah aus wie das Klischeebild des amerikanischen Touristen. Die Blicke, die ihnen folgten, vom Taxifahrer bis zum Hotelportier und der Empfangsdame, stellten Queen alle dieselbe Frage: *Was gibst du dich mit diesem bescheuerten Clown ab?*

Nachdem sie im Electra Palace Hotel eingecheckt hatten, schleppte Rook wie ein perfekter Gentleman Queens Gepäck in den zehnten Stock, warf die Koffer auf das überdimensionale Bett und wischte sich einen Schweißtropfen von der Stirn. »Ich schwör dir, wenn mir irgendwelche Witze à la die Schöne und das Biest zu Ohren kommen, egal ob auf Englisch oder Griechisch, dann raste ich aus.«

Queen öffnete die Jalousien und sah hinaus auf die Plaka, einen der ältesten und begehrtesten Stadtteile von Athen, wo die weißen Gebäude orangerot in der untergehenden Sonne glühten. Hier war schon lange alles Fußgängerzone, obwohl Lieferfahrzeuge und lärmende Mopeds kein ungewöhnlicher Anblick waren. Einheimische und Touristen wimmelten in den alten Straßen durcheinander, die von Cafés, Läden und Restaurants gesäumt waren. Der Duft nach Kaffee, Ouzo und gegrilltem Fleisch wehte herauf. Das luxuriöse Viertel lag am Fuß von Athens berühmtestem Wahrzeichen, der Akropolis, auf der sich wiederum das Symbol der Größe der antiken Welt befand, der Parthenon. Ein atemberaubender Anblick.

In einer anderen Zeit, in einem anderen Leben, hätte Queen diese kleine Reise genossen … aber sie hatten einen Auftrag zu erfüllen.

Bei Rooks Anblick packte Queen wieder der Lachreiz, und sie fragte: »Lust auf ein *gelato*?«

»Ist das so was Ähnliches wie Eiscreme?«

»Viel besser.«

»Das glaube ich erst, wenn Ben & Jerry's anfangen, *gelato* für vier Dollar die Tüte zu verkaufen.« Rook öffnete die Tür und ließ das Gepäck einfach auf dem Bett liegen. Sie hatten nicht vor, den Inhalt zu benutzen, er diente lediglich der Glaubwürdigkeit. Auf einer Ferienreise mit leeren Koffern beim Zoll aufzutauchen, wäre aufgefallen. Rook ließ das schreckliche Zeug mit Vergnügen zurück. Er bezweifelte ohnehin den Sinn dieser ausgefeilten Tarnung, doch Manifold konnte von Pierce dieselben Informationen erhalten haben wie sie. Solange sie das nicht genau wussten, mussten sie Vorsicht walten lassen – vor allem ohne Waffen – und die Rolle des schrulligen amerikanischen Pärchens spielen.

»Wann werdet ihr euch eigentlich wieder vertragen, du und Bishop?«, fragte Queen.

»Sobald er aufhört, sich wie ein Arsch zu benehmen, sind wir wieder die besten Freunde.«

»Und wenn nicht?«

Rook blieb stehen und sah Queen an. »Der Kerl redet weder mit mir noch mit sonst wem. Ständig wirkt er, als wollte er einem gleich den Kopf abreißen. Ich lass ihn einfach in Ruhe und hoffe, dass er sich wieder fängt. Das sollten wir alle tun. Er kommt schon wieder in Ordnung. Tut er doch immer. Reden wir lieber von was anderem.«

Queen beschloss, das Thema fallen zu lassen. Rook hatte recht. Sich über persönliche Probleme Gedanken zu machen, gefährdete die Mission.

In den Straßen der Plaka fiel es Rook leichter, Bishop zu vergessen – und seine eigene schauderhafte Ausstaffierung. Es gab so viele unpassend gekleidete Touristen zwischen den eleganten Einheimischen, dass er und Queen nicht weiter auffielen. Gesprächsfetzen aus den Straßencafés übertönten das entfernte Summen des Verkehrs. Als sie an einem Restaurant vorbeikamen, dessen Tische bis auf die Straße reichten, fasste ein Kellner Rook am Arm und sagte in perfektem Englisch: »Sir, Sie müssen unbedingt unsere Riesengarnelen probieren!«

Rook befreite sich aus seinem Griff. »Später vielleicht, Chef.«

»Unsere Gerichte sind die besten in der Plaka. Moussaka. Pastizio. Souflaki. Alles wunderbar.«

Rook wurde ungeduldig. Der kleine Kellner stand kurz davor, sich eine einzufangen, als Queen Rook den Ellbogen in die Rippen stieß und sagte: *»Parakaló agnoíste to fílo mu. Íne tósso trachís ósso íne ómorfos. Tha epistrépsume ja na epiléksume ta pjáta sas argótera apópse.«*

Der Kellner lachte in sich hinein. *»Oraios?«*

Queen durchbohrte den Mann mit einem Blick, der töten konnte. *»Nä.«*

Der Mann verbeugte sich lächelnd und ließ sie weitergehen.

»Was hast du ihm gesagt?«

»Dass wir später zurückkommen. Zum Abendessen.«

»Was heißt *›oraios‹*?«

Queen bog in eine Seitenstraße ab. »Hier lang. Wir sind gleich da.«

Die Straße führte bergauf und endete vor der hohen Mauer der Akropolis. Sie wurde immer enger, je höher sie kamen, und war am Ende kaum mehr als ein breiterer Pfad zwischen den strahlend weißen Häusern, die in Terrassen am Hügel angelegt waren. Topfblumen schmückten die alten Steinhäuser, und die Atmosphäre war mit einem süßen Duft erfüllt, der mit Athens Sommersmog um die olfaktorische Luftherrschaft stritt.

Sie erreichten das Anafiotika-Viertel, eine kleine Häusergruppe, die den größten Teil des Tages im Schatten der Akropolis lag. Jetzt, kurz vor Sonnenuntergang, war es bereits ziemlich düster. Hier begann ihre Suche nach Agustina Gallo. Die Archäologin hatte sich an der berühmtesten Ausgrabungsstätte der Welt angesiedelt, im ältesten Teil der Stadt – dreitausend Jahre alt –, umgeben von Stätten wie dem Turm der Winde, der Moschee des Eroberers, ganz zu schweigen vom Parthenon selbst. Die Stadt war die Geburtsstätte von Platons Akademie, dem Lyzeum des Aristoteles, und hatte mehr dazu beigetragen, die Demokratie in der Welt der Antike zu verbreiten, als jede Nation in modernen Zeiten, einschließlich Amerika, von sich behaupten konnte. Aber was Archäologen mehr noch als die Stätten der Antike nach Athen zog, waren die modernen Institutionen der Stadt. Darunter die Universität und die Archäologische Gesellschaft nebst mehreren renommierten Museen – dem Archäologischen Nationalmuseum, dem Epigraphischen Museum, dem Byzantinischen Museum und anderen. Zwei archäologische Labors, siebzehn Institute und vierzehn Bibliotheken vervollständigten das, was Rook »den feuchten Traum eines jeden Archäologen« nannte. Und mittendrin stand das Haus einer Frau, die möglicherweise mehr zu dem Symbol sagen konnte, das George Pierce mit Blut gemalt hatte, bevor er ins Koma gefallen war.

Nachdem sie eine Treppenflucht zwischen zwei Gebäuden emporgestiegen waren, entdeckte Queen die Hausnummer, nach der sie suchten. Sie klopfte an die kastanienbraune Tür eines kleinen weißen Hauses.

Rook hielt sich hinter ihr und versuchte, nicht allzu sehr aufzufallen, während er nach Anzeichen für mögliche Schwierigkeiten Ausschau hielt. Da er keine fand, wandte er sich wieder zur Tür um und wäre beinahe umgefallen, als sie aufging und er eine der schönsten Frauen sah, denen er je begegnet war. Sie lächelte freundlich. Wegen ihrer schwarzen Haare und der braunen Augen hielt er sie für eine Einheimische, doch dann sprach sie Amerikanisch mit einem entzückenden Südstaatenakzent, der in dieser antiken Stadt so fehl am Platz wirkte wie Rooks Kleidung. Er musste an sich halten, um nicht auf die Knie zu fallen und ihr auf der Stelle einen Antrag zu machen.

»Haben Sie sich verirrt?«, fragte sie.

»Agustina Gallo?«, fragte Queen zurück.

»Allerdings.«

Queen sah sie misstrauisch an. »Woher wussten Sie, dass wir Englisch sprechen?«

Gallo wies mit einer Kopfbewegung auf Rook. »Captain America hier hat Sie verraten. He, Sie sind doch nicht etwa Freunde von Chris Biggs, oder? Er schickt ständig Leute vorbei. Als ob ich nichts Besseres zu tun hätte, als persönliche Führungen durch die Plaka zu veranstalten.«

»Eigentlich«, erwiderte Queen, »sind wir Freunde von George Pierce.«

Die Frau wirkte bestürzt, dann besorgt. »George? Wie geht es ihm?«

»Nicht so gut, fürchte ich. Dürfen wir hereinkommen?«

Gallo blickte unsicher von einem zum anderen. »Haben Sie etwas mit den Anrufen von einer unregistrierten US-Nummer aus zu tun?«

Rook nickte. »Sie haben Ihre E-Mails noch nicht abgerufen, nicht wahr?«

»Ich war eine Woche lang bei einer Grabung, die ich in Georges Abwesenheit leite. Ich bin gerade erst zurückgekommen.«

»Agustina, wir arbeiten für die UN«, sagte Queen. Sie kam sich schäbig dabei vor, diese Frau anzulügen, aber dass Pierce ihr vertraute, hieß noch lange nicht, dass sie auch vertrauenswürdig war. »George wird vermisst. Wir müssen dringend mit Ihnen sprechen.«

Gallo trat zur Seite. »Kommen Sie herein.«

Während sie der Frau in ihr malerisches Wohnzimmer folgten, verpasste Queen Rook eine Kostprobe ihres bösen Blicks. »Mach den Mund zu«, flüsterte sie. »Du sabberst.«

Sie nahmen in bequemen Stühlen an einem Kaffeetisch Platz. Das Zimmer war wie ein überdachtes Atrium gebaut und mit einer Mixtur aus Reproduktionen kleiner griechischer Statuen und Blumenstillleben dekoriert. Queen bemerkte, dass die Ölbilder Gallos Signatur trugen. Anscheinend war sie auch Malerin.

Auf ihrer Stirn standen Sorgenfalten.

Nervös strich sie ihren eigentlich makellosen Rock glatt. Pierce schien ihr viel zu bedeuten. Sie verschränkte die zitternden Finger und beugte sich vor. »Ist George etwas zugestoßen? Er wurde doch nicht abermals angegriffen, oder?«

Obwohl Rook von Gallos Schönheit wie geblendet war, entging ihm das entscheidende Wort nicht.

Abermals.

VIERZIG
New Hampshire

Bei einer Einwohnerzahl von 1532 bestand das Stadtzentrum von Pinckney, New Hampshire, aus kaum mehr als einem Gemischtwarenladen, der gleichzeitig als Postamt diente, und einer Kirche. Touristische Hauptattraktion waren die Eiszeithöhlen, eine Reihe von Felshöhlen, die sich gebildet hatten, als die Gletscher der Eiszeit sich zurückzogen. Das einzige dichter besiedelte Areal der Stadt lag um das Bibelkonferenzzentrum herum. Im Winter waren zwar nur an Wochenenden bis zu hundertsechzig Leute zu Gast, wenn Schulen, Jugendgruppen oder Wintersportmannschaften die »Prescott Lodge« für Schneefreizeiten buchten. Aber in den Sommermonaten schwoll die Anzahl der Gäste auf über tausend an, was die Gesamteinwohnerzahl auf knapp über zweieinhalbtausend hochschnellen ließ. Dann waren außer der Lodge auch die sechs Hütten des Campingplatzes, neunundvierzig Sommerhäuschen in Privatbesitz und mehr als drei Dutzend Wohnmobile voll besetzt.

Als King, Knight und Bishop um die letzte Kurve der Route 27 bogen und einen kleinen Teich zur Linken und dann die Prescott Lodge passierten, konnten sie bereits den Campingplatz sehen, wo sie eine Hütte gemietet hatten. Sie hatten sich hier einquartiert, weil sie so möglichst viele Menschen schützen konnten, falls eine Armee von Regenerierten über sie herfiel. Als sie am Spielplatz, dem

Volleyballfeld und dem Swimmingpool vorbeifuhren, merkten sie schnell, dass sie hier nicht so recht ins Bild passten.

Drei große, wettergegerbte Männer zusammen in einer Hütte, und das auch noch ohne Kinder, das fiel aus dem Rahmen. Auch ihre Kleidung passte nicht. King in Bluejeans und einem Doors-T-Shirt, Knight mit schwarzer Designerhose und einem weiten weißen Hemd und Bishop in Cargo-Hose und einem engen, marineblauen Hemd, unter dem sich seine Muskeln abzeichneten. Um sich den Sommerfrischlern anzupassen, würden sie auf Shorts und T-Shirts umsteigen müssen. King nahm sich vor, sich in dem Laden, an dem sie gerade vorbeigekommen waren, neu einzukleiden, bevor sie sich unter die Einheimischen mischten. Ihr einziger Aktivposten, um unauffällig mit den Leuten ins Gespräch zu kommen und sie auszuhorchen, war Thor, ein fünfundvierzig Kilo schwerer, tapsiger Golden Retriever. Sie hatten ihn wegen seines freundlichen Wesens und seiner Kinderliebe ausgewählt, aber er war gleichzeitig einer der besten Spürhunde des Militärs.

King lenkte den schweren, kirschroten Chevrolet Tahoe durch die Einfahrt zum Campingplatz, wo zwei Kinder hinter einem improvisierten Limonadenstand saßen. Er winkte ihnen zu und grinste. Sie winkten zurück, in der Hoffnung, etwas zu verkaufen, doch er fuhr weiter. Ein schneller Blick in den Rückspiegel brachte ihn zum Lachen. Eines der Kinder zeigte ihm den Finger. Brave, christliche Kinder. Noch sehr menschlich.

»Die Dritte links«, meinte Knight mit einem Blick auf die Wegbeschreibung zu ihrem Ferienhaus.

Sie erreichten jetzt den eigentlichen Campingplatz. Rechts lagen ein Baseballfeld, ein Bolzplatz und ein grünweißes Gebäude mit dem Schild »Snackbude«. Ein paar

Kinder saßen an einem Picknicktisch und tranken Limonade, während andere Shuffleboard spielten. Zwei alte Männer in pastellfarbenen Hosen und weißen Polohemden saßen im Schatten, schlürften Eistee und sahen den Kindern zu. Großväter, dachte King. Der Ort hier hatte eine lange Geschichte.

Links befanden sich ein kleines, braunes Gebäude – die Anmeldung – und ein kirchenartiger Buchladen in Weiß und Grün, passend zur Snackbude. Hinter der Buchhandlung bogen sie links ab auf einen unbefestigten Waldweg – Praise Street genannt – und hielten schließlich vor einer kleinen weißen Hütte, deren Name nicht ganz zu dem ultrakonservativen christlichen Campingplatz passte: Flitterwochen-Cottage. Da hätte man sie ehrlicherweise auch gleich Liebesnest taufen können.

Knight ließ sich vom Beifahrersitz gleiten und landete auf einem Bett brauner Kiefernnadeln, das den Waldboden bedeckte. Die Wipfel der dreißig Meter hohen Bäume schwankten und knarrten über ihren Köpfen, schirmten den Wind ab und dämpften die Hitze der Sommersonne. Er musterte das Namenschild der Hütte. »Das wäre was für Rook.«

Sie betraten das Cottage mit einem Schlüssel, der im Geräteschuppen versteckt war. Das große Wohn-und-Ess-Zimmer enthielt ein Sammelsurium alter Schaukelstühle und einen Tisch mit einem Sortiment nicht zusammenpassender Stühle. Rechts stand ein noch nicht angeschlossener Pelletofen, und vier Türen führten zu den restlichen Zimmern. Außer dem Hauptschlafzimmer mit einem riesigen Doppelbett gab es ein zweites Schlafzimmer mit zwei Einzelbetten, ein Bad und eine kleine Küche. Die Luft roch ein bisschen muffig, war aber kühl und angenehm.

Bishop setzte sich in einen der Stühle und griff nach

einem Time Magazine aus dem Jahr 2000 mit Bill Clinton auf dem Titelblatt. Der Stuhl ächzte unter seinem Gewicht, hielt aber stand. Bishop grunzte anerkennend, seine erste positive Äußerung seit langem. Gesprächig war er nie gewesen, doch seit Tristan da Cunha war es noch schlimmer geworden. Er war reizbar. Er tat zwar, worum man ihn bat, und gab auch knappe Antworten, wenn man ihn etwas fragte, doch insgesamt mied er seine Teamkollegen.

King führte Thor herein und ließ ihn von der Leine. Der Hund sauste schnüffelnd durch die Hütte. Als er aus dem Hauptschlafzimmer zurückkam, hielt er stolz ein Hundespielzeug im Maul, mit besten Empfehlungen von einem Vorgänger.

Während King und Knight einen Sicherheitscheck machten, Fluchtrouten prüften und nach Abhörgeräten suchten, klopfte es an der Tür. Bishop erhob sich und öffnete. Zwei Jungs, nicht älter als zehn, standen draußen. Als sie Bishop sahen, machten sie große Augen. »Mannomann …«, sagte der erste.

Der zweite schluckte, dann fragte er: »Ist … äh, sind Josh oder Matt hier? Wir haben den Wagen gesehen … sind Sie Verwandte von ihnen oder so?«

Bishop schüttelte den Kopf.

»Mann, Sie haben aber Muskeln!«, sagte der erste Junge mit unsicherem Grinsen.

Bishop verlor die Geduld. Er hatte weder Zeit noch Lust, sich mit den hiesigen Kindern anzufreunden. Doch er unterdrückte den Wunsch, ihnen einfach die Tür vor der Nase zuzuknallen, denn ihm war bewusst, dass seine Emotionen plötzlich und ohne Grund mit ihm durchzugehen drohten. Er blickte nach oben und atmete tief durch, lauschte dem Wind, der durch die hohen, immergrünen Bäume strich. Füllte seine Lungen ein weiteres Mal mit dem Duft des Nadelwalds. Als er den Blick wieder zu den Kindern senkte und Gelassenheit in ihm einkehrte, standen die Jungs immer noch da und starrten wie gebannt auf seinen rechten Arm, dessen Muskeln sich unter dem harten Griff hervorwölbten, mit dem er die Türkante umklammerte. Er ließ sie los. »Wie heißt ihr denn?«

»Mike und Nate.«

Er wühlte in der Hosentasche und gab jedem einen Dollar. »Hier, Mike und Nate, kauft euch eine Limo.«

Die Kids rannten davon. Als ihre Stimmen sich in der Entfernung verloren, wandte Bishop sich ab und sah, dass Knight und King ihn anstarrten, als wären ihm gerade Hörner gewachsen. Er lächelte. Irgendetwas an diesem Ort schien ihn zu entspannen. Machte ihn ausgeglichener. Und dafür war er dankbar. Seine uralten Gefühle von Zorn und Wut waren während der letzten Tage immer heftiger geworden. So stark, dass er befürchtete, den Kampf irgendwann zu verlieren. Hier fühlte er etwas Neues in sich aufkeimen.

Hoffnung.

EINUNDVIERZIG

Griechenland

»Was meinen Sie mit *abermals*?«, fragte Rook.

Gallo lehnte sich mit zusammengepressten Lippen zurück. Sie war sich nicht sicher, was sie von ihren beiden Besuchern halten sollte und was sie wollten. Vielleicht steckten sie sogar hinter Georges Problemen? Schließlich war er überstürzt und unter geheimnisvollen Umständen abgereist.

»Hören Sie, Mrs Gallo«, fuhr Rook fort. »Pierce steckt in großen Schwierigkeiten. In Lebensgefahr. Wenn Sie etwas wissen, spucken Sie es aus.«

Queen räusperte sich. »Bitte.«

»Wer sind Sie wirklich? Die UN hätte eine Nachricht hinterlassen. Sie dagegen haben fast fünfzehnmal hintereinander angerufen und wieder aufgelegt.«

Queen dachte nach. Die Frau war nicht dumm. »Wir sind Freunde. Mehr können wir nicht sagen.«

»Freunde!«, gab Gallo finster zurück. »Ohne Ihnen zu nahe treten zu wollen, aber wenn George mit ihnen befreundet gewesen wäre, dann wüsste ich davon.«

»Zunächst einmal«, sagte Rook, der langsam die Geduld verlor, »ich ziehe mich normalerweise nicht so bescheuert an. Zweitens, da Pierce' Leben davon abhängt, dass Sie uns helfen, würde ich empfehlen, dass Sie Ihre Vorsicht in den Wind schlagen und …«

»Jack Sigler«, unterbrach ihn Queen. »Kennen Sie ihn?«

Gallo sah sie aus zusammengekniffenen Augen an. »Ich bin ihm nie begegnet. Aber George hat von ihm erzählt. Er hat ein Foto von ihm und seiner …«

»Schwester«, ergänzte Queen. »Julie. Sie wollten heiraten.«

»Ich weiß.«

»Dann wissen Sie auch, wie viel Jack ihm bedeutet.«

Sie nickte.

»Wir arbeiten mit Jack zusammen. Er ist wie ein Bruder für uns, und Pierce ist wie ein Bruder für ihn. Verstehen Sie, worauf ich hinauswill?« Queens Stimme hob sich. »Werden Sie uns helfen?«

Gallo blickte unsicher zwischen ihnen hin und her.

Queen zog ein Blatt Papier heraus und klatschte es auf den Kaffeetisch.

Gallo senkte den Blick und sah das Symbol, das Pierce mit seinem Blut gezeichnet hatte. Sie keuchte auf, und ihre Hand verkrallte sich in ihre Bluse. »Woher haben Sie das?«

»Pierce hat es mit seinem eigenen Blut gemalt«, sagte Rook. »Unmittelbar bevor er Ihren Namen sagte und ins Koma fiel.«

Gallos Augen füllten sich mit Tränen.

»Sie erkennen es?«, fragte Queen.

»Es steht für die Säulen des Herkules. Es repräsentiert die Straße von Gibraltar. Bei seiner zehnten Arbeit musste Herkules …«

Queen hob die Hand. »Das wissen wir alles. Wir haben gehofft, Sie könnten uns mehr darüber erzählen. Etwas, das nicht allgemein bekannt ist.«

Gallo griff mit zitternder Hand nach dem Stück Papier und betrachtete die Zeichnung. »Es ist ein sehr altes Symbol, aber wenig bekannt. Es repräsentiert verschiedene Dinge, die alle zusammenhängen, aber unterschiedliche

Bedeutungen haben. Visuell stellt es die Säulen von Gibraltar dar. Zunächst wurde es als Wappen des Herkules verwendet.«

»Wie ein Logo oder ein Markenname oder so etwas?«, fragte Rook.

»So ähnlich. Aber anschließend entwickelte es sich auch zum Symbol einer Organisation, die vor Tausenden von Jahren gegründet wurde, der Gemeinschaft des Herkules. George glaubt, dass es ihr Ziel ist, das wahre Erbe des historischen Herkules zu bewahren. Seine Geheimnisse zu beschützen. Seine Erkenntnisse.«

»Dann meinen Sie, dass Herkules tatsächlich existiert hat?«, fragte Queen.

»Ja. Natürlich war er nicht der uneheliche Sohn des Göttervaters Zeus. Er war ebenso menschlich wie wir, nur eben ein Genie. George ist schon lange der Ansicht, dass Herkules seine gottgleiche Stärke durch Alchemie erlangte.«

»Magie?«, fragte Rook, ohne seine Skepsis zu verhehlen.

»Wissenschaft«, hielt Gallo dagegen. »Die Verwendung von Pflanzenextrakten, Giften in winzigen Mengen …«

»Homöopathie«, ergänzte Queen.

»Genau.« Gallo betrachtete Queen mit neuen Augen, eine Frau, die nicht nur sexy und stark war, sondern auch schlau. »Wir glauben, dass Herkules durch sein Wissen über diese Dinge und die Durchführung zahlloser Experimente in der Lage war, eine Art … Serum wäre wohl der richtige Ausdruck dafür, herzustellen. Vielleicht die ersten Steroide. Oder eine Art von Adrenalin-Verstärker für seine übermenschlichen Kräfte. Es gibt viele Berichte darüber, dass Herkules seine Feinde mit Hilfe von Gift besiegte. Dazu gehörte auch das Blut der Hydra. Aber bisher ist alles nur Spekulation. Georges schlagkräftigster Beweis –

eine Besatzungsliste – wurde von der Gemeinschaft des Herkules entwendet; zumindest glaubt George das. – Das war der erste Angriff, den ich erwähnt habe.«

Die drei saßen eine Weile schweigend um den Tisch herum und hingen ihren Gedanken nach. Dann straffte Rook sich plötzlich. »Könnte er ein Mittel gegen die Hydra entwickelt haben? Etwas, das sie an der Regeneration hinderte?«

»In der Hydra-Legende ist die Rede davon, dass Herkules den unsterblichen Kopf mit dem Schwert abtrennte und dann die Wunde ausbrannte. Es wird lediglich das Gift erwähnt, das er aus dem Blut der Hydra gewann.«

Rook wirkte enttäuscht, doch Queen setzte seinen Gedankengang fort: »Und wenn die Legende falsch ist? Legenden verändern sich durch die mündliche Überlieferung. Vielleicht war ursprünglich von einem Gift die Rede, das gegen die Hydra wirkte?«

»Schon möglich.« Gallo zog eine Augenbraue hoch. »Warum interessieren Sie sich so für die Hydra?«

»Das ist … kompliziert. Belassen wir es fürs Erste dabei«, meinte Rook und fuhr fort: »Diese Gemeinschaft des Herkules. Sie behaupten, dass sie versuchen, seine Geheimnisse zu bewahren. Aber wenn es sie schon so lange gibt, wie Sie sagen, dann wäre es ihr doch nicht schwergefallen, die Geschichte von einem gegen die Hydra eingesetzten Gift in ihrem Sinne zu verändern. Richtig?«

»Schon, aber – hören Sie, diese Leute schrecken auch vor Mord nicht zurück. Letztes Jahr hätten sie George beinahe getötet, nur um diese Besatzungsliste in die Hände zu bekommen, auf der Herkules namentlich erwähnt wurde. Und das war lediglich ein vager Hinweis darauf, dass der Mann nicht nur ein Mythos war – keine Rede von einem durch und durch menschlichen Alchimisten!«

Rook beugte sich vor. »Mit den Kerlen werden wir fertig.«

»Sind Sie da sicher?«

Rook lächelte. »Das ist unsere Spezialität, Lady.«

»Hat Pierce Ihnen von der Besatzungsliste erzählt, *bevor* sie ihm gestohlen wurde?«, fragte Queen.

»Er hat mich sofort nach der Entdeckung angerufen.«

»Und wann wurde sie gestohlen?«

»In der nächsten Nacht«, sagte Gallo. »Warum? Warten Sie mal, Sie denken doch nicht etwa, dass ich ...«

Rook stand seufzend auf und ging zu einem kleinen Tisch, auf dem ein Mobiltelefon lag. Er öffnete die Rückseite des Telefons, entfernte den Akku und zwängte zwei seiner dicken Finger hinein. Als er sie wieder herauszog, hielt er ein kleines Gerät in der Größe eines 5-Cent-Stücks in der Hand. Er warf es auf den Kaffeetisch, wo es ein paar Sekunden lang tanzte und dann vor Gallo liegen blieb.

Sie wusste, was da vor ihnen lag, obwohl sie noch nie eine Wanze gesehen hatte. »Die hören also mein Telefon ab?« Sie schob die Wanze angeekelt weg.

»Das von Pierce vermutlich auch«, meinte Rook. Er griff nach dem winzigen Gerät und zerknickte es zwischen den Fingern. »Hat er Sie angerufen, bevor er nach Nazca flog? Hat er gesagt, was genau er dort vorhatte?«

»Nicht am Telefon. Wir haben uns vor seiner Abreise persönlich getroffen, in einem Café.« Gallo deutete auf die kaputte Wanze. »Woher wussten Sie davon?«

Rook setzte sich wieder hin und meinte: »Wie schon gesagt, so was ist unsere Spezialität.«

Gallo lehnte sich zurück, die Hand immer noch in ihre Bluse verkrampft.

»Lassen Sie mich vorausschicken, dass ich kein Perverser bin«, begann Rook. Er deutete auf Gallos Brust. »Zeigen Sie uns jetzt, was Sie unter der Bluse haben?«

Gallo senkte den Blick auf ihre Hand, die ein Objekt unter dem Stoff der Bluse umschloss. Georges einziger echter Beweis für seine Thesen. Er hatte ihn ihr anvertraut. Jetzt hing er ihr wie ein Mühlstein um den Hals, und mit einem Gefühl der Erleichterung zog sie sich die Kette über den Kopf. Ein schweres Medaillon drehte sich in der Luft. Das matte, graue Metall, abgenutzt und abgestoßen, zeugte von hohem Alter, doch das Symbol war deutlich erkennbar – ein von zwei geraden Linien durchschnittener Kreis. Die Insignien der Gemeinschaft des Herkules, ein Objekt von unschätzbarer Bedeutung.

Sie reichte es Queen. Die fragte: »Wo haben Sie das her?«

»George hat es entdeckt. In einem Schiffswrack. Er hat damals die Ausgrabung geleitet, bis er fortmusste. Seitdem bin ich für ihn eingesprungen. Er bat mich, das Medaillon sicher aufzubewahren.«

»Und er hat es einfach zufällig in einem Schiffswrack entdeckt?«, fragte Rook.

»Das ist nicht irgendein Schiffswrack ...«

Queen hielt das Medaillon in die Höhe. Ein paar Sonnenstrahlen glänzten auf den Stellen, die der Sand blank poliert hatte. Sie lachte auf. »Die *Argo.*«

»Was soll das sein?«, wollte Rook wissen.

Gallo war überrascht von Queens Schlussfolgerung und schwieg kurz, bevor sie antwortete: »Mit diesem Schiff, das ihnen angeblich die Göttin Athene zu bauen half, machten sich Jason und die Argonauten auf die Suche nach dem Goldenen Vlies. Vielleicht das erste griechische Kriegsschiff der Geschichte, bemannt von einer Besatzung aus berühmten Kriegern, zu denen auch Herkules zählte. Zumindest stand sein Name auf der Liste.«

»Dann hat Pierce tatsächlich die *Argo* entdeckt?«, fragte Queen.

»Das glaubte er, aber …«

»Wir müssen da hin«, unterbrach Queen sie. »Es muss dort etwas geben, von dem Pierce möchte, dass wir es finden.«

»Das geht nicht«, wehrte Gallo ab. »Das Wrack liegt in fünfzehn Metern Tiefe. Die Ausgrabungen gehen sehr langsam vonstatten, und es ist immer eine ganze Schar von Studenten, Assistenten und Sicherheitsleuten von der griechischen Regierung vor Ort. Es wäre schon schwierig genug, Sie an den Sicherheitskontrollen vorbeizuschleusen, aber in dem Wrack etwas von Bedeutung zu finden … das könnte Monate dauern.«

Sie lehnten sich ernüchtert zurück. Das schien eine Sackgasse zu sein.

»Vielleicht gewährt uns die griechische Regierung Zugang? Deep Blue könnte ein paar Fäden ziehen«, meinte Rook an Queen gewandt.

Sie schüttelte den Kopf. »Nur mit einem triftigen Grund.«

»Blue könnte lügen.«

»Es würde trotzdem zu lange dauern. Wir können nicht einfach …«

Gallo setzte sich kerzengerade auf. »George wusste, dass die Grabungsstätte *Sperrbezirk* ist. Er hätte Sie nicht dorthin gelotst.«

»Wohin dann?«, fragte Rook.

»Die Universität. Alle Funde aus dem Wrack werden an der Universität von Athen katalogisiert. Er muss vor seiner Abreise auf etwas gestoßen sein.«

»Können Sie uns dort einschleusen?«, erkundigte sich Queen.

»Ich habe keine Sicherheitsfreigabe für den Tresorraum. Ich war immer mit George dort.« Gallo erhob sich. »Aber ich kann es versuchen.«

»Tresorraum?«, fragte Rook. »Sie bewahren die Artefakte in einem Tresorraum auf?«

»Vieles von dem, was wir finden, ist absolut unbezahlbar«, erklärte Gallo. »Glauben Sie mir, viele Leute würden dafür töten … so wie andere dafür sterben würden, die Artefakte zu schützen.«

Rook nickte. »Soll vorkommen.«

Nach einem fünfminütigen Fußmarsch durch die engen Gassen zwängten sie sich in Gallos VW Fox und holperten über das Kopfsteinpflaster in Richtung Universität. Wenn Gallo einen Blick in den Rückspiegel geworfen hätte, wären ihr vielleicht die beiden schemenhaften Wesen aufgefallen, die sich von Dach zu Dach hüpfend an die Verfolgung machten. Vielleicht hätte sie bemerkt, dass die beiden Gestalten hellen Lichtflecken auswichen. Und dann hätte Gallo vielleicht auch gesehen, wie sie auf das Dach ihres Autos sprangen – nur so hätte sie wissen können, dass sie jetzt noch zwei Passagiere mehr hatte. Denn niemand hörte einen Laut davon.

ZWEIUNDVIERZIG

Griechenland

Sie holperten über eine Fahrbahnschwelle, die sich eher wie ein Sprungbrett anfühlte, dann rollte Gallo durch das Ilissia-Tor ins Herz des Universitätsgeländes. Eine Straßenlaterne beleuchtete ihr Gesicht durch die Windschutzscheibe. Als sie dem bewaffneten Posten ihren Ausweis zeigte, zitterte ihre Unterlippe. Sie hatte den Campus noch nie aus anderen als akademischen Interessen betreten, und daran erinnerte sie ihr Magen alle paar Sekunden lang. Der Posten winkte sie durch.

Als sie das Haupttor glücklich hinter sich hatten, begann sie, wie eine nervöse Fremdenführerin die Geschichte aller Gebäude herunterzurasseln, an denen sie vorbeikamen. Am äußersten Rand des Parkplatzes der Philosophischen Fakultät, in der die Archäologie und ihr Tresorraum untergebracht waren, blieb sie schließlich stehen. Sie zog die Handbremse und sah erst Queen im Beifahrersitz an, dann Rook, der sich auf die Rückbank geklemmt hatte. Beide lächelten ihr aufmunternd zu.

Sie stieß die Luft aus und sagte: »Ich breche nicht jeden Tag in meine eigene Universität ein, wissen Sie?«

»Und ich quetsche mich nicht jeden Tag in so eine Sardinenbüchse«, meinte Rook. »Können wir jetzt aussteigen?«

Durch einen Seiteneingang betraten sie den sechsstöckigen Zweckbau, der mehr wie ein Krankenhaus wirkte als wie ein Ort, wo man Kunst und Kunstgeschichte studierte.

Gallo winkte ein paar Studenten zu und lächelte nervös, als diese Rook seltsame Blicke zuwarfen. Sie nahmen die Treppe und gingen zwei Stockwerke tiefer, wo Gallo vor einer Tür mit der Aufschrift »Untergeschoss Ebene 1: Archäologie, Anthropologie, V« stehen blieb.

»Hinter dieser Tür folgt ein langer Korridor. Daran liegt auch Pierce' Büro. Der Tresorraum befindet sich am Ende eines Seitengangs. Es gibt nur einen Wächter, Sebastian. Er kennt mich, aber nur Vollzeitmitarbeiter haben unangemeldet Zutritt.« Sie holte tief Luft, befeuchtete sich die Lippen und fügte hinzu: »Ich werde es versuchen.«

Sie passierten Pierce' dunkles Büro. Der grün getünchte Korridor war jedoch hell erleuchtet, und ein paar Wandlampen setzten zusätzlich Akzente. Ein roter Teppichboden dämpfte ihre Schritte, doch Gallo bat sie trotzdem schon weit vor der Abzweigung zum Tresorraum zurückzubleiben. Nach einem tiefen Atemzug in der leicht muffigen Kellerluft verschwand sie um die Ecke. Trotz seiner klangvollen Bezeichnung war der Tresorraum wenig mehr als ein Lagerraum mit einem einzigen Eingang – einer dicken Stahltür, für die man eine Schlüsselkarte benötigte. Und diese Schlüsselkarte hing um Sebastians Hals.

Er lächelte, als er Gallo erkannte, und tippte sich an die Mütze. In seinem besten Englisch sagte er: »Wie geht es Ihnen, Dr. Gallo?«

Sie erwiderte sein Lächeln. Sebastian stand in dem Ruf, ein Frauenheld zu sein, und sie zweifelte nicht daran. Er besaß zweifellos Charme. Aber er trug auch eine Waffe an der Hüfte, die tödlich sein konnte. »Gut, Sebastian, danke. Und Ihnen?«

»Es war ein wenig langweilig – bis jetzt …« Er streckte ihr die Hände entgegen. »Aber jetzt sind Sie ja da. Was kann ich für Sie tun?«

In einem tapferen Versuch, ihre Nervosität zu überspielen, erwiderte sie: »Ich hatte gehofft, mir ein paar der Gegenstände im Tresorraum ansehen zu können. Ich muss nichts mitnehmen, lediglich …«

Sebastian schüttelte den Kopf. Anscheinend nahm er seine Arbeit ernster als das Flirten. »Ich fürchte, Sie müssen sich anmelden oder mit Dr. Pierce wiederkommen.«

»Sie wissen doch, dass er im Ausland ist.«

Er zuckte die Achseln. »Tut mir leid, aber das könnte mich meinen Job kosten. Wenn es in meiner Macht stünde, würde ich Sie überall hinbringen, wo Sie wollen …«

»Ach, da sind Sie ja!« Queens Stimme hallte durch den Gang.

Sebastian beugte sich vor, um sie besser sehen zu können. Queen trat mit breitem Lächeln auf ihn zu. »In diesem Labyrinth kann ein Mädchen sich glatt verlaufen.«

Sie blieb neben Gallo stehen und streckte Sebastian die Hand entgegen. Er griff danach und strahlte Queen an. »Und wer sind Sie?«

Sie tat überrascht. »Sieht man das denn nicht? Wir sind Cousinen.«

Sebastian warf Gallo einen durchtriebenen Seitenblick zu. »Ah, Cousinen. Vielleicht könnte ich euch – uff!«

Queen packte die Hand des Mannes fester, riss ihn nach vorn und rammte ihm das Knie in den Unterleib. Als er zusammenklappte, versetzte sie ihm mit verschränkten Händen einen Hieb auf den Hinterkopf. Er sackte zu Boden.

Gallo wich entsetzt an die Wand zurück und presste sich die Faust vor den Mund.

»Er wird es überleben«, meinte Queen lakonisch und stieß einen Pfiff aus.

Rook war binnen Sekunden zur Stelle. Queen verlor keine Zeit und nahm Sebastian die Schlüsselkarte vom

Hals. Einen Moment später waren sie im Tresorraum, wo Rook den Wachposten mit einem Kabelbinder fesselte.

Der Ausbruch von Gewalt hatte Gallo einen Schock versetzt, doch sie behielt die Fassung und sagte: »Folgen Sie mir.« Sie führte sie durch Regalreihen mit den verschiedensten Artefakten, beschrifteten Schubladen und ungeöffneten Kisten. Trotz seines antiken Inhalts roch der klimatisierte Raum eher nach Ozon. Bei Stromausfall war dies einer der wenigen Orte auf dem Campus mit einem eigenen Notstromaggregat.

Gallo deutete auf einen Seitengang. »Hier ist es. Auf beiden Seiten liegen ausschließlich Funde von unserem Schiffswrack. Die Schubladen bringen wahrscheinlich wenig, da sie nur sehr kleine Objekte enthalten, normalerweise Keramikscherben oder Münzen, aber da wir nicht wissen, wonach wir suchen …«

»Ich nehme mir die Schubladen vor«, warf Rook ein.

Sie machten sich an die Arbeit und inspizierten jedes einzelne Artefakt, doch die meisten lohnten keinen zweiten Blick – Splitter von verrottetem Holz, antike Werkzeuge, Schüsseln und Schalen. Nichts Ungewöhnliches.

Nach zwanzigminütiger Suche knallte Rook die letzte Schublade zu. »Hier ist nichts. Das ist, als ob man den Abfall irgendeines Typen aus der Antike durchstöbert.«

»Irgendetwas muss hier sein«, gab Gallo zurück.

Queen schüttelte den Kopf und legte einen antiken Schwertgriff beiseite. »Vielleicht irgendwo anders?«

Gallo richtete sich plötzlich auf. »Sie haben recht.« Sie dachte nach. »Als George das Amulett fand, hat er es ja auch nicht katalogisiert. Er hat es versteckt.«

»Bevor er es Ihnen gab?«, fragte Queen.

Gallo nickte mit großen Augen. »In seinem Büro.«

Sie ließen den bewusstlosen Sebastian im Tresorraum

zurück. Da sie das Gefühl hatten, dass die Zeit drängte, verfielen sie in Laufschritt. Als sie den Hauptkorridor erreichten, blieb Queen abrupt stehen und hielt die anderen zurück.

»Was ist? Stimmt etwas nicht?«, fragte Gallo.

Rook sah es sofort. »Pierce' Büro. Die Tür steht offen.«

»Seht euch die Lampen an«, fügte Queen hinzu.

Alle Lampen vor Pierce' Büro, sowohl die an der Decke als auch die an der Wand, waren zerbrochen.

Sie schlichen auf die Tür zu.

»Vielleicht der Hausmeister?«, flüsterte Rook.

Gallo schüttelte den Kopf. »Der macht doch keine Lampen kaputt.«

Von drinnen erklang das Geräusch von splitterndem Glas, gefolgt von einem dumpfen Schlag. Etwas Schweres war umgekippt.

»Bleiben Sie zurück«, zischte Queen. Sie stellte sich direkt neben die Tür und hauchte Rook zu. »Wer immer da drin ist, hat hier nichts verloren. Ich mache das Licht an, und du gehst rein.«

Rook nickte. Queen zählte mit den Fingern von fünf auf null herunter. Dann schlüpfte sie in das Zimmer und schaltete das Licht an, während Rook im selben Augenblick hereinstürmte. Doch bei dem Anblick, der sich ihm bot, erstarrte er.

Zwei riesige, ganz in Schwarz gehüllte Gestalten sprangen auf und stießen ein gequältes Aufheulen aus. Eine sprang auf den Tisch in der Mitte des Zimmers und holte mit einem hölzernen Stab aus. Dabei sah Rook einen Augenblick lang etwas wie aschgraue Haut aufblitzen. Dann zersplitterte die Lampe, und es kehrte wieder Dunkelheit ein. Das Heulen verstummte, dafür waren nun schnelle Bewegungen zu hören.

»Oh, Schei...«

Rook wurde am Kopf getroffen und durch die Tür geschleudert. Er segelte quer über den Korridor und krachte an die gegenüberliegende Wand.

Gallo schrie auf, als die beiden Schatten gleichsam wie eine Flüssigkeit aus dem Büro herausflossen und sich durch den dunklen Gang davonmachten. Aber es war nicht so sehr ihre Vermummung, die sie entsetzte, oder dass sie sich wie Tiere auf allen vieren fortbewegten – das Grauenvolle war, dass sie nicht auf dem Boden, sondern an den Wänden liefen. Dann verschmolzen sie mit der Dunkelheit, und man hörte sie durchs Treppenhaus verschwinden.

Als Queen kampfbereit aus dem Büro stürzte, sah sie nur noch Gallo, die sich hinter einer Topfpflanze versteckte, und Rook, der sich mühsam wieder aufrappelte. »Alles in Ordnung mit dir?«

»Bestens. Was zum Teufel waren das für – Dinger?«

Queen zuckte die Achseln und sah Gallo fragend an. »I-ich weiß nicht«, meinte die Frau. »Sie sahen aus wie ... wie Erscheinungen.«

»Erscheinungen«, meinte Rook. »Mal was Neues. Was hatten diese Erscheinungen in Pierce' Büro zu suchen?«

Sie zuckte mit gehetztem Blick die Achseln.

»Agustina«, versuchte Queen sie zu beruhigen. »Wir sind beinahe fertig, und die beiden sind weg. Hat Pierce eine Taschenlampe im Büro?«

»Sind Sie ganz sicher, dass sie weg sind?«

Rook und Queen warteten einfach. Schließlich betrat Gallo vorsichtig das Büro. Sie hörten Papier rascheln. Dann zerbrach etwas mit einem lauten Krachen, gefolgt von einem unterdrückten Fluch. Gleich darauf ging das Licht einer kleinen Schreibtischlampe an. Auf dem Boden lag ein großes, zerbrochenes Bonbonglas, doch das machte den geringsten Teil des Durcheinanders aus. Man hatte das Büro systematisch durchwühlt. Die Karteischränke waren nicht einfach geöffnet, sie waren regelrecht zerstört worden. Der Inhalt der herausgerissenen Schreibtischschubladen lag auf dem Fußboden verstreut. Die Sofas waren aufgeschlitzt und ausgeweidet.

»Einen Moment«, sagte Rook. Er ging zum Telefon, einer der wenigen Gegenstände, die heil geblieben waren, drückte die Sprechtaste und sagte: »Netter Versuch, ihr Arschlöcher!« Dann öffnete er die Rückseite, riss die Akkus heraus und fand eine Wanze, die er zerstörte. »Alles klar.«

Rook ging um den Schreibtisch herum, wo die beiden dunklen Gestalten gekauert hatten. Ein neunzig mal neunzig Zentimeter großer Safe stand dort am Boden, beschädigt, aber ungeöffnet.

»Damit waren sie gerade beschäftigt.« Er fuhr mit dem Finger über die Kante des Safes, an der ein Streifen Putz hing. »Wo ist der Safe normalerweise?«

Gallo stieg wie in Trance über einen umgefallenen Kleiderständer und nahm ein schief hängendes Bild von der Wand. Dahinter kam eine Höhlung zum Vorschein.

»Unmöglich«, sagte Rook und versuchte, den Safe anzuheben. »Das Ding muss eine Tonne wiegen. Ich bezweifle, dass vier Männer ihn tragen könnten.«

»Kennen Sie die Kombination?«, fragte Queen, die an der Tür Wache stand.

»Neun, siebzehn, neunzehn, fünfundneunzig. 17. September 1995. Das hätte ihr Hochzeitstag sein sollen. Georges und Julies.«

Rook sagte nichts dazu. Er stellte die Kombination ein, und die Safetür schwang auf. Drinnen befand sich eine Art hölzerne Skulptur, die stark verwittert und nicht mehr deutlich zu erkennen war. »Großartig. Noch ein Stück altes Holz.«

»George hätte das nicht ohne Grund hier eingeschlossen.« Gallo sah sich das Ding näher an. Mit etwas gutem Willen konnte man einen behelmten Kopf erkennen. Darunter einen schlanken Hals, Schultern, Brüste. Auf der rechten Schulter hockte eine Figur, deren Details noch einigermaßen erhalten waren. Eine Eule. Gallo schnappte nach Luft. »Es ist … sie ist … Athene. Das muss zur Galionsfigur der Argo gehört haben.«

»Und was sollen wir nach Georges Meinung damit anfangen?«, fragte Rook.

»Der Bug der Argo wurde aus einem Baum aus dem heiligen Wald von Dodona angefertigt, wo das erste Orakel der Welt seinen Sitz hatte. Schon seit prähistorischen Zeiten war er für seine Prophezeiungen berühmt. Es heißt, dass der Bug der Argo ebenfalls über diese Gabe verfügte und möglicherweise Jason bei der Suche nach dem Goldenen Vlies unterstützte.«

»Ein prophetischer Baum«, sagte Rook. »Was er uns wohl prophezeien will?«

Gallo beäugte den Kopf ganz aus der Nähe. »Vielleicht gar nichts.« Sie schob den Fingernagel in eine eigenartige Kerbe, genau da, wo der Kopf auf dem Hals saß. Offenbar hatte sich erst kürzlich jemand daran zu schaffen gemacht, wahrscheinlich Pierce. Auf ein Klicken hin schwenkte der Kopf zur Seite und gab eine Aushöhlung im Hals frei. »Vielleicht aber auch alles.«

Darin befand sich ein Zylinder. Er glitt mühelos aus seinem Versteck, in dem ihm das Wasser nichts hatte anhaben können. Es war eine mit Wachs versiegelte Keramikröhre, doch das Wachs hatte schon jemand vorsichtig aufgeschnitten. Gallo strich mit dem Finger darüber. »Das hier sollten wir finden.«

Sie öffnete die Röhre und sah ein Pergament darin. Entgegen all ihren archäologischen Instinkten zog sie es einfach heraus und entrollte es auf dem Tisch. Sie tröstete sich damit, dass Pierce wohl bereits vor ihr diesen Frevel begangen hatte.

Das Pergament befand sich in außergewöhnlich gutem Zustand. An den Rändern fehlte hier und da ein Stückchen, doch insgesamt war das Dokument intakt.

»Eine Karte?«, fragte Rook. Etwas wie die Küstenlinie einer großen Insel war auf dem Pergament eingezeichnet.

»Der Text ist in Altgriechisch und verblasst. Es braucht Zeit und die richtige Ausrüstung, um ihn lesbar zu machen und zu übersetzen«, sagte Gallo.

Queen verließ ihren Posten an der Tür. »Wäre es möglich, dass George ihn schon übersetzt hat?«

»Er ist so nicht mehr zu entziffern. Ein paar Worte hier und da vielleicht. Aber ich glaube nicht, dass es um den Text ging.«

»Sondern?«

»Ich erkenne die Insel«, erwiderte Gallo. Sie sah von einem zum anderen und ließ dann den Blick auf Queen ruhen. »Oder Halbinsel. Es ist Gibraltar vor 2500 Jahren.«

»Sind Sie da ganz sicher?«

Gallo hielt die Karte vor die Schreibtischlampe und durchleuchtete sie von hinten. Im Zentrum der Insel erschien ein Wasserzeichen – ein von zwei Linien durchschnittener Kreis. »Die Gemeinschaft des Herkules.«

»Und was soll in Gibraltar sein?«, fragte Rook.

Gallo zuckte die Achseln. »Vielleicht gar nichts.«

Rook grinste. »Genau, vielleicht aber auch alles. Ich weiß Bescheid.«

»Was immer es sein mag, George hielt es für wichtig.«

»Und das ist unser einziger Anhaltspunkt.« Queen rollte die Karte zusammen und verstaute sie wieder in ihrem Versteck. Dann stellte sie die Büste in den Safe zurück und verstellte das Kombinationsschloss. »Besaß Pierce eine Waffe?«

»In der obersten Schreibtischschublade. Er hat sie sich nach dem ersten Angriff beschafft.«

Rook sah die Schublade am Boden liegen und durchwühlte den darunterliegenden Haufen. Er fand eine 9-mm-Glock. »Nicht übel.«

»Kann ich mitkommen?«

»Haben diese – Erscheinungen – Sie gesehen?«

Agustina dachte nach. »Nein. Ich glaube nicht, dass sie mich bemerkt haben.«

»Dann sind Sie hier eher in Sicherheit.«

»Aber man wird mich verhaften.«

Queen nahm sie bei den Schultern und sah sie eindringlich an. »Gehen Sie zurück zu Sebastian. Wecken Sie ihn auf. Schneiden Sie ihn los. Sagen Sie ihm, dass sie unter Zwang gehandelt haben, dass wir Sie beide töten wollten, wenn sie nicht kooperieren.«

»Und wenn er mir nicht glaubt?«

»Das wird er schon«, sagte Queen und versetzte Gallo eine kräftige Ohrfeige, die ihr die Lippe spaltete.

Gallo krümmte sich vor Schmerzen zusammen, aber sie begriff. »Danke.«

Dann traten Rook und Queen in den Korridor hinaus und verschwanden in der Dunkelheit, geschmeidig und lautlos wie die Erscheinungen.

DREIUNDVIERZIG

New Hampshire

Drei ereignislose Tage lagen hinter ihnen. Knight hatte den größten Teil der bewaldeten Hügel innerhalb der Grenzen von Pinckney erkundet, ohne den geringsten Hinweis auf Bautätigkeiten zu entdecken. King verbrachte die Zeit damit, sich mit den Einheimischen anzufreunden, die er geschickt aushorchte, ohne Verdacht zu erregen. Er fragte jeden, dem er begegnete, nach Neubauten in der Gegend, nach Lastwagenkonvois, allem, was ihm einfiel. Niemand hatte etwas Besonderes bemerkt. Bishop, eingeigelt im Flitterwocheneck, erforschte die Gegend per Internet, legte ein Suchraster für Knight an und meditierte seine Wutanfälle weg, was ihm in der entspannenden Umgebung des Cottages und der Natur zunehmend leichterfiel.

Allmählich wurden sie nervös. Die Zeit lief ihnen davon. Wie jeden Tag nahm King Thor auf einen langen Spaziergang mit hinaus über die große Rasenfläche, der ihn zum Gebetshaus führte, dann durch den Wohnwagenpark und zum offiziellen »Gassiweg« dahinter. Nur in dieser Zeit kam er richtig zum Nachdenken.

Alles war wie immer. Die Vögel zwitscherten an den Waldrändern. Morgentau hing im Gras des kurzgemähten Rasens. Schimmernde weiße Wolken glitten in der Entfernung hinter Stinson Mountain vorbei. Die Luft roch frisch, trotz der gelben Wolken von Blütenstaub, die sich bei jeder steifen Brise aus den Kiefern herabsenkten. Und von allen Ecken und Enden des Campingplatzes hörte man Kinderstimmen und Eltern, die nach ihnen riefen.

Er blieb stehen und betrachtete die Szenerie. Es war ein idyllischer Ort. *Umso mehr Grund, Ridley endlich zu finden und unschädlich zu machen,* dachte King. Ihr Versagen bei der Lokalisierung von Manifold frustrierte ihn. *Drei Tage. Drei verdammte Tage.*

Er starrte zu Boden, während er darüber nachgrübelte, ob sie vielleicht die Taktik ändern und direkter vorgehen sollten, und übersah deshalb den Wagen, der auf ihn zugerast kam. Erst als die Bremsen kreischten, blickte er hoch und sah die Stoßstange eines alten Kombis einen knappen Meter vor ihm zum Stehen kommen. Durch den aufgewirbelten Staub bemerkte er, wie eine Gestalt aus der Fahrertür schlüpfte.

Er griff nach der Pistole, die hinten im Hosenbund unter dem T-Shirt klemmte. Als der Neuankömmling aus der Staubwolke auftauchte, erkannte er ihn, schob die Pistole rasch wieder zurück und setzte ein Lächeln auf.

»Was bilden Sie sich eigentlich ein, junger Mann, hier mitten auf der Straße herumzulungern?!« Es war Mrs Scranton. Achtzig Jahre alt, weißhaarig, in einem losen hellblauen Kleid mit Blumenmuster. Sie steckte noch voller Feuer und anscheinend auch Schwefel, wie sich jetzt zeigte.

»Mrs Scranton. Wie nett, Sie zu sehen«, sagte King. Er hatte sie zwei Tage zuvor kennengelernt, als sie einen missbilligenden Kommentar über seine Kleiderwahl abgab – ausgerechnet das Elvis-T-Shirt.

»Ihr Köter! Er erleichtert sich auf dem Rasen!«, empörte sich Mrs Scranton.

King senkte den Blick. Thor starrte ihn aus großen unschuldigen Augen an. Er war noch dabei, sein Geschäft zu verrichten. Ein frischer, stinkender Haufen lag unter ihm. In diesem Augenblick wünschte King, Rook wäre hier. Er versuchte sich vorzustellen, was der in einer solchen Situation gesagt hätte, doch es gelang ihm nicht. »Er ist schon alt«, meinte King. »Er kann es nicht mehr so lange halten.«

Die säuerliche Miene der alten Frau verriet ihm, dass er wohl in ein Fettnäpfchen getreten war.

»Ich hoffe doch sehr, Sie haben eine Plastiktüte für diese Sauerei dabei?«

Kings starres Lächeln war Antwort genug. Nein.

»Wie war doch gleich wieder Ihr Name?«

Die Frage ging an King vorbei, da er im selben Moment eine Frau erblickte, die vor der Snackbude stand. Sie sah direkt zu ihm her. Nach einem mehrere Sekunden langen Augenkontakt, der sich weder als beiläufiger Blick noch als Signal für physisches Interesse interpretieren ließ, verschwand sie im Gebäude. King straffte sich. Die Haltung der Frau – militärisch – unterschied sie krass von allen Einwohnern, die er bisher getroffen hatte.

Ein schriller Aufschrei lenkte seine Aufmerksamkeit wieder auf Mrs Scranton. Thor, der immer recht lebhaft wurde, nachdem er sich erleichtert hatte, scharrte mit den Hinterbeinen Dreck in die Luft, und zwar direkt auf Mrs Scranton. Sie schnaubte empört und stampfte zu ihrem Wagen zurück. Ihr Mienenspiel und die missbilligenden Laute, die sie von sich gab, sagten King, dass sie sich bei den hohen Tieren des Campingplatzes und jedem auf Gottes grünem Rasen, der es hören wollte, über diesen Zwischenfall beschweren würde. Er versuchte ein freundliches Winken, während sie den Motor anließ, doch das schien sie nur noch mehr in Rage zu bringen. Mit aufheulendem Motor schoss sie los, und er konnte sich nur durch einen raschen Sprung zur Seite in Sicherheit bringen. Anschließend umrundete sie die Rasenfläche und kam mit quietschenden Reifen vor der Anmeldung zum Stehen. Als sie hineinstürmte, warf King Thor einen traurigen Blick zu. »Das ist eine verdeckte Ermittlung. Das bedeutet, keine unnötige Aufmerksamkeit zu erregen, du dummer Köter.«

Er wandte sich ab und ging auf die Snackbude zu. Er wollte herausfinden, wer die geheimnisvolle Frau war.

Knight folgte einer unbefestigten Straße, die hinter dem Campingplatz eine Biegung machte und anschließend den Hügel hinaufführte. Der Karte nach existierte sie nicht, und sie war zu sehr von Bäumen eingewachsen, als dass man ihren Verlauf per Satellit hätte erkennen können. Es war eine der letzten Stellen in Pinckney, die Knight noch nicht überprüft hatte. Allerdings bezweifelte er, dass viel dabei herauskommen würde. Zum Campingplatz gehörten mehr als einhundert Hektar Land bis weit hinauf in die Berge, und niemand hätte dort oben etwas bauen können, ohne dass man es hier unten bemerkte. Aber es blieben nicht mehr viele Möglichkeiten.

Er hielt sich zwei Meter abseits vom Straßenrand, nur für den Fall, dass er jemandem begegnete. Es wäre nicht besonders klug gewesen, sich in seiner schwarzen Montur und mit dem halbautomatischen MSG3-Scharfschützengewehr über der Schulter blicken zu lassen. So etwas sprach sich in einer Kleinstadt schnell herum. Und falls Manifold davon erfuhr, würden sie ihre Bluthunde aussenden.

Auf dem Gipfel des Hügels fand Knight einen verlassenen Pferdestall und vier große braune Gebäude. Anscheinend gehörten sie zu einem alten Ferienlager für Kinder. Das größte Gebäude, ein langes, verfallendes Bauwerk voller zerbrochener Fensterscheiben, trug das Schild »Speisesaal«. Die anderen, kleiner und in ähnlich schlechtem Zustand, waren mit »Verwaltung«, »Krankenschwester« und »Snackbude 2« bezeichnet. Offenbar hatten sie einmal zu dem Campingplatz dort unten gehört, waren aber vor langer Zeit aufgegeben worden. Nichts von Interesse hier.

Knight folgte weiter der unbefestigten Straße. Er kam an einem Swimmingpool voller Regenwasser und Kaulquappen vorbei, neben dem eine rostige Kinderschaukel stand. Dahinter folgte ein kleiner Geräteschuppen mit Schwimmreifen. Anschließend, nach einer scharfen Kehre und einem kurzen Anstieg, erreichte er das eigentliche Ferienlager, das aus einem schlechten Horrorfilm entsprungen zu sein schien. Es bestand aus mehr als zwanzig U-förmig angeordneten Hütten. Der Feldweg führte darum herum und verschwand auf der anderen Seite im Wald.

Knight duckte sich hinter einen tiefhängenden Kiefernzweig und ließ den Blick über das Gelände schweifen, nahm Geräusche und Gerüche in sich auf. Als er sich davon überzeugt hatte, dass er allein war, betrat er schließlich das Lager. Der zentrale, baumbestandene Platz lag voller Gerümpel und Abfall. Halb in der Erde begrabene Autoreifen. Eine Spielplatz-Seilbahn, inzwischen von Ästen zugewachsen. Eine Reifenschaukel ohne Reifen. Es sah aus, als hätte man hier früher einmal seinen Spaß haben können. Jetzt war es eine Geisterstadt.

Knight nahm ein entferntes Geräusch wahr. Ein Brummen. Ein Motor. Vielleicht ein Sattelschlepper auf der Route 27, dessen Fahrgeräusche von den Bergen zurückgeworfen wurden. Vielleicht aber auch etwas anderes. Er erklomm einen Baum hinter einer der Hütten und ließ sich geschickt wie ein Schimpanse aufs Dach herunterfallen.

Flach auf dem Bauch liegend, tarnte er seinen Kopf mit einem abgebrochenen Kiefernzweig und spähte mit seinem reflexionsfreien Feldstecher über den Dachfirst. Ein Aufblitzen. Ein blauer Pick-up. Er wirkte fast so alt wie das Camp.

Knight nahm ihn mit seinem Gewehr ins Visier. Es hatte weder die Reichweite noch die Durchschlagskraft seiner üblichen Scharfschützenwaffen, doch es war auch auf Distanz erstaunlich treffsicher – vor allem in seinen Händen –, und da man es auf automatisches Feuer stellen konnte, zog er es für den Einsatz im Wald vor. Der Pick-up rollte langsam durch das Camp und schlängelte sich zwischen Schlaglöchern und abgebrochenen Ästen hindurch.

Drei Dinge fielen Knight sofort auf. Für ein so altes Auto klang der Motor erstaunlich gesund und kraftvoll. Die Aufhängung federte die Schlaglöcher problemlos ab. Doch am Auffälligsten waren die beiden glattrasierten, gelassenen Männer in der Führerkabine. Sie sahen nicht nur zu gut gekleidet aus für Touristen, sie hatten auch ausgesprochen harte Augen – wie sie ihm in diesem kleinen, friedlichen Ort noch nicht begegnet waren. Als der Kleinlaster unter ihm vorbeifuhr, sah Knight, dass seine Ladefläche mit einer blauen Plane bedeckt war. *Die haben darunter etwas versteckt*, dachte er. Es konnte alles sein, von Marihuana bis Pferdemist, doch er wollte es genauer wissen.

Eilig legte er Rucksack und Waffe ab. Er schaltete seinen GPS-Peilsender ein und steckte ihn in den Rucksack. Das Gerät würde die anderen hierherführen. Doch GPS hatte seine Grenzen. In einer Höhle oder unterirdischen Anlage funktioniert es nicht. Glücklicherweise waren sie auch für diese Möglichkeit gerüstet. Er holte eine kleine Spraydose mit der Aufschrift SprayTrack aus der Hosentasche und richtete die Düse auf sich selbst. Der Geruch war kaum wahrnehmbar, jedenfalls nicht für Menschen, doch Thor würde ihm ohne weiteres folgen können, und zwar auch noch nach Tagen und außerhalb der Reichweite des GPS-Senders. Der Peilsender sollte das Team nur bis hierher führen. Dann war Thor an der Reihe.

Der Pick-up war inzwischen schon ein Stück weiter. Knight sprang vom Hüttendach und rannte quer durch den Wald hinterher. Ohne Rucksack und Gewehr kam er beinahe lautlos voran. Schließlich sprang er tief geduckt hinter einem Baum hervor und klammerte sich hinten an dem Pick-up fest, die Füße auf der Stoßstange, die Hände an der Kante der Ladeklappe. So weit, so gut. Hineinzugelangen, ohne sich im Rückspiegel sehen zu lassen – das war die Kunst.

Nach dreißig Sekunden kam seine Chance. Der Kleinlaster rumpelte durch eine Reihe tiefer Schlaglöcher, wo das Schmelzwasser im Frühling die Straße ausgewaschen hatte. Während das Heck des Wagens auf und ab hüpfte, nutzte Knight den Schwung, um sich über die Heckklappe und unter die Plane zu wälzen. Er schloss die Augen, als er mit einem Rums auf der Ladefläche landete, und hoffte, niemand würde etwas bemerken. Der Pick-up fuhr unbeirrt weiter, daher schlug er erleichtert die Augen wieder auf, um zu sehen, welches Geheimnis sich unter der Plane verbarg.

Zwei stumpfe graue Augen starrten ihm entgegen.

VIERUNDVIERZIG

Der Fels von Gibraltar

Die auf Kosten der US-Regierung gebuchte Chartermaschine setzte kurz nach Morgengrauen auf dem Flughafen von Gibraltar auf. Es war die schnellste Möglichkeit gewesen, und die laschen Sicherheitskontrollen am Flughafen ermöglichten es Rook, Pierce' Glock einzuschmuggeln. Er hatte den Szenenwechsel und die Neuausrichtung der Mission dazu genutzt, sich umzuziehen. Jetzt trug er funktionelle Cargo-Hosen, T-Shirt und Wanderstiefel. Queen war ähnlich gekleidet. Die Stadt Gibraltar lag an einem steilen Abhang, der vom Fuß des Felsens zum Meer hin abfiel. Eine Menge alte Festungen, Höhlen, Tunnels und eine am Hang liegende Stadt, das roch nach viel Laufarbeit. Rook stellte fest, dass Queen es trotz Cargo-Hosen und Tank-Top immer noch schaffte, europäischer auszusehen als er. »In dir steckt einfach zu viel von einem Hinterwäldler«, erklärte sie.

Da sie nicht wussten, wo sie mit ihrer Suche beginnen sollten, nahmen sie sich ein Sightseeing-Taxi, das sie zu allen lokalen Sehenswürdigkeiten chauffierte, angefangen beim Stadtzentrum. Gibraltar gehört zu Großbritannien, daher fanden sie eine Mischung aus englischen Pubs, Läden und leuchtend roten Telefonzellen vor, die besser nach London als in eine mediterrane Stadt gepasst hätten. Schnell wurde klar, dass sie so gewiss nicht auf eine Spur der Gemeinschaft des Herkules stoßen würden.

Sie baten den Fahrer, sie zu den ältesten Sehenswürdigkeiten der Stadt zu bringen. Da die Gemeinschaft sich so sehr für alte Geschichte interessierte, hofften Rook und Queen, dass sie sich – ähnlich wie Agustina Gallo in Athen – von irgendeinem archäologischen Kleinod hatte anziehen lassen. St. Michaels Cave, eine Tropfsteinhöhle, in der gelegentlich Opern- und Ballettaufführungen stattfanden, war zwar beeindruckend, erwies sich aber als Flop, da es hier lediglich Touristenströme und eine große, fehl am Platz wirkende Zuschauertribüne gab.

Als Nächstes kamen die *Great Siege*-Tunnel an die Reihe, von denen Rook sich einiges erhoffte. Das Tunnellabyrinth war eine der ältesten Verteidigungsanlagen der Halbinsel. Es war während der Belagerung zwischen 1779 und 1783 entstanden und wurde später, im Zweiten Weltkrieg, wieder verwendet. Die düsteren, niedrigen Tunnel steckten voller Geschichte, Gewalt und Tod, aber nichts daran war im Entferntesten so alt wie der Mythos des Herkules.

Sichtlich enttäuscht registrierte ihr Taxifahrer und Führer Reggie ihre Unzufriedenheit. Er war ein freundlicher Mann, der viel und gerne lächelte und dessen Abstammung dank der Kombination aus britischem Namen, dunkler Haut und scharfen Gesichtszügen ein Rätsel blieb. Auch sein wechselnder Akzent war nicht einzuordnen. Mal klang er indisch, dann wieder spanisch und gelegentlich sogar britisch. »Ich zeige Ihnen das Beste, was Gibraltar zu bieten hat, und mache Sie mit unseren berühmtesten Einwohnern bekannt«, bot er an.

Das klang ganz vielversprechend, also erhoben sie keine Einwände. Ihr Interesse wuchs, als sie sich einer großen Festungsanlage hoch über der Stadt näherten. »Der Hauptturm«, erklärte Reggie. »Das älteste Bauwerk der Stadt.«

Er hielt auf einem fast vollen Parkplatz an. Der Turm ragte zu ihrer Linken auf, hoch und eindrucksvoll. Das zweiflügelige Eingangstor war geschlossen. »Was ist heute in dem Turm?«, fragte Rook, als er ausgestiegen war.

Reggie antwortete durch das heruntergekurbelte Fenster. »Das Gefängnis Ihrer Majestät.«

Rook schüttelte den Kopf. »So viel zu dieser Theorie. Es sei denn, Ihre Majestät steckt mit der Gemeinschaft des Herkules unter einer Decke.«

Queen ignorierte ihn und ging zur Absperrungsmauer oberhalb des Abhangs. Der Blick auf Gibraltar und das türkisblaue Meer war atemberaubend. Dies war ein Eldorado für Geschichtsliebhaber und Genießer. Rook trat neben sie. »Ich bin kein großer Fan von Nadeln oder Heuhaufen. Aber als Kombination öden sie mich echt an.«

Als sie nicht antwortete, musterte er sie von der Seite. Sie wandte den Kopf erst in die eine, dann in die andere Richtung. Zu ihrer Linken lag die Stadt, zu ihrer Rechten eine Reihe von Strandhotels. »Wonach hältst du Ausschau?«

»Wie alt ist diese Burg?«, fragte Queen, und dann, bevor Rook etwas sagen konnte, beantwortete sie ihre eigene Frage. »Gebaut anno 711.«

Sie hob die Broschüre, die sie in St. Michael's Cave eingesteckt hatte. »Na schön«, meinte Rook. »Worauf willst du hinaus?«

»Das ist das älteste Bauwerk in Gibraltar. Aber es ist nicht alt genug.«

»Und?«

»Wir haben erst die eine Hälfte der Halbinsel gesehen.«

»Das liegt daran, dass die andere Hälfte vierhundert Meter tief senkrecht ins Mittelmeer abstürzt.«

Queen reichte Rook die Broschüre und deutete auf die

untere Hälfte des dritten Faltblatts. Er las laut: »Gorham-Höhle. Vor achtundzwanzigtausend Jahren ließen sich Neandertaler auf Gibraltar nieder. Sie waren nicht nur die ersten hominiden Siedler, man vermutet auch, dass es sich um die letzten ihrer Art handelte. Über hundert Artefakte wurden gefunden, darunter Speerspitzen, Messer, blablabla. Ja, ich verstehe, worauf du hinauswillst. Wo liegt das Ding?«

»Am Fuß eines vierhundert Meter tiefen Abhangs.« Sie lächelte. »Aber wir können auch ein Boot mieten.«

Rook sah aus dem Augenwinkel eine plötzliche Bewegung, reagierte aber zu langsam, um der Kreatur auszuweichen. Sie sprang ihm auf den Rücken, klammerte sich fest und grapschte mit ihren kleinen Händen in seinen Taschen und an seinem Hosenbund herum. »Was zum Teufel?!«

Rook wirbelte herum, streifte das Tier mit dem Arm und schüttelte es ab. Als es auf dem betonierten Gehsteig landete und sich zurück auf die Mauer schwang, sah er, was es war – ein schwanzloser Makak mit braunem Fell. Einer der berühmten Berberaffen der Halbinsel. Dann wurden Rooks Augen groß. Der Affe hielt eine 9-mm-Glock in der Hand.

Seine Hand fuhr nach hinten an seinen Hosenbund. »Mistvieh.«

Der Affe hielt die Waffe zwar am Lauf, doch es wäre ausgesprochen peinlich gewesen, wenn sie direkt vor dem Gefängnis Ihrer Majestät losging. Wie ein Makak in den Besitz einer Pistole kam, die mit Rooks Fingerabdrücken übersät war und aus einem Diebstahl an der Universität von Athen stammte, würde nicht leicht zu erklären sein und ziemlich viel Zeit in Anspruch nehmen. Trotz Deep Blues politischem Einfluss.

Als Rook nach der Waffe greifen wollte, zischte der Affe und fletschte die Zähne. Rook versuchte es trotzdem, doch der Affe war zu schnell. Queen sah amüsiert zu. »Wie wär's mit ein bisschen Hilfe?«, meinte Rook vorwurfsvoll.

»Ich habe noch nie zwei Affen miteinander kämpfen sehen.«

Rook grunzte und versuchte, den Makaken zu erwischen. Doch der hüpfte ihm auf den Rücken und war gleich darauf wieder außer Reichweite. Da bemerkte Rook, dass Reggie sich näherte.

»Ist gut«, wehrte er ab. »Ich komme schon zurecht.«

»Wie ich sehe, haben Sie unsere berühmtesten Einwohner bereits kennengelernt. Aber keine Sorge. Kein Problem«, meinte Reggie. »Reine Verhandlungssache.«

Er zog einen Schokoriegel aus der Tasche. Reggie und der Makak streckten beide langsam die Hand aus, und jeder griff nach dem, was der andere ihm hinhielt. Es war wie ein Drogengeschäft in einem Hinterhof. Reggie ließ den Riegel los, und der Makak verzog sich über die Mauer. »So, das hätten wir, Sir«, sagte Reggie und reichte Rook die Waffe. Dann fügte er hinzu: »Keine Sorge. Ich werde nichts davon sagen.« Er zog den Hemdsaum hoch und zeigte seine eigene Pistole. »Die Straßen bei Nacht sind gefährlich. Besonders für Touristen. Es war eine weise Entscheidung, die Waffe mitzunehmen.«

»Wir hatten gehofft, die Gorham-Höhle besichtigen zu können«, meinte Queen, um das Thema zu wechseln.

»Ein hochinteressanter Ort. Leider für die Öffentlichkeit gesperrt.«

»Arbeitet zurzeit jemand dort?«

»Allerdings. Die Archäologen sind seit Jahren mit der Ausgrabung beschäftigt.«

Queen griff in die Tasche und zog ein Bündel Geldscheine hervor. »Sind Sie sicher, dass es keine Möglichkeit für eine private Führung gibt?«

Reggie grinste und sah sich nach eventuellen Mithörern um, bevor er antwortete: »Den Transport zur Höhle könnte ich vielleicht arrangieren … aber mit den Archäologen – und den Konsequenzen – müssen Sie selbst klarkommen.«

FÜNFUNDVIERZIG

New Hampshire

King band Thor an einem Liegestuhl fest und befahl ihm, sitzen zu bleiben. Dann betrat er die Snackbude durch die hellgrünen Schwingtüren mit den Fliegengittern, die sein Eintreten lautstark quietschend ankündigten. Er wollte gerade Fred guten Tag sagen, dem Mann hinter dem Tresen, als er feststellte, dass der Gastraum leer war. Die Doppeltür auf der anderen Seite des Raums schwang noch hin und her. Die Frau war gerade hinausgegangen.

»Was kann ich für Sie tun?«, fragte Fred, aber King ignorierte ihn und ging zum anderen Ausgang. Vorsichtig schob er die Schwingtüren auf, da er mit einer Falle rechnete. Doch die Frau ging bereits schnellen Schritts auf den Waldrand zu. Sie blickte über die Schulter und sah King nochmals eindringlich an.

Dann rannte sie los.

Gleich darauf hatten die Bäume sie verschluckt. King stürmte aus der Snackbude und sprintete ihr nach. Als er den Wald erreichte, zog er seine Waffe. Er hegte keinen Zweifel daran, dass die Frau für Gen-Y arbeitete, also durfte er sie unter keinen Umständen entkommen lassen, selbst wenn er ihr dafür eine Kugel ins Bein schießen musste.

Er sah sie ein Stück entfernt durch den Wald laufen. King war beeindruckt von ihrem Tempo und der Geschmeidigkeit, mit der sie sich zwischen umgestürzten Bäumen und Büschen hindurchschlängelte. Am liebsten hätte er geschossen oder ihr befohlen anzuhalten, aber er wollte keine Aufmerksamkeit bei möglichen Spaziergängern erregen. Ihm fiel auf, dass sie auch nicht um Hilfe rief.

Langsam holte King auf, immer auf eine Falle gefasst. Dann verlor er die Frau hinter einem bemoosten Felsen aus den Augen, doch ihr Schritt hatte sich verändert, bevor sie dahinter verschwand. Sie war nicht voll durchgelaufen. Als würde sie warten.

King sprang mit einem großen Satz auf den Felsen, statt ihn zu umrunden. Dann ließ er sich hinter der Frau, die tatsächlich stehen geblieben war, zu Boden fallen. Er hielt ihr seine Waffe an den Hinterkopf.

Sie hob rasch die Hände. Leer. »Ich bin unbewaffnet!«

King schob ihr die Hand hinten unters Hemd und brachte eine Metal-Storm-Waffe zum Vorschein. »Komisch, dafür wirken Sie ausgesprochen hochgerüstet.«

»Ich meinte, ich wollte sie nicht benutzen.« Sie drehte sich zu ihm um. Sie hatte ein hartes, aber hübsches Gesicht, eingerahmt von schulterlangen braunen Haaren. »Hören Sie, ich habe Sie gesucht.«

»Sie wussten, wo Sie mich finden?«

»Nein, nicht Sie persönlich – aber jemanden wie Sie. Und ich konnte es nicht riskieren, mit Ihnen gesehen zu werden.«

King blieb wachsam. »Wer sind Sie?«

»Anna Beck«, sagte sie und warf wie ein nervöses Tier Blicke nach links und rechts.

King wurde klar, dass Gen-Y nichts von ihrem Besuch hier wusste. »Also gut, was hat ein Mitglied von Gen-Y auf einem kirchlichen Campingplatz zu suchen? Wollten Sie Gott um Vergebung bitten?«

King hatte erwartet, sie mit seinem Wissen zu überraschen. Doch sie blieb ungerührt und ließ selbst eine Bombe platzen.

»Jack Sigler. Codename ›King‹. Wir haben Befehl, Sie auf der Stelle zu erschießen.«

Sie wusste also auch, wer er war, genau wie die Männer in der Wüste von Nazca. Er ging die Geschehnisse im Geiste noch einmal durch und rief sich die schwarzgekleideten Söldner ins Gedächtnis. Nein, eine Frau war nicht darunter gewesen. Glück für Beck. »Und doch haben Sie nicht geschossen.«

»Nicht jeder bei Manifold hat eine Ahnung, was dort wirklich vor sich geht. Den meisten Wissenschaftlern ist natürlich klar, worauf sie hinarbeiten, aber sie haben keinen Schimmer, dass die Freiwilligen in Wirklichkeit entführt und später ermordet werden. Und sie wissen ganz bestimmt nicht, dass man die Technologie, von der sie glauben, dass sie ein neues Zeitalter inklusive Gesundheit, einem langen Leben und Wohlstand einläuten soll, in Wahrheit an den Meistbietenden verhökern wird.«

»Aber Gen-Y weiß Bescheid?«

»Manche, ja. Aber auch nicht alle.«

»Und Sie gehören zu den Wissenden?«

»Mittlerweile schon. Man hat mir dies hier zugesteckt.« Beck zog einen kleinen USB-Stick hervor und gab ihn King. Er sah aus wie der, den er am Amazonas gefunden hatte.

»Ich habe genauso einen«, sagte er.

Becks Augenbrauen schossen in die Höhe, und Erleichterung malte sich in ihr Gesicht. »Dann haben Sie Seth also gefunden! Er hat sein Leben riskiert, um die Daten zu beschaffen. Als er mir den USB-Stick gegeben hat, wusste ich noch nicht, warum er so wichtig sein sollte, aber … Wie geht es ihm?«

»Seth hat das Amazonasgebiet nie verlassen, fürchte ich. Er ist tot.«

Ihre Schultern sackten nach vorne, und sie lehnte sich gegen den Felsen. Die Nachricht erschütterte sie. Seth war ein guter Mensch gewesen.

»Wenn es Ihnen ein Trost ist, sein Tod war nicht umsonst. Wenn wir ihn nicht gefunden hätten, hätten die Manifold-Leute ihre Arbeit auf Tristan da Cunha ungehindert fortsetzen können.«

Beck runzelte die Stirn. Sie war dort gewesen.

»Wie viele Tote?«, fragte sie.

»Beinahe neunhundert. Alle Einwohner und über sechshundert US-Seeleute.«

»Nein …«, flüsterte sie, dann fand sie ihre Stimme wieder. »Ich war in der Armee. Habe eine volle Dienstzeit im Irak abgeleistet, danach bin ich ausgestiegen.«

Er versuchte, sich über sie klarzuwerden. Dann riet er: »Zu gut im Job? Beim Töten?«

Sie nickte. »Manche Leute werden geboren, um Basketball zu spielen oder ein Krebsheilmittel zu entwickeln. Ich scheine besonders gut mit einer Maschinenpistole umgehen zu können. Aber ich war nicht mit dem Herzen dabei. Ich wollte nie Menschen für eine Sache töten, an die ich nicht hundertprozentig glaube.«

»Und warum haben Sie den Job beim Sicherheitsdienst angenommen? Weil Sie an Manifolds Sache glauben?«

»Ursprünglich ja. Sie präsentieren sich sehr geschickt als ein Unternehmen, das die Probleme der Welt lösen wird. Das klingt so edelmütig. Nach etwas, wofür es sich zu sterben lohnt. Oder zu töten. Aber sie sind auch nicht besser als die Leute, die mich in den Irak geschickt haben, nur dass sie besser zahlen. Aber ehrlich, ich dachte nie, dass wir je zum Einsatz kommen würden. Und ich hätte nicht erwartet, dann zu den Bösen zu gehören.«

»Wie viele denken so wie Sie?«

»Bei Gen-Y?«

Er nickte.

»Wenn ich glauben würde, dass es noch andere gibt, wäre ich nicht alleine hier.« Bei dieser Feststellung sah sie sich wieder nach Lauschern um. »Einige sind gar nicht so übel, aber ich denke nicht, dass sie auf das Geld und den Status verzichten würden … Was hätten sie schon für Perspektiven? Jobs für Veteranen aus dem Irak sind dünn gesät. Man ist für alle ein ›Kriegsheld‹, nur nicht für potentielle Arbeitgeber. Jedenfalls nicht die Frontsoldaten, die tatsächlich Menschen getötet haben. Wer das getan hat, wird von seinen eigenen Dämonen gehetzt.«

King nickte. Sie hatte natürlich recht. Daher kam es darauf an, wie man mit seinen Dämonen umging. Aber er war kein Seelenklempner, und jetzt war nicht der richtige Zeitpunkt für Militärpsychologie. »Ist irgendetwas Neues auf diesem USB-Stick, von dem ich wissen sollte?«

Beck richtete sich wieder gerade auf. Zurück zum Geschäft. »Soviel ich weiß, ist es nur eine Kopie von dem, den Sie schon kennen.«

Er steckte den Stick ein. »Ich nehme ihn trotzdem mit. Für alle Fälle.« Er sah ihr in die Augen. »Meine nächste große Frage lautet: Was sollte mich daran hindern, Sie hier und jetzt festzunehmen?«

»In fünfzehn Minuten wird man mich vermissen, und dann weiß Gen-Y, dass etwas faul ist. Falls Sie erwarten, dass ich von innen heraus irgendeinen Aufstand anzettele, dann vergessen Sie's. Von Gen-Y würde keiner mitmachen, und die Wissenschaftler, na ja, die sind eben Wissenschaftler. Sie hätten nicht die Spur einer Chance. Außerdem glaube ich, dass sie fertig sind.«

Das alarmierte King. »Die Forschungen sind abgeschlossen?«

»Die Labors stehen leer. Ich habe nur noch Maddox und Ridley bei der Arbeit gesehen. Falls sie noch nicht fertig sind, stehen sie jedenfalls kurz davor.«

»Erzählen Sie mehr über Maddox.«

»Todd Maddox. Hübscher Knabe, ein Genetikgenie. Soviel ich weiß, hat Ridley ihn vor ein paar Jahren an Bord geholt, als die Forschungen in einer Sackgasse steckten. Maddox hat den Karren wieder flottgemacht, und zwar sehr schnell. Ein guter Mann, denke ich. Aber in letzter Zeit ganz schön verhuscht. Er hat Angst.«

»Wenn er weiß, was vorgeht, hat er auch allen Grund dazu. Wir alle«, fügte King hinzu. »Aber ist er einer von den Bösen?«

Beck dachte darüber nach, doch bevor sie antworten konnte, erklang in der Ferne ein entsetzter Aufschrei. King blickte in Richtung des Campingplatzes, konnte aber nichts erkennen. Als er sich wieder zu Beck umdrehte, hatte sie sich schon in Bewegung gesetzt. Sie trat ihm hart gegen die Brust, und er stürzte zu Boden. Beim Aufprall verlor er ihre Metal-Storm-Waffe aus der Hand. Sie nahm sie an sich und ergriff die Flucht. King hob seine eigene Pistole, überlegte es sich dann aber anders. Sie hatte neben ihm etwas fallen lassen. Ein Blatt Papier.

Er erkannte eine handgezeichnete Karte des Tals. Als Referenzpunkte dienten Stinson Mountain und der Campingplatz, und der Berg direkt hinter dem Campingplatz war mit einem dicken X angekreuzt, neben das sie hastig gekritzelt hatte: X ist die Stelle. Manifold befand sich direkt auf dem Gelände des Campingplatzes! Was bedeutete, dass jemand hier von ihrer Anwesenheit wusste. *Es ist doch erstaunlich, was gute Christen für Geld alles zu tun bereit sind*, dachte er. Dann fiel ihm Knight ein, der gerade, ohne es zu wissen, auf feindliches Gebiet vordrang. Er musste ihn warnen, aber erst, wenn er wusste, was auf dem Campingplatz vor sich ging.

King steckte seine Waffe weg und rannte zurück. Weitere entfernte Schreie wurden laut. Fred stand vor seiner Snackbude, die Hand vor den Mund geschlagen, und starrte in den Wald auf der anderen Seite der großen Rasenfläche. »Was ist los?«, fragte King.

Freds Gesicht war von Panik verzerrt. »Feuer!«

Durch die Bäume erkannte King ein brennendes Cottage knapp hinter dem Waldrand. Flammen schlugen aus den Fenstern im Erdgeschoss, aus dem ersten Stock quoll Rauch. »Wessen Hütte ist das?«

»Doug und Linda Crowell. Ein älteres Ehepaar.« Fred sah ihn entsetzt an. »Ich glaube, sie haben gerade Besuch von ihren Enkelkindern.«

»Rufen Sie die 911 an«, sagte King. Er ließ Thor von der Leine und stürmte wie eine Rakete mit Hitzesuchkopf über den Rasen auf das brennende Cottage zu. Thor hielt sich dicht an seiner Seite. King war nicht sicher, ob er gegen das Feuer etwas unternehmen konnte, doch er bezweifelte, dass Pinckney eine eigene Feuerwehr hatte, und Plymouth lag fünfzehn Autominuten entfernt. Er hatte sich geschworen, die Menschen hier zu beschützen, und wenn das bedeutete, sie aus einem brennenden Haus zu ziehen, dann sollte es eben so sein.

Vor der Hütte hatte sich bereits ein kleiner Menschenauflauf gebildet. Er fragte: »Ist jemand im Haus?«

Ein älterer Mann antwortete. »Ich konnte noch einen Blick ins Wohnzimmer und ins Schlafzimmer unten werfen. Doug und Linda habe ich nicht gesehen. Sie müssen unterwegs sein.«

King verließ sich ungern auf diese vage Aussage, aber was für eine Wahl hatte er schon? Die Flammen hüllten bereits das gesamte Erdgeschoss ein. Selbst in zehn Metern Entfernung war die Hitze noch fast unerträglich.

Ein Aufschrei bestätigte Kings Befürchtungen.

»Die Kinder sind noch drin!«, schrie eine Frau.

»Sitz!«, brüllte King Thor an, bevor er auf die Eingangstür zulief und sie eintrat. Aber der zusätzliche Sauerstoff nährte das Feuer. King wurde von einem Flammenwirbel zurückgeschleudert. Ein Mann half ihm, sich wieder aufzusetzen, und drängte ihn, sich in Sicherheit zu bringen. Das Gebäude strahlte eine unglaubliche Hitze ab, es würde jeden Moment zusammenbrechen und war eine Todesfalle für jeden, der hineinging. King sah sich nach etwas um, das ihm helfen konnte. Ein Hydrant. Eine Leiter. Eine Pfütze, in der er sich wälzen konnte. Aber da war nichts. Dann fiel sein Blick auf die Menge, die inzwischen auf dreißig Köpfe angeschwollen war. Sie beteten.

Worum? Eine Lösung? Die Seelen der Kinder? »Verdammt noch mal!«, brüllte King voll Zorn. Eine der Frauen in seiner Nähe schlug die Augen auf, zunächst verärgert, dann verwundert. Doch da sah sie schon nicht mehr in seine Richtung. Ihr Blick heftete sich auf etwas hinter ihm.

King wandte sich um und sah gerade noch eine schemenhafte Gestalt hineinhuschen. Während die Betenden wegen der unerwarteten Wendung in hektisches Geschnatter ausbrachen, machte King da weiter, wo sie aufgehört hatten. Er sprach ein Gebet für den Mann, den er in der Hütte hatte verschwinden sehen. Bishop.

SECHSUNDVIERZIG

Der Fels von Gibraltar

Als das kleine Motorboot vor dem berühmten Felsen von Gibraltar über den Kamm einer großen, türkisblauen Welle tanzte, konnte man den Sockel der vertikalen Steinflanke deutlich erkennen. Ein schmaler, felsenübersäter Uferstreifen stieg vom Wasser her vielleicht drei Meter hoch an, bevor er in eine von Höhlen durchzogene Felswand überging. Die Höhlenöffnungen waren gewaltig, wo sie den Elementen ausgesetzt waren, und verengten sich weiter hinten zu schmalen Tunneln, in die man nicht hineinblicken konnte, wenn die Augen auf das Sonnenlicht eingestellt waren.

Sie hatten beschlossen, sich bei Tageslicht zu nähern, um weniger aufzufallen. Schließlich waren sie nur ein Schweizer Touristenpärchen, das sich für die berühmte Gorham-Höhle interessierte.

Das Brummen des Motors erstarb, während der Steuermann, der seinen Namen nicht nennen und seine Sonnenbrille nicht abnehmen wollte, im Leerlauf aufs Ufer zutrieb. Unmittelbar bevor das Boot den steinigen Strand erreichte, gab er kurz rückwärts Gas, so dass das Boot nur ein, zwei Meter vom Ufer entfernt liegen blieb. Ohne Zögern oder Abschied sprangen Queen und Rook ins knietiefe Wasser und wateten an Land.

Ein braungebrannter Mann mit langen schwarzen Locken und einem struppigen Bart kam aus dem Höhleneingang gestürmt. Er sprach kein Wort, doch seine Körpersprache sagte alles. Er war ziemlich hochgewachsen, etwas größer als Rook, hatte selbstbewusste Augen und muskulöse Unterarme. Tatsächlich waren seine Augen so tief, so voller Scharfblick und Weisheit, dass Queen mitten im Wasser ruckartig stehen blieb. Der Mann hatte etwas Besonderes an sich, das sie nicht genau definieren konnte.

Das Boot brauste bereits hinaus aufs Meer. Queen fasste sich wieder und sagte mit passablem Schweizer Akzent: »Ihre Miene sagt uns, dass wir nicht willkommen sind, aber wie Sie sehen, hat man uns zurückgelassen.«

»Was wollen Sie hier?«, fragte der Mann und verschränkte die Arme vor der Brust.

»Unser Fremdenführer«, erwiderte Rook, ebenfalls mit starkem Schweizer Akzent, »er sagte, die Gorham-Höhle wäre die größte Sehenswürdigkeit auf Gibraltar. Unglaublich geschichtsträchtig. Dass niemand sich die Gelegenheit entgehen lassen sollte, sie zu besichtigen. Unsere gemeinsame humanoide Vergangenheit zu erleben.«

»Er hatte in allen Punkten recht, nur dass der Zutritt zur Höhle verboten ist. Niemand darf hinein. Nicht ohne offizielle Einladung, und diese wird nur an Archäologen und Anthropologen ausgesprochen. Was, wie ich vermute, keiner von Ihnen ist.«

Queen zog eine Schnute. »Ich fürchte, nein. Sind Sie da ganz sicher? Dass wir nicht hineindürfen?«

»Allerdings.«

Sie sah Rook an. Er lächelte freundlich und zuckte die Achseln. »Na schön.« Er spielte immer noch die Rolle des jovialen Touristen.

»Ich muss mich entschuldigen, Sir. Wir waren nicht ganz ehrlich zu Ihnen«, sagte Queen.

Immerhin zog der Mann fragend die Augenbrauen hoch.

»Sehen Sie, eine Freundin hat uns empfohlen, die Höhlen zu besichtigen. Sie meinte, dass wir sie ganz faszinierend finden würden. Sie lebt im Schatten der Akropolis in Athen. Im Plaka-Distrikt. Vielleicht waren Sie ja schon einmal dort? Ein schöner Ort zu dieser Jahreszeit.«

»Wunderbares *gelato*«, fügte Rook hinzu.

Der Mann schwieg einen Augenblick lang, dann sagte er: »Ich weiß nicht, was Sie meinen.«

Queen griff unter die Bluse und zog das von der *Argo* geborgene Amulett hervor. Das abgewetzte Symbol der Gemeinschaft des Herkules glänzte in der Sonne. Der große Mann kniff die Augen zusammen, runzelte die Stirn und setzte dann ein freundliches Lächeln auf. »Ah, da kommen Sie natürlich mit einer ganz speziellen Empfehlung, wie ich sehe.«

»Das hatten wir gehofft«, erwiderte sie.

Der Mann dachte einen Moment lang nach, dann wandte er sich zum Höhleneingang. »Folgen Sie mir.«

Er führte sie hinein in die Dunkelheit. Man hatte den Tunnel weitgehend von Schutt befreit, doch es war zu finster, um die eigenen Füße zu sehen. Wäre nicht weit vor ihnen ein Licht gewesen, das es ihnen erlaubte, die Silhouette des Mannes im Auge zu behalten, hätte er sie problemlos abhängen können. »Sie dürfen den Akzent jetzt ablegen«, sagte der Mann. »Ich weiß, dass Sie Amerikaner sind.«

Rook machte sich nicht die Mühe, zu fragen, woher. Er sagte einfach mit unverstellter Stimme: »Ich habe Ihren Namen nicht ganz verstanden.«

»Alexander Diotrephes.« Er eilte weiter.

Sie erreichten eine große Kammer, die von mehreren Halogenlampen auf Stativen erleuchtet war. Ein Raster von sich kreuzenden Schnüren bedeckte den Fußboden –

hier fand tatsächlich eine professionelle archäologische Ausgrabung statt. Mehrere Leute blickten bei ihrem Eintritt auf und musterten sie misstrauisch, doch keiner grüßte. Auf einen Wink von Alexander wandten sie sich wieder ihrer Arbeit zu. »Bitte bleiben Sie auf dem gekennzeichneten Weg. Ein einziger falscher Schritt könnte Tausende von Jahren Geschichte zerstören.«

Rook bemerkte einen etwa sechzig Zentimeter breiten Pfad, der von Schnüren gesäumt war. Er führte auf verschlungenem Weg durch die Höhle und umging sorgfältig alle Stellen von archäologischem Interesse, die mit kleinen, leuchtend orangefarbenen Wimpeln markiert waren.

»Wir haben hundertzwanzig Artefakte katalogisiert, darunter Messer, Speerspitzen und Knochenfragmente. Aber unsere größte Entdeckung lässt das alles nebensächlich erscheinen.«

»Der letzte Stützpunkt der Neandertaler nebensächlich?«, fragte Queen.

Alexander blieb vor der Rückwand stehen. Es schien, als ginge es hier nicht mehr weiter. Er ließ ein Lächeln aufblitzen. »Sie tragen das Symbol unseres Gründers«, sagte er. »Ich bin sicher, dass Sie seinen Namen kennen.«

»Herakles«, sagte Queen, die ursprüngliche Form des Namens verwendend.

Alexander nickte und trat einen Schritt beiseite, damit sie das in die Steinwand gemeißelte Symbol der Gemeinschaft des Herkules sehen konnten. Dann schien er plötzlich in der Wand zu verschwinden. Queen und Rook entdeckten einen raffiniert verborgenen Eingang, der nur aus nächster Nähe sichtbar wurde. Alexander erwartete sie am Kopfende einer nur schummrig beleuchteten Treppe. »Das hier ist eine Art Zitadelle. An diesem Ort hat Herkules seine letzten Tage auf Erden verbracht, seine Anhänger unterrichtet, seine Geheimnisse gehütet und seinen Ruf als Gott unter den Menschen gefestigt.«

»Dann war er kein Gott?«, fragte Rook. Während sie die Wendeltreppe hinabgingen, bildete er das Schlusslicht und warf immer wieder einen wachsamen Blick hinter sich. Wenn etwas schiefging, war dieses Höhlensystem ein strategischer Alptraum.

»Wohl kaum. Ein erstaunlicher Mensch. Der erstaunlichste Mensch überhaupt vielleicht. Würdig der Anbetung und Verehrung. Aber ganz und gar menschlich. Das ist das wahre Vermächtnis des historischen Herakles. Der Gipfelpunkt des Menschseins. Das Ziel, nach dem wir alle streben.«

Am Fuß der Treppe befand sich eine massive Holztür. Alexander überraschte sie abermals, indem er eine imitierte Steinplatte aufklappte, unter der sich ein Handabdruckscanner verbarg. Er legte die Hand darauf und wartete, während ein blaues Licht zweimal über seine Handfläche und Finger wanderte. Die Tür entriegelte sich und schwang nach innen auf.

Der Raum auf der anderen Seite war ebenso modern eingerichtet wie riesig. Die Felswände, von der Decke hängende Stalaktiten und antike Felszeichnungen zeugten vom großen Alter der Höhle, doch Computerterminals, Labortische und lange Reihen von Kühlgeräten waren technisch auf dem allerneuesten Stand. Falls jemals Neandertaler hier gelebt hatten, waren ihre Überreste längst zu Staub zerfallen ... oder von dem auf Hochglanz polierten Steinboden weggesaugt worden.

Pierce musste so etwas vermutet haben. Und da sie jetzt ganz unter sich waren, war es an der Zeit, mit den Spielchen aufzuhören und ein paar Antworten einzufordern.

Rook zog Pierce' 9-mm und richtete sie auf Alexander.

»Tut mir leid, Freundchen. Aber wir brauchen jetzt Antworten auf ein paar Fragen. Und zwar schnell.«

Rook rechnete mit einer ganzen Reihe von Reaktionen. Er hatte erlebt, wie harte Männer sich angesichts des Todes in die Hose machten, weinten und flehend auf die Knie fielen. Doch Alexander grinste nur und lachte in sich hinein. Aus irgendeinem Grund schaffte er es, trotz der Waffe völlig entspannt und gelassen zu bleiben. Er ließ sich auf einem Hocker nieder, legte die Hände im Schoß zusammen und fragte: »Was möchten Sie denn wissen? Hm?«

Während Queen und Rook in die nun erwartungsvollen Augen Alexander Diotrephes' blickten, entgingen ihnen zwei Gestalten, die sich ihnen näherten … von der Decke aus.

SIEBENUNDVIERZIG

New Hampshire

Die Nachricht, dass ein Mann sich in das flammende Inferno gestürzt hatte, um Menschenleben zu retten, verbreitete sich in Windeseile über den Campingplatz. Die Menge schwoll schnell auf beinahe hundert Menschen an. Frauen schnappten nach Luft, wenn sie die Geschichte hörten. Männer versuchten zu erklären, warum ihnen selbst dazu der Mut gefehlt hatte. Kinder sahen mit großen, verängstigten Augen zu. King bemerkte einen Teenager, der alles mit seinem Handy filmte. Wenn Bishop lebend wieder herauskam, mussten sie dafür sorgen, dass das Video nicht auf YouTube landete. Falls er es nicht schaffte …

King versuchte, nicht an diese Möglichkeit zu denken. Aber mittlerweile war Bishop schon fast eine Minute lang in der Hütte.

In der Ferne wurde das Heulen von Feuerwehrsirenen laut. Plymouth hatte schnell reagiert. Wenn das Feuer sich ausbreitete, konnte der ganze Campingplatz in Flammen aufgehen. King fragte sich bereits, ob es nicht besser wäre, ihn zu evakuieren, da riss eine Explosion ein Loch in das Dach der Hütte, aus dem sofort der Rauch quoll. King schüttelte bekümmert den Kopf. Das Gebäude stürzte ein. Und Bishop …

Dann teilte sich der Rauch, eine Gestalt kam aus dem Loch geschossen und warf sich über die Reste des Daches hinweg zwei Stockwerke in die Tiefe. Beim Aufprall gab es einen Laut wie von knackenden Ästen. Der Mann hatte sich beide Beine gebrochen. Er landete auf der Seite und rollte sich auf den Rücken, wie um etwas in seinen Armen zu schützen.

Unter der dicken Rußschicht erkannte King Bishops muskulösen Körper. Auch Thor wedelte winselnd mit dem Schwanz. Doch niemand sonst hätte ihn wiedererkannt. Der Knabe mit dem Kamerahandy konnte vermutlich ein Vermögen mit seinem Video verdienen. Bishop knirschte jetzt mit den Zähnen und presste die Augenlider fest zusammen, als ein furchtbarer Schmerz seinen Körper schüttelte. Er rollte sich auf die Knie und stützte sich mit einem Arm auf, während er mit dem anderen eine dicke Decke an seine Brust gepresst hielt.

King trat näher, argwöhnisch, obwohl er wusste, dass es Bishop war. Irgendetwas stimmte hier nicht. Ein Teil von ihm wollte seinem Freund zu Hilfe eilen, da er offensichtlich schreckliche Schmerzen litt. Doch ein anderer Teil, eine kleine warnende Stimme in seinem Hinterkopf, schrie ihm zu: Lauf weg!

Bishop hätte *nicht* überleben dürfen.

Dennoch ging King zu ihm hin.

Bishops Haut war geschwärzt, runzelig und entstellt. Regelrecht geschmolzen. Zwischen den Rissen leuchtete es knallrot. Selbst eine Kreuzung aus Elefantenmensch und Quasimodo hätte im Vergleich zu ihm harmlos ausgesehen. Sein Atem ging hechelnd, abgehackt, rau. Urtümlich. Fieberhaft. Das Feuer hatte ihn nicht nur äußerlich in ein Monster verwandelt.

Die Menge sah es ebenfalls und wich zurück, während King einen weiteren Schritt vorwärts tat. Dann hielt er inne. Etwas veränderte sich.

Eine Frau schrie vor Angst und drängte sich durch die Menge nach hinten. Sie hatte gesehen, was auch King jetzt wahrnahm.

Etwas Unmögliches.

Bishop begann zu brüllen – ob vor Zorn oder vor Schmerz, war unmöglich zu sagen –, während seine verkohlte Haut abblätterte und zu Boden flatterte wie Daunenfedern. Ein leichter Windstoß fuhr hinein und trug sie über die Köpfe der Menge hinweg. Die Leute duckten sich schreiend vor den verbrannten, papierartigen Fetzen, die über ihren Köpfen durch die Luft schwebten. Gleichzeitig wurde Bishops Haut durch eine neue, gesunde Schicht ersetzt. Frische Haare sprießten auf seinem Kopf, den die Flammen kahlgebrannt hatten. Die rote, runzlige Haut seines Gesichts glättete und straffte sich. Dreißig Sekunden nachdem er wie eine lodernde Fackel aus einem brennenden Gebäude gesprungen war, sah Bishop wieder menschlich aus. Er war geheilt.

Als sein letzter Schrei verklang, scheuchte King die Menschenmenge weg, bevor sie irgendwelche voreiligen Schlüsse über Bishop ziehen konnten. Gut oder böse. Engel oder Dämon. Religiöse Menschen neigten dazu, die Welt in Schwarz und Weiß einzuteilen. Er musste Bishop schleunigst hier wegschaffen. Wie hatte er nur übersehen können, dass man ihn auf Tristan da Cunha das Regenerationsserum injiziert hatte? Er hätte es wissen müssen, spätestens seit Bishop die Hauptwucht der Explosion abgefangen hatte, ohne einen einzigen Kratzer davonzutragen. Die große Frage war: Würde Bishop den Verstand verlieren?

Er kniete sich neben ihm hin und sah Rauch und Dampf aus seinem Fleisch und der verkohlten Kleidung aufsteigen. Der Mann hatte das Grauen durchlebt, bei lebendigem Leib zu verbrennen. King hielt die rechte Hand hinter dem Rücken verborgen und war bereit, nötigenfalls die Waffe zu ziehen. Es war eine schreckliche Verantwortung, aber sollte Bishop als Regenerierter über die Menge herfallen, würde das kaum jemand überleben.

Er legte ihm die linke Hand auf die Schulter und sagte: »Bish…«

Ihre Blicke trafen sich. Bishops Stimme klang wie ein Knurren. »Ich bin da. Ich bin immer noch ich selbst. Aber falls ich die Kontrolle verliere … wenn ich werde wie die anderen. Benutze sie.« Sein Blick glitt zu Kings Arm, den er schussbereit hinter dem Rücken versteckte. »Schieß mir den Kopf weg.«

Damit war alles gesagt. Beide Männer wussten, was auf dem Spiel stand. Sollte Bishop die Kontrolle über sich verlieren, durfte er seinen Kopf nicht behalten. Es wäre ein Akt der Barmherzigkeit. Bishop wollte lieber sterben, als einen Unschuldigen zu verletzen.

»Die Kinder?«

Bishop stand auf und streckte langsam seinen gekrümmten Rücken. Er hielt einen Ball aus zusammengeknüllten Decken in den Armen. Als er sich zu seiner vollen Größe aufgerichtet hatte, fielen die Decken auseinander und gaben zwei bewusstlose Kinder frei, heil und unversehrt.

Die Menge brach in Jubel aus. Rufe wie »Gelobt sei Jesus Christus« und »Gelobt sei der Herr in seiner Güte« wurden laut. Dann wurde das Stimmengewirr von dem Sirenengeheul zweier Feuerwehrwagen übertönt, die gerade von der Hauptstraße abbogen.

»Sie müssen … ärztlich versorgt werden …«, sagte Bishop.

»Lass dir Zeit«, mahnte King, nahm ihm die Kinder aus

den Armen und legte sie sanft auf den Boden, weit genug weg von dem brennenden Haus. Thor leckte ihnen vorsichtig über die Gesichter und ließ sich dann neben ihnen nieder. Mitgefühl gehörte nicht zur Jobbeschreibung des Golden Retriever. Es lag einfach in seiner Natur.

Während King die Kinder untersuchte, ihren Puls fühlte und auf ihre Atmung lauschte, hielt die Menge sicheren Abstand. Er konnte hören, wie sie über Bishop tuschelten, doch er ignorierte es.

Als er mit der Untersuchung der Kinder fertig war, fasste Bishop ihn am Arm. Einen Moment wirkte er zornig, aber vielleicht quälten ihn auch nur die noch nicht ganz verheilten Wunden. »Wir haben keine Zeit.« Er zuckte unter einer neuerlichen Schmerzattacke zusammen. Leise knurrend spannte er sich, dann war er wieder er selbst. »Knight hat sein GPS aktiviert. Ich wollte dich gerade holen. Er hat etwas entdeckt.«

»Oder *jemand* hat *ihn* entdeckt.«

»Vielleicht braucht er Hilfe.«

Zwei Feuerwehrleute schoben sich durch die Menge. Nachdem sie Bishop mit großen Augen von Kopf bis Fuß gemustert hatten, wandten sie sich den Kindern auf dem Waldboden zu. »Was zum Teufel ist hier passiert?«

»Er hat die Kinder gerettet«, schrie jemand.

»Sie müssen auf Rauchvergiftung untersucht werden«, meinte King. »Aber sie werden es überleben.«

»War noch jemand im Haus? Man hat mir gesagt, dass es einem älteren Ehepaar gehört«, sagte einer der Männer und sah dann wieder Bishop an. »Und er ... ist er ... in Ordnung?«

»Das Haus war leer«, erwiderte Bishop. »Ich habe alle Zimmer überprüft.«

»Sie waren ... da drin?«, fragte der Feuerwehrmann

ungläubig und ließ den Blick über die brennende Hütte schweifen.

Mit gerunzelter Stirn gab Bishop aufgebracht zurück: »Nein, ich wälze mich gern im Ruß, bevor ich …«

Bevor er ausreden konnte, trafen zwei dicke Wasserstrahlen die Hütte, die Feuerwehr begann zu löschen. Aber es war zu spät. Das geschwächte Bauwerk fiel in sich zusammen. Der erste Stock und der Dachstuhl krachten herunter, Rauch, Funken und glühende Holzstücke schossen in die Höhe, regneten über die Menge und trieben sie zurück. Die beiden Feuerwehrleute schirmten die Kinder mit ihren eigenen Körpern ab.

Als der Rauch sich wieder lichtete, waren die beiden Männer, die die Kinder aus dem Feuer gerettet hatten, mit ihrem Hund spurlos verschwunden. Die Leute durchsuchten den Wald in der Umgebung, doch sie tauchten nicht wieder auf.

Wie zwei Engel.

Nach fünfzehn Minuten langsamer, holpriger Fahrt hielt der Pick-up an. Knight spähte unter einer Ecke der Plane hervor und sah den Fahrer nach oben winken. Vermutlich in ein Kameraobjektiv, denn was wie eine moosbedeckte Felswand ausgesehen hatte, glitt zur Seite und gab den Eingang zu einem unterirdischen Tunnel frei, der tief in den Berg hineinführte. Unter dem Rand der Plane hindurch sah Knight, wie sich das Tor hinter ihnen wieder schloss. Dann glitt eine Doppelreihe von Deckenlampen über sie hinweg, während der Wagen weiterfuhr.

Er zog sich wieder unter die Plane zurück, zu seinen Mitreisenden. Ihre Papiere wiesen das grauhaarige Paar als Doug und Linda Crowell aus. Beide waren über achtzig und besaßen eine Hütte auf dem Bibelkonferenzgelände von Pinckney. Sie waren am Leben, standen aber unter starken Beruhigungsmitteln. Schwer zu sagen, was Manifold von ihnen wollte. Jedenfalls waren sie keine Wissenschaftler. Auf seiner längst abgelaufenen Kennkarte stand, dass Doug Crowell Angestellter einer Sägemühle war. Und nach Lindas bemehlter Küchenschürze zu schließen, befasste sie sich gegenwärtig höchstens mit der Wissenschaft des Kuchenbackens.

Der Kleinlaster wurde langsamer. Knight spähte wieder hinaus und sah, dass sie sich einer Art großer Laderampe näherten. Er ließ das alte Pärchen nur ungern im Stich, sie erinnerten ihn an seine Großmutter. Doch wenn er blieb, bedeutete das seinen Tod. Also ließ er sich lautlos vom Heck des Pick-ups gleiten und verschmolz mit den Schatten.

Der Wagen hielt auf einem hell erleuchteten Parkplatz, wo ihn zwei Männer in der Uniform eines Sicherheitsdienstes empfingen. Gen-Y. Sie wechselten ein paar scherzhafte Bemerkungen mit dem Fahrer und seinem Beifahrer, während sie wie beiläufig das alte Paar von der Ladefläche hievten und an Armen und Füßen wegschleppten. Als die Gruppe sich entfernt hatte, erloschen die Lichter auf der Laderampe.

Knight, der sich im Dunkeln ausgesprochen wohl fühlte, verließ sein Versteck und probierte die Zugangstür. Verschlossen. Ein schwaches, grünes Glimmen fiel ihm ins Auge. Vorsichtig näherte er sich und befürchtete schon, es wäre ein Bewegungsmelder. Aber dann erkannte er die Form: ein auf der Spitze stehendes Dreieck, etwa zweieinhalb Meter über dem Boden. Knight fand einen Spalt, wo zwei Schiebetüren zusammentrafen. Langsam tastete er sich nach links weiter, bis er einen einzelnen Knopf fand. Als er ihn drückte, leuchtete er gelb auf, gleichzeitig glitten die Doppeltüren auseinander. Ein großer Lastenaufzug. Richtung »Abwärts«. Knight trat hinein. Die Stockwerke waren mit Buchstaben bezeichnet: G, L, Y und P. Er beschloss, oben anzufangen und sich dann weiter nach unten vorzuarbeiten. Er drückte den G-Knopf, zog seine SIG Sauer und zerschmetterte das Deckenlicht. Geduckt wartete er in der Finsternis, bis sich die Türen wieder öffneten.

Eine halbe Minute später war es so weit. Als sich seine Augen an das grelle Licht gewöhnt hatten, schob er sich langsam auf einen Korridor hinaus. Ein lautes, sich in unregelmäßigen Abständen wiederholendes »Plopp« ertönte. Dem Laut folgte jedes Mal ein gutturales Grunzen. Knights Nase nahm den scharfen Geruch von menschlichem Schweiß wahr, und in seiner Phantasie wirbelten Visionen von Regenerierten und Folterkammern durcheinander, von menschlichen Versuchskaninchen, die auf Operationstischen festgeschnallt lagen. Manifold war alles zuzutrauen.

Er drückte sich an die Wand und schob sich an ein einen Meter zwanzig mal zwei Meter vierzig großes Fenster heran, das in den Raum führte, aus dem der Geruch und die Geräusche drangen. Er holte tief Luft, bevor er einen schnellen Blick hineinwarf. Mit einem durch lange Übung geschärften Gedächtnis konnte er sich auf einen einzigen Blick jedes Detail einprägen und später bei Bedarf abrufen. Aber als sein Kopf herumzuckte, um in den Raum zu spähen, erstarrte er zur Salzsäule. Was er sah, war so unglaublich, dass er den Blick nicht mehr davon abwenden konnte.

ACHTUNDVIERZIG

Der Fels von Gibraltar

Alexander Diotrephes schlug die Beine übereinander, lehnte sich kühl wie eine Hundeschnauze gegen den Labortisch und beantwortete Rooks erste Frage. »George Pierce ist Archäologe. Und zwar ein guter. Aber er setzt falsche Prioritäten.«

»Wie meinen Sie das?«, wollte Rook wissen.

»Er fühlt sich verpflichtet, der Welt die Vergangenheit und die Geschichte zu enthüllen.«

»Sie sind doch auch Archäologe. Sehen Sie das anders?«

»Sagte ich, dass ich Archäologe bin?«

Rook dachte nach. Nein, hatte er nicht.

Queen umkreiste Alexander langsam. »Und was spricht dagegen, aus der Geschichte zu lernen?«

»Die Geschichte wiederholt sich zwangsläufig immer wieder, gleichgültig, wie viel wir darüber wissen. Es gab zwei Weltkriege, praktisch direkt aufeinanderfolgend. Niemand lernte etwas aus dem ersten Krieg. Niemand bezweifelt ernsthaft, dass es einen dritten Weltkrieg geben wird. Aber die Vergangenheit auszugraben, ist nicht nur sinnlos, es ist auch ein Sakrileg. Wenn Altertümer, Theorien und ... geistiges Eigentum von Archäologen wie Pierce ausgegraben werden, glauben diese, sie gehörten ihnen persönlich. Pierce meint, es läge allein in seinem Ermessen, der Welt etwas zu enthüllen, was lange Zeit ein streng gehütetes Geheimnis war. Ich behaupte, dass Archäologen nicht das Recht haben, solche Entscheidungen zu treffen.«

»Erwarten Sie denn, die Nachfahren der ursprünglichen Besitzer aufzuspüren?«, fragte Rook.

»Oder die Nachfahren eines Verstorbenen, den sie exhumieren, ja. Glauben Sie, die Pharaonen hätten gewollt, dass man sie ausgräbt und in Museen zur Schau stellt, zu Pulver zermahlt und wie eine Droge schnüffelt oder an den Höchstbietenden versteigert? Es ist heute viel vom Schutz der Religionsfreiheit die Rede, und doch ignorieren wir den Glauben unserer Vorfahren, nur um unsere Neugier zu befriedigen. Das ist abstoßend.«

»Mir kommen gleich die Tränen«, sagte Rook und warf Queen einen Blick zu. »Ich wette, er ist auch Veganer.«

Alexander verzog angewidert das Gesicht. »Sie haben doch keine Ahnung, wer ich eigentlich bin, oder?«

»Ich habe keinen Schimmer.«

»Aber Sie kommen bewaffnet hierher und erwarten, dass ich Ihre Fragen beantworte?«

»Sieht ganz so aus.«

»So kann man sich täuschen.«

Ein Schatten fiel über Rook und traf ihn mit voller Wucht in den Rücken. Er stürzte zu Boden, und seine Waffe schlitterte unter einen Labortisch. Eine zweite Gestalt fiel von der Decke, doch Queen konnte sich noch rechtzeitig seitlich wegrollen und hob die Fäuste. Aber sie sah nur noch Alexander, der mit seinem überheblichen Grinsen gelassen dasaß. Dann flackerte sein Blick für Sekundenbruchteile und glitt zu etwas, das hinter ihr war. Sie wirbelte herum und überraschte den Angreifer mit einem Fußtritt. Erfreut hörte sie ein Grunzen und das Knacken von Knochen.

Aber als sie nachsetzen wollte, war ihr Gegner bereits

mit den Schatten verschmolzen. Sie konnte nur mit Mühe Kopf und Schultern ausmachen, sah jedoch deutlich die gelben, reflektierenden Augen.

Rook warf sich nach seiner Pistole. Aber bevor er die Finger darum schließen konnte, schoss eine dunkle Hand vor und schnappte sie ihm weg. Die Hand hatte fünf Finger, doch die rissige, graue Haut und die unglaublich dicken Fingernägel wirkten nicht menschlich. Blitzartig war Rook auf den Beinen. Jetzt wusste er Bescheid. Das waren dieselben Dinger, auf die sie in Pierce' Büro gestoßen waren. Doch sosehr er seine Augen anstrengte, es half nichts, die Kreatur hatte sich zu der anderen in die Schatten zurückgezogen.

»Nur keine Angst«, sagte Alexander entspannt wie immer. »Die Waffe hat sie nervös gemacht. Ihnen wird nichts geschehen ... bis ich mit Ihnen fertig bin.« Er wirbelte auf seinem Hocker herum zu Rook. »So, jetzt bin ich dran mit den Fragen. Wer sind Sie?«

Beide blieben stumm. Selbst unter der Folter würde man ihnen diese Information nicht entlocken können. Das vermutete wohl auch Alexander. »Na schön. Wir haben alle unsere Geheimnisse. Aber ich weiß, dass Sie an der Universität von Athen waren. Sie haben unsere Wiederbeschaffungsaktion gestört.«

»Ich hoffe, Sie haben meine telefonische Nachricht erhalten«, sagte Rook.

Alexander lächelte. »Allerdings. Sie haben eine wahrhaft goldene Zunge. Aber es scheint auch, dass Sie gefunden haben ...« – er warf einen Blick in die Schatten – »... was uns entgangen ist. Zu Ihrem Glück haben Sie das Licht eingeschaltet. Sie reagieren darauf ziemlich empfindlich. Also, welcher Art ist Ihr Interesse an George Pierce?«

»Er ist ein Freund«, gab Rook zurück.

»Na und?«

Queen seufzte. Sie hatte ursprünglich nicht vorgehabt, Informationen preiszugeben. »Man hat ihn vergiftet.«

»Ach ja? Und wer?«

»Ein Genetikunternehmen.«

»Zu welchem Zweck?«

»Um es in Ihren eigenen Worten zu sagen: Das ist eine Information, die man nicht mit aller Welt teilen sollte«, erwiderte Rook.

»Anscheinend sind Sie der Ansicht, ich könnte Ihnen behilflich sein, was diese Vergiftung betrifft. Warum sollten Sie sonst hier sein?«

»Wir wussten nicht, was uns erwartet«, sagte Queen. »Agustina Gallo. Das waren Pierce' letzte Worte, bevor er ins Koma fiel.« Sie hielt das Symbol der Gemeinschaft des Herkules in die Höhe. »Und er hat dieses Symbol mit seinem eigenen Blut gemalt.«

Alexander setzte sich aufrechter hin. Jetzt war er interessiert. »Das sieht Dr. Pierce aber gar nicht ähnlich.«

»Er war nicht mehr er selbst«, erwiderte Rook.

»*Was* war er *dann*?«

Wieder blieben sie stumm. In der Stille hörte Queen ein Klicken aus den Schatten. Die gelben Augen waren verschwunden, doch sie spürte zwei … Wesen in der Dunkelheit.

»Er hatte etwas entdeckt, nicht wahr? Etwas Gefährliches. Etwas, wofür die Menschen … töten würden.« Alexander rieb sich das Kinn, dann sah er Queen an. »Bitte. Erzählen Sie mir, was er gefunden hat. Und in welchem Land.«

Queen dachte, dass man aus dem Land, das eine halbe Welt entfernt lag, wohl kaum Rückschlüsse auf ein spezielles griechisches Artefakt ziehen konnte. Und sie wollte die

Unterhaltung in Gang halten, um Zeit zu gewinnen und irgendwann den Spieß umdrehen zu können. Also sagte sie: »Peru.«

Die Augen des Mannes weiteten sich. »Nazca?«

»Woher wissen Sie das?«, fragte Rook. »Noch eine Wanze?«

»Das ist unmöglich …« Alexander war jetzt auf den Füßen. »Ein Genetikunternehmen, sagen Sie?«

Rook nickte und bemerkte, dass anstelle des aggressiven Untertons Besorgnis in Alexanders Stimme getreten war. »Sie wissen, was Pierce gefunden hat, nicht wahr?«

Alexander sah sie lange an und versuchte, zu einem Entschluss zu gelangen. Seine Miene wurde sanfter. »Kommen Sie mit.« Er ging voraus zu einer Reihe von Kühlgeräten mit verglaster Front, weg von den Schatten. »Wissen Sie, was die Gemeinschaft des Herkules sich zum Ziel gesetzt hat?«

»Sie schützt das ›Vermächtnis des historischen Herkules‹«, antwortete Queen.

Er nickte. »Wir haben die Welt glauben gemacht, dass Herkules ein Gott unter den Menschen war; dass seine Körperkraft und sein Heldenmut unerreichbar für den Rest der Menschheit wären. In Wahrheit war er eine Art Wissenschaftler. Der erste Genetiker, wenn Sie so wollen.«

Dampf quoll aus einem der Gefrierschränke, als er ihn öffnete. Er nahm einen Reagenzglashalter mit sechs Röhrchen heraus, die eine braune Flüssigkeit enthielten. Er schüttelte eines davon. Die Flüssigkeit wurde wolkig und fast schwarz. »Ich hätte nie geglaubt, dass ich die hier einmal brauchen würde …«

Er reichte Queen den Halter mit allen sechs Reagenzgläsern. »Das Elixier blockiert die Gene, die die Regeneration ermöglichen. Es war ein provisorisches Mittel gegen die Hydra. Im Fall von Dr. Pierce …« Er zuckte die Achseln. »Zwei für die Kreatur. Für Dr. Pierce sollte eine kleine Dosis ausreichen. Verwenden Sie den Rest als Muster, um mehr davon herzustellen, wenn es nötig sein sollte. Ewiges Leben ist eine Bürde. Ein Fluch. Dieser Planet kann eine menschliche Rasse nicht überleben, die für die Ewigkeit gemacht ist.«

Queen betrachtete die Phiolen. »Sie lassen uns also gehen?«

»Wie gesagt, manche Geheimnisse bleiben besser begraben. Die Hydra hätte nie exhumiert werden dürfen. Abermals wird sich die Geschichte wiederholen.« Alexander fasste sie bei den Schultern und drängte sie sacht zum Ausgang. »Gehen Sie. Sofort. Ihnen wird nichts geschehen. Gehen Sie!«

»Warum begleiten Sie uns nicht, wenn Sie so viel wissen?«, schlug Queen vor. »Helfen Sie uns.«

Er lachte. »Und anschließend würden Sie mich dann wegsperren.«

»Wir könnten etwas arrangieren.«

»Ich fürchte, nein. Vor langer Zeit versprach ich jemandem, den ich liebte, dass ich mich nicht in die Probleme der Welt einmischen würde. Ich fürchte, das ist auch besser so. Verstehen Sie, im Unterschied zum Rest der menschlichen Rasse respektiere ich die Vergangenheit. Und nun gehen Sie!«

Alexander schob sie vorwärts, und sie ließen es sich gefallen. Sie hatten bekommen, was sie wollten, und wussten ja jetzt, wo sie ihn finden konnten. Sie liefen die Treppe hinauf zur Haupthöhle. Die Leute, die an den Neandertaler-Artefakten arbeiteten, erhoben sich und folgten ihnen mit ihren Blicken, während sie sich durch das Labyrinth aus Schnüren schlängelten. Ein paar bewegten sich besorgt auf den Hintergrund der Höhle zu, blieben dann aber stehen. Über die Schulter sah Rook, dass Alexander ihnen bedeutete, alles sei in Ordnung.

Als sie wieder ins grelle mediterrane Licht hinaustraten, nahm Rook Queen beim Arm. »Etwas, das er gesagt hat, ist gerade erst richtig zu mir durchgedrungen.«

»Und das wäre?«

Er deutete auf die Reagenzgläser. »Zwei für die Kreatur …«

NEUNUNDVIERZIG

New Hampshire

Bishop tigerte im Wohnzimmer des Flitterwochen-Cottages auf und ab. Es passte nicht zu ihm, Anzeichen von Ungeduld zu zeigen, aber angesichts dessen, dass andere in seiner Lage schon dem Wahnsinn verfallen waren, hielt er sich gut. King saß im Esszimmer und hatte den Laptop vor sich aufgeklappt. Die Silhouette Deep Blues blickte ihm vom Bildschirm entgegen.

»Ich habe die Zeichnung analysieren und mit topographischen Landkarten vergleichen lassen. Wenn die Karte, die Ihnen Beck gegeben hat, stimmt ... und nicht etwa eine Art Falle ist, dann finden Sie Manifold unterhalb von Fletcher Mountain. Ich lasse jeden Quadratzentimeter von einem Team nach möglichen Ein- und Ausgängen untersuchen, aber sie haben ihre Spuren ziemlich geschickt verwischt.«

»Wenn Knight sich an das Protokoll gehalten hat, bekommen wir alle Informationen, die wir brauchen.« Er tätschelte Thor den Kopf.

»Ich kontaktiere Sie auf Ihrem PDA, wenn es etwas Neues gibt«, fügte Deep Blue hinzu. »Gute Jagd. Ach, und King ... keine Samthandschuhe mehr. Es ist mir egal, was wir am Ende alles vertuschen müssen. Manifold darf nicht noch einmal davonkommen. Tun Sie, was immer nötig ist.«

Der Bildschirm wurde schwarz.

Bishop unterbrach sein Hin-und-her-Gelaufe. »K[illegible] wir jetzt?«

King drehte sich zu ihm um. »Glaubst du, du kannst die Rage, die sich da in dir aufbaut, noch eine Weile unter Kontrolle halten?«

»Du weißt, dass ich es kann.«

»Dann lass uns aufbrechen.«

Die beiden Männer kletterten, gefolgt von Thor, in den Chevrolet Tahoe. Der Motor röhrte auf, und King lenkte den Wagen aus der von Kiefernnadeln bedeckten Lichtung heraus. Im Vorbeifahren sah er, dass auf dem Rasenviereck gerade ein Fußballspiel stattfand, und weiter hinten, auf dem Baseballfeld, standen sich zwei lange Reihen Kinder gegenüber und spielten Red Rover. Sosehr er sich auch wünschte, Manifold den Garaus zu machen, »zu tun, was immer nötig war«, durfte nicht dazu führen, dass diese Menschen zu Schaden kamen. Er runzelte die Stirn. Vermutlich war das ein Grund für Manifolds Ortswahl gewesen – abgelegen und doch voller menschlicher Schutzschilde.

Hinter dem Campingplatz fuhren sie einen langen Hügel hinauf. Der GPS-Tracker von Kings PDA zeigte, dass sie gegenwärtig etwa anderthalb Kilometer von Knights Signal entfernt waren. Um nicht zu nahe heranzufahren und eventuell einen Alarm auszulösen, versteckten sie den Wagen zwischen den Bäumen und tarnten ihn mit Netzen und Kiefernzweigen. Dann gingen sie voll bewaffnet zu Fuß weiter, angeführt von Thor.

Nachdem sie zehn Minuten lang parallel zum Weg weitergegangen waren, stießen sie auf eine Lichtung voller Hütten. Allem Anschein nach ein verlassenes Jugendlager. Sie kauerten sich hinter eine Böschung und suchten das Gelände nach Anzeichen von Bewegung ab. Als sie sich vergewissert hatten, dass sie allein waren, arbeiteten sie sich weiter vor bis zu einer der verfallenen Hütten. King kontrollierte seinen PDA. »Wir stehen direkt über dem Signal.«

Die Baumwipfel über ihnen wiegten sich in der Brise. Bishop sah nach oben. »Oder das Signal ist direkt über uns.« Er lehnte sein Maschinengewehr mit der Mündung nach oben an die Hüttenwand, verschränkte seine Finger und machte den Steigbügel für King. Der stellte seinen Stiefel zwischen Bishops große Hände und wurde im Handumdrehen aufs Dach der Hütte befördert. Er legte sich auf den Bauch und wartete ab, ob irgendeine Reaktion auf die plötzliche Bewegung kam.

Selbst das Knacken eines Zweigs hätte ihn alarmiert. Aber außer Vogelgezwitscher und dem Rauschen des Windes in den Wipfeln der Kiefern blieb alles still.

Dann drehte er den Kopf und erblickte Knights Rucksack, Gewehr, GPS-Sender und eine angebrochene Dose SprayTrack. Er schaltete den Peilsender aus, schob ihn in den Rucksack und ließ ihn in Bishops wartende Hände fallen. Während der ihn in einem hohlen Baumstumpf versteckte, sprang King mit dem Gewehr und der Sprühdose vom Dach. Er schlang sich die Waffe über die Schulter und ließ Thor an der Dose schnuppern. »Jetzt leg mal los, mein Junge. Still.«

Der Hund winselte als Antwort. Der Befehl »Still« bedeutete, dass der Hund nicht bellen durfte, weil es auf Lautlosigkeit ankam.

Thor lief durch das U-förmige Lager und schnüffelte eifrig am Boden. In der Mitte des unbefestigten Weges winselte er wieder. Geruch aufgespürt. »Such. Langsam.«

Der Hund begann, mit der Nase am Boden der Spur nachzutraben. King und Rook hielten auf einer parallelen

Route sechs Meter innerhalb der Bäume mit ihm Schritt. Jedem, der die Straße beobachtete, wäre lediglich ein streunender Hund aufgefallen.

Nachdem sie zwanzig Minuten lang der Spur gefolgt waren, entdeckte King eine in einem Baum montierte Überwachungskamera, die hin und her schwenkte. Sie war klein und gut getarnt, aber ihre Bewegung entgegen der Windrichtung hatte sie verraten. Sie warteten, bis sie auf Thor zeigte, dann sprinteten sie vorbei, bevor sie wieder zurückschwenken konnte. Im besten Fall würde sich beim Anblick eines Hundes niemand etwas denken. Im schlimmsten Fall würden sie den Delta-Hund erschießen.

Nachdem sie weitere fünf Minuten langsam weitergeschlichen waren, ständig darauf bedacht, keine Stolperfallen auszulösen, setzte Thor sich hin. Der Weg endete vor einer überwucherten, senkrechten Felswand am Fuß des Berges. Das musste ein Eingang zu Manifolds unterirdischer Anlage sein, doch näher durften sie nicht heran. Queen hatte in ihrem Bericht aus Tristan da Cunha die Vielzahl der Alarmsensoren besonders betont. Sie würden einen anderen Weg finden müssen, in den Komplex einzudringen.

King pfiff eine Tonfolge, die nach einem der einheimischen Vögel klang, für Thor aber ein simples Kommando bedeutete: Geh nach Hause. Der Hund stand auf, machte kehrt und trabte gelassen davon. Er würde dem Spray-Track bis zum Jugendlager folgen, anschließend ihren eigenen Spuren zurück zum Chevrolet und schließlich dem Geruch des Wagens bis zur Hütte, wo er auf sie warten würde.

Versteckt hinter einem Büschel hoher Farne, schaltete King seinen PDA ein und wartete auf eine Verbindung. Bishops Blick ruhte unverwandt auf dem verborgenen

Eingang. Er wirkte so, als wollte er im nächsten Moment das Tor in die Luft sprengen und das Feuer aus seinem Maschinengewehr eröffnen, bis das letzte lebende Wesen am Boden lag. Als King sah, dass Bishops Hand tatsächlich auf einer Handgranate lag, wurde ihm klar, dass er womöglich genau das vorhatte. Er legte ihm beruhigend die Hand auf den Arm. »Bald.«

Bishop holte tief Luft, ließ die Granate los und nickte.

Eine Textnachricht lief über den Bildschirm des PDA und wurde in Echtzeit decodiert. Sie lautete:

Lüftungsschächte auf Fletcher Mountain. Auch möglicher Hubschrauberlandeplatz. Eigentliche Landefläche verborgen. Genau wie am Amazonas. Trefft eure Wahl. – DB

Dann kam eine Karte von Fletcher Mountain. Zwei Lüftungsschächte waren mit roten Kreisen markiert. Der Hubschrauberlandeplatz mit einem blauen Fragezeichen. »Was meinst du?«, fragte King.

»Ich denke, ich bin zu groß für Lüftungsschächte.«

King lächelte. »Da ist was dran.«

Sie umrundeten den Berg eine halbe Meile lang und begannen dann mit dem Aufstieg. Die Steigung war ziemlich erträglich, doch umgestürzte Bäume und Gruppen von bizarr geformten Felsen behinderten ihren Vormarsch. Als sie eine Höhe von dreihundert Metern erreicht hatten, gingen sie weiter um den Berg herum, bis sie zwanzig Minuten später auf der entgegengesetzten Seite direkt oberhalb des Hubschrauberlandeplatzes ankamen. Auch hier waren die Bäume schräg gerodet worden, so dass der Helikopter unter das Blätterdach fliegen konnte. Der Landeplatz war leer, wurde aber von zwei bewaffneten Posten kontrolliert, die den Wald weiter unten im Auge behielten.

King sah Bishop an. Dessen Miene drückte eine einzige, sehr einfache Frage aus: Jetzt?

King nickte und legte dann den Finger an die Lippen. Die Antwort war gleichermaßen einfach. Töte sie lautlos. Die beiden trennten sich, und jeder schlich sich an sein Zielobjekt heran. Die Schlacht um Manifold Alpha hatte begonnen.

FÜNFZIG

New Hampshire

Ungläubig starrte Knight durch das große Glasfenster und vergaß einen Moment lang ganz seine eigene Sicherheit, während er ein Schauspiel jenseits seiner Vorstellungskraft beobachtete. Der etwa sechs Meter hohe wie breite und gut doppelt so lange Raum war von oben grell erleuchtet. Rote Linien zogen sich über den auf Hochglanz polierten Hartholzboden. Aber das Faszinierende war nicht der kastenförmige Raum, seine Größe oder das Fehlen jeglicher Dekoration, es waren die zwei Leute, die sich darin vor Anstrengung grunzend von einer Seite auf die andere warfen, sich streckten und gelegentlich fluchten, wenn sie den Ball verfehlten. Ein Squashcourt in einer Forschungsanlage war ungewöhnlich. Doch die zwei Spieler auf diesem Court kämpften um den Ball und um den Sieg wie Gladiatoren im Kolosseum.

Auch dabei hätte Knight sich vielleicht noch nicht viel gedacht, aber der Mann und die Frau auf dem Spielfeld waren älter als seine eigene Großmutter … Mindestens achtzig oder darüber.

Die schweißnassen weißen Haare klebten ihnen am Kopf. Ihre Muskulatur wirkte fest und gesund. Nur an den Gesichtern konnte man das Alter ablesen, runzelig und verhutzelt. Der Mann warf sich nach dem Ball, verfehlte ihn und knallte gegen das Glasfenster vor Knight. Der Aufprall spaltete ihm die Lippe, aber noch während er sich wieder aufrappelte, verheilte die Wunde. Der Mann bemerkte Knight, winkte ihm lächelnd zu und kehrte dann aufs Spielfeld zurück, wo die Frau einen vernichtenden Aufschlag servierte. Die beiden widmeten sich wieder einer der härtesten Squashpartien, die Knight je gesehen hatte. Sie hatten ihre Jugend wiedergewonnen. Sie waren glücklich, am Leben zu sein. So glücklich, dass sie nicht einmal Knights ungewöhnliche schwarze Aufmachung oder die schallgedämpfte Waffe in seiner Hand bemerkten.

Während er langsam wieder in die Realität zurückfand, bemerkte er eine Videokamera hoch oben in einer Ecke des Courts. Das Paar wurde beobachtet. Versuchskaninchen. Aber war es eine Erfolgsgeschichte? Knight war sich nicht sicher. Nach allem, was sie bisher erlebt hatten, musste man jederzeit damit rechnen, dass einer der Spieler sich die Hüfte brach, anschließend durchdrehte und den anderen auffraß. Er trat vom Fenster zurück, um der Kameralinse zu entgehen, und ging weiter. Er kam an Räumen voller Fitnessgeräte vorbei, einem Basketballfeld, einem Boxring und einem Pool. Keine Menschenseele war zu sehen, und alles wirkte brandneu und unbenutzt. Vielleicht hatten die Wissenschaftler mit der Sportabteilung nicht viel anfangen können.

Er betrat eine Männer-Umkleidekabine. Hier waren keine Überwachungskameras zu sehen. Das hatte er eigentlich auch nicht erwartet, aber Manifold war alles zuzutrauen. Wenn es um Moral ging, plagten sie keinerlei Gewissensbisse … oder vielleicht sollte es besser heißen: um Unmoral. Da es keine Sicherheitsvorkehrungen zu geben schien, durchsuchte Knight die Spinde. Die meisten waren leer. In einem lag das weggeworfene Einwickelpapier eines Schokoriegels. In einem anderen entdeckte er ein paar Kleidungsstücke. Karierte Hosen und ein gelbes Button-down-Hemd. Sie gehörten bestimmt dem alten Squashspieler und taugten wenig als Verkleidung. Aus einer Laune heraus stieß er nacheinander die Toilettenkabinen auf. Bei den ersten drei schepperte die Tür gegen die Wand. Bei der vierten gab es nur einen gedämpften Bums. Knight blickte dahinter und lächelte. Da hing ein langer weißer Laborkittel. Er schlüpfte hinein und verließ den Umkleideraum.

Als er um die Ecke bog, stieß er mit jemandem zusammen und stürzte zu Boden. Benommen setzte er sich auf und rechnete damit, einen der Sicherheitsleute zu sehen. Stattdessen war es der alte Mann, der ihm lächelnd wieder auf die Beine half. »Alles in Ordnung, mein Sohn?«

Knight lächelte gezwungen zurück. »Ich fühle mich, als wäre ich gegen eine deutsche Eiche gerannt, Sir.«

»Das habe ich euch zu verdanken.« Er schlug Knight auf die Schulter. Es tat weh. Sehr. »Da habt ihr eine echte Wunderkur entwickelt.«

»Tut mir leid, aber ihr Name ist mir entfallen«, sagte Knight.

»Bobby Jackson.«

»Und wie sind Sie in unser Testprogramm geraten?«

»Ich war im Krankenhaus von Plymouth. Krebs im Endstadium. Nur noch ein paar Wochen zu leben. Und dann kamt ihr. Habt mich bei Nacht rausgeschmuggelt. Und schon am nächsten Tag war ich wieder putzmunter. Heute Squash. Ich bin wie neugeboren.«

»Und ihre Spielpartnerin? Wie geht es ihr?«

»Louise? Phantastisch.«

»Ihre Frau?«

»Meine Frau ist schon seit vierzig Jahren tot, mein Sohn. Und ich hoffe, sie sieht mir schon lange nicht mehr von da oben zu, denn ich erwarte, heute Nacht einen Treffer zu landen.«

Knight lachte. »Na, dann viel Glück, Bobby.«

»Mit Glück hat das gar nichts zu tun«, meinte Jackson und öffnete die Tür zum Umkleideraum. »Ich bin nur der Einzige in ihrer Altersgruppe, der mit ihr mithalten kann!«

Knight musste unwillkürlich lächeln über den naiven Enthusiasmus des alten Mannes. Die Jugend wiederzuerlangen, musste ein unglaubliches Gefühl sein. Leider bedeutete das auch, dass Manifold kurz vor dem Durchbruch stand, falls er ihnen nicht schon gelungen war. Knight ging rasch weiter und versuchte auszusehen wie ein beschäftigter Wissenschaftler. Als er am Squashcourt vorbeikam, trat gerade die Frau heraus und schenkte ihm ein breites Lächeln. Mit echten, gesunden Zähnen. Sie waren nachgewachsen. »Gutes Spiel, Louise?«

»Nächstes Mal kriege ich ihn«, sagte sie und ging in Richtung der Umkleideräume davon. Im Aufzug drückte Knight den Knopf für die nächsttiefere Etage, die mit L bezeichnet war.

Als die Türen aufgingen, wandte er sich, ohne zu zögern, nach links und hielt gar nicht erst Ausschau nach Überwachungskameras. Für einen Zuschauer musste es so aussehen, als wüsste er genau, wohin er wollte. Glücklicherweise waren die beige getünchten Gänge gut ausgeschildert und voller Wissenschaftler in ähnlichen Laborkitteln. Er kam an Archiven, Kryogenik- und Computerlaboren und beunruhigenderweise auch an einer Leichenhalle vorüber. Nichts davon lohnte eine nähere Inspektion. Das Ziel seiner Wahl war zentral und bestens ausgeschildert: die Forschungsabteilung.

Er bog um die letzte Ecke und kam vor einer Sicherheitstür an, zu der man eine Schlüsselkarte benötigte. Mit gesenktem Kopf sah er auf die Uhr und stieß dabei mit zwei Wissenschaftlern zusammen, die in eine Unterhaltung vertieft waren. Er entschuldigte sich dreimal, wobei er ihnen wie ein verschüchterter Hund nie in die Augen sah, dann ging er schnurstracks weiter auf die Tür zu, eine frisch entwendete Schlüsselkarte in der Hand. Er zog sie durch und betrat den gesicherten Flügel.

Der Gang auf der anderen Seite war leer, doch er hörte entfernte Stimmen. Er ging weiter und versuchte, wieder so zu tun, als wüsste er genau, wohin er ging. Er folgte den Stimmen, bis er bemerkte, dass sie wieder leiser wurden. Statt umzukehren, bog er zweimal rechts und einmal links ab, dann war er wieder auf der richtigen Spur. Endlich verlangsamte er seinen Schritt und blieb vor dem großen Glasfenster eines Labors stehen. Ihm war klar, dass er sich damit verdächtig machte, besonders, da der Gang ansonsten völlig verlassen war.

Er sah zahlreiche Computerterminals und große Geräte, deren Zweck er nicht kannte. Außerdem zwölf Leute, die Champagner tranken.

Er erkannte Ridley, der den Champagner einschenkte. Dann Reinhart, den Typen von Gen-Y, der das angebotene Glas ablehnte. Und Todd Maddox, der gierig trank.

Ridley hob sein Glas. »Auf den Erfolg!«

Beifall wurde laut. Knight musterte die restlichen Anwesenden. Ein paar Wissenschaftler. Die waren harmlos. Neben Reinhart gab es noch vier weitere Gen-Y-Leute. Zu viele, um es allein mit ihnen aufzunehmen. Er konnte einige von ihnen töten, vielleicht sogar Ridley, aber am Ende würde es seinen Tod bedeuten, und das Delta-Team wäre aufgeflogen. Er wollte gerade wieder kehrtmachen, als Ridley Maddox bei der Schulter nahm und von den anderen wegdirigierte. Knight griff in die Tasche und brachte einen kleinen Geräuschverstärker zum Vorschein. Er stöpselte zwei Ohrhörer ein und drückte den kleinen Saugnapf des Geräts gegen die Glasscheibe. Das Prinzip war ähnlich wie beim Lauschen mit einer Tasse an der Wand, doch der Klang war kristallklar. Ein unsichtbarer Laserzeiger des Lauschapparats war auf Ridley und Maddox gerichtet und filterte alle anderen Stimmen im Raum aus.

Ridleys Stimme dröhnte in seinen Ohren und trieb die kleinen Ohrhörer bis an die Grenzen ihrer Leistungsfähigkeit. »Wie lange noch, bis wir sicher sein können?«

»Wir testen jetzt das zweite Paar. Sie reagieren gut auf die physischen Verletzungen.«

»Bestens. Gehen Sie gleich zur intensiven Testphase über. Bevor der Tag zu Ende geht, will ich wissen, ob es sicher ist.«

Maddox nickte.

»Und wenn Sie fertig sind, schneiden Sie ihnen die Köpfe ab. Es heißt, dass der Hydra für jeden abgeschlagenen Kopf zwei neue nachwuchsen. Ich muss wissen, ob wir uns darüber Sorgen machen müssen.«

»Das glaube ich kaum«, meinte Maddox. »Andere Gene würden die Anzahl der nachwachsenden Köpfe steuern, und wir haben das Regenerationsgen isoliert. Ich erwarte keine ...«

»Falls Sie während Ihres zu erwartenden, sehr langen Lebens einen Kopf verlieren sollten, würden Sie sich dann für den Rest Ihrer Tage mit Polycephalie herumschlagen wollen? Wir müssen außerdem herausfinden, ob der abgeschnittene Kopf sich einen neuen Körper nachwachsen lassen kann ... oder ob aus dem Körper ein neuer Kopf wächst. Oder beides. Andernfalls sollten wir um Guillotinen einen großen Bogen machen.«

»Mhm.« Maddox blickte zu Boden. »Hören Sie,

Richard, ich weiß, dass wir Erstaunliches geleistet haben. Wir werden Leben retten. Zahllose Leben. Aber ich kann einfach nicht die Menschenleben vergessen, die wir genommen haben.«

Ridley schnaubte und rieb sich die Nase. »Wo gehobelt wird, fallen Späne. Für das, was wir vollbracht haben, hätte ich bereitwillig tausend Menschenleben geopfert. Zweitausend. Mehr. Milliarden werden davon profitieren, daher habe ich ein reines Gewissen. Und werde es immer haben.«

Er lachte beim Anblick von Maddox' gerunzelter Stirn. »Entspannen Sie sich, Todd. Sie haben das Unmögliche möglich gemacht. Morgen bei Tagesanbruch sind wir unsterblich.«

Maddox lächelte. Ridley hatte nicht unrecht. Seine Schuldgefühle ließen bereits ein wenig nach. In zweihundert Jahren würden sie nur noch eine flüchtige Erinnerung sein. Er nippte an seinem Champagner. Bis dahin musste er eben mit Arbeit und Alkohol sein schlechtes Gewissen betäuben.

Knight hatte genug gehört. Manifold musste vernichtet werden, und zwar auf der Stelle. Bereits morgen würden sie über eine unsterbliche Sicherheitstruppe verfügen. Er kehrte auf demselben Weg zurück, den er gekommen war. Im Aufzug drückte er den Knopf zum obersten Stockwerk und zog seinen PDA heraus. Das Team musste sofort Bescheid wissen. Er schaltete das Gerät ein, atmete tief durch und versuchte, eine Verbindung herzustellen. Ein Statusbalken auf dem Bildschirm leuchtete erst blau auf, dann blinkte er rot. Eine Meldung erschien auf dem für militärische Zwecke modifizierten Gerät.

Signal blockiert …

Netzwerk zum Aufspüren digitaler Geräte entdeckt …

Selbstabschaltung erfolgt …

Im selben Augenblick, als der Bildschirm schwarz wurde, begannen die Lichter im Aufzug rot zu blinken, und ein Alarmsignal ertönte. Knight steckte den PDA ein. Die Türen glitten auf, und aus dem Augenwinkel nahm er eine Bewegung wahr. Er riss seine schallgedämpfte Pistole heraus und richtete sie auf eine schöne Frau, deren dreiläufige Metal-Storm-Waffe genau zwischen seine Augen zielte.

EINUNDFÜNFZIG

New Hampshire

Eine weiche Schicht Kiefernnadeln dämpfte Kings Schritte, während er seitlich im Schutz der Bäume den Berg hinunterschlich. Bishop näherte sich dem Hubschrauberlandeplatz aus der anderen Richtung. Die beiden Wachposten waren so ins Gespräch vertieft, dass sie nichts bemerkten. King spähte hinter einem Baumstamm hervor und musterte sie. Die Stiefel waren poliert, die Uniformen frisch gebügelt. Militärische Disziplin. Sie traten während der Unterhaltung von einem Fuß auf den anderen. Diszipliniert, aber gelangweilt. King lauschte ihren Stimmen. Die eine klang nasal. Die andere überschlug sich gelegentlich. Diszipliniert, gelangweilt und sehr jung. King sah, dass sie Metal-Storm-Waffen an der Hüfte trugen. Also auch tödlich.

Er wollte Bishop, der sich auf der anderen Seite verbarg, gerade das Zeichen zum Angriff geben, als er ein Kabel entdeckte, das unter dem Kragen eines der Männer hervorkam. Es führte zu seinem Bügelohrhörer. Verdammt, die Burschen trugen Vitalmonitore. Sich über Funk zu melden war oft zeitraubend und konnte die eigene Position verraten. Eine modernere Methode, sich zu vergewissern, dass die Wachen noch am Leben und auf dem Posten waren, bestand in der Überwachung ihrer Herzfrequenz. Zweifellos gab es auch Überwachungskameras. King hielt danach Ausschau und entdeckte zwei. Die eine schwenkte seitlich hin und her, die andere von unten nach oben. Sie würden die Wachen nicht nur lebend überwältigen müssen, es musste auch extrem schnell gehen.

King übermittelte die Informationen mit einer Reihe von Handzeichen. Es war eine primitive Art der Nachrichtenübertragung, aber er wusste, dass Bishop dieselben taktischen Schlussfolgerungen ziehen würde. Jedenfalls hoffte er es. Doch war er nicht sicher, wie Bishop sich in seinem jetzigen Zustand in einem Kampf verhalten würde, wenn jede Verletzung ihn in einen psychotischen Irren verwandeln konnte. Nur wegen seiner jahrelangen Übung in der meditativen Unterdrückung seiner Wut funktionierte er überhaupt noch.

King beobachtete die Bewegungen der Kameras, hin und her, auf und ab, leicht asynchron, wie Scheibenwischer, die eine Sekunde lang den Rhythmus einer Melodie schlugen und dann wieder davon abwichen. Nur etwa alle zwei Minuten ergab sich eine für einen Angriff geeignete Kombination aus Kamerawinkeln.

King wartete, bis die vertikale Kamera nach oben zeigte, während die horizontale genau auf ihn selbst gerichtet war, so dass der unsichtbare Beobachter einen Augenblick lang das Helipad nicht im Blickfeld hatte. Dann gab er Bishop ein Zeichen. Das war seine Chance.

Erstaunlich lautlos für einen Mann seiner Größe sprang er über den umgestürzten Baum, hinter dem er Deckung gesucht hatte, und seine riesige Faust schlug im selben Moment zu, als der erste Posten ihn bemerkte. Ein überraschter Ausdruck stand in seinem Gesicht, als der Schlag ihn seitlich am Kopf erwischte und er zusammensackte. Der zweite Mann wollte nach seiner Waffe greifen, doch Bishops gewaltiger Arm schlang sich bereits um seinen Hals. Bishop wirbelte herum und schmetterte den Mann mit dem Kopf gegen die Felswand. Sein Körper erschlaffte. Bishop unterdrückte den Drang, sinnlos weiter auf die Wächter einzudreschen, packte den ersten am Kragen, behielt den zweiten im Würgegriff und schleifte sie hinter den umgestürzten Baum. Er duckte sich gerade noch rechtzeitig, bevor die horizontale Kamera über ihn hinwegstrich. Der ganze Angriff hatte weniger als fünfzehn Sekunden gedauert. Für die Kameras musste es so aussehen, als wären die Männer einfach verschwunden oder unter das Eingangstor getreten, außerhalb des Blickwinkels. Bishop fühlte ihren Puls. Kräftig und gleichmäßig.

Dann begann wieder das Warten, während die Kameras ihr Spiel wiederholten. Nach drei Minuten standen King und Bishop endlich außer Sicht der Kameras vor der Stahltür und waren bereit, den Sturmangriff zu beginnen. Die Tür sah so aus, als könnte sie einem direkten Raketentreffer standhalten. Ihr Schwachpunkt lag in der Technologie. Gen-Y mochte technisch hochgerüstet sein, aber wenn es ums Einbrechen ging, verfügte noch immer die CIA über die besten Werkzeuge – und dank Deep Blue auch das Schachteam.

Rechts von der Tür befanden sich ein Fingerabdruckscanner, ein Schlüsselkartenleser und ein Zahleneingabefeld. Bishop zog die Karte durch, die er einem der Posten abgenommen hatte. Der Fingerabdruckscanner leuchtete blau auf. Bishop drückte einen Abguss vom Fingerabdruck desselben bewusstlosen Wächters darauf. Der falsche Finger wurde gescannt. Das Licht wechselte zu Grün. Gleichzeitig nahm King die Frontplatte des in der Wand montierten Tastenfeldes ab, unter der drei Drähte zum Vorschein kamen – gelb, rot und schwarz. Stromkabel. Er schob sie beiseite und fand den Wartungsanschluss, wo neue Zahlencodes eingegeben werden konnten. King stöpselte seinen PDA ein und startete ein Programm, das Lewis

Aleman entwickelt hatte. Es umging die Firewall, speiste einen neuen Code ein und zeigte dann die Zahl auf dem Bildschirm an. King lächelte, als er die Kombination sah. »Eins bis fünf«, sagte er zu Bishop, der den Code eintippte. Die Tür entriegelte sich und glitt lautlos auf. King koppelte seinen PDA ab und folgte Bishop nach drinnen. Hinter ihnen schloss sich die Tür wieder.

King ging voraus, das schallgedämpfte Sturmgewehr im Anschlag. Von jetzt ab wurden keine Gefangenen mehr gemacht. Er bezweifelte, dass Gen-Y die Lebenszeichen der Wachposten innerhalb des Komplexes kontrollierte, und mit ihren schallgedämpften Waffen konnten sie eine Weile unbemerkt bleiben, aber irgendwann musste das Glück sie verlassen.

Der kurze Gang führte zu einem Treppenhaus. Sie stiegen ein Stockwerk tiefer und gelangten in einen langen Korridor, der auf beiden Seiten von braunen Türen gesäumt war. King ging kniend in den Anschlag. Bishop bezog hinter ihm Stellung.

»Sieht aus wie ein Studentenwohnheim«, meinte Bishop.

Ein Mann trat aus einer der Türen und entfernte sich von ihnen, ein Handtuch um die Hüften geschlungen. King begriff, dass Bishop gar nicht weit danebenlag. Es war ein Wohnkomplex. Hoffentlich für die Wissenschaftler, nicht für Gen-Y. Der Mann betrat einen Raum am Ende des Korridors, der keine Tür besaß. Ein Waschraum. Man hörte die Stimmen von zwei Männern, die den Neuankömmling begrüßten. Einzelheiten waren nicht zu verstehen, doch anscheinend waren die beiden gerade im Aufbruch. King und Bishop blieben in Stellung.

Zwei Gen-Y-Wächter traten aus dem Waschraum. Sie entfernten sich in die andere Richtung, doch einer blickte über die Schulter zurück. Er war schnell. Mit einer Hand stieß er seinen Partner an, mit der anderen versuchte er, seine Metal Storm zu ziehen. Er kam nur noch dazu, »Feind ...« hervorzustoßen, bevor zwei große rote Löcher in seiner Stirn aufblühten und Blut, Knochensplitter und Gehirnmasse an die Wand spritzten. Dem anderen gelang es ebenfalls nicht, seine Waffe zu ziehen. Er brach über seinem Partner zusammen und würgte an seinem eigenen Blut, das aus einer klaffenden Halswunde floss. Fünf Sekunden später war er tot.

»O mein Gott!« schrie der Mann im Waschraum entsetzt.

King und Bishop rannten den Korridor entlang und empfingen ihn mit gezückten Waffen an der Tür. Seine Hände schossen in die Luft, und er ließ das Handtuch fallen. Er machte keine Anstalten, es wieder aufzuheben oder sich zu bedecken. Er war zu Tode erschrocken. Ein Wissenschaftler. »Ich bin unbewaffnet!«

Bishop musterte den Mann. »Das sehen wir.«

»Wir tun Ihnen nichts«, fügte King hinzu. »Wie heißen Sie?«

»Christopher Graham. Genetiker.« Seine Hände zitterten. »Wer ... wer sind Sie?«

»Die Guten.«

»Und wer ... wer sind die Bösen?«

King zog eine Augenbraue hoch und warf einen Seitenblick auf die Gen-Y-Wachen. Dann sah er wieder Graham an. Die Botschaft war unmissverständlich. Manifold.

»Oh ...« Er senkte die Arme, während sein Gesicht in sich zusammenfiel. »Oh. Ach du liebe Zeit. Ich wusste gar nichts. Ich schwöre es. Es ist nur ...«

King hob Schweigen gebietend die Hand. »Hören Sie, Chris. Ich möchte, dass Sie in Ihr Quartier zurückkehren und dort bleiben. Sagen Sie jedem, dem Sie begegnen, er soll dasselbe tun. Wenn Sie jemandem von unserer Anwesenheit erzählen …«

»Nein! Bestimmt nicht! Ich schwöre es! Ich …«

Das Licht wurde schwächer. Der Korridor war plötzlich erfüllt von weißen und roten Blinklichtern. Ein gellender Alarm ertönte. Zu spät. Keine Zeit mehr für Spielchen. Bishop trat einen Schritt zur Seite, um den Eingang im Auge zu behalten. King sah Graham eindringlich in die Augen. »Wo finde ich Richard Ridley?«

ZWEIUNDFÜNFZIG

Der Fels von Gibraltar

»Das ist total irre.« Rook saß neben Queen auf einer Bank und tat so, als würde er Zeitung lesen. Er wirkte entspannt, trotz seiner durchweichten und juckenden Füße. Sie waren der teilweise überfluteten Küstenlinie um den Felsen von Gibraltar herum gefolgt, um wieder in die Stadt zurückzugelangen. Jetzt studierten sie die Sicherheitsvorkehrungen am zivilen Flughafen. Die knapp zwei Kilometer lange Start-und-Lande-Bahn erstreckte sich von einer Seite Gibraltars bis zur anderen genau auf der Grenze zwischen Spanien und der britischen Enklave. Der Flughafen war von Großbritannien gebaut und im Zweiten Weltkrieg für militärische Zwecke erweitert worden, wurde aber seit 1987 wieder rein zivil genutzt. Was Rook ganz recht war. Die Sicherheit beschränkte sich, soweit man das sehen konnte, auf einen einzigen Kontrollpunkt, der möglicherweise mit einem bewaffneten Wachposten besetzt war. Der umlaufende Maschendrahtzaun wurde von Stacheldraht gekrönt. Es gab Leute, die einfach über die Landebahn schlenderten, um Gibraltar von Spanien aus zu erreichen, was das, was sie vorhatten, noch irrer erscheinen ließ.

Gerade betrat eine Familie, die über die Landebahn gelaufen war, das kleine Abfertigungsgebäude und blieb kurz am Schalter stehen. Ein bewaffneter Posten stand auf und kontrollierte ihre Pässe, bevor er sie durchwinkte. Er stellte keine echte Bedrohung dar, aber sie wollten keinen Mann verletzen, der nur seine Arbeit tat.

»Also über den Zaun«, sagte Queen.

»Jau.« Rook sah auf die Uhr. In zehn Minuten kam ihre Mitfahrgelegenheit.

Nachdem sie Alexander Diotrephes und seine seltsame Höhle voller Geheimnisse verlassen hatten, waren sie im Laufschritt in die Stadt Gibraltar zurückgekehrt, hatten ihre Kleidung und Ausrüstung aus einem Schließfach geholt und Deep Blue angerufen. Er berichtete ihnen, was King von Anna Beck erfahren hatte und dass sie gerade dabei waren, den Manifold-Komplex zu infiltrieren, in den Knight anscheinend schon vorher eingedrungen war. Rook brummelte, weil er nicht dabei sein konnte, doch als Queen von den Reagenzgläsern und ihrem Zweck erzählte – eine kleine Dosis für Pierce, zwei ganze für die Kreatur –, beschloss Deep Blue, sie so schnell wie möglich nach New Hampshire auszufliegen. Zehn Minuten später war die *Crescent* bereits in der Luft und auf dem Weg nach Gibraltar. Das war jetzt fast zwei Stunden her.

Rook sah abermals auf die Uhr. Gleich war es so weit. Er blickte in Richtung Westen. Leuchtend weiße Wolken zogen über den blauen Himmel. Möwen tanzten durch die Luft. An den Stränden in der Ferne hingen Drachen im Wind. Aber sonst nichts.

Dann sah er einen schwarzen Bumerang aus den Wolken sinken und über die Wellen heranschießen. »Da kommt unsere Mitfahrgelegenheit.«

Queen sprang auf und rannte über die Straße, dicht gefolgt von Rook. Sie kletterte den Maschendrahtzaun hinauf, warf eine dicke Wolldecke über den Stacheldraht und schwang sich hinüber. Rook folgte ihr auf dem Fuß. Als er sich auf der anderen Seite hinunterfallen ließ, wurde der

Wachposten im Abfertigungsgebäude aufmerksam und kam aus der Tür gerannt. Er rief ihnen zu, stehen zu bleiben, doch da spurteten sie bereits zu der asphaltierten Landebahn.

Reifen kreischten auf dem Asphalt hinter ihnen. Rook blickte zurück. Zwei Jeeps mit Bewaffneten rasten aus einer Garage. Die lasche Sicherheit war doch nicht ganz so lasch, wie sie geglaubt hatten. »Schneller!«

Sie hielten schräg auf das Ende der Piste zu, da sie wussten, dass die *Crescent* fast die ganze Landebahn brauchen würde, um zum Stillstand zu kommen. Das bedeutete für sie beide einen 1500-Meter-Lauf. Eigentlich kein Problem für die beiden Delta-Agenten, doch sie konnten keinem Jeep davonlaufen … oder einer Kugel.

Laute Rufe ertönten hinter ihnen. Die Jeeps kamen näher. »Stehen bleiben, sonst müssen wir schießen!«

Rook wollte sich bereits zurückfallen lassen, um zumindest Queen, die den Behälter mit den Reagenzgläsern wie einen Football an die Brust gedrückt hielt, die Chance zur Flucht zu geben, als ihn ein gewaltiger Luftschwall beinahe umgeworfen hätte. Das riesenhafte schwarze Flugzeug tauchte lautlos auf, wie ein Gespenst. Doch als die Triebwerke Gegenschub gaben, übertönte ihr Donnern jedes andere Geräusch. Rook sah sich um. Die Wachposten hatten angehalten. Die *Crescent* ähnelte eher einem UFO als einem Flugzeug. Kein Zivilist hatte sie je zuvor zu Gesicht bekommen, und die Wachen in den Jeeps würden die Ausnahme bleiben.

Ansonsten waren alle elektronischen Geräte im Umkreis von einem Kilometer, von den Videokameras der Touristen bis zu den Überwachungskameras des Flughafens, durch einen elektromagnetischen Puls ausgeschaltet worden, den die *Crescent* vor der Landung abgab. Kameras in größerer Entfernung mochten das gigantische Flugzeug vielleicht aufzeichnen, doch alle Details würden in der geringen Bildauflösung untergehen. Niemand würde je genau wissen, was an diesem Tag in Gibraltar gelandet war.

Die *Crescent* hielt nicht an, aber es wurde eine Treppe heruntergelassen. Rook und Queen sprangen auf und kletterten ins Flugzeug, während es bereits wieder zu wenden begann. Beide schafften es gerade noch zu ihren Sitzen, bevor sie mit gewaltigem Anpressdruck in die Lehne gedrückt wurden. Dann waren sie in der Luft und durchbrachen 30 Sekunden später die Schallmauer. New Hampshire, Manifold und ihre Teamkollegen erwarteten sie am Ende eines zweistündigen Flugs. Bis dahin würden sie das Serum für den Einsatz gegen eine mythologische Kreatur vorbereitet haben und konnten nur hoffen, es nie benutzen zu müssen.

DREIUNDFÜNFZIG

New Hampshire

»Ich benötige nur einen einzigen Schuss«, sagte Knight. »Und ich schieße bestimmt nicht daneben. Also, warum legen Sie die Waffe nicht einfach weg?«

Verblüfft sah Knight, dass die Frau ihre Metal Storm tatsächlich senkte. Dann überraschte sie ihn noch mehr.

»Sie gehören zu King, oder?«

Er starrte sie an und fragte sich, ob er sie nicht besser gleich bewusstlos schlug und sich auf die Socken machte. Aber er musste herausfinden, was sie über King wusste, außerdem griff er ungern Frauen an, mit denen er sich unter anderen Umständen lieber verabredet hätte. Sie war genau sein Typ – eine Schönheit mit feingeschnittenen Gesichtszügen. Er trat aus dem Aufzug, die Pistole auf ihre Brust gerichtet. »Wer sind Sie?«

»Anna Beck. Gen-Y-Sicherheitsdienst. Ich habe King soeben getroffen. Hab ihm eine Landkarte gegeben. Ich vermute, er ist schon unterwegs hierher.« Sie lächelte leise, amüsierte sich über seinen prüfenden Blick. »Ich stehe auf Ihrer Seite.« Sie drehte ihre Waffe um und reichte sie Knight mit dem Griff voraus. »Die werden Sie brauchen.«

Knight nahm die Waffe und schob sie unter den Hosenbund. »Und wozu werde ich sie brauchen?«

»Die Anlage ist jetzt hermetisch abgeriegelt. Es gibt keinen Weg hinaus. Nicht bevor Ridley oder Reinhart das System abschaltet.«

»Wenn das so ist«, sagte er, »wo kann ich mich verstecken?«

Beck stieg in den Aufzug. »Auf der Forschungsebene. Da gibt es jede Menge Ecken und Winkel und Geräte, hinter denen sich ein kleiner Kerl wie Sie verstecken kann.«

Knight blickte sie schief an. Sie war fast zehn Zentimeter größer als er und vermutlich auch schwerer. Er kam zu dem Schluss, dass sie ihm gerade deshalb gefiel, und nahm ihr die Bemerkung nicht krumm. Er trat wieder in den Aufzug. Aus der Nähe betrachtet, war sie wahrscheinlich sogar fünfzehn Zentimeter größer. Rook hätte gesagt: Je mehr Frau, desto besser. Doch sie trug die Uniform mit dem Gen-Y-Logo. Sie gefiel ihm, aber trauen durfte er ihr nicht.

Noch nicht.

Einen Moment später öffneten sich die Aufzugtüren wieder. Ein leerer Gang gähnte vor ihnen. »Die Forschungsebene. Gehen Sie ganz weit nach hinten, suchen Sie sich einen Raum aus und bleiben Sie auf dieser Position. Ich werde versuchen, ein wenig Sand ins Getriebe zu streuen.«

Knight stieg aus und wandte sich um. »Danke für die Hilfe.«

Die Türen glitten zu.

Er verschloss die Ohren vor dem ohrenbetäubenden Schrillen der Alarmsirenen. Im Laufschritt drang er tiefer in die Forschungsebene ein, ohne sich um Bewegungssensoren oder Überwachungskameras zu kümmern. Er musste einen Ort finden, wo er sich verschanzen konnte, und zwar schnell. Nach seiner Schätzung befand er sich ziemlich genau im Zentrum des Bereichs, als er fand, wonach er suchte. Es war ein großes Labor, vielleicht fünfzehn Meter breit und dreimal so lang. Als einzigen Eingang hatte es eine große Doppeltür. Kein Fluchtweg, aber man wusste auch genau, wo der Feind herkam. Da er den Grundriss der Anlage nicht kannte, sah er hier größere Überlebenschancen, als wenn er ziellos durch die Gänge hastete.

Zwischen Computerterminals, Kühlgeräten und großen Labortischen mit Granitarbeitsplatten und eingebauten Spülbecken suchte er nach einem geeigneten Versteck. Es war eine Mischung aus Computerraum und Chemielabor. Knight sah eine Menge Geräte, die er nicht kannte. Interessant für ihn war nur, ob sie aus Metall bestanden und eine Kugel auffangen konnten – oder fünfzig, wenn es sein musste. In der Mitte des Labors fand er schließlich das Richtige. Ein langer Arbeitstisch mit Seitenwänden aus Metall und einer Arbeitsplatte aus Granit. Er bezog dahinter Stellung, richtete seine SIG Sauer auf die Tür, bereit, auf jeden zu schießen, der dumm genug war, hereinzukommen.

Während der langen Minuten des Wartens fiel sein Blick auf eine große Transportkiste auf dem Tisch. Das Metallgehäuse war mattgrau und fühlte sich kalt an. Darin befand sich sicher etwas Wichtiges. Vielleicht erst kürzlich hierhertransportiert. Möglicherweise von Tristan da Cunha. Knight behielt mit einem Auge die Tür im Blick, während er den Deckel entriegelte und ihn aufklappte. Dampf quoll heraus und wälzte sich über die Kante. Das Objekt in dem Kasten sah aus wie der Kopf einer Statue, schlangengleich und monströs. Der Kopf der Hydra.

Knight überlegte, ob das vielleicht seine Fahrkarte aus dem Manifold-Komplex heraus bedeutete. Wenn sie den Kopf noch benötigten, konnte er eine ganze Armee aufhalten, bis King und Bishop auftauchten und Manifold die Hölle heißmachten. Er wollte den Deckel gerade wieder zuklappen, als drei Kugeln in so rasend schneller Abfolge in die Kiste einschlugen, dass es sich anhörte wie ein einziger Schuss. Sie kippte um, und der Kopf der Hydra polterte zu Boden. Er schlitterte über die glatten Fliesen und prallte gegen ein Tischbein. Stücke der Schnauze splitterten ab.

Tolles Faustpfand, dachte Knight und duckte sich. Er hätte sich ja denken können, dass Manifold den Kopf nicht unbewacht irgendwo herumstehen ließ, wenn er noch von Wichtigkeit war. Wahrscheinlich wollten sie ihn sogar zerstören, damit niemand außer ihnen Zugang zu seiner DNA bekam.

Knight kroch ein Stück zur Seite, warf einen schnellen Blick um den Tischsockel herum und feuerte zwei Schüsse auf die Tür ab. Der Posten, der auf ihn geschossen hatte, stürzte zu Boden. Knight duckte sich wieder zurück. Da hörte er, wie die Türen aufsprangen, fuhr in die Höhe und legte an. Ungläubig sah er, wie sechs Männer gleichzeitig hereingestürmt kamen. Mit zwei weiteren Schüssen konnte er noch einen davon ausschalten, doch die anderen gingen schnell hinter Laborgeräten und Stützträgern in Deckung. Ihre Feuerkraft war vernichtend. Jeder Mann schoss mit einem einzigen Druck auf den Abzug rückstoßfrei drei Patronen ab. Links und rechts von Knight tauchten plötzlich Löcher im Tisch auf, und Splitter von den Einschlägen der zahllosen Kugeln flogen ihm um die Ohren.

Das letzte Gefecht, dachte Knight. *Jämmerlich*. Er saß wie eine Ratte in der Falle. Dann fiel ihm die Metal-Storm-Waffe ein, die Beck ihm überlassen hatte. Er zog sie, duckte sich tief und lauschte. Zwei Männer rechts, drei links.

Einen Augenblick lang verstummte das Feuer. Die Gen-Y-Leute versuchten sich wahrscheinlich darüber klarzuwerden, ob sie ihn getroffen hatten. Knight schnellte schussbereit aus seinem Versteck hoch. Doch augenblicklich prasselte ein Sperrfeuer in die Granitplatte und schleuderte ihm Steinsplitter ins Gesicht. Er ließ sich fallen. Tausend winzige Nadelstiche durchfuhren sein Gesicht. Rasch zog er ein Fläschchen mit Augentropfen aus der Tasche. Er spritzte sich die Flüssigkeit in beide Augen, blinzelte heftig, um alle Fremdkörper zu entfernen, und warf dann die Flasche weg. Schon bog ein Mann mit der Waffe im Anschlag um den Tisch.

Zu Knights Glück hatte er selbst die besseren Reflexe. Er zog den Abzug der Metal-Storm-Waffe nur ein einziges Mal durch, und drei Kugeln durchlöcherten seinen Gegner. Der Mann schrie auf, taumelte zurück und riss einen Computermonitor mit sich zu Boden. Knight sah, dass er einen Ohrhörer trug. Er ließ den Blick durch seine Hälfte des Raums gleiten und entdeckte gleich vier Überwachungskameras.

Vier. Zu viele, um Munition darauf zu verschwenden. Aber jetzt wusste er, dass jemand aus der Ferne die Aktionen von Gen-Y koordinierte. Knight feuerte einen Warnschuss in die Luft ab, der die Wachen zurückzucken ließ, hechtete dann über den Tisch und robbte zum nächsten weiter. Dann tauchte er nach rechts ab, schlitterte hinter ein Kühlgerät und feuerte aus der Deckung heraus. Die Beschreibung des Beobachters konnte mit Knights schnellen Bewegungen nicht Schritt halten, und die Männer reagierten zu spät. Knight konnte zwei von ihnen erledigen, bevor der Kühlschrank unter dem massiven Gegenfeuer regelrecht explodierte. Kühlflüssigkeit spritzte durch die Luft wie Blut aus einer Wunde.

Knight lehnte sich zur Seite, um einen weiteren Schuss anzubringen, doch die verbliebenen Männer waren bereits wieder in Deckung gegangen. Sie wussten jetzt, dass Knight nicht danebenschoss. Er machte eine Hechtrolle zur Seite. Kugeln pfiffen durch den Raum, während er sich hier und dort zeigte und sofort wieder wegduckte wie ein Schachtelteufel. Schlitternd kam er endlich zum Stillstand. Er sah, dass er dicht über dem Boden freies Schussfeld hatte, und feuerte die nächste Dreiersalve ab. Ein Mann brüllte mit zerschmetterten Fußknöcheln auf. Er fiel zu Boden, wo Knight seine Schreie zum Verstummen brachte. Dann sprang er auf, um den letzten Mann in einem Western-Showdown zu erledigen. Doch er glitt aus und landete rücklings in einer Lache aus verschiedenfarbigen Flüssigkeiten.

Überall gluckerte und tropfte es. Knight sah, dass zahlreiche Kühleinheiten zerstört waren. Das bedeutete nichts Gutes. Nicht nur weil der Boden gefährlich glitschig wurde. Bei den Flüssigkeiten konnte es sich ebenso um Gifte und Chemikalien handeln wie um die Frühstücksmilch eines Wissenschaftlers. Jeden Moment konnte er toxischen Gasen zum Opfer fallen, die sich aus der Vermischung verschiedener Chemikalien bildeten, oder von einer explosiven Reaktion in Stücke gerissen werden. Doch die akute Gefahr lauerte immer noch am anderen Ende des Raums. Knight stemmte sich hoch und machte sich feuerbereit. Als er aus der Deckung trat, war nirgends ein Ziel zu sehen. Da, ein Schatten bewegte sich! Nein, der Mann versteckte sich wieder. Warum hatte er Knight nicht erschossen, als dieser seine Deckung verließ? Einen Moment später kam die Antwort darauf. Die Türen krachten auf, und zehn weitere Sicherheitsleute stürmten herein: Verstärkung.

Knight zog zusätzlich zur Metal-Storm-Waffe seine eigene Pistole und entfesselte ein Trommelfeuer. Zwei Männer fielen. Der Rest schoss zurück. Um Knight herum brach das Chaos aus. Geräte explodierten. Glas zersplitterte. Noch mehr Flüssigkeit lief aus. Dann war die Metal

Storm leergeschossen. Er hatte keine Munition mehr und hätte auch nicht gewusst, wie man die Waffe nachlud, also warf er sie weg.

Der von Kugeln arg malträtierte Metalltisch, hinter dem er sich versteckte, hielt dem vereinten Feuer der Gen-Y-Leute stand. Dennoch traf ihn ein Querschläger an der Schulter. Er zuckte zusammen, zögerte aber nicht, seine Waffe über die Tischplatte zu richten und eine Salve in den Raum zu pfeffern. Als ein Mann vor Schmerz aufschrie, spurtete Knight in den hinteren Teil des Labors. Kugeln durchpflügten den Boden hinter seinen Füßen und zerschredderten alles in seiner Umgebung. Er warf sich hinter den letzten Labortisch und schob ein neues Magazin in seine Pistole.

Er konnte hören, wie die Männer langsam näher schlichen. Sie verständigten sich flüsternd und hielten ihr Feuer zurück, während sie ihn von zwei Seiten in die Zange nahmen. Knight sah nicht mehr den Hauch einer Chance. Er legte sich flach auf den Bauch. Die eine Gesichtshälfte in die Flüssigkeit gepresst, von der der Boden jetzt regelrecht schwamm, spähte er durch den fünf Zentimeter hohen Spalt unter dem Tisch und hoffte, einen Schuss auf die Füße der näher kommenden Männer anbringen zu können. Dann löste sich sein letzter Funken Hoffnung, lebend hier herauszukommen, in nichts auf. Er sah den Kopf der Hydra, der tief in einer Pfütze lag. Er absorbierte die Brühe so schnell, dass sie richtiggehend auf ihn zuströmte. Er wurde fleischig und grün und schwoll immer weiter an, bis er kurz vor dem Bersten zu stehen schien. Doch er platzte nicht.

Er wuchs.

VIERUNDFÜNFZIG

New Hampshire

David Lawson beugte sich angespannt vor und starrte auf den Bildschirm, wo Knight gerade hinter einem Labortisch verschwunden war. »Vorsicht. Ziel ist teilweise verdeckt.«

»Verstanden«, kam Reinharts Stimme zurück. Er stand an der Tür zum Labor und überwachte das Gefecht, nahm aber selbst nicht teil. Er wollte sehen, wie die Männer, die er ausgebildet hatte, ohne ihn zurechtkamen. Sein grimmiges Gesicht und die Anzahl der reglosen Körper auf dem Boden sagten alles. Die Dinge liefen nicht so, wie sie sollten.

Aber da drei Gruppen sich dem Ziel aus verschiedenen Richtungen näherten, wusste Lawson, dass der Mann bald nur noch totes Fleisch sein würde. Er empfand Respekt vor dem Delta-Agenten. Er kämpfte wie ein Löwe und verfügte über eine fabelhafte Treffsicherheit. Lawsons Partner, Simon Norfolk, mit dem er seit der Zerstörung von Manifold Gamma zusammenarbeitete, begriff nicht, dass es eine Schande war, diesen Mann zu töten.

»Gleich legen sie den Arsch um«, keckerte er. Er strich sich mit der Hand über den kurzgeschorenen Kopf und rieb sich dann in perverser Vorfreude die Hände.

»Konzentrier dich auf deine Arbeit«, blaffte Lawson.

Norfolk verdrehte die Augen. Dann bemerkte er, wie Knight mit schussbereiter Waffe unter dem Labortisch hindurchspähte. »Mittleres Team, passt auf eure Füße auf.« Die drei Männer kletterten auf Stühle und Tische. Knight würde nur den leeren Boden sehen. Solange die Kameras funktionierten, konnten die Teams koordiniert auf jede Aktion ihres Gegners reagieren. Sie waren dem Mann zehn zu eins überlegen, womit er ohnehin schlechte Karten hatte, doch da die Kameras ihnen auch noch eine Art Hellsichtigkeit verliehen, war er geliefert, egal wie gut er schoss.

Lawson bemerkte eine Bewegung hinter der mittleren Gruppe. Er musterte alle vier Bildschirme. Keine der Kameras bot einen günstigen Blickwinkel darauf. Vielleicht hatte es nichts zu bedeuten. Möglicherweise war es aber auch eine Art Falle … auch wenn es nicht danach aussah. Fast sah es so aus, als würde da ein Fisch auf dem Boden herumzappeln. Ein grüner Fisch. Lawson versuchte sich zu erinnern, ob im Labor gerade Tierexperimente angesetzt waren. Er glaubte es nicht, außerdem nahmen sie meistens Schweine oder Ratten. Keine Fische. Keine Echsen.

Lawson sprach ins Mikrofon: »Mittleres Team. Eine Bewegung bei sechs Uhr. Da ist …«

Der Schlag kam so rasch, dass er nicht einmal mehr reagieren konnte. Er hörte einfach mitten im Satz zu sprechen auf. Norfolk, der gebannt das grüne Objekt anstarrte, das sich da auf dem Laborboden wand, bemerkte das Schweigen seines Partners nicht, bis er sich zu ihm umdrehte. »Dave, was zum Henker ist das … aah!«

Der Elektroschocker traf ihn an der Schulter und jagte achtzehn Ampere in Stößen von zehn Mikrosekunden durch seinen Körper. Er verkrampfte sich und sackte im Stuhl zusammen. »Tut mir leid, Jungs«, sagte Anna Beck. »Diese ganze Schnüffelei hat mir nie so recht gefallen.«

Auf den Bildschirmen sah sie, dass die Männer Knight

beinahe erreicht hatten. Sie fassten sich an die Ohrhörer. Ihr »Auge« im Überwachungsraum war verstummt, und das verwirrte sie. Was als gutorganisierter Vorstoß begonnen hatte, löste sich auf, als jeder auf eigene Faust weitermachte. Reinhart sprach in sein Headset, nein er brüllte. Beck konnte nicht hören, was er sagte, aber die Schimpfkanonade war ihm leicht von den Lippen abzulesen. Köpfe würden rollen. Ein Glück, dass Norfolk und Lawson ihr Gesicht nicht gesehen hatten. Die beiden würden nach Sibirien verbannt werden, wenn nicht schlimmer. Sie sah, dass Knight die Desorganisation spürte und zum Angriff übergegangen war. Die Gen-Y-Wachen erwiderten sein Feuer, zerstreuten sich jedoch. Aber was war das da im Zentrum des Labors? Jetzt sah sie auch, was Norfolk und Lawson so fasziniert hatte. Es war noch da ... und es bewegte sich. Einen Moment lang krümmte sich das Ding so, dass es direkt ins Blickfeld einer Kamera geriet, bevor es unter den Tisch zurücksank. Beck wurde kreidebleich und wich einen Schritt zurück. »Mein Gott!«

Sie musste Knight warnen. Wenn das Ding weiterwuchs, würde niemand den Raum lebend verlassen.

Sie drängte sich an Lawson vorbei und verpasste dem Überwachungssystem einen Stromstoß mit dem Elektroschocker. Das System war sofort überladen, brach zusammen und spuckte Rauch, während die Schaltkreise durchschmorten. Gen-Y war fortan blind.

Anna Beck hastete aus dem Kontrollraum und eilte zurück zu den Wohneinheiten. Sie musste einen kurzen Zwischenstopp einlegen, bevor sie Knight helfen konnte.

Knight hörte plötzlich keine Schritte mehr durch die Pfützen platschen oder über die Glasscherben knirschen. Die Sicherheitsleute rückten nicht mehr weiter vor. Aber es lag nicht an dem Ding, das hinter ihnen weiterwuchs. Dafür waren sie viel zu still. Dann ertönte eine Stimme von der Tür her und machte deutlich, wo das Problem lag. »Lawson. Lawson, verdammt, gehen Sie wieder auf Leitung, oder ich schwöre bei Gott, ich mache Ihnen das Leben zur Hölle!«

Knight setzte sich auf und nutzte diese Galgenfrist und das Durcheinander zu seinem Vorteil. Er verpasste dem Mann, der ihm am nächsten war, ein paar Kugeln und erledigte dann einen zweiten mit einem Schuss aus der Hüfte. Als das Gegenfeuer wieder einsetzte, zog er sich zurück. Die beiden vordersten Angreifer waren ausgeschaltet, und er hatte einen Blick auf den Mann werfen können, der das Ganze leitete – Reinhart. Ganz oben auf der Abschussliste des Schachteams. Knight riskierte es, einen Schuss in seine Richtung abzugeben, doch weiter kam er nicht, bevor ihm die Kugeln wieder um die Ohren flogen. Sein eigener Schuss ging daneben. Reinhart wusste jetzt, dass er entdeckt war. Und er versuchte nicht länger, denjenigen zu erreichen, der die Attacke ursprünglich koordiniert hatte.

Trotz der Schmerzen durch die Schusswunde an der Schulter und die Plastik-, Metall- und Glassplitter in seiner Gesichtshaut musste Knight lächeln. Er legte sich auf den Rücken und lugte unter dem Tisch hindurch. Dem Ding auf dem Boden war ein Körper gewachsen, und soeben bildeten sich knospende Beine. Es hatte erst die Größe eines Bernhardiners erreicht, aber sobald die Jungs von der Gegenseite es zu Gesicht bekamen, würden sie einen ziemlichen Schock erleben. Und wenn dann das Chaos ausbrach, würde Knight durch sie hindurchfahren wie ein Katanaschwert durch eine Wassermelone.

»Ergeben Sie sich!«, brüllte Reinhart, der immer noch

an der Tür stand. Entweder der Mann war ein Feigling oder einfach zu klug. Überleben, um an einem anderen Tag weiterzukämpfen, war ein Motto, mit dem sich Kriege gewinnen ließen. »Wir werden Sie nicht töten.«

Knight blieb stumm. Chaos und Arglist waren seine Verbündeten. Wenn er sprach, verriet er nur seine Position und lieferte vielleicht auch noch unfreiwillig Informationen über seinen Gesundheitszustand und seine geistige Verfassung.

»Wir sind weit in der Überzahl, und der Komplex ist hermetisch abgeriegelt.« Reinhart seufzte. »Sie können uns nicht alle töten.«

Knight wusste, dass er einen erfahrenen Kämpfer vor sich hatte. Als Chef von Gen-Y war er sicher deren bester Mann. Exsoldat. Es musste einen Grund geben, warum er nicht einfach eine Granate über den Tisch warf, um Knight auszuräuchern. Entweder er hatte den Befehl dazu, oder etwas im Raum ließ eine Explosion zu riskant erscheinen. Ein Hauch von Chemikalien drang ihm in die Nase. Wahrscheinlich war Letzteres der Grund. Eine Chemieexplosion im Herzen der Anlage konnte verhängnisvoll sein.

Er legte sich wieder zurück und sah zu, wie die Flüssigkeiten immer noch auf die schnell wachsende Kreatur zuströmten. Er hatte Zeit. Die Jungs von Gen-Y kamen jetzt, wenn überhaupt, viel langsamer voran. Und wenn jemand so dumm war, hinter seinen Tisch zu spähen, fing er sich eine Kugel ein. Ansonsten konnte Knight warten.

Schon bald würde er die ersten Schreie hören.

FÜNFUNDFÜNFZIG

New Hampshire

Zunächst kam ein überraschtes: »Was zum Teufel?! O mein Gott!« Dann hallten immer mehr Entsetzensschreie durch den Raum. Am lautesten im hinteren Teil des Labors, wo auch Knight sich aufhielt. Um zu entkommen, mussten die Gen-Y-Leute an der Kreatur vorbei. Und als diese nicht nur einen, sondern gleich drei Köpfe in die Höhe reckte, wurde jedem klar, dass das nicht einfach sein würde.

In den Köpfen saßen gelbe Schlangenaugen, senkrecht geteilt durch schlitzförmige Pupillen. Fleischlappen wie dicke Insektenflügel hingen von kiemenartigen Öffnungen herab, wo die Schädel auf dem Hals saßen – vielleicht Ohren? Reihen kleiner Hörner zogen sich mitten über die Schnauze, teilten sich dann und wölbten sich über die Augen. Der grünlich braune Körper war von glänzenden Schuppen bedeckt, bis auf den Bauch und die Vorderseite der Hälse, wo große, harte, sich überlappende Platten bis direkt unter die Kiefer reichten. Kraftvolle Muskeln wölbten sich an den Beinen des mittlerweile pferdegroßen Leibs. Ein stummelförmiger Schwanz reichte bis zum Boden und zuckte wie der einer aufgeregten Katze. An den Füßen saßen je vier mit dicken Schwimmhäuten verbundene Zehen, die in gekrümmten Klauen endeten. War man erst einmal in die Fänge dieser Kreatur geraten, gab es kein Entrinnen.

Knight richtete sich auf, denn er erwartete, dass alle viel zu sehr abgelenkt sein würden, um in seine Richtung zu sehen. Sie standen wie erstarrt vor dem mythischen Monster. In diesem Moment begriff Reinhart, was Knight schon lange wusste. »Die Hydra«, rief er.

Die immer noch wachsenden Hälse der Kreatur reichten mittlerweile bis zur Decke. Sie stieß ein Gurgeln aus – dick und belegt –, als wären die Stimmbänder noch nicht ganz ausgeformt. Der feuchte Laut drang aus allen drei mit scharfen Zähnen ausgestatteten Mäulern gleichzeitig und verdichtete sich zu einem ohrenbetäubenden, durchdringenden Ton. Es klang wie eine Kombination aus dem Nebelhorn eines Ozeandampfers und dem Schrei eines Pfaus. Gleichzeitig hoch und tief, und jeder Kopf gab seinen eigenen Ton von sich. Dazu ertönte ein scharfes Rasseln, das von den lappenartigen Ohren ausging, die heftig vibrierten und gegen die mächtigen Hälse klatschten. Das Kreischen ließ Knight die Haare zu Berge stehen. Und Reinhart trat endlich in Aktion.

Der Chef des Gen-Y-Sicherheitsdienstes zog seine Metal-Storm-Waffe, brüllte: »Tötet sie!«, und zog den Abzug durch. Knight duckte sich. Er konnte einfach abwarten und zusehen, wie seine Gegner sich untereinander bekriegten. Falls Gen-Y die Oberhand gewann, würde er die Überlebenden erschießen. Übernahm die Hydra die Kontrolle, musste er sich heimlich, schnell und leise verdrücken.

Mit rasanten Dreiersalven durchlöcherte das Gen-Y-Team die Hydra. Fleischklumpen klatschten gegen die Wände und die Körper der Männer. Die Flüssigkeit auf dem Boden färbte sich rot. Das Biest brüllte auf, krümmte sich und peitschte mit dem Schwanz. Computerterminals explodierten. Tische wurden zerschmettert. Geräteteile flogen durch die Luft. Einer der Gen-Y-Wächter gleich neben Knight wurde von einem Gen-Sequencer mitten im Gesicht erwischt. Das schwere Metallteil zerschmetterte ihm den Kopf. Seine Waffe polterte zu Boden, und Knight nahm sie an sich.

Erbarmungslos schlugen die Kugeln in den Körper der Hydra ein. Dann ging den Gen-Y-Leuten einem nach dem anderen die Munition aus. Mehrere hundert Patronen waren abgefeuert worden, und beinahe alle davon hatten ihr Ziel gefunden. Stille breitete sich im Raum aus, während die Männer hektisch nachluden.

Knight spähte über die Granit-Tischplatte. Die Hydra hatte sich zusammengekrümmt, die Köpfe zu Boden gesenkt. Sie schüttelte sich. Blut sickerte aus Hunderten von kleinen Löchern und einigen größeren. Aber trotz der Verletzungen wuchs der Körper weiter. Mit großen Augen beobachtete Knight, wie die Wunden sich von innen heraus zu schließen begannen. Kleinere Verletzungen verheilten binnen Sekunden. Aber die Hydra wartete nicht ab, bis ihr Körper wieder völlig hergestellt war, bevor sie erneut angriff. Zwei ihrer Köpfe zuckten vor wie zuschlagende Schlangen, packten zwei Männer gleichzeitig und hoben die schreienden Opfer bis zur Decke empor, bevor sie sie zu Boden schmetterten. Ihre Schreie brachen jäh ab, als die mächtigen Kiefer große Stücke von Fleisch, Knochen und Organen herausrissen und sie im Ganzen verschlangen.

Wieder donnerten Schüsse durch den Raum, während das Gen-Y-Team versuchte, sich den Rückweg zur Tür freizuschießen. Doch es sah nicht so aus, als wollte die Hydra auch nur einen von ihnen entkommen lassen. Sie raste quer durch den Raum, zerquetschte einen Mann an der Wand und wirbelte einen anderen mit ihrem Schwanz durch die Luft. Knight sah eine Gelegenheit zur Flucht und stürmte in Richtung Ausgang, doch ein Feuerstoß zwang ihn wieder in Deckung. Reinhart hielt ihn von der Tür aus in Schach, während die letzten beiden seiner Gen-Y-Leute die Hydra weiter mit Metal-Storm-Patronen durchlöcherten.

Als den beiden Männern die Munition ausging, blickte Knight auf. Sie flüchteten zur Tür hinaus. Die Hydra brüllte ihnen wütend nach, und im selben Moment zog Reinhart den Stift einer Handgranate und warf sie in eines der weit aufgerissenen Mäuler der Kreatur. Dann schlug er die Tür hinter sich zu. Knight rannte zum Ausgang. Da er das letzte menschliche Wesen im Labor war, musste er sich keine Sorgen mehr darüber machen, erschossen zu werden. Er sprang über Tische, umkurvte Stützträger und versuchte, so schnell wie möglich ans Ziel zu gelangen, ohne sich der Hydra allzu sehr zu nähern. Doch die hatte andere Pläne. Einer ihrer Köpfe schoss vor und schnappte zu, doch einen Moment zu früh. Sie bekam zwar nicht Knights Arm zu fassen, brachte ihn jedoch zu Fall.

Er rollte sich ab, kam sofort wieder hoch und feuerte mit der Metal-Storm-Waffe aus allen Rohren. Er verpasste der Hydra vier Dreiersalven genau zwischen die Augen des mittleren Kopfes. Sie schoss mit einem grauenerregenden Kreischen in die Höhe. Doch es wurde übertönt von einer Explosion, die den rechten Kopf mitsamt dem halben Hals glatt wegsprengte. Reinharts Granate.

Die Hydra taumelte kreischend und mit hektisch flatternden Ohren zurück. Knight rannte zur Tür und warf sich, die Waffe im Anschlag, voll dagegen, für den Fall, dass Reinhart ihn dahinter erwartete. Leider war sie verriegelt, Knight prallte zurück und stürzte zu Boden. Schnell war er wieder auf den Beinen und trat heftig gegen die Tür. Sie gab keinen Millimeter nach. Er warf einen Blick auf die

Hydra. Einen Moment lang vergaß er bei dem Anblick jeden Gedanken an Flucht. Der regenerierte Hals wuchs nicht nur nach, er spaltete sich zudem auf wie eine sich teilende Zelle. Das Fleisch dehnte sich und wuchs in zwei separaten Hälsen weiter. Die Legende wurde Realität. Als sich die Ausbuchtungen zweier neuer Köpfe an den Hälsen zu bilden begannen, wandte sich Knight wieder der Tür zu. Abermals versuchte er, sie einzutreten, dann feuerte er auf das Schloss. Doch auch das half nichts. Er schob ein neues Magazin in seine Pistole und sah sich dann gerade rechtzeitig wieder nach der Hydra um. Er sprang zur Seite und entging um Haaresbreite den zuschnappenden Kiefern eines der neu gewachsenen Köpfe. Der Kopf krachte gegen die Tür und schmetterte sie auf den Korridor hinaus. Als er wieder hochzuckte und gleichzeitig ein zweiter Kopf zubiss, hechtete Knight nach draußen. Noch in der Luft drehte er sich auf den Rücken und feuerte einen einzelnen Schuss nach oben ab. Der zweite Kopf flog torkelnd zur Seite, als ihm die Kugel direkt ins Auge fuhr. Knight landete auf dem Rücken und schlitterte über den Boden. Doch ehe er sich aufrappeln konnte, schnappte ein dritter Kopf nach seinen Beinen.

Er wurde nach hinten gerissen, und die Kiefer klickten knapp vor seinen Füßen in der Luft zusammen. Der Kopf kreischte enttäuscht, und alle anderen Köpfe, die sich noch innerhalb des Labors befanden, fielen in die ohrenbetäubende Kakophonie mit ein. Anna Beck zog Knight auf die Füße und starrte ihn aus schreckgeweiteten Augen an. »Wohin?!«, krächzte er.

»Mir nach«, rief sie und machte kehrt. Er rannte hinter ihr her. Über die Schulter zurückblickend sah er, wie drei Hydraköpfe auf dem Gang erschienen und sich hin und her wanden. Dann erzitterte der Boden, als die Kreatur sich gegen den Türrahmen warf und versuchte, aus dem Labor auszubrechen. Dumpfe Schläge hallten durch den Korridor, während sie um mehrere Ecken bogen und schließlich vor einem Aufzug angelangten.

»Wo ist Reinhart?«, fragte Knight.

»Er kam mir gerade entgegen. Vor ihm sind wir sicher.«

»Ich muss ihn finden. Und auch Ridley.«

Anna Beck nickte.

Eine Glocke ertönte, dann glitten die Türen des Aufzugs auseinander. Erhobene Waffen starrten ihnen entgegen. Finger krümmten sich um den Abzug. Doch keiner schoss.

King senkte seine Waffe, und Bishop tat es ihm nach.

Knight lächelte. »Wurde auch langsam Zeit.«

Ein Donnern erschütterte die Gänge, gefolgt von einem dumpfen Brüllen.

King runzelte die Stirn. »Was ... was war denn das?«

Knight und Beck traten in den Aufzug. »Erinnerst du dich noch an das Artefakt aus der Wüste von Nazca?«

King legte den Kopf schief, seine Augen weiteten sich. Die Hydra.

»Tja, es ist nass geworden ... und jetzt ist es stocksauer.«

Die Ecke einer Wand zerplatzte in einer Wolke von Gipsbrocken, als die jetzt vierköpfige Hydra sich ihren Weg durch den Korridor bahnte. Ihre Köpfe hielten in alle Richtungen gleichzeitig Ausschau. Als einer davon die im Aufzug eingepferchten Menschen erblickte, zuckten alle gleichzeitig herum. Dann stürmte das Biest los.

Beck hatte bereits den Knopf zum obersten Stockwerk gedrückt, jetzt hämmerte sie auf die Taste zum Schließen der Türen. Doch die Hydra kam immer näher. Endlich setzte der Aufzug sich in Bewegung. Einen Moment lang ersetzte Fahrstuhlmusik das Brüllen der Hydra. Dann erschütterte ein gewaltiger Schlag die Fahrstuhltür unter ihnen. Der Aufzug erbebte und gab ein metallisches Kreischen von sich, setzte jedoch seine Fahrt fort. Ein zweiter, weniger heftiger Schlag folgte. Dann setzte die Musik wieder ein.

King wandte sich zu Beck. »Gibt es noch andere Wege nach oben?«

»Vier Treppenhäuser.« Sie wusste, worauf King hinauswollte, und fügte hinzu: »Alle groß genug für das Biest. Ich bezweifle, dass es hier unten bleibt.«

Knight sackte atemlos gegen die Wand. »Und man kann es nicht töten. King, die Hydra heilt schneller als alle Regenerierten, und die Köpfe … die Legende ist wahr. Wenn man einen abschlägt, wachsen zwei nach. Das Ding futtert uns zum Frühstück.«

Bishop ließ sich vor Knight auf ein Knie nieder und zog sein Messer. Er fügte sich einen kleinen Schnitt am Daumen zu und hielt ihn in die Höhe. Ein Tropfen Blut fiel herunter. Bevor er den Boden erreicht hatte, war die Wunde verheilt.

Beck wich instinktiv vor Bishop zurück. Knight starrte bloß den verheilten Daumen an.

»Überlasst das Kämpfen mir«, sagte Bishop zwischen zusammengebissenen Zähnen. »Ihr könnt sterben. Ich nicht.«

Knight blickte King fragend an. Der sagte: »Wir haben eine Abmachung. Wenn er die Kontrolle verliert …«

»… dann ballert ihr mir den Kopf weg«, vervollständigte Bishop den Satz. »Er wird nicht nachwachsen.«

SECHSUNDFÜNFZIG

New Hampshire

Reinhart platzte durch eine Doppeltür und sprintete den anschließenden Korridor entlang. Sechs seiner Leute folgten ihm dicht auf den Fersen, alle bewaffnet mit Metal-Storm-Pistolen und -Gewehren, die zielgenauer waren als die Handwaffen und doppelt so viel Munition enthielten. Jeder Mann trug außerdem ein Sortiment von Splitter-, Schock- und Brandgranaten bei sich. Reinhart wollte, dass sie für jeden Gegner gerüstet waren, sei es Mensch oder Bestie.

Ein gelegentliches Erzittern des Bodens oder der gedämpfte Aufschrei eines Wissenschaftlers sagte ihnen, dass die Kreatur aus dem Labor ausgebrochen war und sich weiter nach oben arbeitete. Bald würde es keine Rückzugsmöglichkeit mehr geben. Und er bezweifelte, dass sie in ihrem Arsenal Kugeln hatten, die bei diesem Vieh mehr ausrichten konnten, als es noch wütender zu machen. Doch ohne Ridleys Okay konnte er nichts unternehmen, ganz abgesehen davon, dass die Sicherheit des Mannes seine vordringlichste Aufgabe war. Nicht weil ihm etwas an ihm lag. Er wollte einfach seinen Brötchengeber nicht verlieren.

Nachdem er seine Männer vor Ridleys Büro postiert hatte, ging er hinein, indem er erst seine Schlüsselkarte durchzog, dann seinen Daumen und Augenhintergrund scannen ließ und schließlich Ridley mitteilte, dass er es war. Nur Ridley allein hatte uneingeschränkten Zugang zu seinem Büro. Die Tür wurde entriegelt und glitt auf.

Maddox saß auf einem Zweiersofa und schlürfte Ridleys verdammten Pfefferminztee. Wann immer einer der beiden Männer gestresst war, schnitten sie sich ein paar Blätter von den Pflanzen in Ridleys Büro ab, brauten sich eine Kanne und lungerten herum wie ein paar fünfjährige Gören auf einer Teeparty. Sie gaben nicht einmal Zucker hinein. Maddox wippte unruhig mit dem Bein, und sein Blick schoss zur Tür, als Reinhart eintrat.

»Was ist los?«, fragte er besorgt. »Werden wir wieder angegriffen?«

Ridley lehnte sich gegen seinen riesigen, massiven Mahagonischreibtisch und nippte behutsam an einer Porzellantasse. Es war immer ein seltsamer Anblick, diesen gewaltigen, dominanten Mann aus einer so filigranen Tasse trinken zu sehen, doch richtig surreal wurde der Eindruck erst, wenn er seine dröhnende Grabesstimme erhob. »Ich nehme an, wir haben es wieder mit Delta zu tun? King und seine Räuberbande?«

Reinhart nickte. »Anscheinend gibt es drei Eindringlinge. Sie sind schwer bewaffnet und machen keine Gefangenen. Wir haben bereits zwanzig Tote.«

Maddox straffte den Rücken. »Wissenschaftler?«

»Nein – nur – meine Männer.« Er musterte Maddox. »Aber da Sie eine Schlüsselrolle bei dem Ganzen spielen, bin ich sicher, Sie stehen auch auf der Abschussliste. Ebenso wie ich.« Er blickte zu Ridley. »Ich schlage vor, wir evakuieren sofort …«

»Ich werde nicht noch einen Komplex opfern«, sagte Ridley. »Noch nicht. Nicht wenn wir so kurz vor dem Ziel stehen.« Er sah Maddox an. »Wie lange noch, bis das endgültige Serum fertig ist?«

Maddox sah auf die Uhr. »Zwei Stunden. Dann müssen wir es testen. Noch einmal zwei Stunden. Aber sollten die Eindringlinge das Labor erreichen …«

Ein breites Lächeln furchte Ridleys Gesicht, und er klatschte in die Hände. »Vier Stunden. Ich denke, Sie können diese drei Männer vier Stunden lang aufhalten, Reinhart. Nicht wahr?«

»Tja, Sir. Eigentlich haben wir ein anderes Problem, ein viel größeres.«

Ridleys Lächeln erlosch. »Und das wäre?«

»Die Hydra-Probe …«

»Sie ist uns nicht mehr von Nutzen. Wenn das Delta-Team sie hat, vernichten Sie sie alle zusammen.«

»Sir, die Probe wurde feucht.« Reinhart verschränkte die Arme und wartete, bis Ridley sich die Konsequenzen selbst zusammengereimt hatte.

Er wollte gerade wieder die Teetasse an die Lippen heben, als er mitten in der Bewegung erstarrte. Seine Hand zitterte kurz. Er stellte die Tasse ab. »Wie … feucht?«

»Sehr feucht.«

»Ist sie – lebendig?«

Wie als Antwort erbebte der Fußboden unter einem entfernten dumpfen Schlag.

»Sehr lebendig.«

»Was bedeutet das?«, fragte Maddox.

»Die Hydra.«

Ridley ging aufgeregt auf und ab. Maddox wischte sich die schweißnassen Hände an den wippenden Knien ab. »Ist sie – kann sie entkommen? Wo ist sie?«

»Schon möglich. Und wir wissen nicht, wo sie ist.«

»Was soll das heißen?«, bellte Ridley. »Jeder Raum in dieser Anlage wird von Ihren Männern überwacht. Wie kann es sein …«

»Das Überwachungssystem wurde sabotiert.«

»King.«

»Ich … fürchte, nein.«

Ridleys kahler Schädel lief rot an vor Zorn. »Das ist inakzeptabel, Reinhart!«

Durch den Fußboden konnten sie Menschen schreien hören. Dann, weiter entfernt, das heisere, unmenschliche Brüllen der Hydra.

Reinhart blickte stirnrunzelnd zu Boden. Die Kreatur kam schneller voran, als er gedacht hätte. Vermutlich trieb sie eine Flut von Menschen in panischer Flucht vor sich her. »Das stimmt, aber ich habe keine Möglichkeit, das Geschehene ungeschehen zu machen. Im Augenblick liegen mir vor allem Ihre Sicherheit und der Erfolg des Projekts am Herzen.«

»Ja. Ja. Sehr gut.« Ridley wandte sich zu Maddox. »Sie haben die allerletzten Proben bei sich, korrekt?«

Er nickte und hob seine Aktentasche. »Alles, was wir brauchen, ist hier drin.«

»Geben Sie mir eine der Phiolen.«

Maddox beäugte ihn misstrauisch. »Sie sind noch nicht getestet … machen Sie keinen …« Er brach ab. Ridley kannte das Risiko genau. Aber Maddox hatte gesagt, was er hatte sagen wollen.

Ridley streckte die Hand aus. »Ich will nur sichergehen, dass Ihr Vermächtnis nicht mit Ihnen stirbt … falls ein Unglück geschehen sollte.«

Maddox erbleichte, klappte die Aktentasche auf und überreichte Ridley ein versiegeltes Reagenzglas. Er kritzelte ein paar Anweisungen auf eine Haftnotiz, riss das Blatt ab und gab es Ridley. »Dies sind die beiden letzten Gene, die übrig geblieben sind. Eines bewirkt die Regeneration. Das andere ist – unbekannt. Falls … falls mir etwas zustoßen sollte, setzen Sie die Tests auf dieser Grundlage fort.«

Ridley nahm das Reagenzglas und die Anweisungen an sich und wandte sich dann wieder zu Reinhart. »Und Sie müssen diese Kreatur um jeden Preis vernichten. Sollte sie unserer Konkurrenz oder, was Gott verhüten möge, der US-Regierung in die Hände fallen, wären sie möglicherweise in der Lage, unsere Formel zu duplizieren.«

»Schlimmer noch«, sagte Maddox. »Sie könnten einen Weg finden, sie unwirksam zu machen.«

Ridley wurde plötzlich von Panik erfasst. Der Gedanke war ihm nie gekommen. Die Unsterblichkeit zu erreichen und sie dann wieder zu verlieren? »Das wäre möglich?«

»Es ginge nur darum, die Funktion des neuen Gens zu blockieren.«

Ridley funkelte Reinhart an. »Machen Sie Hackfleisch aus der Kreatur. Und dann verbrennen Sie sie zu Asche.«

»Ja, Sir.«

»Schön, und was würden Sie uns raten, um die nächsten vier Stunden zu überleben?«

»Die Türen öffnen und die Beine unter die Arme nehmen«, sagte Reinhart mit schiefem Grinsen. »Draußen können wir schwere Waffen gegen die Hydra einsetzen. Vielleicht haben wir damit mehr Erfolg. Vor allem gibt es Maddox' Computern genügend Zeit, die Tests zu beenden. Die Ergebnisse können Ihnen drahtlos übermittelt werden, hoffe ich.«

»Ja, wenn ich in Reichweite des virtuellen privaten Netzwerks bin«, erwiderte Maddox.

»Und das Delta-Team?«, fragte Ridley.

»Wir schicken ihnen unser gesamtes wissenschaftliches Personal auf den Hals, damit sie möglichst viele Leben retten können. Und im Tal liegt auch noch der Campingplatz.

Das Delta-Team wird alle Hände voll zu tun haben, sich selbst und die Zivilisten zu schützen. Ansonsten erhalten sie dieselbe Behandlung wie die Hydra. Pünktlich in vier Stunden wird unser Helikopter bereitstehen. Aber jetzt sollten wir die Tore öffnen, damit das Rennen beginnen kann. Wenn die Hydra bis auf diese Ebene vordringt, bevor wir weg sind, nun – dann gnade uns Gott.«

Er sah Ridley an. »Sobald wir in Sicherheit sind, machen wir den Ort dem Erdboden gleich. Der Berg, das Delta-Team und die Hydra müssen vernichtet werden.«

SIEBENUNDFÜNFZIG

New Hampshire

Mit Beck als Führerin arbeiteten sich Knight, King und Bishop bis zur Hauptebene vor. Als sie den Bereich der Laderampe erreichten, über die Knight in den Komplex eingedrungen war, sahen sie eine Menge Leute durch den Tunnel auf einen Tageslichtschimmer zurennen, der von draußen lockte. Die Ausgänge waren geöffnet worden.

»Da stimmt etwas nicht«, sagte Beck.

»Was ist los?«, fragte Knight.

»Die sind nicht von der Sicherheit.« Sie sah King an. »Sie benutzen die Leute, um die Hydra nach draußen zu locken. Sie dienen als Köder.«

»Wahrscheinlich auch für uns«, fügte King seufzend hinzu. Er blickte zu Knight, der jetzt mit seiner MSG3 bewaffnet war, und Bishop, der die Mündung seines Maschinengewehrs an die Decke gerichtet hielt. »Knight, Bishop, postiert euch am Ende des Tunnels. Wenn die Hydra auftaucht, haltet sie so lange wie möglich in Schach. Verschafft diesen Leuten einen Vorsprung.« Sie nickten. Dann musterte er Beck. Sie gehörte vorübergehend zu ihnen und hatte den Codenamen erhalten, mit dem jedes zeitweilige Mitglied des Teams sich abfinden musste: »Pawn«, der *Bauer*. »Pawn, Sie kommen mit mir.«

Beck ließ ein Lächeln aufblitzen. Die meisten Leute hielten den Codenamen für abwertend, aber sie erkannte ihn als das, was er war: eine wertvolle Schachfigur. Sie stand endlich wieder auf der *richtigen* Seite, zum ersten Mal seit langer Zeit. Es fühlte sich gut an.

»Wir sichern von draußen euren Rückzug«, fügte King hinzu, »und sorgen dafür, dass Gen-Y uns nicht in eine Falle lockt. Los jetzt.«

Damit stiegen sie die kurze Treppe hinab, die zum Ladetunnel führte, und mischten sich unter die flüchtenden Menschenmassen. Als sie ins Freie gelangten, teilten Bishop und Knight sich auf und bezogen Stellung zu beiden Seiten des Tores, die Waffen auf den Tunnel gerichtet. Knight kniete sich hinter einen umgestürzten Baum, auf dem er seine Waffe abstützte. Bishop platzierte sein Maschinengewehr auf einem Felsblock, wo das Gewicht auf einem zweibeinigen Stativ ruhte. Viele der Leute, die aus der Anlage flüchteten, schienen die Hydra persönlich gesehen zu haben, denn nicht einer betrachtete die bewaffneten Fremden mit Furcht. Manche sagten sogar: »Viel Glück«, während sie vorüberhasteten.

Draußen verteilten die Menschen sich schnell. Sie schienen instinktiv zu wissen, dass es keine gute Idee war, zusammenzubleiben. Manche flüchteten in kleinen Gruppen weiter, andere auf eigene Faust und drangen in verschiedenen Richtungen in den Wald ein. Selbst für die Hydra war es eine Herausforderung, sie alle aufzuspüren, ganz zu schweigen davon, sie auch aufzufressen.

King ließ sich auf ein Knie nieder und hielt Ausschau nach dem Gen-Y-Sicherheitsdienst. Beck blieb hinter ihm. »Ich habe die Überwachungskameras und Sensoren deaktiviert. Sie können uns nicht entdecken. Bevor sie einen Angriff starten, werden sie sich erst reorganisieren.«

King senkte seine Waffe und zog den PDA aus der Hosentasche. »Geben Sie mir einen Moment lang Deckung. Nur für alle Fälle.«

Er baute eine Verbindung zum Satellitennetzwerk auf und schickte das Rufsignal an Deep Blue. Vierzig Sekunden später tauchte seine Silhouette auf dem Bildschirm auf. »Entschuldigen Sie die Verzögerung, King.«

»Deep Blue, holen Sie sich mal ein Satellitenbild der Gegend auf den Schirm. Infrarot. Das wird Sie interessieren.«

Das Display wurde ein paar Sekunden lang blau, während Deep Blue einige Einstellungen vornahm. Eine Satellitenaufnahme des Gebiets erschien auf dem PDA. Deep Blue kommentierte: »Sieht so aus, als würde der Berg Menschen ausspeien, King. Was ist los?«

»Sie werden es nicht glauben.«

»Ihr Freund George sieht aus wie ein Außerirdischer, und seine Körperchemie funktioniert nur noch mit schwerem Wasser. Ich glaube Ihnen unbesehen alles, was Sie sagen.«

»Die Hydra lebt. Von den Toten auferstanden. Voll regeneriert und hungrig wie der Teufel.«

Deep Blues Silhouette erschien wieder auf dem Bildschirm. »Seltsam, dass Sie das sagen. Rook und Queen sind unterwegs. Geschätzte Ankunftszeit in einer Stunde fünfzehn Minuten. Sie behaupten, dass sie möglicherweise ein Heilmittel für ihren Freund haben. Etwas, das Herkules benutzt hat, um die Regenerationsfähigkeit der Hydra lange genug zu hemmen, dass er ihr den unsterblichen Kopf abschlagen konnte. Aktivieren Sie Ihre GPS-Transponder. Ich schicke die beiden so schnell wie möglich zu Ihnen.«

»Verstanden, aber sie sollten besser noch ein oder zwei Mach mehr aus der *Crescent* herausquetschen. Ich bin nicht sicher, ob wir in einer Stunde noch am Leben sind.«

Deep Blues Silhouette nickte. »Die Satellitenverbindung bleibt geöffnet. Nutzen Sie sie, um Ihre Aktionen zu koordinieren. – Wer steht da hinter Ihnen?«

King blickte sich um. Beck sah ihm über die Schulter. »Eine Freundin. Pawn.«

Diese Bezeichnung sagte alles, was gesagt werden musste. Über Details konnte man sich später unterhalten. »Also gut. Viel Glück, King.« Auf dem Bildschirm tauchte wieder das infrarote Satellitenbild auf. Orangefarbene Punkte zogen sich in einem weiten Halbkreis durch den Wald, schlugen aber irgendwann alle wieder die gleiche Richtung ein. Nach unten. Zum Campingplatz.

Bevor King sich über diese unglückselige Wendung Gedanken machen konnte, ließ ihn eine Salve von Gewehrfeuer herumfahren. Er kämpfte sich mit Beck durch den Strom der Flüchtenden zurück und sah in den Tunnel. Ganz hinten, bei den letzten Nachzüglern, wütete die Hydra. Körper mit fehlenden Gliedmaßen wirbelten durch die Luft, verspritzten Blut und klatschten an die Wand. Die vierköpfige Bestie biss ganze Stücke aus den Körpern heraus, doch sie hielt keinen Augenblick inne. Anscheinend zog sie lebendes Fleisch frisch getötetem vor. King fragte sich, ob die Kreatur intelligent genug war, um zu wissen, dass es ein Mensch war, der sie so lange Zeit eingekerkert hatte. Vielleicht sann sie auf Rache. Vielleicht tötete sie aber auch nur ohne Sinn und Verstand, wie die Regenerierten.

Bishops Maschinengewehr spuckte Feuer, und großkalibrige Geschosse pfiffen über die Köpfe der letzten Nachzügler hinweg. Die Hydra kam zu Fall, als der Kugelhagel ihre Vorderbeine wegriss. Jetzt feuerte auch Knight, einen Präzisionsschuss nach dem anderen, wobei er auf die Augen der Hydra zielte und sie blendete. Damit nahm er ihr die Orientierung. Und konnte sie dennoch nur bremsen, aber nicht aufhalten. Jedes geplatzte Auge und jedes zerschmetterte Bein verheilte rasch wieder. Als die letzten flüchtenden Manifold-Leute ins Freie kamen, hatte Bishop seinen ganzen Munitionsgurt aufgebraucht. Einen Augenblick später war auch Knights Magazin leer.

Mit ehrfürchtigem Staunen sahen sie die Hydra den Tunnel entlangstampfen. Zunächst bewegte sie sich noch unbeholfen, bis ihre Beine und Augen ganz verheilt waren, dann nahm sie wieder Fahrt auf. Als sie alle vier Köpfe nach vorn reckte und ein ohrenbetäubendes Brüllen ausstieß, schrie King: »Lauft!« Die drei Männer stürmten in den Wald, sprangen wie die Hasen über umgestürzte Bäume, pflügten durchs Unterholz und hatten bereits nach dreißig Sekunden die langsamsten der Manifold-Leute eingeholt. King hätte ihnen gerne geholfen, doch sie mussten erst nachladen, und mit der Hydra direkt auf den Fersen wäre es Selbstmord gewesen. Bis sie sich reorganisieren konnten, musste diese zerstreute Menge von Menschen auf sich selbst aufpassen. Es sei denn, ihr eigener Sicherheitsdienst sprang in die Bresche.

Plötzlich fiel King Beck wieder ein, und er sah sich nach ihr um. Sie war verschwunden. *Verdammt*, dachte er. Wie hatte er sie einfach so aus den Augen verlieren können? Oder anders gefragt: Warum hatte sie sich abgesetzt?

Ein donnerndes Brüllen rollte hinter ihnen den Berg hinab und trieb sie weiter. Während sie einen steilen Abhang hinunterschlitterten, hörten sie eine Stimme rufen: »Hier! Hier drüben!«

Eine bebrillte Frau in einem Laborkittel winkte ihnen von einer kleinen Höhle aus zu. »Hier ist Platz für uns alle.« Sie duckte sich in die kühle, trockene Höhle zurück, die leicht nach unten abfallend ins Berginnere führte – die Hinterlassenschaft eines urzeitlichen Gletschers. King bedeutete Knight und Bishop hineinzugehen, blieb jedoch selbst zurück, als ein Blätterrascheln ihm sagte, dass von oben noch jemand folgte.

Ein übergewichtiger Mann kam völlig außer Atem den Abhang herabgestolpert. King trat ihm in den Weg und packte ihn am Hemd. Der Mann schrie entsetzt auf, verstummte aber schnell, als er begriff, dass er nicht auf der Stelle aufgefressen wurde. King stieß ihn in die Höhle, wo Bishop ihn auffing und in eine sitzende Position bugsierte.

King duckte sich selbst hinein und wollte dem Mann gerade bedeuten, still zu sein, als die Erde erbebte. Das brachte ihn automatisch zum Schweigen.

King zog sich in die Dunkelheit zurück, während ein einzelner Hydra-Kopf von oben vor dem Höhleneingang erschien. Er prüfte züngelnd die Luft, klatschte mit den Ohren gegen den Hals und kreischte. Ein zweiter gesellte sich dazu und beschnupperte den Rand der Höhlenöffnung. Als er in die Höhle hineinglitt, hob King sein Sturmgewehr. Er wusste, dass er die Kreatur nicht töten konnte, aber kampflos würde er nicht aufgeben. Mit etwas Glück konnte er sie lange genug aufhalten, bis einigen von ihnen die Flucht gelang.

Ein entfernter Schmerzensschrei lenkte die Hydra ab. Sie sprang von oberhalb der Höhle herunter und landete, ungeachtet ihrer Größe, elegant wie eine Katze vor dem Eingang. King bemerkte, dass sich ihre Körpermasse seit dem Verlassen des Manifold-Komplexes beinahe verdoppelt hatte. Inzwischen wirkte sie mindestens so groß wie ein Elefant, jeder ihrer vier Hälse war sicher drei Meter lang, ihr Schwanz gedehnt und peitschenartig. Überraschend leichtfüßig verschwand sie im Wald, wo die Schreie herkamen.

King sah sich um. Bishop nahm gerade seine Hand vom Mund des dicken Mannes. Der blubberte mit schwabbelnden Hängebacken: »Der arme Kerl! Er hat nicht die Spur einer Chance!«

Knight und Bishop luden ihre Waffen nach und schoben sich an King vorbei aus der Höhle. King warf dem dicken Mann einen finsteren Blick zu und sagte: »Doch, er hat uns.« Dann waren sie verschwunden, um Jagd auf das älteste lebende Raubtier der Welt zu machen.

ACHTUNDFÜNFZIG

New Hampshire

Als King eine blutbespritzte Lichtung betrat, musste er erkennen, dass der dicke Mann aus der Höhle recht behalten hatte. Fleischfetzen baumelten von abgebrochenen Ästen, als hätte sie jemand zum Trocknen aufgehängt. Ein abgetrenntes Bein war zur Seite gekullert und hatte ein Büschel Farne niedergedrückt. Und die Leiche, von der mehrere große Stücke fehlten, lag mit dem Gesicht nach unten zerquetscht im Schlamm. Die Hydra hatte den Mann bestialisch getötet, ein wenig von ihm verzehrt und ihn dann platt gestampft.

Knight sprach aus, was King gerade dachte: »Das entspricht keinem normalen Fressverhalten, von dem ich je gehört hätte.«

»Ich glaube, sie ist wütend«, sagte King.

Knight kniete sich neben das abgerissene Bein, während Bishop mit dem Maschinengewehr Wache hielt. »Sieh mal hier.« Er schob die blutgetränkte Socke des Mannes herunter. Ein tiefer Schnitt hatte seine Achillessehne durchtrennt. »Ein sauberer Schnitt.«

King inspizierte die tiefen Wunden am Rücken des Mannes. Sie waren breit und ausgefranst. Den Schnitt an seinem Fuß hatte etwas ganz anderes verursacht. »Ein Messer.«

Knight nickte. »Jemand zinkt die Karten zugunsten der Hydra. Der Mann hatte nicht die geringste Chance, weil er nicht mehr laufen konnte.«

In der Entfernung ertönte ein erneuter schriller Aufschrei. Weiblich. Doch es ließ sich unmöglich feststellen, aus welcher Richtung er kam. King brachte seinen PDA zum Vorschein und studierte die infrarote Darstellung. Ein paar der weiter entfernten Punkte bewegten sich immer noch schnell vorwärts – die fittesten und agilsten der Manifold-Angestellten. Andere drängten sich zusammen. Wahrscheinlich in Deckung gegangen, wie die Gruppe, die sie in der Höhle zurückgelassen hatten. Einige schienen ziellos umherzuwandern, wieder andere lagen reglos da, möglicherweise in einem Versteck. King zoomte näher heran. Vielleicht versuchten sie auch, mit durchschnittenen Achillessehnen davonzukriechen.

King sah, wie eine menschliche Gestalt auf dem Bildschirm die Arme in die Höhe warf. Ein Schrei hallte durch den Wald, der zu der Bewegung passte. Es war die Frau. King wollte schon losstürmen, als ihn etwas auf dem Bildschirm erstarren ließ. Der hellorangerote Körper der Frau wurde wie eine Stoffpuppe in die Luft gehoben, hin und her geschüttelt und dann in mehrere Teile zerrissen. Einzelne Stücke kühlten schnell ab und verschwanden von der infraroten Darstellung. King begriff, was er da soeben gesehen hatte.

»Die Hydra ist ein Kaltblüter. Wir können sie auf dem Infrarotbild nicht sehen.«

»Aber wir wissen, welche Richtung sie eingeschlagen hat«, sagte Knight und deutete auf den rechten Displayrand. Dort versuchte eine weitere Person davonzukriechen. In einigem Abstand eine dritte. Und eine vierte. Es war eine menschliche Schnitzeljagd. King scrollte weiter nach rechts und folgte der Spur. »Das ist aber gar nicht nett.«

Eine halbmondförmige Reihe orangefarbener Punkte,

mehr als vierzig Leute, erwartete sie. Ein Hinterhalt. King erkannte die kalten, viereckigen Formen, zwischen denen sich die kleine Armee verteilt hatte. Das verlassene Jugendlager.

»Vorwärts!«

Angeführt von King, liefen die drei direkt auf das nächste Opfer zu. King warf einen Blick auf den Bildschirm, als das gellende Kreischen des Mannes den Wald durchdrang.

Der nächste orangefarbene Fleck auf dem Bildschirm zerfiel in seine Einzelteile. Auch jetzt wurde die Hydra nicht langsamer. Ein zweiter Mann begann zu schreien. Im nächsten Moment folgte das Brüllen der Bestie.

King beschleunigte seine Schritte. Menschen starben, weil er zu langsam war.

Ein erneuter Aufschrei, diesmal in nächster Nähe. Er brach abrupt ab, als ein Körper unter dem stampfenden Fuß der Hydra zerquetscht wurde. Es klang wie das Platzen eines mit Wasser gefüllten Ballons.

Als sie die Leiche erreichten, sahen sie, dass die Hydra nicht einmal angehalten hatte, um den Mann zu zerbeißen. Der nächste Köder, dessen Entsetzensschrei sie jetzt hörten, war zu verlockend gewesen. Wieder eine Frau. King blieb stehen. Sie kamen zu spät, und die Hydra hatte bereits das Gelände des Jugendlagers erreicht.

Tief geduckt schlichen die drei Deltas weiter und spähten über einen Felsen am Rand des Lagers. Die Hydra stand genau in der Mitte, ihre vier Köpfe rissen Fleischstücke aus der Leiche der Frau. King bemerkte ihre Uniform. Gen-Y hatte eine der Ihren geopfert, um den Hinterhalt zu legen.

Auch Knight erkannte die Uniform und hob sofort das Zielfernrohr ans Auge. Als er das Gesicht der Frau sah, atmete er erleichtert auf. Es war nicht Anna Beck.

»Feuer!« Die Stimme gehörte Reinhart, der sich irgendwo außer Sicht verborgen hielt. Doch die Männer, denen sein Befehl galt, waren klar und deutlich zu sehen. Sie hatten sich auf den Dächern und innerhalb der verfallenen Hütten verteilt und standen wie ein einziger Mann auf, um aus nächster Nähe ein vernichtendes Trommelfeuer aus ihren Metal-Storm-Pistolen und -Gewehren zu entfesseln. Es war unmöglich abzuschätzen, wie viele Schüsse innerhalb der ersten dreißig Sekunden fielen, aber sie zeigten Wirkung. Die Hydra schnappte in die Luft und krümmte sich vor Schmerzen, während ganze Fleischklumpen aus ihrem Leib gesprengt wurden. Blut durchtränkte den von Kiefernnadeln bedeckten Waldboden und blieb an den Baumstämmen kleben. Die Hydra wurde in Stücke geschossen.

Einige der Männer konzentrierten sich auf die Hälse. Einer wurde abgetrennt und fiel wie ein gefällter Baum zu Boden, wo er noch ein paar Sekunden lang zuckte und dann auszutrocknen und zu zerfallen begann. Als eines ihrer Beine zerfetzt wurde, fiel die Hydra schwer auf die Seite und war so gut wie bewegungsunfähig.

King schwankte, wem er die Daumen drücken sollte. Sicher, die Hydra war ein Monster. Aller Wahrscheinlichkeit nach würde sie weiter wahllos jedes menschliche Wesen töten, das ihr über den Weg lief. Und er wusste nicht, ob sie sie erledigen konnten. Gen-Y schien über die nötigen Mittel zu verfügen, doch wenn der Sicherheitsdienst dieses Gefecht gewann, standen er, Bishop und Knight einer mehr als zehnfachen Übermacht gegenüber. Er glaubte nicht, dass sie das überleben konnten.

»Schäumt sie ein!«, brüllte Reinhart. Fünf Männer mit großen Kanistern auf dem Rücken traten aus den Hütten. Sie versprühten Ströme von Schaum, die fast augenblicklich aushärteten und die Hydra endgültig bewegungsunfähig machten. Es war derselbe Schaum, mit dem sie Bishop überwältigt hatten, nur in viel größeren Mengen.

»Sie wollen sie aus irgendeinem Grund an Ort und Stelle fixieren«, meinte Bishop.

»Genug jetzt, zurücktreten!«, dröhnte Reinharts Stimme. »Unter Beschuss!«

Die Gen-Y-Leute ließen sich zu Boden fallen, und die drei Deltas folgten ihrem Beispiel. »Unter Beschuss« bedeutete »Kopf runter oder der Tod«. Doch King konnte sich einen schnellen Blick nicht verkneifen und spähte seitlich um ihren Felsen herum. Die Hydra versuchte aufzustehen, während ihr Bein sich regenerierte, doch der Schaum hielt sie eisern umschlossen.

Die Kreatur schüttelte sich vor Anstrengung, und der Schaum begann zu bröckeln, als plötzlich eine Wolke von großkalibrigen Geschossen von oben auf die Hydra herabregnete. Bäume zerstoben. Der ausgehärtete Schaum wurde zu Staub. Die Erde bebte. Die Hydra kreischte, als ihr Leib sich in eine Art Matsch verwandelte. Während die Geschosse weiter vom Himmel prasselten, erkannte King, dass es sich um dieselbe Metal-Storm-Waffe handeln musste, die beinahe die USS *Grant* versenkt hätte. Die Hydra kreischte weiter, und unwillkürlich empfand er eine Art Mitleid für sie. Welches Lebewesen konnte ein derartiges Trommelfeuer über sich ergehen lassen und immer noch genügend Kampfgeist besitzen, um auch nur zu wimmern, geschweige denn vor Wut zu brüllen? Die Hydra musste sterben, doch sie hatte Respekt verdient.

Der Geschosshagel aus dem Himmel dauerte noch volle dreißig Sekunden lang an, nachdem das Heulen der Hydra verstummt war. Als er verebbte, hing eine Staubwolke wie ein Vorhang über der Lichtung. King hörte die Stimmen der Gen-Y-Söldner, die sich bei ihrem Einsatzleiter meldeten, doch seine Ohren dröhnten so sehr, dass er die Worte nicht verstand. Als sich Minuten später der Staub senkte, konnte King einen ersten Blick auf die Hydra werfen. Ihr Körper war derart zerfleischt, dass er fast nicht mehr identifizierbar war. Eher eine blutige Masse als ein lebendes Wesen.

Die Gen-Y-Söldner stiegen von ihren Hüttendächern herunter, während andere aus den Türen traten. Sie näherten sich der Hydra mit großer Vorsicht; einige luden ihre Waffen noch nach, während andere bereits wieder auf den Fleischhaufen zielten. Sie teilten sich, als Reinhart, Ridley und Maddox hinter einer Hüttenreihe hervorkamen. »Ist sie tot?«, fragte Ridley.

»Ich denke schon«, erwiderte Reinhart.

»Verbrennt sie.«

Als Ridley sich abwandte, legte King die Waffe auf ihn an. Er und Reinhart waren vielleicht noch schlimmere Gegner als die Hydra. Dann hielt er inne. »Fällt euch etwas an der Hydra auf?«, fragte er.

Knight schüttelte den Kopf.

Bishop kniff die Augen zusammen. »Ich zähle sieben Köpfe.«

»Und wie viele hatte sie vorher?«

»Vier«, erwiderte Knight.

King senkte das Gewehr. Selbst unter dem entsetzlichen Feuerhagel der Metal-Storm-Geschosse waren der Hydra Köpfe nachgewachsen, und zwar gleich drei. King sah, wie die Wunden an der Flanke der reglosen Kreatur sich zu schließen begannen. Sie war noch am Leben. »Das wird eine ziemliche Sauerei.«

NEUNUNDFÜNFZIG

New Hampshire

Der erste Mann, den es erwischte, jaulte wie eine verwundete Katze, bevor er durch das Dach der nächsten Hütte geschleudert wurde. Ein paar andere, die ganz in der Nähe standen, brachten noch ihre Waffen in Anschlag, doch die restlichen sechs Köpfe schlugen zu wie Peitschenschnüre, quetschten das Leben aus den Männern, während ihr Brustkorb knackte und ihre inneren Organe zerrissen, und warfen sie dann wie Abfall beiseite.

Chaos brach aus, als die noch nicht vollständig regenerierte Hydra wieder auf die Beine kam und sich neue Opfer suchte.

Einige der Gen-Y-Leute machten kehrt und gaben, ohne zu zögern, Fersengeld. Andere feuerten drauflos, doch da ihre Streitmacht bereits halbiert war, konnten sie nichts mehr gegen die Hydra ausrichten, die sich jetzt rasend schnell regenerierte. Manche der Männer warfen Handgranaten, von denen einige durchaus Wirkung zeigten, aber andere gingen fehl, und eine kullerte sogar zurück. Die Explosion schleuderte drei Männer durch die Luft. Einen davon ohne Beine.

Die Hydra warf sich auf die verbliebenen Männer. Ihre Schüsse konnten die wütende Bestie nicht aufhalten. Während einer unter ihrem Fuß zu Brei zermalmt wurde, riss ihr peitschender Schwanz einem anderen die Eingeweide aus dem Leib. Aber den ärgsten Schaden richteten die Köpfe an, die blitzschnell zuschnappten wie in einer Perversion des Kinderspiels *Wir füttern die kleinen Nilpferde.*

Fünf weitere Gen-Y-Leute flüchteten in die Richtung, in der es am schnellsten ging: bergab. Zwischen ihnen Maddox, der seine Aktentasche umklammert hielt. Reinhart und Ridley jedoch rannten in die andere Richtung, zurück zum Manifold-Komplex.

Die Hydra drehte sich auf der Suche nach weiteren Angreifern im Kreis, fand aber nur zerfleischte, blutige Leichen vor. Ihr Brüllen dröhnte lauter als je zuvor, während die letzten Wunden verheilten. Die sieben Köpfe drehten sich in unterschiedliche Richtungen, züngelten, prüften die Luft. Irgendwo knackten Äste, und alle Köpfe schnappten zugleich in Richtung Tal herum, wo die fliehenden Männer wenig taten, um ihre Panik zu verbergen. Abermals brüllte die Hydra, dann brach sie direkt durch eine Hütte hindurch, die in winzige Stücke zersplitterte, nahm die Jagd auf und stürmte talwärts.

King fluchte. Er, Bishop und Knight hatten alles mit angesehen. Die Hydra war eine wahre Mordmaschine. Dass es jemals einem einzelnen Menschen gelungen sein sollte, sie zu überwinden, erschien unvorstellbar. Vielleicht falls Deep Blue recht hatte und ihre Regenerationsfähigkeit sich blockieren ließ, doch bisher hatte sie einem alles vernichtenden Trommelfeuer widerstanden und war sogar gestärkt daraus hervorgegangen. Und jetzt bewegte sie sich zu allem Übel auf einen Campingplatz voller Familien mit Kindern zu.

Die Hydra musste gestoppt werden.

Doch King konnte auch nicht zulassen, dass Reinhart oder Ridley entkamen. »Ich verfolge Reinhart und Ridley«, sagte er. »Tut, was ihr könnt, um die Hydra aufzuhalten. Der Schutz der Menschen auf dem Campingplatz hat …«

Bishop war bereits aufgesprungen. Er stürmte durch die Überreste des Jugendlagers und rannte den Hang hinab.

»… Priorität«, vollendete King den Satz, dann fügte er hinzu: »Tauschen wir die Waffen. Du hast die Feuerkraft nötiger.« Knight nahm Kings M3 und reichte ihm die MSG3.

»Das brauchst du vielleicht auch«, sagte King und gab ihm den PDA.

Als Knight das Gerät einsteckte und eilig Bishop nachlief, rief ihm King hinterher: »Und pass gut auf ihn auf!«

Knight richtete den Daumen nach oben und rannte weiter. Er war schneller und hätte Bishop normalerweise eingeholt, doch im Gegensatz zu diesem war er immer noch lediglich menschlich und atmete schwer von den Anstrengungen der letzten Stunde. Bishop dagegen wirkte topfit; zweifellos ein Vorzug seiner regenerativen Fähigkeiten. Er wurde einfach nicht müde.

Als Knight den Rand des Plateaus hinter dem Jugendlager erreichte, blieb er stehen, um sich zu orientieren. Weit entfernt sah er sechs Gestalten, die gelegentlich zwischen den Bäumen ins Blickfeld kamen. Die Hydra verfolgte sie mit drauflosschlagenden Köpfen, rasselnd und brüllend. Zwar gewann sie gegenüber den fliehenden Männern an Boden, doch nur nach und nach. Sie ignorierte Bäume und andere Hindernisse und brach lieber mitten hindurch, statt sie zu umgehen. So kam sie nur vergleichsweise langsam voran und hinterließ eine Schneise der Verwüstung im Wald. Knight warf einen Blick auf die Karte auf Kings PDA. Sie waren nur noch eine knappe Meile vom Campingplatz entfernt. In zehn Minuten würden sie die große Rasenfläche erreicht haben. Vielleicht sogar früher.

Er packte seine Waffe fester und lief den Hügel hinunter, sprang über umgestürzte Bäume und kleinere Felsen hinweg. Sein Brustkorb hob und senkte sich heftig unter der Anstrengung, doch er stellte erfreut fest, dass er immer noch schneller rennen konnte als der Durchschnittsmann – oder auch ein gewisser befreundeter, regenerativer Mann. Er war schon bis auf sechs Meter an Bishop herangekommen, als dieser die Hydra einholte ... und die Hydra die fliehenden Männer.

Knight duckte sich, als ein Mann gepackt und hoch über seinen Kopf hinweggeschleudert wurde. Blut strömte aus einer Vielzahl von Bisswunden, und der Mann schrie vor Schmerz. Im nächsten Moment wurde er rücklings gegen einen kräftigen Ahorn geschleudert, wo seine Wirbelsäule augenblicklich mit lautem Knacken abknickte und sich praktisch um den Stamm herumfaltete. Knight wischte sich sein Blut vom Gesicht, während er über einen weiteren Baumstamm hinwegsetzte.

Die Hydra stolperte über einen Felsen und überschlug sich, wobei sie drei weitere Männer platt walzte. Sofort war die Bestie wieder auf den Beinen und schnappte nach den Fersen des letzten übriggebliebenen Gen-Y-Mannes. Und nach Maddox, der bei jedem Schritt wie eine Heulboje aufjaulte.

Der Gen-Y-Mann stolperte und stieß einen Schmerzensschrei aus, als er sich das Bein brach. Die Hydra schnappte im Vorbeilaufen nach ihm und nahm den Arm des Mannes und einen Teil seines Brustkastens mit.

»Hilfe!«, schrie Maddox, der als Nächster an der Reihe war. »So helft mir doch!«

Knight zögerte kurz, als er an dem armlosen, sterbenden Mann vorbeikam. Die Angst auf seinem Gesicht wich einer seltsamen Ruhe, während sein Leben verrann.

Knight hatte noch nie etwas so Erbarmungsloses und Tödliches gesehen wie die Hydra, und zum ersten Mal im Leben zitterten ihm die Hände.

Bishop dagegen schien unbeeindruckt von der Riesenhaftigkeit der Hydra und ihrer Fähigkeit, jedes menschliche Wesen, das ihr in die Quere kam, im Vorübergehen auszulöschen. Er ließ sein Gewehr fallen, lief einen schräg umgestürzten Baum hinauf, und als er auf gleicher Höhe mit der Bestie war, warf er sich auf ihren Rücken. Er zog sein machetenartiges Messer und trieb die Klinge tief ins Fleisch der Hydra. Wie ein Rodeoreiter klammerte er sich fest, während sie bockte und ausschlug, ohne jedoch ihre Verfolgung von Maddox aufzugeben.

Knight bemerkte an dem durchschimmernden Himmelsblau, dass die Bäume vor ihnen immer dünner standen. Das hieß, sie näherten sich dem Rand des Campingplatzes. Bishop bemerkte es ebenfalls, zog seine Pistole und feuerte mehrere Patronen von hinten auf die hin und her schwankenden Köpfe der Kreatur ab. Zwei sahen sich nach ihm um, doch die Bestie rannte einfach weiter, und die übrigen Köpfe hatten nur Augen für Maddox.

Bishop feuerte abermals, als einer der Köpfe auf ihn zugeschossen kam. Die Kugeln drangen in die Schnauze ein, und der Kopf drehte ab, während die Verletzungen heilten. Als ein zweiter Kopf zuschlug, duckte Bishop sich. Er zischte über ihm vorbei und zuckte in die Höhe, um abermals zuzubeißen.

Da lenkte ihn ein ohrenbetäubender Schrei ab. Maddox wurde von zwei Köpfen der Hydra gleichzeitig in die Luft gehoben. Er kreischte, während sie von verschiedenen Seiten an ihm zerrten. Ein Bein riss ab, ein dritter Kopf schnappte nach dem anderen. Das Tauziehen begann von vorn. Maddox' Hände flatterten. Seine Aktentasche fiel zu

Boden, wurde zertrampelt, vernichtet. Als das zweite Bein abgerissen zu werden drohte, gelang es Bishop, seine Klinge aus dem Rücken der Hydra zu reißen und damit nach dem Kopf zu schlagen, der Maddox' Oberkörper gepackt hielt. Die Klinge schnitt glatt durch das Fleisch der Kreatur. Hals und Kopf wurden sauber abgetrennt und fielen mitsamt Maddox auf die Erde.

Die Hydra brüllte vor Schmerz, setzte aber ihren Weg unbeirrt fort. Bishop rammte sein Messer wieder in ihren Rücken und klammerte sich daran fest. Der nächste Kopf schnappte nach ihm, doch Knight schoss ihm von weiter hinten mit einer einzigen Kugel das Auge aus.

Da sah er, dass Maddox die Hand nach ihm ausstreckte. Blut sickerte aus seinem Beinstumpf und einem Halbkreis von tiefen Bisswunden. Er versuchte, ihm etwas mitzuteilen, also beugte Knight sich hinunter. »Sie werden ... aufräumen. Schafft ... die Leute ... weg.« Ein Schwall von Blut quoll aus Maddox' Mund. Tot.

Knight rannte weiter, doch die Worte des Mannes wollten ihm nicht mehr aus dem Kopf gehen. Aufräumen. Aufräumen ... »Verdammt noch mal«, stieß er hervor. Der Manifold-Komplex war aufgeflogen. Die Hydra lief frei herum. Reinhart und Ridley verwischten ihre Spuren. Er konnte sich nicht vorstellen, dass unter der Anlage ein Vulkan lauerte wie auf Tristan da Cunha, doch Manifold hatte zweifellos Vorsorge getroffen, den Komplex zu vernichten. Maddox musste die Leute auf dem Campingplatz gemeint haben. Wenn sie tatsächlich in Lebensgefahr schwebten, dann ... es gab viele Möglichkeiten für einen Massenmord. Knight dachte an einen nuklearen Sprengsatz, doch der hätte zu viel Aufsehen erregt. Am Amazonas hatte Manifold einen Brand gelegt, den man notfalls auf einen Blitzschlag zurückführen konnte. Auf Tristan da

Cunha war es ein Vulkan gewesen. In beiden Fällen hatten sie Naturkatastrophen simuliert. Hier dagegen ... er hatte keine Ahnung, aber es musste schon etwas Großes sein, wenn sogar die Menschen auf dem Campingplatz, mehr als eine Meile entfernt vom Manifold-Komplex, in Gefahr schwebten.

Leider konnte er King nicht erreichen und musste einfach hoffen, dass der Ridley rechtzeitig erwischte und weitere Greueltaten vereitelte. Sein persönliches Problem war im Moment, sich nicht von einem mythischen Monster umbringen zu lassen.

Die Hydra gewann an Vorsprung. Knight wurde müde. Langsamer. Viel länger würde er nicht mehr durchhalten. Aber Bishop ... einer der Köpfe der Hydra schwang gerade wieder zu ihm herum. Knight verpasste ihm zwei Schüsse in die Schnauze, doch gleichzeitig schoss ein zweiter Kopf von der Seite her auf Bishop zu – diesen Stachel im Fleisch der Hydra.

Knight stolperte und musste hilflos zusehen, wie die Kiefer sich über Bishops Arm schlossen und ihn glatt abbissen. Bishop grunzte vor Schmerz und fiel vom Rücken der Hydra. Während sie weiter auf den Campingplatz zustürmte, eilte Knight zu seinem Freund. Er blieb wie angewurzelt stehen, als er sah, wie Bishop wieder aufstand und sich den linken Arm hielt ... den abgebissenen Arm – der bereits wieder fast zu früherer Stärke nachgewachsen war. Neue Finger bildeten sich aus der Hand, und Bishop bog den Rücken durch, während ein unmenschlicher Schrei aus seiner Kehle drang.

Knight nahm seinen Kopf ins Visier.

Nicht jetzt, Bish.

Während Bishop seinen Blick erwiderte, loderten Flammen in seinen Augen. Seine Brust hob und senkte sich ungestüm. Speichel triefte zwischen den zusammengebissenen Zähnen hervor.

Bitte nicht jetzt.

Dann begann Bishop, krächzend zu sprechen, und Knight stieß erleichtert den Atem aus und senkte die Waffe. Es war nur eine einzige Frage, doch die bewies, dass Bishop noch nicht zu einer namenlosen, hirnlosen Gefahr geworden war. Jedenfalls nicht für Menschen. »Wo … wo ist sie hin?«

Knight deutete. Bishop lief los, die blanke Klinge gezückt. Ein wiederauferstandener Herkules.

SECHZIG

New Hampshire

Die Spur aus abgeknickten Zweigen, niedergetrampeltem Gebüsch und Fußabdrücken im Schlamm machte es King leicht, Reinhart und Ridley auf ihrer Flucht zurück zum Manifold-Komplex zu folgen. Es schien sie nicht zu kümmern, ob sie verfolgt wurden. Das hieß, dass sie entweder sehr dumm waren, was er bezweifelte, oder sich absetzen wollten. Letzteres hielt er für wahrscheinlicher, also war er auch nicht besonders in Sorge vor einem Hinterhalt. Er trat aus dem Wald auf einen Pfad, der schräg nach oben um den Berg herumführte. Keine fünfzehn Meter vor ihm rannten sich Reinhart und Ridley die Lunge aus dem Leib. Ridleys Schnelligkeit verblüffte King. Der Mann war ein Riese und nicht gerade schlank, dennoch hielt er mühelos mit Reinhart Schritt. King war schneller als die beiden und würde sie bei freier Bahn bald eingeholt haben. Andererseits war eine Kugel noch schneller.

Er hob das Gewehr an die Schulter, sah durchs Zielfernrohr und drückte den Abzug. Die Kugel pfiff auf Ohrenhöhe an Ridley vorbei, der sich instinktiv zur Seite warf und Reinhart mitriss. Reinhart ging stöhnend zu Boden, wirbelte aber noch vor dem Aufschlag in der Luft herum, zog seine Metal Storm und drückte ab.

Die erste Kugel des Dreiergeschosses streifte King an einer Rippe, die beiden nächsten trafen seine Brust direkt oberhalb des Herzens und wären ohne eine schusssichere

Weste tödlich gewesen. So riss ihn nur der Aufprall von den Füßen, und er verlor seine Waffe. Nach Luft ringend, keuchte er wie ein Asthmatiker in einem Sandsturm. Während vor seinen Augen schwarze Punkte tanzten, fürchtete er, aus Sauerstoffmangel das Bewusstsein zu verlieren.

Aber als er Reinhart über sich stehen sah, die Waffe auf seinen Kopf gerichtet, kämpfte er darum, wach zu bleiben. Er wollte nicht sterben, ohne seinem Mörder in die Augen zu sehen.

»Ich habe mich immer gefragt, wie schwierig es wohl sein mag, einen Delta zu töten«, grinste Reinhart. »Eigentlich ziemlich enttäuschend. Ich dachte, es wäre eine echte Herausforderung.«

King holte mühsam Luft und zwang seine Lungen, sich zu weiten. Wenn er doch nur wieder einen klaren Kopf kriegen und die Herrschaft über seinen gelähmten Körper zurückerlangen könnte …

»Halt!«

Reinhart drehte sich zu der Stimme um, doch die Mündung seiner Waffe wich keinen Millimeter von King.

»Runter damit, Boss!«

King hob den Kopf gerade weit genug, um zu sehen, wie Anna Beck aus dem Wald geschlüpft kam. Sie hatte ihre Waffe auf Reinhart gerichtet, konnte aber nicht sehen, dass Ridley sich von hinten an sie heranschlich. King versuchte vergeblich, ihr eine Warnung zuzurufen – seine Stimme versagte den Dienst. Doch wozu brauchte er eine Stimme? Den Schmerz in der Brust und die vor seinen Augen tanzenden Flecken ignorierend, griff er in ein kleines Täschchen an seinem Gürtel.

Reinhart lachte Beck aus. »Dämliche Schlampe. Ich wusste immer, dass du zu weich bist. Wenn du nicht so eine …«

Ridley sprang die Frau überraschend von hinten an,

schob ihr die Arme unter den Achseln durch und verschränkte die Hände in einem Doppelnelson hinter ihrem Kopf. Ihre Waffe zeigte jetzt nutzlos zum Himmel, und der riesenhafte Mann hob sie von den Füßen. Sie fluchte, trat und spuckte, doch sein Griff lockerte sich nicht.

»Wie gesagt«, wiederholte Reinhart. »Dämlich und weich.«

»Nicht so dämlich wie Sie«, sagte King. Sofort zuckte Reinharts Kopf zu ihm herum. King hatte seinen Atem und seine Stimme wiedergefunden, und mit einer Bewegung aus dem Handgelenk schleuderte er ihm drei siebeneinhalb Zentimeter lange Wurfpfeile ins linke Auge, schneller und präziser als mit einer Metal-Storm-Waffe.

Reinhart schrie auf und taumelte zurück. Die Verletzung hatte seiner Entschlossenheit, King zu töten, keinen Abbruch getan. Doch mit dem Auge war auch sein räumliches Wahrnehmungsvermögen verlorengegangen. Dreimal zog er den Abzug durch, feuerte neun Schüsse ab, und jede einzelne Kugel ging daneben. Doch nicht allein Reinharts beeinträchtigtes Sehvermögen rettete King das Leben – der gewandte Delta-Agent blieb ständig in Bewegung, rollte sich weg und warf sich zur Seite.

Reinhart schoss eine weitere Dreiersalve ab. Der Schlamm spritzte unter Kings Füßen auf, als er abermals zur Seite hechtete. Trotz der Schmerzen im linken Auge lächelte Reinhart. Zweimal war King in die gleiche Richtung ausgewichen. Sein eigener Schwung würde ihn weitertragen. Entsprechend zielte Reinhart einfach ein Stück weiter nach vorn, um so seinen Mangel an räumlichem Sehen auszugleichen. Doch als er feuerte, war King stehen geblieben und der Schuss ging daneben.

Der Lauf von Reinharts Waffe schwenkte zurück. Im selben Moment sah er das Mündungsfeuer von Kings Gewehr aufblitzen. Es spuckte eine einzige Kugel aus. Es war das Letzte, was Reinhart in seinem Leben sehen sollte. Er sackte auf dem Waldboden zusammen wie eine Marionette, der man die Fäden durchtrennt hatte.

King ließ das kleine runde Loch in Reinharts Kopf nicht aus den Augen. Es heilte nicht. Der Mann würde tot bleiben. Dann hörte er ein Stöhnen. Beck zog sich auf alle viere hoch und versuchte, wieder auf die Beine zu kommen. Irgendwann während des Feuergefechts musste Ridley sie niedergeschlagen haben und entkommen sein. King hielt ihr die Hand hin. »Kommen Sie mit?«

Sie rappelte sich auf. »Schnappen wir ihn uns.«

King legte los wie ein Sprinter.

Beck rannte ihm nach. »King, das ganze Tal liegt über einer gewaltigen Blase Erdgas. Darum hat Ridley es ausgewählt. Ich bin zurückgeblieben, um nachzusehen, ob er die Zündsequenz in Gang gesetzt hat, das war aber noch nicht der Fall.«

»Und?«, fragte King und schwang sich über eine alte Steinmauer. »Was können wir tun?«

»Ridley hat einen PDA bei sich. Er kann eine Fernzündung auslösen. Wenn er das tut, wird das ganze Tal implodieren – der Campingplatz, der Ort, alles wird vernichtet und in einen kilometertiefen Graben gerissen werden. Egal was geschieht, dieser PDA muss funktionsfähig bleiben. Nur mit ihm kann man noch in das System eingreifen, nachdem das Zündsignal erfolgt ist.«

»Kommen wir an das System selbst heran?«

»Es liegt eine Meile tief unter der Erde.«

King hörte in der Ferne das Knattern eines Hubschraubers. Mit jeder Umdrehung der Rotorblätter kam es näher. Ridley war noch nicht fort. »Können Sie die Detonationssequenz abbrechen?«

»Nein. Das kann nur Ridley.«

King blieb stehen. Der Pfad knickte in steilem Winkel nach oben ab. Als er sich an den Aufstieg machte, wurde das Knattern der Rotorblätter ohrenbetäubend, und Kiefernnadeln schossen durch die Luft wie winzige Geschosse. Er konnte einen kurzen Blick auf den Hubschrauber werfen, bevor er landete – ein stark modifizierter, schwarzer Eurocopter. Beide Seitentüren standen offen, eine, um Ridley zu empfangen, aus der anderen ragte eine bemannte und schussbereite Gatling-Revolverkanone hervor.

King duckte sich und blickte sich nach Beck um.

Sie schob sich neben ihn. »Und jetzt?«

»Ich kümmere mich um die Gatling-Kanone und den Piloten. Sie holen sich den PDA von Ridley.«

Sie nickte.

»Bringen Sie ihn nicht um, wenn es sich vermeiden lässt.«

Sie nickte wieder.

Sie kletterten das letzte Stück hinauf, als der Helikopter gerade aufsetzte. Oben angekommen, nahm King zwei Bewegungen gleichzeitig wahr. Das eine war Ridley, der auf den Hubschrauber zurannte. Das andere war die Gatling-Kanone, die in ihre Richtung herumschwenkte.

EINUNDSECHZIG

New Hampshire

Durch die immer lichter stehenden Bäume gelangte Knight auf eine unbefestigte Straße. Als er den Waldrand erreichte, sah er ein metallisches Glitzern im Sonnenlicht. Auf den zweiten Blick bemerkte er Regelmäßigkeiten und erkannte die Tarnung. Schließlich schälten sich die Umrisse ihres Chevrolet Tahoe heraus. *Ja!*, dachte Knight und rannte zum Wagen.

Bishop verfolgte weiter die Hydra, deren ungestümes Vordringen durch eine Schneise umgeworfener Birken markiert wurde.

Knight riss das Tarnnetz von dem SUV, sprang hinein und ließ den Motor an. In einer Wolke aus Staub und umherfliegenden Kiefernnadeln schoss er aus dem Versteck. An dem verlassenen Speisesaal des Jugendlagers vorbei holperte er einen steinigen Weg hinunter, brauste durch eine scharfe Linkskurve und musste dann voll auf die Bremse treten, um Bishop nicht zu überfahren.

Bishop kletterte über die Motorhaube des Wagens aufs Dach. Mit einer Hand hielt er sich an der Dachreling fest, während er mit der anderen flach auf das Blech hieb und ein wildes »Los!« ausstieß.

Knight gab Vollgas und folgte der Schneise, die die Hydra durch den Wald gezogen hatte. Der Tahoe rumpelte über die kleineren Äste hinweg, und Knight gab sein Bestes, um den größeren Baumstämmen auszuweichen.

Bishop klammerte sich mit beiden Händen fest, wurde aber trotzdem immer wieder in die Höhe geschleudert und knallte auf das Dach des SUV herunter. Er ignorierte den Schmerz. Über bleibende Schäden musste er sich bei seinem Körper im Moment keine Gedanken machen.

Endlich hatten sie es geschafft und gelangten auf einen Waldweg. Das endlose Meer aus Kiefern verwirrte Knights Orientierungssinn, doch dann sah er ein Straßenschild: Praise Street. Ein Hund bellte.

Thor.

Knight trat das Gaspedal durch und holte aus einem der vielen Waffenverstecke des Fahrzeugs eine vollautomatische Pistole, die fünfzehn Patronen in 1,9 Sekunden abfeuern konnte. Während der Chevy noch den Weg entlangschoss, sah Knight bereits einen gewaltigen, grünen, schuppigen Körper über dem Flitterwochen-Cottage aufragen. Thor stand auf der kleinen, rot gestrichenen Veranda und verbellte das siebenköpfige Ungetüm, das sich gerade zum Zuschlagen bereitmachte. Knight lehnte sich aus dem Seitenfenster, hielt den Abzug zwei Sekunden lang durchgedrückt und feuerte das gesamte fünfzehnschüssige Magazin leer. Alle Kugeln gruben sich in die Flanke der Kreatur.

Natürlich richtete das keinen ernsthaften Schaden an, doch der schmerzhafte Stich lenkte die Hydra ab. Als sie den herandonnernden SUV sah, ließ sie von Thor ab und nahm ihren rasenden Marsch wieder auf. Sie brach durch ein nahe gelegenes Cottage und machte es dem Erdboden gleich. Dann stürmte sie auf die große Rasenfläche zu.

Knight hielt mit quietschenden Reifen vor dem Cottage an und rief Thor zu: »Platz!« Dann jagte er wieder hinter der Hydra her.

Seine schlimmsten Befürchtungen wurden wahr, als er

entfernte Schreie vernahm. Kinder. Der Chevrolet raste aus dem Wald und hob auf einer Bodenwelle ab, wo der Waldweg in die asphaltierte Straße überging. Der Tahoe verwandelte sich in ein fliegendes Geschoss. Der Wagen prallte in die Flanke der Hydra und warf sie um, eine einzige, sich windende Masse von Köpfen und Gliedmaßen. Bishop wurde durch die Luft geschleudert. Er flog über die Hydra hinweg und landete auf dem Rasen, wo er auf halbem Wege zwischen der Straße und dem Shuffleboard-Feld schlitternd zum Stehen kam. Vier Kinder standen wie angewurzelt da und starrten ihn aus schreckgeweiteten Augen an.

Knight, ohne die Fähigkeit zur schnellen Heilung, war es am schlimmsten ergangen. Der Aufprall auf die Hydra hatte ihn binnen Sekundenbruchteilen von sechzig auf null abgebremst. Bewusstlos und von einem Airbag eingeklemmt, glitt er zur Seite, wobei sein Kopf gegen die Tür schlug. Mit einem Ruck kam er wieder zu sich, als er das Brüllen der Hydra vernahm. Er stieß die Tür auf, ließ sich auf die Straße fallen und blickte nach oben. Die Hydra schnappte mit hoch aufgerichteten Hälsen nach dem Einzigen, was noch zwischen ihr und den Kindern stand: der seine Machete schwingende Bishop.

ZWEIUNDSECHZIG

New Hampshire

Der Mann an der Gatling-Kanone hatte gute Reflexe, doch sie waren ganz auf Selbsterhaltung geeicht. Obwohl er die überlegene Waffe besaß und King im Visier hatte, duckte er sich und hob die Hände über den Kopf, als King aus der Hüfte feuerte und die Kugeln als Querschläger von der Seite des Hubschraubers wegsurrten. King hatte den Verdacht, dass er die Kanone noch nie eingesetzt hatte, und ganz gewiss nicht, während er selbst unter Beschuss lag. Da der Weg jetzt frei war, rannte er auf die offene Tür des Helikopters zu. Ridley tat auf der anderen Seite dasselbe.

King hechtete quer durch den Helikopter, warf sich wie ein Footballspieler auf den größeren Mann und rammte ihn wieder aus dem Hubschrauber.

Doch beim Aufprall blieb ihm selbst auch erst einmal die Luft weg. Als er sich wieder aufgerappelt hatte, landete Ridley bereits einen ersten Schwinger. Der Schlag traf Kings verletzte Rippe, der Schmerz schoss ihm bis in die Zehenspitzen. Doch dem zweiten Schlag konnte er ausweichen, so dass Ridleys Faust gegen die Außenwand des Helikopters drosch. Sein Schmerzensschrei ging im donnernden Aufheulen der Turbine unter und wurde dann gänzlich abgeschnitten, da King ihn mit einem Karatetritt gegen die Schläfe zu Boden schickte.

Als er wieder hochkam, hob der Hubschrauber ab. Ridley warf sich mit solchem Zorn auf King, dass er sie beide ohne weiteres vom Landeplatz hinunter in den tiefergelegenen Wald hätte schleudern können. Doch King sah den Angriff kommen, hielt sich an der Kufe des aufsteigenden Helikopters fest und pflanzte Ridley beide Füße mitten ins Gesicht. Der Mann fiel nach hinten, als hätte man ihm die Beine weggezogen, und schlug mit dem Hinterkopf auf den harten Asphalt. Seine Augenlider flatterten noch einen Moment lang, dann erstarrten sie. Zu Kings Überraschung begann sich der Helikopter wieder zu senken.

So gerne er es gesehen hätte, dass der sechs Tonnen schwere Hubschrauber direkt auf Ridley aufsetzte, jetzt kam es darauf an, die Implosion des Tales von Pinckney zu verhindern. King zerrte Ridley zur Seite, während der Eurocopter wieder landete. Hintendrin kauerte Anna Beck und hielt mit Kings Gewehr die beiden verängstigten Männer der Besatzung in Schach. Sie warf ihm ein Lächeln und einen schnellen Salut zu.

King tastete Ridleys Jackett ab und fand den PDA. Er zog ihn heraus und schaltete ihn ein. In der unteren linken Ecke des Displays klickten die Sekunden eines Countdowns herunter. »Ich fürchte, er hat ihn aktiviert!«

»Ich weiß nicht, wie man ihn stoppen kann«, erwiderte Beck besorgt. »Wie lange noch?«

»Knapp zehn Minuten.«

»Steigen Sie ein. Wir überlegen uns etwas, sobald wir in der Luft sind!«

King hievte Ridley mit Hilfe des zaghaften Gatling-Schützen an Bord des Hubschraubers. Der Mann beteuerte, er täte nur seine Arbeit. Niemals hätte er jemanden verletzen wollen. Als King Tränen in seinen Augen aufsteigen sah, wurde ihm bewusst, dass er fast noch ein Kind war. Ein Teenager. Hart an der Grenze von Generation-Y.

King befahl dem Piloten, sie zum Campingplatz zu fliegen. Er leistete keinen Widerstand. Die Waffe in Becks Hand hätte als Motivation schon ausgereicht, doch Kings gefälschter CIA-Ausweis – einer von vielen, die das Team für solche Situationen bereithielt – hatte ihn und den jungen Schützen mit der durchaus nicht unangebrachten Furcht erfüllt, auf Nimmerwiedersehen vom Angesicht des Planeten zu verschwinden.

Sie hielten den Atem an, als der Pilot den Helikopter genau im richtigen Winkel zwischen den Bäumen herausflog. Nur eine winzige Abweichung nach links oder rechts, und die Rotorblätter hätten die Baumstämme gestreift. Ein bisschen zu viel Höhe, und sie rasierten die Wipfel über sich ab. Nur ein klein wenig zu niedrig, und der Helikopter zerschellte an den Bäumen, die in gleichmäßigem Winkel vor ihnen aufstiegen. Für einen Zuschauer von oben musste es so aussehen, als materialisierte sich der Helikopter wie durch Zauberhand über dem Wald.

Während sie höherstiegen, zog King sein Handy heraus und aktivierte die Direktverbindung zu dem einzigen Menschen, dem er zutraute, ihnen helfen zu können.

»Aleman hier. Was kann ich für Sie tun?«

»Ale, hier ist King.«

»Was gibt's?«

»Wir haben genau …«, er sah auf den Timer von Ridleys PDA, »… acht Minuten und 33 Sekunden Zeit, um eine Explosion zu verhindern. Richard Ridley hat die Zeitschaltung von seinem PDA aus in Gang gesetzt.«

Aleman stöhnte. »Was haben die jetzt wieder ausgeheckt?«

»Unter dem Tal hier liegt eine riesige Erdgas-Lagerstätte. Er will sie in die Luft jagen und die gesamte Stadt und Tausende von Menschenleben auslöschen.«

»Okay. Rufen Sie mich zurück.«

King fragte ungläubig: »Was?!«

»Rufen Sie mich von *Ridleys* PDA aus zurück. Beeilung.«

King erhob keine weiteren Einwände. Dies war Alemans Fachgebiet. Er musste dem Mann einfach vertrauen. Also wählte er Alemans Nummer auf dem PDA. Als die Verbindung zustande kam, hörte man ein lautes, pfeifendes Geräusch wie den Einwahlton eines alten Modems. Eine Textmitteilung erschien auf dem Bildschirm.

Geben Sie mir ein paar Minuten. – Lew

Aus dem Augenwinkel nahm King etwas wahr und hob den Blick. Die flüchtige Bewegung verdichtete sich zur Spitze eines schlammbespritzten Schuhs, der auf ihn zuschoss. Ridley. Kings Kopf ruckte zur Seite, doch er konnte dem Tritt nicht mehr ganz ausweichen, sondern ihn lediglich abmildern. Der Absatz streifte ihn an der Wange und schleuderte ihn quer durch die Kabine gegen Anna Beck.

King wirbelte herum und war auf Ridleys nächste Attacke gefasst. Doch plötzlich schlug ihm ein Luftschwall entgegen, und der Lärm der knatternden Rotorblätter drang ungedämpft in die Kabine. Ridley stand in der offenen Luke und hielt sich am Türrahmen fest, während ihm sein Mantel wild um die Hüften flatterte. »Ich hätte Ihnen die ganze Welt zu Füßen legen können!«, schrie er.

»Sie hätten sie zerstört«, gab King zurück und richtete sich auf.

Ridley lehnte sich noch ein Stück weiter hinaus und warf einen Blick nach unten. Sein Gesicht verzerrte sich, als ihm von der Höhe schwindlig wurde.

»Seien Sie nicht dumm«, mahnte King.

»Ich ziehe den Tod der Gefangenschaft vor. Ich bin dazu bestimmt, frei zu sein.« Er blickte Beck an. »Die Ewigkeit wartet.« Er ließ den Türrahmen los und fiel rücklings in die Tiefe, während ein Lächeln über sein Gesicht huschte.

King und Beck stürzten zur Tür und sahen, wie sein Körper sich in der Luft drehte. Mit dem Gesicht voran, fiel er auf einen horizontalen Kiefernast, der seine Rotation noch beschleunigte. Ein zweiter Ast riss ihm den Arm ab. Ridley verschwand in einem Wirbel von Blut, während das Dach des Nadelwalds sich über ihm schloss.

King trat von der Tür zurück und schob sie zu. Beck hatte sich bereits wieder ins Innere zurückgezogen. »Ich glaube, das war nicht so ganz der grandiose Abgang, den er im Sinn hatte«, meinte er.

Den Blick aus dem Fenster gerichtet, setzte Beck zu einer Erwiderung an. »Ridley war – o mein Gott!«

Ihr Aufschrei lockte King ans Fenster. Die große Rasenfläche des Campingplatzes schien sich unter ihnen zu drehen, während der Pilot über ihr kreiste. Die Situation am Boden schien aussichtslos. Knight lag neben dem Wrack des Chevy Tahoe reglos auf der Erde. Bishop stand allein der Hydra gegenüber und wich langsam zurück. Die Bestie hatte Körper und Köpfe tief auf den Boden geduckt wie eine Katze, die zum Sprung ansetzte. In wenigen Sekunden würde Bishop nur noch ein roter Fleck im Gras sein. Und falls es ihm gelingen sollte, die Attacke dank seiner regenerativen Fähigkeiten zu überleben, würde er höchstwahrscheinlich den Verstand verloren haben. King sank das Herz in der Gewissheit, dass er gleich den schrecklichen Tod seines Freundes miterleben würde.

Da erinnerte er sich an die Gatling-Kanone.

DREIUNDSECHZIG

New Hampshire

Bishop hielt die Machete hoch erhoben und ließ die Klinge niedersausen, als der erste Kopf der Hydra auf ihn zuschoss. Die rasiermesserscharfe Schneide durchtrennte glatt die Schnauze über dem weit geöffneten Schlund. Doch noch während der verletzte Kopf sich aufbäumte und zu heilen begann, biss ein zweiter zu. Ein dritter folgte Sekundenbruchteile später.

Rückwärts schreitend schwang Bishop die Klinge so schnell, dass sie nur noch ein Flirren in der Luft zu sein schien, und hackte auf das Sperrfeuer von Köpfen ein, das auf ihn niederprasselte. Die Hydra heilte und schlug zu, heilte und schlug zu, doch ein Kopf griff erst dann erneut an, wenn er ganz verheilt war. Trotz aller Anstrengungen wurde Bishop mit jeder Attacke weiter zurückgetrieben und geriet immer mehr ins Hintertreffen. Es war ein Kampf, den er nicht gewinnen konnte.

Als zwei Köpfe gleichzeitig angriffen, führte Bishop einen horizontalen Schlag und hoffte, beide gleichzeitig zu treffen, übersah dabei jedoch einen dritten Kopf, der von rechts heranzischte. Statt zuzubeißen, rammte er Bishop. Er fiel zur Seite, wodurch der Angriff der beiden anderen Köpfe ins Leere ging, doch der Aufprall war so hart, dass er sich das Bein brach und ihm die Machete aus der Hand gerissen wurde. Die Klinge wirbelte blitzend durch die Luft und fiel ins Gras, kaum zu sehen, unmöglich zu erreichen.

Ein intensives Jucken nagte an Bishops Bein, während der Knochen sich wieder einrichtete und zusammenwuchs. Er spürte, wie die Enden von Sehnen und Venen sich nacheinander streckten und miteinander verschmolzen. Er knurrte zornig und versuchte aufzustehen, doch die Hydra war schon über ihm. Ein furchtbarer Schmerz schoss durch seine Beine, als mächtige Kiefer sich um beide Waden schlossen. Die scharfen Zähne der Hydra durchdrangen mühelos Fleisch und Knochen und hielten ihn fest gepackt. Der Kopf riss ihn hoch und warf ihn in die Luft. Als er sechs Meter weiter entfernt landete und die tiefen Bisswunden sich bereits wieder schlossen, stürzte die Bestie sich erneut auf ihn. Diesmal packte sie ihn an der Hüfte und schleuderte ihn in die Höhe, spielte mit ihm wie eine Katze mit der Maus.

Bishop landete schwer auf der Seite und brach sich den Arm. Er stieß ein Wutgeheul aus und stand wieder auf. Die Hydra kam auf ihn zugestürmt. Aber statt wegzulaufen oder darauf zu warten, bis sie ihn wieder packte, ging Bishop mit einem durchdringenden Kampfesschrei zum Angriff über. Im Laufen zog er ein kleines Wurfmesser heraus und nahm es in die Hand des frisch verheilten Arms. Es würde nicht viel Schaden anrichten, aber es war besser als gar nichts.

Knight zog sich am hinteren Türgriff des Tahoe hoch. Er lehnte sich an die Seite des Wagens und musste voller Entsetzen mit ansehen, wie Bishop einer Stoffpuppe gleich durch die Luft geschleudert wurde. Eine Spur von Blut folgte ihm, doch es versiegte bereits, als er fast geheilt wieder auf dem Boden landete. Er wurde wieder und wieder zerrissen, doch sein Körper regenerierte sich, ohne dass er den Verstand oder die Konzentration auf den Feind verlor.

Jedenfalls bisher.

Sich an dem Chevy entlanghangelnd, humpelte Knight zur Rückseite des Wagens und öffnete die Heckklappe. Dort hob er eine Kunststoffabdeckung ab und gab eine Kombination in das darunterliegende Tastenfeld ein. Ein Schloss klickte. Er nahm ein Paneel heraus und studierte das Waffensortiment. Von Handfeuerwaffen bis zu Claymore-Minen und durchschlagskräftigen Sturmgewehren war alles vorhanden. Danach hatte er gesucht. Er griff nach einem bereits geladenen SOPMOD M4 mit integriertem 40-mm-Granatwerfer und hinkte zurück.

Als er sich dem Kampfgeschehen wieder zuwandte, lag ein eigentümlicher Gestank in der Luft. Es war eine Mischung aus kupferartigem Blutgeruch und etwas Fauligem, wie ein Fisch, der zu lange in der Sonne gelegen hat. Knight sah die Hydra bei einem erneuten Angriff im Gras ausrutschen. Rote Flüssigkeit schwappte ihr über die riesigen Pranken. Das Schlachtfeld war vom Blut der beiden Kontrahenten getränkt. Der kupferartige Geruch stammte von Bishops Blut. Der widerliche Gestank ging von der Hydra aus.

Knight unterdrückte einen Würgereiz und zielte, aber dann nahm er verblüfft den Finger wieder vom Abzug. Bishop rannte der Bestie entgegen, als wäre er Superman bei dem Versuch, einen führerlosen Zug aufzuhalten. Es war der schiere Wahnsinn.

Knight sah, wie drei Köpfe gleichzeitig mit weit aufgerissenen Mäulern auf Bishop zuschossen. Sie hätten ihn in Stücke gerissen, wäre er nicht über das Gras geschlittert wie ein Baseballspieler, der ein Base zu stehlen versucht. Sein eigener Schwung trug ihn weiter und unter der Hydra hindurch, die nicht rechtzeitig stoppen konnte. Er stieß das kleine Messer nach oben und schnitt eine einen Meter lange klaffende Wunde in den Bauch der Kreatur. Während die Klinge durch die dicke Haut fuhr, gab es ein Geräusch wie von zerreißendem Papier. Dann traf das Messer auf einen Knochen und wurde Bishop aus der Hand gerissen. Aber er hatte einen Wirkungstreffer erzielt.

Die Hydra fiel auf die Seite, während ihr die Gedärme aus dem Bauch platschten und sich hinter ihr wie eine Ankerleine entrollten. Ihre Köpfe schwankten hin und her und schnappten nach den eigenen, bloßliegenden Innereien, während die Wunde zu heilen versuchte. Doch es war zu viel Fleisch im Weg, als dass sie sich hätte schließen können, und so floss immer mehr stinkendes Blut ins Gras. Die Hydra schlug um sich, konzentrierte sich aber bald auf die Quelle ihres anhaltenden Schmerzes. Sie biss sich ganze Stücke der eigenen inneren Organe weg und schleuderte sie beiseite, bis die Wunde sauber und frei genug war, dass sie zuwachsen konnte.

Knight nahm die bewegungsunfähige Hydra ins Visier, aber Bishop stand im Weg. »Bishop!«, brüllte er. »Runter!«

Bevor der große Mann reagieren konnte, sah sich einer der Köpfe der Hydra nach der neuen Stimme um und entdeckte dabei Bishop. Sie biss zu und packte ihn an der Hüfte. Die Kiefer klappten zu wie die eines Krokodils und schüttelten Bishop, rissen zwischen Hüfte und Rippenbogen ein großes Stück seines Körpers heraus. Er schrie auf und stürzte zu Boden. Ein zweiter Kopf schoss auf den hilflos Daliegenden zu, während die Hydra sich wieder aufrichtete. Doch er erreichte sein Ziel nicht mehr. Ein glühender Streifen Leuchtspurmunition kam aus dem Himmel geschossen wie ein Laserstrahl und reduzierte den Kopf auf eine hackfleischartige Masse. Der kopflose Hals fuchtelte durch die Luft wie eine sterbende Schlange, während die anderen Köpfe der Hydra den Blick nach oben richteten.

Ein kreisender Helikopter feuerte eine zweite Salve aus seiner Revolverkanone ab und traf die Hydra in die Flanke. Mit einem rasselnden Aufbrüllen heilte sie wieder und stampfte auf der Verfolgung des Hubschraubers davon, der sich gerade außerhalb ihrer Reichweite hielt, aber niedrig genug flog, um die Bestie fortzulocken.

Während der Hubschrauber seine Kreise über dem Rasenplatz zog und immer neue Salven der durchschlagskräftigen Gatling-Munition abfeuerte, entdeckte Knight einen kleinen schwarzen Punkt am Himmel. Seine Lippen verzogen sich zu einem grimmigen Lächeln, als er die bumerangartige Form erkannte. Die Kavallerie war eingetroffen.

VIERUNDSECHZIG

New Hampshire

Ein Sturmwind peitschte durch das hintere Abteil der *Crescent*, als die Heckklappe sich zu öffnen begann. Er war kalt genug, um Frostbeulen zu verursachen, und stark genug, um einem Menschen den Atem zu nehmen. Doch unter ihren beheizten Sprunganzügen, Gesichtsmasken und Helmen spürten Rook und Queen wenig davon. Während die Luke aufschwang, sah Rook Queen an.

»Bist du sicher, dass es funktioniert?«

Queen senkte den Blick auf die Waffe, die sie und Rook auf dem Flug von Gibraltar zusammengebastelt hatten. Sie mussten dazu sowohl die Waffenkammer als auch den Medizinschrank plündern. Unter der Anleitung von Experten, die Deep Blue in Windeseile zusammengetrommelt hatte, hatten sie ein außergewöhnlich durchschlagskräftiges Betäubungsgewehr konstruiert. Es sollte gleichzeitig drei Betäubungspfeile voll mit Alexander Diotrephes' Serum abfeuern können. Das war allerdings noch nicht getestet. Alles Mögliche konnte schiefgehen. Die Waffe konnte klemmen. Der Injektionsmechanismus konnte versagen. Und vielleicht wirkte das Serum nicht.

»Ohne jeden Zweifel«, gab Queen zurück.

Die Klappe hatte sich inzwischen vollständig geöffnet, und die Stimme des Piloten erklang über das Interkom. »Ziel gesichtet. Absprung auf mein Kommando. Drei ...«

Rook schwang sich eine schwere Panzerabwehrwaffe

über die Schulter und schnallte sie fest. Sie war mit einem einzelnen, panzerbrechenden Raketengeschoss geladen, das jedes moderne Fahrzeug knacken konnte.

»Zwei …«

Er stieß Queen an. »He, wenn ich dich unten auf dem Boden nicht sehe …«

»Siehst du mich in der Hölle wieder.«

»Eins. Los! Los! Los!«

Queen und Rook sprangen aus dem Heck der *Crescent* und erreichten schnell die Endgeschwindigkeit von etwa 200 km/h. Der Luftstrom zerrte an ihren kopflastigen, mit Waffen überladenen Körpern und drohte ihren Fall in ein unkontrolliertes Trudeln zu verwandeln. Sie hielten Arme und Beine so weit wie möglich ausgebreitet und kontrollierten damit Fallgeschwindigkeit und -richtung.

Die erste Minute des zweieinhalbminütigen Absprungs waren sie umgeben von rasend schnell vorbeihuschenden Wolken, so dass ihre Gesichtsmasken beschlugen. Sobald sie aus der Wolkendecke heraus waren, verdunstete die Feuchtigkeit rasch wieder, und sie hatten freie Sicht auf die Szene unter ihnen.

Die Hydra krümmte und wand sich unter dem konstanten Trommelfeuer einer Gatling-Kanone, die aus der Seitentür eines kleinen, pechschwarzen Hubschraubers ragte. Ein See aus Blut bedeckte das Feld und glitzerte in der Sonne. Eine kleine Gestalt neben dem Wrack eines SUV warf Handgranaten, die Fontänen von Blut und Fleisch aus der brüllenden Kreatur heraussprengten. Das Brüllen war so laut, dass sogar Rook und Queen unter ihren Helmen es über das Sausen des Windes hinweg hören konnten. Als sie näher kamen, entdeckte Rook einen Mann, der fünfzehn Meter von der Hydra entfernt im Gras lag. Er zuckte zusammen, denn er glaubte, ihn zu erkennen. Aus dieser Höhe war es schwer zu sagen, aber sein Gefühl sagte ihm, dass die große, dunkelhäutige Gestalt Bishop war. Er lag reglos und verkrümmt. Ein dunkelroter Fleck färbte das Gras neben ihm.

Rook packte die Ungeduld, doch sie hatten die Endgeschwindigkeit schon längst erreicht und würden den Erdboden ohnehin in weniger als dreißig Sekunden erreicht haben … oder früher, wenn er es versäumte, rechtzeitig die Reißleine zu ziehen. Er griff danach und wartete bis zur letzten Sekunde, in der er dem Tod noch von der Schippe springen konnte.

Knight stellte das Feuer ein, als er die beiden vom Himmel herabsausenden dunklen Punkte größer werden sah. Ihre Fallschirme öffneten sich mit einem Knall, worauf die Springer heftig durchgerüttelt wurden. Ihr Fall wurde gerade ausreichend abgebremst, dass sie ihn überlebten. Nach einem schnellen, halbkreisförmigen Anflug landete Queen, rollte sich ab und kam in geduckter Haltung wieder hoch. Eigentlich hatte sie gleich bei der Landung das Feuer eröffnen wollen, doch die Hydra schnappte nach ihrem aufgeblähten Fallschirm und zerrte daran. Queen wurde von den Füßen gerissen und schlitterte durch das blutgetränkte Gras. Sie unterdrückte mühsam ihren Ekel vor dem stinkenden Zeug, das sie von Kopf bis Fuß beschmierte. Auf dem Rücken liegend, wischte sie sich das Blut vom Helmvisier und legte an. Die Hydra war aus dieser Entfernung nicht zu verfehlen, und Queen drückte dreimal in schneller Folge den Abzug. Drei kleine Projektile schossen aus der Mündung der Waffe. Das erste glitt am Schuppenpanzer der Bestie ab und surrte in einem seltsamen Winkel davon. Die anderen beiden drangen in ihren Rücken ein, blieben stecken und baumelten dann schlaff herunter.

Die Hydra wandte sich nach der Quelle der Nadelstiche um und sah, wie sich Queens Fallschirm abermals im Wind aufblähte. Kreischend ging sie auf den großen, substanzlosen Gegner los.

Queen warf die improvisierte Waffe weg und versuchte, auf die Beine zu kommen, denn sie lag direkt im Weg des herantrampelnden Ungetüms. Aber sie hatte sich in den Fallschirmleinen verheddert. Sie riss das Messer heraus, um sich loszuschneiden, sah jedoch, dass sie es nicht rechtzeitig schaffen würde. Also zog sie ihre Pistole und feuerte auf die anstürmende Bestie.

Rook landete hart auf dem Schindeldach der Snackbude und drückte es dabei ein. Das bremste seinen Schwung nur unzureichend. Er kullerte über die Dachschräge und fiel über die Kante. Der drei Meter tiefe Sturz ins Gras wurde jäh gebremst, als sein Fallschirm sich in der Dachkuppel verfing. Rook baumelte einen Meter über dem Boden.

An den Fallschirmleinen hin und her schwingend, sah er, wie sich die Hydra, gewaltig und furchteinflößend, mit lautem Gekreisch auf Queen stürzte, die sich nur mit ihrer Pistole verteidigen konnte. Er wusste nicht, ob es ihr gelungen war, der Hydra das Serum einzuspritzen, oder – falls sie es geschafft hatte – wann die Wirkung einsetzen würde. Aber ganz sicher würde er nicht zulassen, dass das Ding Queen niedertrampelte.

Er nahm den großen beigen Zylinder von seiner Schulter und versuchte, so gut zu zielen, wie es in den Seilen hängend möglich war. Er musste die Hydra nicht nur anvisieren, sondern auch entsprechend vorhalten, um die schnelle Vorwärtsbewegung des Monsters auszugleichen. Es war nur noch zehn Meter von Queen entfernt, als er den Abzug betätigte. Die Panzerabwehrwaffe donnerte, während hinten eine Flammenzunge und vorne die Rakete herausschoss. Der Rückstoß, der einem Soldaten, der mit beiden Füßen auf der Erde stand, normalerweise nichts anhaben konnte, schleuderte Rook nach oben gegen den Dachüberhang. Die Panzerabwehrwaffe entglitt seinen Händen.

Queen erkannte das Geräusch. Sie warf sich zu Boden und rollte sich zu einem kompakten Ball zusammen. Der dicke Sprunganzug, ihre schusssichere Weste und der Helm würden sie hoffentlich vor dem Schlimmsten bewahren.

Die Rakete hinterließ auf ihrer Flugbahn eine spiralförmige Rauchwolke. In Sekundenbruchteilen hatte sie die Distanz überwunden und traf die Hydra mitten in die Flanke, bevor die Bestie reagieren konnte. Beim Einschlag der Rakete stieß sie ein verzweifeltes Heulen aus – sieben Oktaven Schmerz –, bevor sie zerplatzte. Ihr Körper wurde komplett auseinandergesprengt. Das Fleisch verflüssigte sich unter der Druckwelle und verkohlte in einem Feuerball. Brennende Innereien kullerten über den Rasen und hinterließen schmierige Streifen. Hälse und Köpfe wurden weggerissen und taumelten wie schlaffe Seilstücke durch die Luft, bevor sie irgendwo landeten. Ein feuchter Krater war alles, was von der Hydra übrig blieb.

Rook entledigte sich der Fallschirmgurte, nahm den Helm ab und rannte zu Queen. Anschließend zog er sie aus der blutigen Brühe, die sie von Kopf bis Fuß bedeckte. Sie schwankte ein wenig, durchgerüttelt von der Explosion. Mit Rooks Hilfe legte sie den Helm ab. Darunter waren Gesicht und Haare sauber geblieben. »Alles in Ordnung«, sagte sie, während sie zu ihm hochblickte.

»Gut«, meinte Rook mit leisem Lächeln. Dann erinnerte er sich an den reglosen Körper, den er bei der Landung gesehen hatte. »Bishop!«

Gemeinsam rannten sie zu ihm. Knight humpelte vom SUV heran. Der Helikopter landete, die Rotorblätter drehten sich im Leerlauf, während King und Beck heraussprangen. Gleichzeitig trafen sie alle bei Bishop ein. Grüße wurden nicht ausgetauscht. Kein Schulterklopfen wie nach einer erfolgreichen Mission. Einer der Ihren lag am Boden, und sie stellten sich alle dieselbe Frage: War Bishop tot?

King kniete sich hin und tastete nach seinem Puls.

Seine Hand wurde heftig weggeschlagen.

Er machte einen Satz zurück, als Bishop knurrend auf die Beine kam. King hob die Pistole.

»King …« Rooks Stimme klang fragend.

»Vor zwei Minuten fehlte noch ein Brocken Fleisch von der Größe meines Kopfes an seiner Seite. Er wurde in Stücke gerissen und verbrannt, und doch hat er keinen Kratzer.«

Queen schüttelte den Kopf. »Er ist ein Regenerierter.« Sie zog ebenfalls ihre Pistole und richtete sie auf Bishop.

»War er deshalb seit Tristan so seltsam?«, fragte Rook.

King nickte.

Bishops Gesicht war wutverzerrt. Er grunzte, taumelte, dann richtete er sich hoch auf und funkelte sie an.

King legte den Finger an den Abzug.

»Das könnt ihr vergessen«, sagte Rook, trat einen Schritt vor und reichte Bishop die Hand.

Dann ging alles so schnell, dass weder Queen noch King eingreifen konnte. Bishop taumelte vorwärts, hob die Hände und fiel in Rooks Arme. Er zuckte, knirschte mit den Zähnen und kniff die Augen zusammen. Als er sie wieder aufschlug, war sein Blick auf King gerichtet. »Ihr müsst mich erschießen«, stöhnte er.

Er versuchte, sich von Rook zu lösen, doch der hielt den stärkeren Mann eisern fest. Bishop stieß ein Knurren aus, riss einen Arm los und wollte nach Rook schlagen. Doch er war zu erschöpft und zu langsam. Rook duckte sich, packte den Arm und drehte ihn Bishop auf den Rücken. Er trat ihm die Füße weg und warf in bäuchlings zu Boden. Dann kniete er sich auf Bishops Rücken und hielt ihn fest.

»Du bist immer noch du«, sagte Rook. »Du bist immer noch ein Delta. Schluck es runter. Dräng es zurück.«

Bishop stöhnte. Er ballte die Fäuste, während ihn eine nie gekannte Wut schüttelte und innerlich zerfraß. »Erschießt mich!«

Die beiden rangen noch eine Weile miteinander, dann ließ Rook los. Bishop war wie der Blitz auf den Beinen, Auge in Auge mit Rook.

»Wenn du so wirst wie die anderen Regenerierten, bin ich der Erste, der stirbt«, sagte Rook. »Also reiß dich gefälligst zusammen, verdammt noch mal!«

Bishop schwankte und zitterte, und abermals fing ihn Rook auf. Doch diesmal eilte ihm King zu Hilfe und stützte Bishop. Bishop rang mit sich, versuchte verzweifelt, die Kontrolle über sich zurückzuerlangen. Dann ließ er die beiden los und stand aus eigener Kraft. Seine Miene glättete sich. Er schloss die Augen und holte mehrmals tief Luft. Endlich bekam er sich wieder in die Gewalt. Seine Muskeln erschlafften, und er hörte auf zu zittern. Der Atem beruhigte sich. Als er die Augen wieder aufschlug, sah er Rook an und sagte: »Es tut mir leid. Ich …«

»Ach was, heb dir den Schmus für deine Frau auf.«

Bishop lächelte, und während sein Zorn weiter dahinschmolz, bemerkte er den stechenden Geruch nach Sprengstoff und verbranntem Fleisch. »Ist sie tot?«

Ihre Blicke schweiften über die mit Blut und Leichenteilen bedeckte Rasenfläche. King zählte nur sechs bewegungslose Köpfe, doch dann nahm er aus dem Augenwinkel eine Bewegung wahr. Einer der Köpfe regte sich noch, zuckte in einer Blutlache hin und her. King rannte zum SUV und kehrte mit einer Handgranate zurück. Der Kopf bewegte sich immer noch, reagierte aber nicht auf sein Näherkommen und regenerierte sich auch nicht. Was immer Queen der Hydra injiziert hatte, es funktionierte. King zog den Stift aus der Schockgranate, zwängte die Kiefer der Hydra mit dem Stiefel auseinander und warf sie hinein. Mit einem lauten Warnruf rannte er zurück und ging mit den anderen hinter dem Wrack des Chevrolet in Deckung. Der Kopf zerplatzte wie eine Wassermelone und trug seinen Teil zu der gigantischen Schweinerei bei.

Die Hydra, einst unsterblich, dann für Jahrtausende in der Erde begraben und erst in der Gegenwart wieder zum Leben erweckt, war endlich und endgültig tot.

Plötzlich entdeckte King eine Bewegung am Waldrand und wirbelte mit dem Gewehr im Anschlag herum.

»Was ist denn?«, fragte Queen.

»Da war etwas.«

Die anderen folgten seinem Blick und spähten in das Zwielicht des Waldes. Lichtstrahlen tanzten durch die Baumwipfel, während die Bäume im Wind hin und her schwankten. Dann bewegte sich plötzlich ein Schatten entgegen der Windrichtung. Unnatürlich. Er hing in zehn Metern Höhe zwischen zwei Bäumen und beobachtete sie.

»Was zum Teufel ist ...« Kings Finger krümmte sich um den Abzug.

Rook erkannte die geisterhafte Gestalt und wusste, dass sich graues Fleisch unter dem weiten schwarzen Umhang verbarg. Eine der Erscheinungen. Er drückte den Lauf von Kings Gewehr nach unten. »Lass es sein.«

»Was ist das?«, fragte King.

»Sagen wir einfach, diesmal waren sie auf unserer Seite.«

»Was macht es da?«

»Sich vergewissern, dass wir unsere Arbeit tun«, antwortete Queen. Und dachte, dass Alexander entweder seine Kreaturen mit der Geschwindigkeit der *Crescent* um den halben Globus schicken konnte oder über eine ganze Armee dieser Dinger verfügte, die in jedem dunklen Winkel des Planeten lauerten.

Die schwarze Erscheinung entfernte sich tiefer in den Wald hinein. Sie schien wie ein Flughörnchen von Baum zu Baum zu gleiten, bis die Dunkelheit sie verschluckt hatte.

King sah Rook an. »Und beim nächsten Mal? Werden sie da auch auf unserer Seite stehen?«

Rook zuckte die Achseln. »Ich persönlich hoffe, es wird kein nächstes Mal geben.«

Queen nickte. »Sehe ich genauso.«

Kings Blick glitt fort von den Bäumen, und plötzlich fiel es ihm siedend heiß wieder ein. Der PDA! Darauf gefasst, dass das Tal jede Sekunde implodieren konnte, riss er ihn aus der Tasche und sah auf den Bildschirm. Der Timer zeigte noch fünfzehn Sekunden, und der Countdown lief weiter. Er wollte den anderen gerade zurufen, sich schleunigst in den Hubschrauber zu schwingen, als das Telefon klingelte. Er nahm ab. »Lewis, der Countdown läuft noch!«

»Was? Oh! Nein. Alles paletti. Ridleys PDA hat nur die Veränderung nicht registriert. Ich habe den Countdown vor fünf Minuten gestoppt.«

King stieß einen erleichterten Seufzer aus. Gott sei Dank.

Aleman fuhr fort: »Ich wollte nur Bescheid sagen, dass ich mich in Manifolds ultraprivates Netzwerk gehackt und ihren gesamten Datenbestand gestohlen habe. Danach habe ich einen Wurm zurückgelassen, der die Datenbank zerstört. Ridley wird nichts davon retten können.«

»Ridley ist tot«, sagte King. »Ist aus einem Helikopter gesprungen.«

»Tja, der Lohn der bösen Tat …«

»So kann man es auch sagen. Bis später.« King legte auf. Mit einem Aufheulen der Turbine begann der Rotor sich schneller zu drehen. King sah sich um. Beck saß hinten im Helikopter, das Gewehr auf den Piloten gerichtet. Sie winkte.

Keiner vom Team unternahm den Versuch, sie zurückzuhalten. Man hätte sie wegen Manifolds Verbindung zu terroristischen Organisationen verhaftet und eingekerkert, möglicherweise auf unbegrenzte Zeit und ohne Gerichtsverfahren. Aber sie hatte eine wesentliche Rolle dabei gespielt, Ridley, Reinhart und Manifold zu Fall zu bringen. Sie verdiente die Freiheit.

Verängstigte Campingplatzgäste wagten sich langsam aus ihren Verstecken und plapperten aufgeregt über ihre Erlebnisse. Einige deuteten auf King und Bishop. »Da sind sie wieder!« – »Sie sind zurückgekommen!« – »Sie haben den Teufel besiegt!« Kinder jubelten ihnen zu und schrien hurra. King erkannte den Jungen wieder, der ihm bei der Ankunft den Stinkefinger gezeigt hatte. Diesmal reckte er den Daumen nach oben und grinste. King erwiderte die Geste und wandte sich zu den anderen, während der Hubschrauber abdrehte und hinter den Bäumen verschwand. »Gut. Wir haben hier einen Wald voller verschreckter Wissenschaftler, eine ganze Menge üble Gen-Y-Söldner auf der Flucht, und wir müssen ein verflixtes Durcheinander aufräumen und etliche Wunden verbinden.« Er musterte Bishop. »Na ja, wenigstens einige von uns. Wie lautet der Schlachtplan?«

Queen griff unter ihre Weste und brachte eine Phiole mit brauner Flüssigkeit zum Vorschein. »Deep Blue soll das FBI verständigen, die können das Aufräumen besorgen. Und wir bringen das hier zu deinem Freund.«

King nahm die Phiole, ließ die Flüssigkeit darin kreisen und betrachtete sie. »Klingt fast wie ein Plan.« Er verstummte und sah Queen aus zusammengekniffenen Augen an. »Ganz nebenbei, wo hast du das Zeug her?«

EPILOG

Der Fels von Gibraltar

King schob sich durch die Dunkelheit und betrachtete die Höhle im neblig grünen Licht seines Nachtsichtgeräts. Man hatte ihn gebeten, auf ein Labyrinth von Fähnchen und Schnüren zu achten, die die Neandertaler-Artefakte markierten, doch der Boden war nicht nur völlig frei von Schnüren und Fähnchen – es gab auch sonst keinerlei Anzeichen dafür, dass hier jemals eine Ausgrabung stattgefunden hätte. Mit erhobener SIG Sauer arbeitete er sich weiter vor, immer auf der Hut vor den Schattenwesen, die in dunklen Winkeln lauern konnten. Was Rook und Queen da in Pierce' Büro an der Athener Universität und später in dieser Höhle gesehen hatten, klang nicht nach menschlichen Wesen, und er hatte die Nase voll von nichtmenschlichen, schnell heilenden Monstern. Beim leisesten Verdacht, dass ein Paar reflektierender Augen im Hintergrund der Höhle aufblitzte, würde er eine Kugel genau dazwischenplatzieren.

Aber da war nichts. Kein Laut, bis auf das entfernte Donnern der mediterranen Brandung. Er fand den verborgenen Eingang am hinteren Ende von Gorham's Cave, genau wie beschrieben. Mit erhobener Hand gebot er den anderen Halt. »Lasst mich erst nachsehen.«

Er bog um eine Ecke und folgte einem zerklüfteten Gang nach unten … keine Spur von einer Treppe. Eine unregelmäßig gezackte Öffnung erwartete ihn am Fuß des

Gefälles, wo eine Tür hätte sein sollen. King ging hindurch und sah genau das, was er erwartet hatte: absolut nichts. Alles war ausgeräumt worden. Zurück blieb nur eine Höhle voller Stalaktiten. Er stieg wieder nach oben.

»Licht an«, sagte er und setzte sein Nachtsichtgerät ab. Einen Moment später blitzten mehrere Taschenlampen auf und ließen ihre Lichtkegel durch die Höhle streifen.

»So ein Mist«, sagte Rook. Er hatte sich mit Queen für diese kleine Expedition gemeldet, begierig darauf, die Geheimnisse der Höhle endlich zu lüften. Knight dagegen hatte es vorgezogen, seiner Großmutter Dae-jung einen Besuch abzustatten. Die Begegnung mit den alten Leuten, die Manifold als Versuchskaninchen dienten, hatte einen bleibenden Eindruck hinterlassen. Ihre surreale Jugendlichkeit empfand er als Mahnung, dass ein Altern, das im Tod endete, der einzig richtige Weg war. Tod und Leben waren eins. Sonst war die ganze Reise bedeutungslos.

Bishop wiederum hatte nicht mitkommen können. Das Serum gegen den Fluch der Regenerationsfähigkeit funktionierte bei ihm nicht. Es blockierte nur die Gene der Hydra und war unwirksam gegen Maddox' frühere genetische Manipulationen. Es stand nicht fest, ob er noch für den aktiven Dienst geeignet war oder vielleicht für sich und andere eine Gefahr darstellte. Durch Meditation und Stimmungsstabilisatoren fühlte er sich inzwischen zwar wieder wie sein altes, gelassenes Selbst, doch niemand konnte voraussagen, was geschah, wenn er noch einmal verletzt wurde. Eine einzige Schusswunde mochte ausreichen, um ihn endgültig in den Wahnsinn zu treiben. Vielleicht genügte es sogar schon, wenn er sich an einer Papierkante den Finger ritzte. Solange sich das nicht ausschließen ließ, saß er auf der Ersatzbank, es sei denn, seine Fähigkeiten wären unbedingt erforderlich.

»Ich denke, man darf davon ausgehen, dass es hier nie irgendwelche Neandertaler-Artefakte gegeben hat«, sagte King. »Was meinst du, George?«

George Pierce, geheilt und wieder vollständig sein menschliches Ich, sah sich eingehend um. Er hatte ebenso schnell auf das Serum reagiert wie die Hydra, und bis jetzt hielt die Wirkung an. Man hatte mehrere nichtmenschliche Gene in seinem Körper isolieren können, die jedoch anscheinend alle blockiert waren. Zwei Tage nach der Injektion des Serums war er bereits wieder putzmunter gewesen. »Ich glaube, du hast recht. Die ganze Ausgrabung muss eine Tarnung für die Gemeinschaft des Herkules gewesen sein.«

»Aber das alles ist erst eine Woche her«, protestierte Rook. »Wie können sie so schnell hier abgezogen sein?«

Agustina Gallo, die mittlerweile nicht mehr wegen der Vorfälle an der Universität von Athen verdächtigt wurde, ging tiefer in die Höhle hinein. George hatte auf ihrer Teilnahme bestanden, als Dank für ihren Anteil an seiner Rettung. King hegte den Verdacht, dass zwischen den beiden noch mehr lief, doch das behielt er für sich.

»Es gibt sie seit Tausenden von Jahren«, sagte sie. »Die haben eine Menge Erfahrung darin, unentdeckt zu bleiben.«

»Warum haben sie uns dann geholfen?«, fragte Queen. Sie inspizierte den Boden, fand aber keinerlei Anzeichen dafür, dass vor ihnen schon einmal jemand die Höhle betreten hatte. Nicht ein einziger Fußabdruck war zu sehen.

»Sie sagten doch, dass dieser Alexander offenbar davon wusste, dass die Hydra in Nazca begraben lag?«

Queen nickte.

»Dann wusste er auch um ihre Gefährlichkeit.«

»Oder wie gefährlich das Geheimnis der Regeneration

– des ewigen Lebens – sein könnte«, fügte King hinzu. »In gewisser Weise hat er die menschliche Rasse beschützt.«

Pierce ging zur rückwärtigen Wand und strich mit den Fingern darüber. »Dann gehört er also zu den Guten, ja? Die haben mich damals halb umgebracht, um an die Besatzungsliste der Argo zu kommen!«

»Es gibt Geheimnisse, für die es sich zu töten lohnt«, erwiderte King.

Pierce sah sich nach ihm um und fragte sich, ob sein alter Freund vielleicht aus Erfahrung sprach. Doch er beschloss, es lieber nicht so genau wissen zu wollen. Er wandte sich wieder der Wand zu. »Damals habe ich das Symbol der Gemeinschaft des Herkules zum ersten Mal gesehen. Auf der Liste. Als ich dann später bei dem Schiffswrack wieder darauf stieß und anschließend auf der Karte, da wusste ich, dass ich eine bedeutende Entdeckung gemacht hatte.«

»Und dann hast du dasselbe Symbol bei dem Geoglyphen in Nazca gefunden …«

»Ich war absolut aus dem Häuschen. Ich musste unbedingt hinfliegen und es mit eigenen Augen sehen, egal wie wichtig meine Ausgrabungen in Griechenland waren. Aber als ich dann im Labor die Probe der Hydra wieder zum Leben erwachen sah, da wusste ich, dass noch viel mehr hinter der Geschichte von Herkules und der Hydra steckte. Ich hätte dir früher davon erzählen sollen.«

King legte Pierce die Hand auf die Schulter. »Du hast mir rechtzeitig davon erzählt. Und eine Menge Menschenleben gerettet.«

Pierce lächelte schwach. »Nicht mein Verdienst. Ich habe lediglich versucht, meine grüne, schuppige Haut zu retten.« Er ließ seine Hand auf der Wand liegen. »Was ist denn das?«

Rook und Queen richteten ihre Taschenlampen darauf. Das Symbol der Gemeinschaft des Herkules war immer noch da, in den Stein gemeißelt.

»Vielleicht haben sie es übersehen«, vermutete Rook.

Pierce schüttelte den Kopf. »Das ist kein Versehen.«

»Es ist eine Warnung«, meinte King.

»An wen?«, fragte Queen.

Pierce wandte sich zu ihr. »An uns. Sie haben doch gesehen, wozu sie fähig sind. Sie wollen in Ruhe gelassen werden, aber sie wollten uns auch wissen lassen, dass Sie und Rook diese Geschichte nicht erfunden haben.«

»Meinen Sie denn, wir sollten sie tatsächlich in Ruhe im Untergrund weiterarbeiten lassen?«, fragte Queen.

»Ich glaube, nur deshalb bin ich heute noch am Leben«, gab Pierce zurück. »Was mich angeht, vor mir sind sie von jetzt an sicher.«

Queen dachte darüber nach und zuckte die Achseln. »Dann habe ich nur noch eine Frage. Wer ist Alexander Diotrephes?«

Pierce lächelte. »Sie meinen, Sie sind noch nicht selbst draufgekommen?«

Alle drei warteten gespannt auf seine Antwort.

»Er kannte den Ort, wo der Kopf der Hydra vergraben lag. Das war ein Geheimnis ersten Ranges. Sie haben ja gesehen, in welche Gefahr dieses Wissen die Welt bringen konnte. Ich denke, nur der Anführer der Gemeinschaft des Herkules konnte Kenntnis davon haben. Und dann ist da noch die Frage des Namens. Diotrephes. Das bedeutet ›von Jupiter genährt‹. Jupiter ist der römische Name des Zeus.« Pierce förderte ein Taschenmesser zutage und begann, damit am Symbol der Gemeinschaft des Herkules herumzukratzen. Als er zurücktrat, verdeutlichte die Veränderung, was er in Worten nur angedeutet hatte. Die

Säulen des Herkules waren nun in der Mitte verbunden durch einen Querstrich, wodurch sich das Symbol in ein H in einem Kreis verwandelte.

Queen schnappte nach Luft und flüsterte: »Herkules.«

King hatte in letzter Zeit genug gesehen, um auch das zu glauben. Der Gedanke, dass der mythische Herkules immer noch unter den Menschen weilte, wäre ihm vor zwei Monaten noch absurd erschienen. Doch dasselbe galt für die Hydra. Nie zuvor hatte er etwas so Urtümliches erlebt. Eine Naturgewalt. Manchmal hatte er es bedauert, dass sie vernichtet werden musste. Er fragte sich, ob das wohl der Grund war, warum Herkules, oder Diotrephes, wenn es sich denn wirklich um ein und dieselbe Person handelte, die Hydra damals begraben hatte. Doch das würden sie nie erfahren. Und da er für ein ganzes Leben genug von Mythen hatte, ging er hinaus, während die anderen in der Höhle weiter nach Spuren der Gemeinschaft des Herkules suchten.

Am Ufer des azurblauen Meeres dachte King über seine Schwester nach. Dazu hatte er nach Pierce' Entführung keine Zeit mehr gefunden. Die Welt versank immer tiefer ins Chaos, und das machte ihren Tod umso schwerer erträglich. Zumindest seine kleine private Welt hatte sie bereichert und zu einem schöneren Ort gemacht. Und auch Pierce' Welt. Doch bevor er in dieser angenehmen Umgebung tiefer in Kontemplation versinken konnte, klingelte sein Handy. Er prüfte die Identität des Anrufers und nahm ab. »Was ist los?«

Deep Blues Stimme antwortete. »Wir haben McCabe gefunden.«

King stockte der Atem. Als zuletzt jemand die Frau gesehen hatte, war sie eine psychotische Regenerierte im Blutrausch gewesen. »Ist sie ...?«

»Sie ist am Leben«, bestätigte Deep Blue. »Um Haaresbreite. Extrem dehydriert. Am Verhungern. Sie hat kaum Gegenwehr geleistet.«

Ohne es zu wollen, hatte Deep Blue Kings Befürchtungen bestätigt. Sie *hatte* sich gewehrt. Sie war immer noch eine Regenerierte. »Kümmert man sich um sie?«

»Wir haben einige der brillantesten Köpfe auf sie angesetzt. Wie auch auf Bishop. Wir finden heraus, wie man den Effekt wieder umkehren kann. Im Augenblick halten wir sie unter Beruhigungsmitteln.«

King hörte eine ungewöhnliche Anspannung aus Deep Blues Stimme heraus. »Da ist doch noch etwas anderes, nicht wahr?«

»Sie kennen mich einfach zu gut, King.«

»Ich kenne Sie überhaupt nicht.«

»Besser als die meisten. Hören Sie, die Durchsuchung des Waldes um den Campingplatz herum wurde soeben abgeschlossen.« Sie hatten während der ganzen letzten Woche Wissenschaftler aufgegriffen, die sich im Wald versteckt hielten, und auch versprengte Gen-Y-Söldner. King bezweifelte, dass das der Grund für Deep Blues Anruf war. Es musste noch etwas Wichtigeres geben.

»Dann haben Sie Ridley gefunden?«

»Teile von ihm. Einen Arm. Fetzen von Organen. Eine Menge Blut. Der Kerl ist mitten durch die Bäume gestürzt, wobei er sich anscheinend den Bauch aufgeschlitzt hat, anschließend prallte er mit Endgeschwindigkeit auf die Erde.«

»Aber keine Leiche?«

»Wie es heißt, gab es an der Stelle viele Kojotenspuren. Der Arm war angenagt.«

»Aber keine Leiche.«

King hörte, wie Deep Blue einen ganz und gar uncharakteristischen, tiefen Seufzer ausstieß. Er wusste ebenso gut wie King, was die Antwort bedeutete. »Nein. Keine Leiche.«

Richard Ridley war am Leben.

Für immer.

Danksagung

Diesen Roman zu schreiben stellte mich vor einige Herausforderungen in Bezug auf militärisches und genetisches Wissen. Ich hatte das Glück, auf engagierte Leser zu treffen, die nicht nur Experten auf diesen Gebieten waren, sondern mir auch bereitwillig Auskunft zu einer Reihe von Themen gaben, die das Buch in aufregende, neue Richtungen führten und meine zuweilen verrückten Theorien auf ein festes Fundament aus Fakten stellten.

Mein Dank geht an Todd Wielgos, wissenschaftlicher Leiter von MS Chemistry. Sein Rat und sein Einblick in die Welt der Genetik waren für diesen Roman von unschätzbarem Wert. Ohne seine Hilfe hätte das Buch nicht geschrieben werden können.

In Bezug auf Waffen und Militär bin ich drei Patrioten zu Dank verpflichtet. Der erste ist Major (im Ruhestand) Ed Humm von den US Marines. Sein Rat hinsichtlich Waffen und Taktik hat meinen Beschreibungen des Militärs Realismus verliehen. Weitere Einblicke in die Waffentechnik (und Muster von Patronen) erhielt ich von Rick »The Gun-Guy« Kutka. Ihm verdanke ich, dass ich jetzt den Unterschied zwischen Kugeln vom Kaliber .45 und .50 kenne. Autsch. Und schließlich gebührt mein besonderer Dank für Tipps über die geheimnisvolle Welt von Delta Brigadegeneral A. J. Tata, dem Autor von »Sudden Threat«.

Ganz sicher habe ich in manchen Passagen die Grenzen

von Wissenschaft und Waffentechnik arg strapaziert. Alle solche Unfälle und Irrtümer gehen allein auf mein Konto.

Außerdem muss ich mich bei Stanley Tremblay bedanken, meiner rechten Hand, der mich bei jedem Schritt des Weges begleitet hat, von der Recherche bis zum Marketing. Bei Walter Elly, dessen meisterhafte Beherrschung des Internets und dessen Leidenschaft für meine Bücher den aufreibenden Prozess der Vermarktung aufregender und vergnüglicher gemacht haben. Mein Dank gilt auch Peter Wolverton, meinem Lektor bei Thomas Dunne Books, der meine erste Begegnung mit der großen Welt des Verlagswesens zu einer angenehmen und aufregenden Erfahrung gemacht hat. Und Elizabeth Byrne, ebenfalls bei Thomas Dunne, die mir immer bereitwillig und schnell zur Seite sprang. Und schließlich Scott Miller, meinem Agenten bei Trident Media, der mich vor so vielen Jahren entdeckte und zu mir hielt, während ich mein Talent schmiedete. Ich hoffe, noch bei vielen zukünftigen Projekten mit ihm zusammenzuarbeiten. Erobern wir die Welt!

Und zuletzt möchte ich meiner wundervollen Familie danken. Hilaree, meiner tapferen Frau und größten Unterstützerin. Aquila, meiner kreativen und energiegeladenen Tochter. Solomon, meinem liebevollen und mutigen Sohn. Und der kleinen Norah – die bei meiner letzten Danksagung noch auf Geburt und Namen wartete –, sie ist so schön und friedlich. Ich liebe euch alle.

Jamie Freveletti

Lauf

Thriller

Deutsche Erstausgabe

ISBN 978-3-548-28119-3
www.ullstein-buchverlage.de

Ein Flugzeugabsturz mitten im kolumbianischen Dschungel. Guerilla-Kämpfer entführen die wenigen Überlebenden. Allein die Biochemikerin und Langstreckenläuferin Emma Caldridge kann sich vor ihnen verstecken. Völlig auf sich gestellt und ohne Orientierung entschließt sie sich, den Entführern zu folgen. Was Emma nicht ahnt: Der Absturz des Flugzeugs war geplant. Und ein mächtiges Pharmaunternehmen ist hinter ihr her. Eine atemlose Verfolgungsjagd beginnt.

»*Lauf* hält den Leser in Atem und erzeugt Gänsehaut – einer der packendsten Thriller, die ich seit langem gelesen habe.« *Tess Gerritsen*

»Einfach grandios. Nervenkitzel und Geschwindigkeit pur.« *Lee Child*

UB520

Matthew Reilly

Die Macht der sechs Steine

Thriller

ISBN 978-3-548-28131-5
www.ullstein-buchverlage.de

Eine tödliche Sonne nähert sich der Erde, die Apokalypse droht. Die Katastrophe kann nur verhindert werden, wenn ein jahrtausendealter Schutzschild rechtzeitig aktiviert wird. Der Exelitesoldat Jack West steht vor seiner größten Herausforderung. In gnadenlosem Tempo jagt Reilly seine Leser von einer spektakulären Actionszene zur nächsten.

»Matthew Reilly ist der neue und unbestreitbare Held des Actionkracherromans!« *Bild am Sonntag*

»Schlaflose Nächte garantiert!« *Gala*

Marc Van Allen

Caligo

Thriller

Originalausgabe

ISBN 978-3-548-26615-2
www.ullstein-buchverlage.de

Die Historikerin Alexandra Lessing schwebt in großer Gefahr. Der rätselhafte *Ordo Invisibilium* trachtet ihr nach dem Leben. Gemeinsam mit ihrem Freund Ismael versucht sie, das Unheil, das der Geheimbund über die Welt bringen will, zu stoppen. Während sie in der afrikanischen Wüste eines der schlimmsten Geheimnisse des Ordens aufdeckt, beginnt der letzte Kampf zwischen den verfeindeten Mächten.

»Superspannende Unterhaltung« *büchereule.de*

UB534

ullstein

Sam Hayes

Stumm

Psychothriller
Deutsche Erstausgabe

ISBN 978-3-548-28038-7
www.ullstein-buchverlage.de

Julias Leben ist in Aufruhr. Sie hat sich von ihrem Mann getrennt, ihre Mutter ist erkrankt und spricht seit Tagen kein einziges Wort. Nur die Liebe zu David, dem freundlichen Arzt ihrer Mutter, gibt Julia Kraft. Da findet sie am Straßenrand ein tödlich verletztes Mädchen, die Spuren am Tatort weisen auf David hin. Julia kann das nicht glauben – entgegen allen Beweisen besteht sie auf Davids Unschuld.

»Ein Thriller voller Emotionen, der seine Leser ständig in Anspannung hält.« *Look Magazine*